四十多岁的老中医

陈守强 著

山东城市出版传媒集团·济南出版社

图书在版编目（CIP）数据

四十多岁的老中医．1 / 陈守强著．—济南：济南出版社，2017.6（2021.7重印）

ISBN 978-7-5488-2585-2

Ⅰ．①四… Ⅱ．①陈… Ⅲ．①长篇小说—中国—当代 Ⅳ．①I247.5

中国版本图书馆 CIP 数据核字（2017）第 118955 号

四十多岁的老中医 1

出 版 人 崔　刚
策　　划 郭　锐
责任编辑 张智慧　侯建辉
封面设计 刘　畅
出版发行 济南出版社
地　　址 山东省济南市二环南路 1 号（250002）
编辑热线 0531-82056181
印　　刷 阳信龙跃印务有限公司
版　　次 2017 年 12 月第 1 版
印　　次 2021 年 7 月第 2 次印刷
成品尺寸 150 mm×230 mm　16 开
印　　张 18.75
字　　数 326 千
印　　数 1—1000 册
定　　价 58.00 元

（济南版图书，如有印装错误，请与出版社联系调换。联系电话：0531-86131736）

目录

出门不久，天就黑了下来，并且下起了淅淅沥沥的小雨。刮雨器不断地升起又落下，但车外的世界仍旧是一片朦胧。车内，成功一边开车，一边与陈风聊起了家常琐事。看样子，成功应该是将驾驶座调到了最大限度，但他那弥勒佛一样的大肚子依然与方向盘保持着密切接触。

陈风看在眼里，不由得一阵阵心痛。秦家胜一直争强好胜，并且锋芒毕露，骨子里有股与生俱来的傲气，但同时抗击打能力也有些脆弱。职称的事情，在陈风这里已经差不多烟消云散了，他还耿耿于怀。陈风笑笑，调侃道："今天你埋单，我给你当出气筒好了。"

最后，高院长语重心长、满怀信心地说道："各位代表，过去的一年，我们团结拼搏，成绩显著。新的一年，形势催人奋进，任务艰巨光荣，让我们在院党委的坚强领导下，紧紧依靠全院广大干部职工，同心同德，攻坚克难，开拓进取，为建设全国一流中西医结合医院而努力奋斗！"

突然，陈风被什么东西挂了一下，自行车倒了，人也倒了，是向马路中央倒的，膝盖和手着地。他一激灵，立马爬了起来，看看后边暂时没车，这才忍着疼痛，慢慢地向马路边上挪去。他禁不住倒吸了一口凉气："妈呀！太悬了！今天差点把这小命给交待了！"

“这就好解释了。”陈风笑道，“咱人的血管啊，就像这电线一样，有明线也有暗线。给心脏供血的血管呢，应该都是明线，在心脏的外面，但你呢，有一小段，是暗线，走在里面了，心脏收缩的时候就会受到挤压，出现心脏供血不足的情况。明白了吧？”

“现在存在着两个极端，一是中医本身将某种疗法说得神乎其神，主观性太强，病人盲从甚至崇拜；二是某些西医或者媒体不调查，不研究，断然否定，给予抨击。这些都是不科学的，我们的态度应当是立足于实际情况，学一学，试一试，让疗效说话。通过咱们试用，对失眠的病人，还是管用的嘛！”

“B和C两种性格，有时很难分辨。”也不知怎么了，陈风今天的话特多，“其实也很简单，比如说吧，你向一个B型性格的人踢一脚，他不仅表面上不会在意，也不会一肚子火；而C型性格的人是表面上不发火，但并不是真的把火灭了，而是故意把火掩盖起来，实际上火还在烧，就像农村那种不通风的柴火垛……”

“有。一是根据运动强度，运动强度低，选健身型，运动强度大，选运动型，如果除了健身，偶尔也要进行强度大的锻炼，那就选运动型；二是根据锻炼时间，经常锻炼的人，应选用运动型手杖，不经常锻炼的人，若参加强度较大的活动，也应选用运动型手杖；三是品味……”

第一章

陈风掰着手指头开始讲："酒后一不开车，酒驾违法，醉驾入刑，我不想麻烦你们去看守所里给我送饭；酒后二不开会，喝了酒开会容易胡说八道，有损我的光辉形象；酒后三不开方，查房、看门诊都包括在内，以免开错了药，治不好病。"陈风是下定决心不再喝醉了，多次醉酒后的痛苦经历让他心有余悸。

今儿大年初一，天色阴沉沉的，像是要下雪的样子，让人有些喘不过气来。陈风开着车，正行驶在高速公路上。

放眼望去，眼前一片灰蒙，两侧的田野和山丘都是光秃秃的。按理说，新年的钟声已经敲响，大地应该呈现出些许春天的生机，但全然没有。唯一使人感觉新年到来的就是一路上短信的声音此起彼伏，大概都是祝福的短信。

陈风无暇顾及短信，车也开得有些心不在焉，他的目的地是泰安西，却怎么也看不到路标，继续往前走，却看到了"莱芜人民欢迎你"的牌子。"又是天意弄人啊！"陈风无可奈何地叹了口气，减慢了车速，从莱芜北下了高速路，打听清楚方向，又折了回来。

终于，远远地，可以看到泰山的模糊轮廓了。

泰山，位于泰安市中部，主峰突兀，山势险峻，峰峦层叠，形成"一览众山小"和"群峰拱岱"的高旷气势。其主峰玉皇顶海拔 1545 米，气势雄伟磅礴，被誉为"五岳之首""天下第一山"。

自古以来，中国人就崇拜泰山，有"泰山安，四海皆安"的说法。自秦始皇封禅泰山以来，历朝历代的帝王们不断在泰山上封禅、祭祀，并且在泰山上下建庙塑神，刻石题字。古代的文人雅士更是对泰山仰慕备至，纷纷前来游历，作诗记文。

古人还以“泰山北斗”来形容那些道德高、名望重或有卓越成就为众人所敬仰的人。在民间，“泰山”或“老泰山”还有岳父的意思，需要格外尊敬。

陈风，就出生在泰山脚下。从小学，到中学，到大学，再到硕士、博士、博士后，泰山老奶奶一路护佑着他鹏程万里、扶摇直上。

可年前的职称晋升，泰山老奶奶没能护佑住他，他被残酷地PK掉了。这着实让他郁闷了很久，自尊心和自信心受到了从未有过的沉重打击。

“也许，我该去拜拜泰山老奶奶了！”陈风自言自语。

泰山老奶奶又称碧霞元君、泰山老母。传说中，泰山老奶奶神通广大，法力无边，慈悲为怀，救苦救难，护国佑民，有求必应，深得中华儿女的敬仰和爱戴。道教称她“庇佑众生，灵应九州”“统摄岳府神兵，照察人间善恶”。

泰山老奶奶被供奉在碧霞祠内，每年有上百万的香客游人不辞劳苦来到这里，许愿还愿，磕头祈祷，香火不断。

碧霞祠一带，经常出现佛光，当地人称为“泰山佛光”或“碧霞宝光”，是泰山顶上的奇观之一。在云雾弥漫的清晨或傍晚，游人站在较高的山头上顺光而视，就有可能看到缥缈的雾幕上，呈现出一个内蓝外红的彩色光环，将整个人影或头影映在里面，恰似佛像头上方五彩斑斓的光环，因而得名“佛光”或“宝光”。据记载，泰山佛光大多出现在6–8月之间半晴半雾的天气，而且是太阳斜照之时。

陈风就这样胡思乱想着，苦笑了一声：“看样子要来也得暑假，到时候老奶奶跟佛光一起拜。”

陈风学过西医，也学过中医，一路走来他对中医情有独钟。他本身是个无神论者，今天不知咋的，泰山老奶奶的形象老在他脑海里浮现，佛光的影子也总在眼前晃来晃去，也许是太过失意的原因吧。

现在信神、信佛的人越来越多，神啊佛啊成了他们心灵的寄托和安慰。有因为失意信的，有因为生病信的，有因为名利信的，有因为孤独信的，有因为压力信的，有因为风险信的……比比皆是。

其实陈风也不是真信，只是偶尔想想而已。再怎么说，他也算是党和国家培养多年的高级知识分子吧。

当时他在QQ上留了“天意弄人”的签名。本来想写“天妒英才”，可他觉得太自傲了，后来就改掉了。不成想，这把他的小徒弟彭冲吓了一跳。

“陈老师，出什么事了？我看您QQ签名了。”

“今年正高没过。”

“哦，陈老师，我还以为出啥大乱子了呢，吓我一跳，因为第一回见您QQ签名……明年再来，咱们年轻，这就是资本，呵呵。”

“已经想开了，没事了。”

“您已经完全具备了正高的实力，只是暂时没有正高的机遇。”

陈风还没来得及回复，他又来了一条：“当蜘蛛网无情地查封了我的炉台，当灰烬的余烟叹息着贫困的悲哀，我依然固执地铺平失望的灰烬，用美丽的雪花写下：相信未来。”

“这家伙”，陈风一乐，这诗是食指《相信未来》中的第一段。他回复了彭冲一个笑脸。

下了高速，在路口右拐时，陈风的电话响了起来。他本打算伸手去拿手机，妻子于虹抢先拿了起来：“我来接吧，肯定是家里催了……”于虹话没说完，只听咣一声响。

陈风暗道：坏了，刚才走神了。他通过后视镜看到一男一女，和一辆电瓶车倒在了马路边上。他急忙停下车，无比懊恼地走了过去。男的五十岁左右，女的大约十六七岁，看样子像是一对父女。

女孩子已经从地上爬了起来，陈风扶起了那位男子，愧疚地说道：“大哥，实在对不起，摔到哪儿了？还疼不疼？”

那位男子憨厚地笑了笑：“也怪我，拐得太急了。”他活动了一下身体，又说道：“应该没啥大事，胳膊、腿都还能动。”他扭头朝向那女孩子，关切地问道：“晓玉没事吧？”

“爸，我右腿有点疼。”女孩子轻声答道，指了指右侧的小腿。

陈风说道：“孩子，叔叔是医生，挽起裤腿来让叔叔看看好吗？”

女孩子有些害羞：“不用了，应该没啥事，还能走。”

那男子说道：“看你车号，是从省城来的吧？”

陈风点点头：“是啊！着急回来过年，在高速上迷了路。”

“我也是着急去医院送饭，才这么不小心的，大兄弟，真不好意思，把你车给刮着了吧？”

一股暖流顿时充满了陈风的全身，真没想到，这年月还有这么善良的人。男子浓浓的泰安口音，让陈风感觉到了老乡的朴实无华和可亲可敬。

陈风从钱包里拿出几张钞票，诚心诚意地递给那位男子：“大哥，这是我一点心意，你们爷俩买点好吃的吧。”

那位男子坚决不收：“这可不行，你还得修车呢。”

“就当给孩子买点学习资料吧。”

两个人继续谦让着，于虹也在一旁劝那位男子：“大哥，您别客气了，就收下吧，咱们能碰上，也是缘分。”

“不行不行，俺家虽然穷，但这种不义之财不能收。”那男子还是不收。

小姑娘突然笑了，怯怯地问陈风：“叔叔，您是不是姓陈啊？”

陈风一愣，接着笑了：“我脸上刻着我姓什么了吗？”

“没有啊！”小姑娘认真地回答道。

陈风很好奇：“那你怎么知道的？”

“我猜的，看来我猜对了。”小姑娘很得意，接着问道，“叔叔，您叫陈风对吗？”

陈风点点头，一琢磨：难道曾经给她看过病吗？怎么一点印象都没有呢？

“我家里有您的照片。”小姑娘开始解释了，“我妈经常给我讲您的故事，说您是泰安三中最聪明的学生，不用怎么很学习，照样可以考第一名。我妈还说了，您为什么聪明呢？就因为头大，里面装的墨水多。您很轻松地就考上了医科大学，后来又读了研究生，我妈让我向您学习，今年也要考上好大学，将来也读研究生。一开始，我看您面熟，但没想起来在哪里见过，后来您提到您是医生，我忽然想起来了。”

陈风一听明白了，忙问道：“你妈是谁？”

“邱英华。”小姑娘答道。

陈风心头一沉，然后问道：“你妈现在好吗？”

“挺好的。”

“把你妈的电话留给我吧。”

“我妈没电话，把家里的电话告诉你吧。”

陈风记下了她家的电话，扭头跟那位男子说道：“大哥啊！哟，得改口，不能叫大哥了，得叫姐夫哥了，咱真是没外人了，我跟英华是高中同班同学，三年呢。”陈风把钱收了起来，打开后备厢，拿出来两盒为回老家所准备的礼物，递给那男子：“姐夫哥，这就别客气了，我一点心意，回去给英华带个好。”

那男子这回没客气，收下了礼物，带上小女孩告辞而去。

陈风重新发动了引擎，车速不是很快，他试图让纷繁芜杂的思绪平静下来。一晃二十多年过去了，往事如烟，一幕一幕又浮现在陈风的脑海里。

他和英华是高一时的同班同学，一开始并不熟悉。在一次体育课上，其他班的同学扔铅球偏离了方向，眼瞅着就要砸到英华身上，幸亏被陈风及时发现，他一把推开了英华，但悲剧还是发生了，铅球落到了他的小腿上，造成了骨折。当时同学们都吓傻了，尤其是英华，脸变得煞白。陈风倒在地上，痛苦地呻吟着，汗水渗满了额头，顺着面颊流了下来。他被送往医院，拍了片子，打了石膏，一住就是十多天。在这十多天里，英华每天都去看他。英华话不多，说上几句，留下东西就走。她留下的大多都是吃的，有水饺，有鸡蛋面，有茶鸡蛋，也有葱油饼……几乎每天一个样。这些都是她妈妈亲自做的，先送到学校，她再从学校送到医院。最让陈风感动的是，她每次过来，都会把这一天每堂课的笔记带过来。看着她清秀的字体，陈风学起来非常来劲儿。对于一般人而言，住院是一件不幸的事儿，而对于陈风，他却感觉无比美好，丝毫没影响情绪，更没影响到学习。另外，他也一下子成了舍己救人的英雄，多次被点名表扬，并成为广大同学学习的榜样。

出院后，陈风拄着拐杖坚持上课。英华不用给他送课堂笔记了，但她妈妈做的饭菜她还会经常送过来，还有她脉脉的眼神……

因为迷路，再加上刚才的小摩擦，陈风到家时已是接近中午十二点了。陈风刚拐进院子，便看见母亲在窗前探望，心头不觉一热。“忙到大年初一才能回来，也不知瞎忙些啥！”陈风惭愧不已，“‘谁言寸草心，报得三春晖’！”

一进家门，陈风就看到了满满一桌子的菜，感动道：“你们肯定得忙活了一上午了吧。”

一家人见了面，自然少不了嘘寒问暖。陈风把刚才撞车的经过也大体说了一下，唏嘘道：“真是太巧了，没想到撞了我高中同学的老公和孩子。”

于虹嘲讽道：“那小姑娘是你的超级粉丝唉！她妈肯定也是！”

陈风闻言，有些不悦，但没言语。

“这叫无巧不成书，写小说都得这么写，演电影也得这么演。”哥哥陈雨过来解围。哥哥是初中语文老师出身，现在干到了教育局的科长。陈雨早就听说了陈风正高没过的消息，看着弟弟那略显疲惫而又充满忧郁的模样，岔开了话题，劝他说：“改天我送你一块泰山的雪花石，寓意是稳如泰山，或者叫时（石）来运转，遇到点挫折算什么！”

“其实真没什么大不了的，但一想起来，就感觉很纠结。正高对很多人来说，可能是终点，弄上正高，一辈子也就混到头了。可对于我来说，这是新的起点，评上正高，才有资格申请博导。年前申报省里的重点学科，不是正高就没资格当学科带头人。”

“明年，不，今年，今年继续努力嘛！”哥哥真不愧是教语文的，信口拈来一个小故事，“郁达夫当年游览马六甲的时候，描写圣保罗教堂，说它虽然历经四五百年的雨打风吹，但正殿的石屋顶，仍旧是屹然不动，有泰山磐石般的外貌。咱们泰安人，就得坚如磐石，有定力，压不垮，不论什么时候都要气定神闲、宠辱不惊。”

“嗯，说得好。”陈风这时想起来一个方子——泰山磐石散，由人参、黄芪、白术、当归、川芎、白芍、续断等药物组成，益气健脾，养血安胎，专门用于气血虚弱所致的堕胎、滑胎。之所以起这名字，也是取其安定稳固之意。

母亲这时说话了：“下午你大嫂要来，明天你大姨要来，都是过来看病的。”

陈风点点头：“来吧，欢迎。”

“看你那有气无力的样，大小伙子，精神点。”母亲嗔怪道。

说着说着，一家人都上了桌。陈风给家人都倒上了酒，唯独自己面前的杯子空着：“我就不喝了吧，最近中耳炎犯了，一喝酒耳朵疼。”

父亲劝道：“大过年的，哪能不喝啊，少喝点就是了。”

“那好吧。”陈风于是象征性地倒了一点点。

就在年前二十九的晚上，陈风跟医院几个哥们喝高了。当时虽然没啥事，但第二天他难受得要命，头胀、乏力、反酸、恶心，左耳朵疼，连查房也没法查了，只好让邹师姐帮着查的。

这种醉是隔夜的，第二天才会醉，俗称“倒醉”，主要表现为：在酒桌上基本没事，头脑也还清醒，可睡过一觉后就会感觉恶心难受，头痛，一般会呕吐到胃空，有时还会连肠中的胆汁都吐出来。

于虹揶揄地看着陈风，竖起大拇指：“这一过年，陈风长大了哎，有数了，知道不喝酒了。”

“是啊是啊，孩子在长，我也在长，是不是随着她们俩也发我个红包。”陈风指了指侄女陈香远和女儿陈益清。

“想得美，记住以后少喝就行，可别再喝醉了。”于虹转头向父母那边，“用他自己的话说，第二天查房的时候站都站不稳，脚底下发飘，就跟踩了棉花似的，脑子也发昏，病人问啥事，反应迟钝。”

母亲也跟着教育开了：“是得注意，当医生可不是闹着玩的，万一出了事咋办？”

陈风点点头，情绪明显好多了，贫嘴也是他的特长之一：“我一定注意，谨遵母亲大人和夫人的教导，酒后三不开。”

“哪三不开啊？”益清问道。

陈风掰着手指头开始讲：“一不开车，酒驾违法，醉驾入刑，我不想麻烦你们去看守所里给我送饭；二不开会，喝了酒开会容易胡说八道，有损我的光辉形象；三不开方，查房、看门诊都包括在内，以免开错了药，治不好病。”陈风这次是下定决心不再喝醉了，多次醉酒后的痛苦经历让他心有余悸，但他下这样的决心也不是第一回了。

“我想起来一个故事。”陈雨接过话茬，“说是以前有个酒鬼，喝醉了酒出了家门，走到大马路上，风一吹，吐了，头一晕，倒了。这时过来一条狗，把他吐在地上的东西全给舔着吃了，扭头一看，嘴边还有，就又去嘴边舔。酒鬼摇了摇头，挥了挥手，说了句话，‘酒嘛，可以再来二两，肉嘛，我就不要了吧！’”

一家人哈哈笑了起来。嫂子高静推了陈雨一把：“大家都吃着饭呢，别讲这样的故事，恶心人。”

“我也想起来一个。”这是陈香远的声音，“有个酒鬼，从酒店喝醉了出来开车，刚坐下，发现方向盘没有了，就打了110，跟警察报了案，警察一来乐了，原来这酒鬼坐在后排车座上了。”

一家人又是哈哈大笑。

哥哥问陈风：“哎，对了，有什么解酒的好办法吗？”

“有啊。在喝酒前，可以先喝点牛奶，开水冲个生鸡蛋也行，也可以先吃点馒头，爆米花更好，还有一个方法，就是吃个奥美拉唑或是泮托拉唑胶囊，总而言之吧，就是先把胃粘膜保护起来；喝酒的时候呢，要多吃豆腐，因为豆腐中的半胱氨酸能分解乙醛，加速酒精排除；喝酒以后呢，可以喝上一小杯醋，醋能降低酒精浓度，从而减轻它的毒性，也可以多喝蜂蜜水，蜂蜜成分中含有果糖，果糖可以促进酒精的分解，还可以把绿豆、红小豆、黑豆混一块煮烂，豆、汤一块用，能提神解酒，减轻酒精中毒。另外一个办法呢，就是用牙刷轻轻摩擦喉咙或用手抠喉咙，把残留在胃中的酒精吐出来。”

“爸爸，你办法不少啊！”益清夸道。

陈风又道：“还有还有，糖水、盐水、浓茶、藕汁、梨汁、甘蔗汁、橘子汁、花露水，等等，都可以解酒。”

女儿纳闷了，问道：“花露水也能喝吗？”

陈风笑道：“哎呀，俺这傻闺女哎！花露水不是喝的，是把花露水滴在热毛巾上，擦胸、擦背、擦肘、擦太阳穴，用风油精也行。”

“哦，原来如此。”陈益清故作深沉地点了点头。

“有一味中药，解酒效果挺好的，就是葛花，可以喝酒前熬上一两，先喝一半，喝完酒再喝另一半。当然最关键的，还是少喝。”

益清学着陈风的口气摇头晃脑地说道："人在江湖，身不由己啊！"

吃过午饭，陈风终于有时间可以看短信了。这百多条短信里，内容大多都很俗套，一看就是转发的，但小徒弟们发来的短信几乎都是"私人定制"的。

"来不及整理思绪，一年又匆匆过去，问候虽然时断时续，思念永在心底传递，又到新春佳节，祝您和家人开心惬意！"

"亲爱的老师，衷心感谢您的关心帮助，在您的悉心教导下，我学习成长了许多，新的一年我会继续努力，好好工作，在这里祝您马年马上幸福！马上交好运！马上心想事成！"

"老师，新年快乐！新的一年里，祝老师身体健康，万事如意！以后学生有做得不好的地方，望老师多多包涵。我一定会好好努力的！"

"转眼间我们相识已四年，又到了春节团圆佳节，我特别想念您，怀念我和其他同门在您身边的日子，在这特别的时刻，我祝您身体健康，事业顺利，希望新的一年我们能有机会再见，给您交一份满意的事业答卷。"

……

有一位哥们发来的短信，也属于"私人定制"的："经调查，刚发现春节信息'四风'问题：一律群发是形式主义；收了不看是官僚主义；转发他人信息是享乐主义；彩信、微信及其他形式是奢靡之风。为反"四风"，现以原创信息，向陈大哥及家人拜年，祝愿新的一年里挣挣钱，健健身，笑嘻嘻，乐呵呵！"

陈风随看随回，有些累了，就靠在沙发背上眯了起来。蒙眬中，他听到了敲门声，是大嫂来了。她是陈风的堂嫂，五十多岁的年纪，身材微胖。前些年堂嫂家里很富裕，拥有好多台压路机和挖土机，承包了很多工程，收入颇为丰厚，早早地就买上汽车，还买了好几套楼房。可好景不长，天不遂人愿，前年堂哥因病去世，日子就开始走了下坡路。

年前她跟陈风通过几次电话，说她近些日子前胸、后背一阵一阵地疼痛，去医院检查了，也没啥问题，医生就给开了一大堆的药。陈风问是啥药，她也说不清楚。陈风笑了，说你看看药盒子不就得了。她从抽屉里找出了药盒子，说是有单硝酸异山梨酯、琥珀酸美托洛尔、阿托伐他汀、阿司匹林肠溶片，还有复方丹参滴丸。陈风一听明白了，都是治疗心绞痛的药物，就说先吃吃看吧，虽然没查出来，但也不能排除这病。

陈风先是客气了几句，拜了年，然后问道："大嫂，吃了药以后感觉怎么样？"

“轻了。”

“次数呢？”

“也少了。”

“看症状是心绞痛，经过正规治疗，症状也减轻了，看来检查没问题，还是心绞痛的事。暂时不用做造影了，继续吃这些药吧，我再给你加点中药。”

“这些药太贵了!”

“我给你调成便宜点的吧。”陈风说着把几个进口药调成了同类的国产药，在纸上记下来。

接下来，陈风又给大嫂号了脉，看了舌，看了手纹，检查了眼颤征。

当大嫂闭眼时，上眼睑颤动得特别明显。同时大嫂手掌上的智慧线过长，脑三区内有很多分布不均的白色斑点。陈风问道：“大嫂，是不是烦心事很多？睡眠不好？并且已经很长时间了？”

大嫂点点头，“是啊！小民子两口子闹离婚快一年了，上个月刚离了，孩子判给咱了，我天天带着她，一晚上起来两三回，能睡好吗？”小民子是她儿子，他家孩子刚上幼儿园。

“哦，是这样啊！”陈风看着大嫂痛苦的样子，心里也很难受。堂哥壮年去世，就够大嫂悲伤的了，儿子又离了婚，还得带孙女，真是“屋漏偏逢连夜雨，船迟又遇打头风”，多不容易啊！

大嫂说着说着，眼中噙满了泪水，陈风赶紧劝了几句。

父母也凑了过来，帮着劝解。趁他们聊天的时间，陈风开起了方子。在方子中，陈风主要用了益气养阴、活血化瘀、宁心安神的药物，又添加了柴胡、栀子疏肝解郁泻火。

大嫂走后，益清对陈风说道：“爸爸，您给我和姐姐讲讲手诊呗！”

“好啊，附耳过来，伸手过来。”陈风看着两个孩子好奇又好学的样子，很是高兴，“对于失眠，手纹上有三种变化。第一种变化是智慧线过长，这属于长期的神经衰弱引起的失眠。智慧线起于手掌桡侧，从食指掌指褶纹与拇指掌指褶纹内侧连线的中间，以抛物线状延伸至无名指中线，此线以微粗、明晰不断、颜色红润为正常，主要反映神经、精神方面及心血管系统的疾病。如果抛物线末端过于下垂，多见于思想家；若是过于粗短、平直，则提示此人头脑固执、急躁，碰到有种手纹的同学，就得注意点了，别激怒他，别跟他一般见识。”

益清兴奋地说道：“等开了学，给我同学看看。”她早就对手诊很感兴趣了，巴不得早点学会，在同学们面前小露一手。

“万一看到粗短、平直的，心里有数就行了，千万别说出来。”陈风专门提醒了她一句，接着讲道，“第二种变化是食指第三指节，也就是脑三区内有很多分布不均匀的白色斑点，这多见于气血不足、供血差引起的失眠。大脑在手掌上有三个区域，其中脑一区位于中指与无名指指缝下的智慧线上，脑二区在拇指掌指褶纹处。”

“第三种变化就不讲了吧？我怕讲多了你们记不住。”

“讲吧，讲吧。”两个孩子异口同声地说道。

“那好吧，应广大粉丝的请求，我就接着讲。”陈风装腔作势地继续讲道，“第三种变化是手掌上出现土星环和大量的干扰线，这种手纹特征多见于过大精神压力所致的精神紧张型失眠。土星环在中指掌指褶纹下，为一弧形半月圆，提示患者肝气不舒。干扰线又称障碍线，是干扰主线的垂直线，这条线既可以反映出近期身体的好坏，又反映有慢性消耗性疾病。如果手上突然出现大量的干扰线，提示近期饮食不规律、熬夜或工作压力较大的情况；若掌上出现的是两到三厘米长的干扰线切过生命线、智慧线或是感情线，则提示体内存在慢性消耗性疾病，这就需要好好检查检查了。”

陈香远的兴趣也被调动了起来，她伸出双手：“叔叔，给我看看吧！”

陈风看完她的双手，一边比画着一边讲道：“你有鼻炎，并且大便偏干。在鼻区，看这儿，中指下方，感情线的尾端，出现了干扰线。若是出现了细乱的羽毛状纹或较细小的岛形样纹，也提示鼻炎。”

陈香远着急地问道：“大便偏干从哪儿看？”

“从这儿看，”陈风指了指大鱼际的部位，“颜色发青，有明显的静脉曲张。需要少吃辣椒，多喝水，多吃青菜。”

“太神奇了！”侄女惊呼道。

陈风笑道：“你们俩将来考大学，都学中医吧！看，中医多好！”

两个孩子都不置可否。

陈风学习手诊，其实时间不长，但他学得很投入、很执着，很快就上路了，还在几次会议上专门做了讲座，大受欢迎啊！

不少人对手诊心存疑虑，认为这是封建迷信，缺乏科学依据，担心和“手相算命”一样被忽悠了，被卖掉了还要乐呵呵地帮着人家数钱。

事实上，通过手纹看健康，并不是无稽之谈，原理源自中医。中医理论认为，人体是一个有机的整体，每一局部都与全身脏腑、经络、气血有密切的关联；机体内部脏腑、气血、经络的生理活动和病理变化，也必然有某种征象表现于外，反映于某一局部。人的手掌上血液循环极为丰富，末梢神经集中，而且有六条经脉运行，与大脑、心脏等内脏器官有密切的关系，各脏腑器官在手上基本都可以找到相对应的地方。

人的手纹，一部分来自先天遗传，纹理长久不变；一部分随着人体后天的生理、病理甚至情绪的变化而发生改变，通过研究手纹的这些变化规律，能随时了解自己身体的好坏。

人体即使出现小小的病兆，手纹上也会出现反常规的符号，特别是内脏器官的病变会及时在手纹符号上反映出来。因此手纹被视为观察人身体状况的窗口，能最敏感地反映出人体内脏腑组织器官的生理、病理状况。

手纹诊病的范围相当广泛，不仅能观测人的体质、智力、睡眠质量和精神状态，反映呼吸系统功能、肝肾功能和心脑健康状况，还能提示神经、精神方面及慢性消耗性疾病，等等。

手纹诊病，是一种非常简单、方便的诊断方式，客观上能起到健康预报作用。通过手纹，可以清楚身体的起伏变化，在一定程度上做到未病先知、未病先防，及时调整不良的生活习惯，系统地调治身体。尤其对那些处于亚健康状态的人士，更有警示的积极作用。

当然了，手纹诊病虽有一定的实用价值，但并非万能，也有其局限性和盲点，譬如对于胰腺、甲状腺、血液系统等疾病就很难发现。因此对于手诊应保持审慎态度，不能盲目迷信，更不能放弃常规的医疗检查。

生命科学是最复杂的科学，对于各种诊断方法，只有辩证地对待，合理地利用，不断地摸索，才能切中肯綮，避免误诊和漏诊。

大姨来了，她是陈风母亲同母异父的妹妹。

陈风母亲说起来命也挺苦的，生在农村，长在农村，家里经济状况一般。在她两岁多的那年夏天，有一天下起了倾盆大雨，当时她的父亲，也就是陈风的外公，正在村外的庄稼地里忙活。看到天色不好，他赶忙到附近的茅草屋里避雨，但去得较晚，屋里已经挤满了人，他只好躲到了一棵大树底下。谁知，随着一道闪电，一声巨雷，他倒在了地上……

从此，陈风母亲没有了父亲，她跟着祖母和母亲一起生活。祖母属于那种很强势的性格，家规甚严，她母亲有苦说不出，但有时也会消极对抗，久而久之，婆媳矛盾日益突出。最后，她母亲无可奈何之下选择了改嫁。

陈风母亲留了下来，祖母则像女汉子一样，义无反顾地挑起了家庭的重担。那时刚刚解放，刚刚分了田地，这一老一小，经常手牵手，出现在田间地头。

陈风母亲还有一个叔叔，叔叔家有两个妹妹。在这个家族里，她是老大。

她的母亲改嫁后去了邻村，又生了一个男孩、三个女孩。在那边排行，她也是老大。

虽然她在两边都被“大姐、大姐”地喊着，但并不是真正意义上的老大。因为人家两边，还按老大、老二排序。陈风父亲有一次开玩笑，说她是“晁盖”式的人物，有名分，没地位。

这次来的大姨，就是她母亲改嫁后生的大女儿。

“大姨啊！怎么不好？”陈风问道。

“就是头晕。年前去中心医院住院了，说是脑缺血，住了个把星期，轻了，就出院了，但还是经常晕。”

“血压高不高？”

“高，150，90。”

“吃的什么药？”

“记不住。”

陈风一笑：“记不住就记不住吧，还照样吃，血压控制到这程度还行，你坐好了，低头，再低，我给你查查。”陈风手扶着大姨的头，给她做起了左右旋转活动。

大姨大声喊了起来：“疼，疼。”

陈风问：“哪儿疼？”

“脖子后边。”大姨指了指痛处。

随后又做了前屈旋颈试验、压顶试验、臂丛牵拉试验和上肢后伸试验，陈风解释道：“大姨，你这头晕啊，既有高血压的原因，又有颈椎的原因，还有脑动脉硬化的原因。”

陈风转过身去招呼两个孩子：“小香香，益清，还想学手诊吗？快点过来。”

两个孩子闻声跑了过来：“想学，想学。”

陈风指着大姨的手给她们讲了起来：“这儿，就是昨天说的脑二区，拇指掌指褶纹处，出现了白色硬结，过会儿可以摸摸试一下；这儿，在无名指下有两条竖的平行线穿过感情线，这两条线叫太阳线，反映高血压；再就是整个手掌上青筋暴露，颜色发紫，反映动脉硬化。我要给你们敬爱的姨奶奶做颈椎推拿了，还想学吗？”

两个孩子摇摇头，回卧室去了。

第二章

进家时陈风走在前面，看到岳父的遗像和灵位摆在客厅的正中，前方摆了鸡、鱼、肉、菜等供品。那张照片是陈风拍的，是前些年一家人逛完植物园后在过街天桥上给岳父拍的单身照。照片上，岳父的表情略带严肃，但眼神中充满了满足感，充满了对未来的希望。

颈椎推拿就是通过采用适当的推拿手法，刺激人体的特定部位，以疏通经络、运行气血，从而达到预防颈椎病或促使颈椎康复的治疗方法。在颈椎病的保守治疗中，颈椎推拿非常重要。

陈风先用㨰法松解大姨的颈项部三线，即从风池到肩井，从风府到大椎，从冈上肌到竖脊肌，接着用一指禅推法推了风池、天鼎、天柱、天宗以及颈椎棘突旁的几个压痛点，又分别按、揉、拿了颈项部两侧的胸锁乳突肌和斜方肌，然后是摇颈椎、拔伸颈椎，擦项韧带以及两侧肌肉，最后拍击了整个背部。

所谓㨰法，就是由腕关节的屈伸运动和前臂的旋转运动带动空拳滚动，在颈椎按摩中，分为侧掌㨰法、握拳两种。其中握拳要手握空拳，用食、中、无名、小指四指的近侧指间关节突出部分着力，附着于体表一定部位，腕部放松，通过腕关节做均匀的屈伸和前臂的前后往返摆动，使拳做小幅度地来回滚动，滚动幅度应控制在60°左右。这种方法压力较大，接触面较广，具有舒筋活血、缓解肌肉和韧带痉挛、增加肌筋活力、促进血液循环、消除肌肉疲劳的作用。

所谓一指禅推法，就是以拇指指端螺纹面或偏峰为着力点，前臂做主动摆动，带动腕部摆动和拇指关节屈伸活动。肩、肘、腕、指各关节必须自然放松，拇指要吸定在皮肤上，不能摩擦及跳跃。力量均匀深透，保持一定的压力、频率及摆动幅度，频率每分钟120–160次。总的来说本法的操作要领在于一个“松”字，只有将肩、肘、腕、掌各部位都放松才能使功力集中于拇指，做到“蓄力于掌，发力于指，着力于螺纹”，使手法动作灵活，力量沉着，刺激柔和有力。本法具有调和营卫、行气活血、健脾和胃、调节脏腑功能的作用。

所谓按法，就是用指、掌、肘等按压体表。力量应由轻而重，稳而持续，垂直向下，不可使用暴力，着力点应固定不移。本法是一种较强刺激的手法，有镇静止痛、开通闭塞、放松肌肉的作用。

所谓揉法，就是以前臂和腕部的自然摆动，通过手指、鱼际、掌等部位对一定部位或穴位旋转施压。本法轻柔缓和，刺激量小，具有舒筋活络、活血化瘀、消积导滞、缓解肌痉挛、软化瘢痕的作用。

所谓拿法，就是用大拇指和食、中两指，或用大拇指和其余四指做相对用力运动，在一定部位和穴位上进行一紧一松地捏提。力量应由轻而重，连续而有节奏，缓和而连贯，接触点在指腹而不应在指尖，腕部放松。本法刺激较强，具有祛风散寒、舒筋通络、缓解痉挛、消除肌肉酸胀和精神疲劳的作用。

所谓摇法，就是以关节为轴心，使肢体做被动的环转活动。动作要缓和，用力沉稳，摇动方向及幅度须在生理范围内，由小到大。本法具有滑利关节、松解粘连、整复错位的作用。

所谓拔伸法，就是固定肢体或关节的一端，牵拉另一端的方法。用力应均匀持续，忌用暴力。本法具有整复错位、矫正畸形、增大关节间隙、减轻压迫刺激的作用。

所谓擦法，就是以手掌或大鱼际、小鱼际附着在一定部位，进行直线往返摩擦。运动的幅度较大，紧贴皮肤，力量应较小，运动均匀，频率每分钟 100 次左右。本法可提高局部温度，扩张血管，加速血液和淋巴循环，具有温经通络、行气活血、消肿止痛的作用。

所谓拍法，就是用虚掌拍打体表。手指自然并拢，掌指关节微屈，用力平稳而有节奏。本法具有舒筋通络、解痉止痛、消除疲劳的作用。

所谓击法，就是用拳背、掌根、掌侧小鱼际、指尖或器具叩击体表。用力快速、短暂、垂直向下，速度均匀而有节奏。本法具有调和气血、安神醒脑、消除疲劳的作用。

推拿手法讲究持久、有力、均匀、柔和、渗透，这五方面相辅相成、密切相关。持续运用的手法逐渐降低肌肉的张力，使手法功力能够逐渐渗透到组织深部，均匀协调的动作使手法更趋柔和，而力量与技巧的完美结合，则使手法既有力又柔和，能达到“刚柔相济”的境界。

陈风给大姨做着推拿，嘴也没闲着，他给大姨讲起了颈椎病的保健方法：“告诉你几个锻炼办法吧。第一个是前看井，站立，双手叉腰，两脚分开与肩同宽，头前伸并侧转，看前下方，就像站在井沿上在井底里找东西一样，左右交替，反复练习；第二个是后看月，也是站立，双手叉腰，两脚分开与肩同宽，头转向身后，想象着看天上的月亮，也是左右交替，反复练习；第三个是左右转圈，姿势跟前面一样，头先向左转几圈，再向右转几圈，或者两种方向交替进行，转圈的速度不能太快，动作不能太大，以免跌倒了。都记住了吗？就十个字：前看井，后看月，左右转圈。挺好记的。”

“记住了，前看井，后看月，左右转圈。”

陈风补充道：“还有一个办法，是做‘米’字操，就是坐在垫子上、椅子上或者床上，写大米的‘米’字，不是用手写，是用头写，一笔一画地慢慢写，只要有时间，每天可以多写几遍。”

“行，我回家就练。”

“另外还有保暖和枕头的问题。”陈风顿了顿，“先说保暖，最好穿高领的毛衣，出门时再围上条厚毛巾，这样就护住颈椎了，睡觉时可以枕个热水袋，注意别烫着，一开始先垫条毛巾。”

对于枕头的选择，这里面也很有学问。太高不行，太低不行，太硬不行，太软也不行。高低、软硬都要适中。若睡觉睡到一半感到手脚麻木，或睡醒后出现颈部酸痛、头痛、头晕等症状，多是因为枕头太高了；若临睡前没有喝水，但醒来后发现面部浮肿，这可能是因为枕头过低了，另外枕头过低，下颌因此上抬，还容易出现张口呼吸和打鼾的情况；过硬的枕头，会使枕头与头部的接触面积缩小，压强增大，头皮麻木不适；如果枕头太软，则难以保持一定的高度，颈部肌肉容易疲劳，不利于睡眠，并且头陷其中，会影响血液循环，出现头昏、头沉等症状。

通常情况下，颈椎病枕头的适宜高度，以 9–10 厘米较为合适，但具体尺寸还要因每个人的生理特征，尤其是颈部生理弧度而定。一般而言，枕头的高度可以和患者握拳、手侧立起来的高度一样。肩宽体胖者枕头可略高一些，而瘦小的人则可稍低些。

睡眠习惯对于确定枕头的高度也有影响，习惯仰睡的人，其枕头高度应以压缩后与自己的拳头高度相等为宜；而习惯侧睡的人，其枕头高度应以压缩后与自己的一侧肩宽高度一致为宜。

至于枕头的软硬度，应选择稍微柔软些但又不失一定硬度的类型，一方面可以减少枕头和头皮之间的压强，另一方面又可保持不均匀的压强，使血液可从压力较小的地方通过。枕头只要稍有弹性即可，弹性过大会造

成颈部肌肉疲劳和损伤。

陈风一想，太复杂了，干脆来点简单的吧：“再说枕头，回家自己做一个吧，做个带拉锁的，方便。我给你出个药方，掺上荞麦壳，每两个月换一次。”

陈风给大姨开的药方如下：黄芪 150 克，川芎 150 克，当归 100 克，羌活 100 克，三七 50 克。

吃过午饭，陈风坚持去送大姨：“我跟大姨这么多年没见面，还有很多心里话没说完呢！”

于虹也要跟着：“我也去吧，省得你一个人回来时寂寞。”

“不用不用，我跟大姨除了心里话，还有悄悄话要说。”

陈风和大姨出了门，上了车，闲聊起来，无非就是聊一些家长里短、生活琐事。在一家建设银行门口，陈风停下车，跟大姨说道：“我去银行一趟。”

“去吧，我在车里等你。”

不多会儿，陈风从银行里走了出来，两个人继续上路。

大姨住在乡下，陈风把她送到了家门口，一起走进院子。陈风几年前来的时候，这里还是老式的联排房，现在不一样了，全都换成了城市风格，有厅有室，但卫生间还在外边，估计是排水系统不好。陈风不由地感慨起来，看来这些年农村的变化也是日新月异啊！

陈风问道：“姨夫不在家吗？”

“可能出去打牌去了，别急，我给你泡茶。”大姨说道。

“不用了，大姨，我不等姨夫了，我走了，今天我们还要赶回省城去。”

从大姨家出来，拐过一个路口，陈风停下车，拨通了英华家的电话。

“谁呀？”电话里传来一个女人稍显沙哑的声音。

“请问是邱英华家吗？”

“是。”

“请问她在不在家？”

“我就是，您是……”

陈风激动地说道：“我是陈风啊！我在你家附近，告诉我具体地址，我十分钟就能赶过去。”

邱英华显然也很激动，她提高了嗓门：“陈风，真是你吗？”

“当然是我啊！”

“我告诉你地方……我去村口等你啊！”

陈风下了车，正好旁边有个超市，他进去买了一些礼物，还特别给那小姑娘买了几支精美的签字笔和几本漂亮的笔记本。

快到村口时，陈风不由得心跳加速。他远远地就看到一个女人瘦弱的身影，短发，穿着一件黄色的羽绒服，她正向这边眺望。走近了一看，那人确实是英华。陈风向她招招手，减速停车，打开了副驾驶旁边的车门。

英华上了车，深情地望着陈风："看你，胖了，也有白头发了。"

"都四十多岁的人了，老了。"

"你上学时就显老。"

英华眼角处的皱纹已经很明显了，她看上去要比实际年龄大五六岁，陈风一阵心酸。都说女人易老，若是再长年待在农村，经受庄稼地里的风吹日晒，那就老得更快了。他轻声问道："再怎么走？"

"往前，第二个路口右拐。"

英华家还是老房子，看起来破旧不堪，但院子里收拾得干净利索，地面也十分平整。她的婆婆和孩子都在，陈风和她们打过招呼，把签字笔和笔记本递给了孩子："叫晓玉，对吧？"

女孩子高兴地点点头，看出来她很喜欢这些文具："谢谢陈叔叔！"

陈风鼓励道："好好学，将来上清华啊！"

晓玉摇摇头："不，我想学医呢。"

"呵呵，学医好啊！"

"陈叔叔您坐，我做作业去了。"她转身进了里屋。

婆婆张罗着给陈风沏好茶，借故出门去了。

屋子里出现了短暂的沉默。

陈风开口道："你家姐夫哥呢？"

"去医院了。"

"咋回事啊？"

"老公公心脏不好，在医院住院呢。"

"哦，对了，昨天碰上他时，他就是在去医院的路上。现在老人怎么样了？"

"不要紧了。"

"哦，那就行。"

陈风仔细端详了她一阵子，说道："我看你脸色发黄，是不是肝脏不太好啊？"

英华脸红了，低下头："嗯，查出来肝炎好多年了。"

"我给你看看吧。"

陈风开始变得平心静气，给她认真号脉，又看了舌和手纹，说道："你

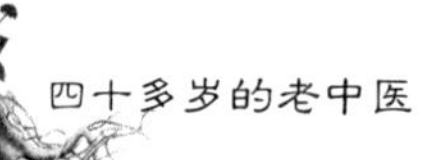

的病不重，另外就是睡眠不好，吃饭也不好，往后考虑事情别太多了。”

“嗯，行。”

“我给你开方调调吧，没啥大事。”

陈风用茵陈蒿汤加减给她开了方子，递给她，问道：“你还留着咱们毕业时的照片吗？”

“有啊，我拿给你看。”

等英华拿出影集，找出那张照片，陈风仔细瞅了瞅，很纳闷，说道：“跟我现在差别挺大的呀。”

英华顿时也纳闷了：“怎么了？”

“孩子昨天回来没说啥？”

英华更纳闷了：“说啥啊？”

“孩子昨天从照片上认出我来了。”

“哦，你说这事啊。”英华似乎明白了过来，她又翻出后面的两张照片，指给陈风看：“是这两张，前年咱们三中搞校庆，要了你们成功人士的照片，我当时去要了你的电子版。”

陈风端详着自己的照片，一张是博士毕业时穿着学位服照的，一张是穿着白大褂看门诊时照的。他自嘲道：“我哪里算什么成功人士啊，说来惭愧。”

“唉！”英华长长地叹口气，“你是不知道我们这伙没考上大学的是多么羡慕你啊！”

“其实……其实我也不是很好，也有很多不称心的地方。”

“但你们起点高呀！”

陈风看看表，知道于虹她们还在家等着呢，于是起身告辞：“我走了，你多保重。”

“好吧，我送送你，家里也没什么好东西，年前摊了一些煎饼，你带上吧。”她转身去拿煎饼。

陈风临走时，把刚提出来的现金悄悄放在了他坐过的椅子上。

没走多远，英华的电话打了过来：“你回来。”

“不了，不了，我今天还要赶回省城去。”

“你留钱干什么，是不是欺负我穷啊？”

“我是留给孩子的，是给孩子的压岁钱。我很喜欢晓玉，这孩子很懂事，将来肯定会有大出息。”

“也不能给这么多呀！”

“多少都是我的一点心意，替孩子收下吧。你也好好的，有时间我再来看你们。”

“嗯，你也好好的。”英华啜泣着挂断了电话。

回到家时，于虹嗔怪道：“怎么这么长时间？”

“哦，又看了几个病号。”陈风顺口说道。

稍坐了一会儿，陈风三口告别家人，往岳母家赶去。岳母家在另一个城市，距离泰安有一百多公里。

陈雨像往年一样，又在弟弟的车后备厢里装了很多礼物，有酒，有茶，有熟食，满满当当，说是孝敬大姨（指陈风岳母）的，祝她老人家健康长寿、天天开心。哥哥从小就心地善良、宽厚大度、善解人意，方方面面的关系都处理得十分融洽，这一点陈风一直自愧不如。

马路上冷冷清清，让人感觉年味越来越淡。遍地的鞭炮碎屑在寒风中飘动，远远望去，像一片红色的海洋。很快，他们到了高速路口。

益清问爸爸：“帮我想篇作文吧？”

“什么题目？”

“题目叫《你说，我说，他说》，要写创新作文，年后参加比赛。我班有个同学创意挺好的，她写的是‘你说，我说，他说’其实都是自己一个人在说，分别是童年的我、少年的我和青年的我。”

“嗯，确实不错。”陈风想了想，跟她说道，“你可以以传话为主题啊！”

“传话？”

“有这样一个关于传话的游戏，主持人把‘我妈同意我谈恋爱，我爸不同意’这样一句话传给游戏的第一个人，经过多个人的传话以后，传到最后一个人的话变成了‘我爸同意我妈同我谈恋爱’。你可以从这个好玩的例子讲起，然后讨论传话的失真性及其相应的危害性，再引申到信息来源的重要性。你看吧，信息从来源分，可分为口头信息、实物信息、文献信息和电子信息，其中口头信息，也就是咱说的传话，仅靠口口相传，没有记录下来，它的特点是传递迅速、互动性强，但稍纵即逝、久传易出差错。”

“还可以，我再想想。”

爷俩一路聊着，于虹表情忧郁，没怎么说话。“每逢佳节倍思亲”，可能是她又想起父亲了吧？其实陈风本人也很忧郁，悲伤和思念一阵阵袭上心头，离岳母家越来越近，这种感觉也变得越来越强烈起来。

岳母和两个孙女于思、于点住在县城的一栋居民楼里。这居民楼是电力局的职工宿舍。六年前，陈风两口子在这里买下了一套房子。房子在一楼，三室两厅，面积接近一百平米。当时陈风还在上学，两口子相当拮据，但为了岳父、岳母和两个孩子上学，他们还是狠狠心，借了些钱，把房子买了下来。两个老人都很满意，计划着如何安度晚年，可谁知好景不长。

进家时陈风走在前面，一眼就看到岳父的遗像和灵位摆在客厅正中的方桌上，还有鸡、鱼、肉、菜等供品。那张照片是陈风拍的，是前些年一家人逛完植物园后在过街天桥上给岳父拍的单身照。照片上，他的表情略显严肃，但眼神中充满了满足感，充满了对未来的希望。

于虹禁不住泪如泉涌，放声哭了起来。陈风劝住她，走到遗像跟前，磕了三个头，默默地退到一边。

岳父是在前年去世的。离过年还有十来天的一个下午，当时四点左右，陈风正在办公室收拾文件，准备出门，他接到了岳母的电话，说是岳父犯病了，已经昏迷。陈风让她立即拨打120，随即跑步下楼开车。在回家的路上，接到小舅的电话，说是120的大夫赶到家里时，岳父的瞳孔已经散大，问还需不需要继续抢救。陈风估算了一下时间，大概四十分钟了，知道已经回天无力，只好回答放弃吧。他哭了，泪水打湿了镜片，模糊了视线，他只得靠边停车，干脆哭出声来。

想想岳父这一辈子，真是很不容易。他很小父母双亡，成了孤儿。唯一的哥哥大他十几岁，参军去了外省，复员后留在了当地，娶妻生子。岳父性格坚毅，在乡亲们的帮助下，他读完初中，当上了村里的会计。后来经人介绍，他与岳母建立了家庭。

回到家时，家里人已经给岳父理过发，刮过胡须，正穿着寿衣，陈风不觉间又是泪流满面。

第二天，陈风跟随灵车，一起去了殡仪馆。在岳父的遗体被推进火化炉的那一刹那，陈风感到了一种从未有过的撕心裂肺的痛，从此与岳父阴阳两隔，不知天堂里的路好不好走。

后来，陈风了解到了岳父去世前的整个经过。那天中午，两个孩子放学回家，四口人一起吃的牛肉包子，这期间岳父没啥异常。饭后，岳父去附近找人修理三轮车，大约半小时以后回来，那时孩子们已经上学去了。他坐在沙发上，没过一会儿就喊着难受，立即去卧室里找药吃，突然“啊”了一声就倒在了床上。岳母立马赶过去，看到岳父脸色发紫，一动不动地躺着。她顿时吓坏了，大喊着岳父的名字，但没有回音。她使劲掐住岳父的人中，还是没有反应。她猛然间从慌乱中清醒过来，摸起了电话……

凭经验，陈风判断岳父应该是心源性猝死。这病是指由于各种心脏原因所致的突然死亡，可发生于原来有或没有心脏病的患者中，常无任何危及生命的前期表现，突然意识丧失，在急性症状出现后1小时内死亡，属非外伤性自然死亡，特征为出乎意料的迅速死亡。91% 以上是心律失常所致，而某些非心电意外的情况如心脏破裂、肺栓塞等也可于 1 小时内迅速死亡。

在不同年龄、性别及心血管疾病史的人群中，心源性猝死发生率有很大差别，在 60–69 岁有心脏病病史的男性中，其发生率高达每年 8%。80% 的医院外猝死发生于家中，15% 发生于路上或公共场所。由阜外心血管病医院牵头的多中心前瞻性系列研究首次得出我国的心源性猝死发生率为 41.84/10 万，总死亡人数高达 54.4 万 / 年，居全世界首位。

尽管猝死发病突然、无法预测，但并非所有的心源性猝死都毫无先兆。曾有资料指出，八成的患者在猝死发生前有过不同程度的先兆，其中 22% 的患者会有心绞痛，15% 的患者出现呼吸困难，其余的还会出现恶心、呕吐、头晕等症状。

具体而言，出现以下情形需引起高度警惕：感觉以前身体很棒，早上起来、上班骑车、挤公共汽车、跟人聊天或者看电视时忽然感觉胸口不适，一两分钟后缓解；晚上睡着后，忽然憋醒、胸闷，全身冒汗；在没有激烈运动、缺少睡眠或者生病等诱因的情况下，持续几天、几周甚至几月出现极度疲劳感，且有焦虑、失眠、无症状惊醒等症状；突然或者无缘由地心跳加剧；心脏病患者没有胃病却反复出现胃肠道症状；原有的较为稳定的心绞痛症状，近期变得时间延长、次数增加或性质加重；另外，“从鼻子尖，到肚脐眼”的某一部位的首次发作疼痛，比如牙痛、颈项部痛、肩痛、背痛、胃痛，也应多加注意。

陈风在岳父卧室的抽屉里找到了很多止痛片，看来他去世之前是有症状的。岳父一直很坚强，从没跟人提起过生病的事情，连岳母都不知道。“对岳父的健康，我关心得太不够了，妄为医生了。”陈风无比内疚。

岳父去世前的那个周末，于虹突然说做梦梦到爸爸了，爸爸站在老家门口向她招手，说想她了，当时陈风没当回事。在于虹的强烈坚持下，他们回来了一趟，与老人和孩子们共进了午餐。岳父一直未提及身体不适。没想到几天之后，岳父撒手人寰，那次见面竟成了永别。

陈风提议说：“于虹，咱们去给老人家上上坟吧！”

墓地选在老家村外的一片小树林里，陈风和于虹上完祭品，烧过纸钱，又跪下来磕了头。他们站起身，拍了拍膝盖上的土，神情黯然地站在坟前，只听见寒风掠过树枝“沙沙”的声音。

“亲戚或余悲，他人亦已歌。死去何所道，托体同山阿。”陈风想起了陶渊明的《挽歌》。

于虹说道：“人活着真是悲剧啊！不论官大官小、钱多钱少，不论年

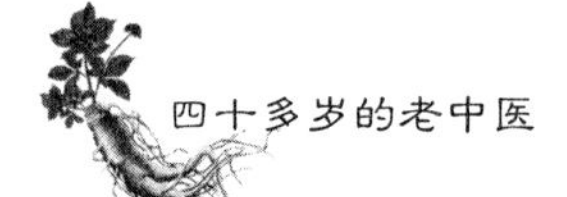

老年轻、是男是女，都有死去的那一天。”

“是啊，生老病死，人之常情，这是规律，是宿命，其实是再平常不过的事儿了，就像吃饭、睡觉一样。”

有一次，陈风在酒桌上给朋友们解读生老病死，认为生老病死的最高境界是生得好、老得慢、病得轻、死得快。生得好就是出身好，不论官二代、富二代，还是星二代，首先是好事，那些变成坏事的例子毕竟只是少数、只是个案；老得慢是指衰老要慢，六十岁的人最好能有三十岁的心脏、三十岁的精气神；病得轻是指即使得病，也要得小病，病情轻微，很快就能痊愈，哪怕不能痊愈，也要控制得了；死得快是指猝死，万一哪一天寿限到了，阎王爷要来领人走了，那就快走，千万别拖拖拉拉，自己受罪不说，时间拖久了儿女们也烦。前者和后者自己没法把握，只能听天由命了，但中间两个方面，正是养生保健的主要内容，也是努力方向。陈风的解读获得一阵喝彩。陈风暗想：“岳父的这种走法其实并不是一件坏事，他本人没有受罪，也没有拖累别人，只不过才六十来岁，又这么突然，让家里人太难过了。”

于虹的情绪依然低落：“还不如不曾来过，要受那么多罪干吗？”

“来到这世界上其实也挺好的，可以逛商场，可以去旅游，可以看韩剧，可以上淘宝。你看一个人去世时要说享年多少岁，这‘享’字就是享有、享受、享乐的意思。”陈风说完，示意于虹该回家了。

走出很远，于虹又回过头来，黯然神伤。

经过一天的努力，益清的作文写完了，拿给陈风。陈风看罢，惊呆了，他没想到才上高中二年级的女儿居然能写出这种高水平、高质量的作文来。

> 抵达小镇时已近中午，我拉着行李走在过去必经的小巷里。这到底不是上海，微冷，但却有暖暖的阳光扑在身上。这里没有霓虹的装点，却有红红的灯笼挂在门前，迎接新年的到来。我微闭双眸，闻到了空气中飘来的饭菜的香味，这是故乡的味道，是家的味道，是温暖的味道。
>
> 这在上海是找不到的。
>
> 我的眼睛湿润了起来，一路走走停停，享受着这份感动。等进了家门，看到在客厅里包着水饺的爸爸，在厨房里洗菜的妈妈，就像一幅油画配着暖暖的色调。我们拥抱在一起，用笑声盖过了一切。
>
> 我想我回家的次数真的太少了，跟爸爸坐下来聊聊天也成了奢

望。听妈妈说，他常常翻出我小时候的照片看了又看，总是不自觉地笑出声来。“他是想你了，但又说你忙，不让老打电话……”我心里不是滋味，决定忙完这个项目就回家过年。于是，一张飞机票成了我幸福的通行证。

我们聊到了过去，还聊到了现在的生活，想想这几年，有辛酸，也有欢笑。自从大学毕业起，以建筑专业出身的我就留在了上海。和所有的白领一样，我过着朝九晚五的生活，经常的加班和聚会也占据了很多时间。在这样华丽的都市里，我不允许自己慢下步伐，能做的，只有更加努力，让它来肯定我。只是，家永远是我的港湾，无论变化了什么，依然被平淡的小幸福充满着。

尔后，爸爸无意提到妈妈的身体状况：“最近这个把星期，你妈早晨起来经常咳嗽，有痰，痰是红色的。”

“我给小林打个电话吧，她现在是医生，大学毕业以后也留在了上海。”

“你说的是那个在咱家吃过饭的小姑娘吗？脸胖胖的，饭量很大。”

“对，就是她。”我点点头。

我拨通了你的电话，说明情况，你建议我们过去一趟。于是年后，我带着爸妈来到了你所在的医院。经过一系列检查、化验之后，余下的就是等待结果。你带着我们参观医院一幢幢高耸林立的大楼，我想在这里工作的每一个人，都背负着生命的厚重，承载着人们的希望。

等待总是那么漫长。两天以后，我等来了你，等来了你担忧的眼神，凭直觉我大概猜出了结果。

果然，你长长地叹了口气，缓缓说道：“唉，情况不妙，阿姨她得了肺癌，小细胞型的，专家们的方案是化疗，三周一个疗程，至少六个疗程，副作用很大，脱发，食欲下降，白细胞降低，一定要安慰阿姨。并且，据报道，这种类型的肺癌，生存期往往不超过一年。”

我不知道当时是怎么和你告别的。你的话，字字句句蹂躏着我。我一直忍着，忍住眼里的泪水和心底的恐慌。我想到了他，我的父亲，我的大树。

我打电话把父亲叫了出来：“爸爸，现在下楼，帮我拿点东西。”

看到他时，我全盘崩溃，扑到他的怀里，抽泣着：“爸，我妈，

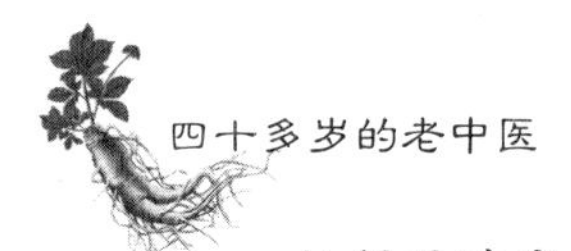

她得了肺癌，要化疗，并且得一直维持下去。”

我和你说的当然不同，因为我真的无法面对“不超过一年”这几个冰冷的字眼，于是你的话在我这里变了样。

爸爸微微一怔，随即平静了下来。上了楼，他对妈妈笑道：“结果出来了，说是因为雾霾太大，你肺里长了点东西需要到医院疗养疗养，打打针，没啥大碍。小林说了，只要配合治疗，这病好得很快。哈哈，正好，在这大城市里多玩几天，好不容易出来走走。”

他们注意不到我一脸的惊讶。从你说，我说，到他说，我们三个把活不过一年的肺癌变成了一个小病，中间的跨度会让人匪夷所思。而妈妈，没有听过你的版本，也没有听过我的版本，她只是听了爸爸的版本便深信不疑。我知道，他是欺负妈妈没有多少文化，欺负妈妈洞察能力不强。我也知道，他怕妈妈心小，承受不了这个打击。于是，他选择了对这个陪伴他几十年的妻子撒谎。

有人说：“当你非常努力地想做一件事时，整个世界都会帮助你。”一开始我不信，是他对妈妈的那种爱护让我信了。

第二天，我把事情的原委告诉你，你也很赞同，并提醒了主管医生和主管护士。很快，在亲朋好友关切的询问声中，爸爸也对他们说出了同一个谎言。你、我、他，于是在医生、护士、亲戚、朋友圈里延伸出了无数个你、我、他，但是传递的只有同一个谎言。

你说：“在医院疗养得怎么样？快好了吧？”

我说：“头发掉了没关系，过几天长新的，倍儿年轻。”

他说：“在上海好好玩啊！想我们了就回来，一起跳广场舞啊！”

……

也许他们谎言的背后是知道实情的，但都在用心地演戏，认真地撒谎。他们不是演员，只是平凡的百姓，一起紧紧地抱着一个玻璃瓶，它易碎，只是看到生活在玻璃瓶里的人是那么快乐，守护下去，也就成了每个人的心愿。

时光的年轮慢慢转着。我有了自己温馨的小家，有了可爱的儿子。两个老人和我们住在一起，不用治疗时，他们也可以飞回小镇，这样，挺好。谁也没有想到这已经过去了七八个年头。夜夜不眠的担忧，杯杯浊酒间的愁苦，在这些年里，只有我自己知道。

我常常想，当身边的人遇到大的灾难时，我们是添油加醋地评论，还是将折磨人生的情节删减？也许这没有绝对的答案，但我相信后者会带来更好的结果。那么，让你、让我、让他行动起来，让更多的你说、我说、他说成为正能量。

这天，一家人围坐在客厅，儿子看到姥姥稀疏的花白头发，拿起纸和笔，嘟起了小嘴，他说："我要给姥姥画一顶世界上最漂亮的帽子，让她自豪地走在大街上！"我看见阳光透过落地窗照射了进来，映衬出妈妈略显佝偻的背影，那么慈祥！那么从容！

这篇作文在想象中采用了倒叙的写法，通过你说、我说、他说将"生存期往往不超过一年"的肺癌说成是小病，然后延伸出无数个你说、我说、他说变为同一个谎言，继而变为正能量使得肺癌得以控制，最后又勾勒出了一幅七八年后的幸福画面。读完这篇作文，陈风感觉酣畅淋漓、荡气回肠的同时，又感到如沐春风、无比感动。

其实这作文的题材来源是真实的。作文中的"妈妈"是陈风的母亲，"小林"和"爸爸"都是陈风本人。他既是医生，又是儿子，还是谎言的制造者和传播者。在谎言的掩饰下，陈风母亲比较愉快地接受了十五个疗程的化疗和三十次放疗，不知不觉间从发现至今，已经三年半了。

第三章

在这狭小的空间里，他的思绪自由自在地飘飞，从过去飘飞到未来，又从未来飘回到现在。陈风已经从情绪低谷里彻底爬了出来，他伸了一个懒腰，自言自语道：“今天是春节放假的最后一天，明天就要正式上班了。新的征程就要开始了，让一切烦恼和郁闷都随风而去吧！”

陈风还在睡梦中，听到了手机铃声，拿过手机一看，是小徒弟顾晴的。她哽咽道：“老师……”

“怎么了，别急，慢慢说。”

“我爸脑出血，昏迷了。”

“到底怎么回事？”陈风也有些着急了，声音提高了八度。

“大年三十早上，我爸炒菜时，勺子掉在了地上，人也倒在了地上，右半身偏瘫了。马上打120，送到医院时，已经昏迷了。做了脑CT，说是脑出血，接着做了手术。初二还是不行，又做了一次手术。昨天我哥让人把CT片子送到省里，找到人民医院神经外科的专家看了看，西医说是就这样了。老师，咱中医还有什么办法吗？”

“现在住在哪家医院？”

“我老家的县医院。”

“我马上联系邢主任，看他有没有时间，你等我电话吧！”

邢主任是陈风所在医院神经内科的主任，中医博士，刚过五十，很博学，也很健谈，跟陈风是铁哥们。

陈风打通了他的电话，说明情况，当时他正在查房，答应查完房就走。陈风心想：“大过年的，请个专家外出会诊容易嘛！关键时刻还是哥们管用啊！”

在路上，邢主任看到后视镜上挂的佛珠，来了兴致，说道：“佛珠，从字面上看，是佛教用品中的珠子，其实是佛教徒在念佛时拨动计数的工具。佛珠的另外一个含义是弗诛，就是不要诛杀生命的意思。不论在家出家，佛教中的第一大戒就是不杀戒。我们每个人都不愿失去生命啊！所谓上天有好生之德，佛教更是看重这一点，并强调戒杀护生的人必定有健康长寿的结果。佛珠戴在身上或者拿在手中，也是时时在提醒自己爱惜物命。现在佛珠逐渐演变成为一种佩饰，很多不是佛教徒的人，也特别喜欢佩戴。”

“我只知道老兄在诗词和经典方面造诣很深，没想到您对这个也很有研究啊！厉害！”陈风说道。

“一般一般，全国第三；不行不行，国际水平。”邢主任笑了笑，“你看这佛珠，一般是圆球形的，表示圆满，也就是完美无缺的意思。我们常常抱怨人生有很多缺憾，人有很多缺陷，但我们总是没有发现一个重要的问题，也就是佛千言万语、苦口婆心要告诉我们的一个问题：其实每个人都有圆满的智慧和功德，只是因为自己无谓的烦恼，而将这些本有的圆满覆盖住了，不能显现出来。化解了这些无谓的烦恼，我们也就都成佛了。”

“呵呵，有道理，我们还得努力啊！”

邢主任接着讲道：“佛珠的数目也很有讲究，数目较多的是十八粒和一百零八粒。十八代表十八界，也就是内六根界、外六尘界和六识界，共十八界。其中六根是指眼界、耳界、鼻界、舌界、身界和意界，六尘是指色尘、声尘、香尘、味尘、触尘和法尘，六识是指眼识、耳识、鼻识、舌识、身识和意识。”

“那一百零八呢？”陈风问道。

“一百零八代表百八烦恼，也就是人的一百零八种烦恼。百八烦恼的内容，有多种不同的说法。有人认为，六根各有苦、乐、舍三受，合为十八种；六根又各有好、恶、平三种，合为十八种，计三十六种，再配以三世，合为一百零八种烦恼。也有人认为，这一百零八种烦恼不外乎五盖：贪、嗔、痴、慢、疑，也就是贪婪、怨恨、蠢痴、傲慢、疑惑。人之所以身心有病，之所以本有的智慧功德不能显现，就是因为这些烦恼的存在。之所以叫五盖，就是因为这些烦恼盖着了本有的智慧功德。”

陈风静静听着，自愧不如。

“用来制造佛珠的质料，有很多。菩提子，恐怕是用得最多的一种了，这一串就是用菩提子做的。”邢主任指了指车上的佛珠，接着说道，“其实，菩提子并不是菩提树所结的果实，而是一种产于雪山附近、名字叫川谷的草本植物，它春天长苗，开红白色、穗状的花，夏秋之际结果实，圆形，色白，有坚硬的外壳。咱们国家只有天台山有，所以被称为天台菩提。现在‘菩提’早已是一个通称了，代表‘觉悟’的意思。有两首关于菩提的诗，应该听说过吧？”

陈风想了想：“能想起来，一首是‘身是菩提树，心如明镜台，时时勤拂拭，勿使惹尘埃’。另一首是‘菩提本无树，明镜亦非台，本来无一物，何处惹尘埃’。”

“嗯，不错不错，这里有一个历史故事。”

“讲，请讲。”

“唐朝有个弘忍大师，是禅宗五祖，也就是第五代掌门人。有一天，他把弟子们都招了来，就说，我快要退休了，你们每人作首诗吧，谁悟性高，我这位子就传给谁。你说的第一首是神秀写的，已经水平很高了。这个惠能不识字，他是根据神秀的诗改的，但悟性高于神秀，所以弘忍就把位子传给他了，惠能是第六代。据说，惠能死于夏天，当时天气炎热潮湿，他的尸体未作任何防腐处理，但一直保留至今。抗日战争时期，日本的军队打到南华寺，不相信这种神奇，将他尸身从后面剖开一处，发现五脏六腑都是完好无损的，这才相信了佛法无边，于是将他的身体重新安置好，并且顶礼膜拜，然后怀着无比崇敬的心情离开。中国有神人啊，所以说日本人想统治咱，没门呀！”

陈风笑了笑，听他继续讲下去。

“神秀和惠能的诗，在修行方法上有着原则上的区别。神秀的那首诗使他失去作为弘忍继承人的资格，却使他成了北宗一派的开山祖。由于神秀强调‘时时勤拂拭’，后人以其主张‘拂尘看净’，称之为‘渐修派’；而惠能的那一首，是对神秀的彻底否定，也即主观唯心主义对客观唯心主义的彻底否定，直接把握住‘见性成佛’的关键，被称为‘顿悟派’。咱学中医也这样啊！”

“怎么呢？”陈风一时没反应过来。

邢主任解释道：“你看看咱们熟悉的这些中医大家们，也分两种。第一种是科班出身或是学徒出身，在耳濡目染中逐渐成长为大家，属于‘渐修派’；另一种呢，学西医的，甚至是学中文的、学机械的，凭着对中医的酷爱，自学成才，这种人往往悟性很高，大多属于‘顿悟派’。不是有这么一句话嘛——读万卷书不如行万里路，行万里路不如交友无数，交友无数不如高人指路，高人指路不如自己顿悟。”

“老兄，厉害啊！以后得多跟您学习。”陈风真诚地说道。

到了县医院神经外科病房后，顾晴联系值班医生给找了一件白大褂。邢主任穿上后，又借了一把叩诊锤。他到床前仔细地查过病人，看过病历，随后从电脑里调出 CT 片子看了看，说道："病人是高血压引起的脑出血，在基底节区，出血量大约五十毫升，诊断没问题，在治疗上，脱水、降低颅内压、营养脑神经等药物都用上了，也没问题。至于能不能醒过来，不好说，看造化了。"

他扭头问顾晴："老人大便怎么样？"

顾晴回答："自从来了医院就没解过。"

"嗯，开点通便的药灌肠吧。"说完，他以大承气汤加味开了处方交给顾晴。

陈风在看病历时注意到一个细节，病人在大年二十九那天晚上出现了头痛，但没引起重视。"真可惜啊！"陈风暗自感叹道。

脑出血、脑血栓统称为脑中风。临床实践证明，抢救脑中风的最佳时间是 3 小时之内。这病虽然突然发生，若仔细观察，在发病前往往会出现一些预兆。譬如出现头痛，头痛逐渐加重，由间断性变为持续性，或伴有恶心呕吐，常是由于动脉内压力突然升高，使血管壁痛觉感受器受刺激所致，这可能就是脑出血的讯号。

其实碰到上述情况，量量血压就能判断，不至于延误病情；也可以让病人笑一下或是吐一下舌头，观察病人的嘴巴和舌头，看看是否有口角歪斜，伸舌向左或右偏，因为有些脑中风病人都会有嘴歪或是伸舌歪斜的症状；再就是让病人说一句简单的话，看是否连贯，若出现口齿不清或失语等情况就要引起注意；还可以让病人喝口水，观察是否有呛水出现，因为通常情况下，部分脑中风的患者会出现吞咽反射障碍。

若病人出现不明原因的单侧肢体乏力、麻木等状况，也要引起警觉。即使是短暂脑缺血发作，病人出现单侧肢体乏力、麻木，24 小时内又恢复知觉，也要引起重视，因为这也是脑中风的一种先兆。这时可以检查一下病人两侧的肌力、肌张力是否相等。

另外一些先兆包括哈欠连连、口吃、流口水、反应迟钝、一过黑蒙、视物模糊、突然感到眩晕或摇晃不稳、短暂的意识不清或嗜睡以及手中拿着的东西突然落地等，一旦发现病人有上述症状中的任何一项，家属都要警惕脑中风的危险，应立即送往医院及时治疗，防止病情进一步恶化。

回到家中，陈风突然想到，对顾晴她爸这种情况是不是可以采取针灸治疗啊？他立即拨通了针灸科姜主任的电话，说明了病情。

姜主任说道："对于脑出血引起的昏迷，主要是醒神开窍，可以试试。"

"麻烦您告诉我几个穴位吧！"

"人中，双侧的合谷、太冲，如果痰多的话，可以加丰隆。"

"在手法上有什么需要注意的吗？"

"以泻法为主，反复运针，强度逐渐加大，注意观察心率和血压。还可以在十二井穴针刺放血，用三棱针就行。"

"多谢了！"

陈风跟姜主任通完电话，接着给顾晴打了过去。顾晴本科时就是学针灸的，这会儿可以派上用场了。

陈风放下电话，查了一些相关资料。

人中，又名水沟，位于鼻柱下，上嘴唇沟的上三分之一与下三分之二交界处，属于督脉，具有醒神开窍、调和阴阳、镇静安神、解痉通脉的作用，历来被作为急救的首选穴位。

双侧合谷、太冲合称四关，分属大肠经与肝经，善于解郁利窍，疏调一身气机。四穴配伍使用，称为"开四关"，可以通调阴阳气机，开窍醒脑宁神。其中，合谷位于大拇指和食指的虎口间，拇指、食指像两座山，虎口似一山谷，因此称合谷，又名容谷、虎口；太冲位于足背侧，在第一、二跖骨结合部之前的凹陷处，它是肝经的原穴，调控着肝经的总体气血，当人生气时，这里往往有压痛，也可能会出现温度和色泽的变化。

丰隆位于小腿前外侧，外踝尖上 8 寸，距胫骨前缘二横指，是胃经的络穴，主治一切痰病。"丰"，指丰满，"隆"，指隆起，该穴所在的部位，肌肉丰满而又隆起，所以称为丰隆。

井穴，是五俞穴的一种，均位于手指或足趾的末端处。全身十二经脉各有一个井穴，故又称"十二井穴"。十二井穴是阴阳经交接之处，可使经气接续，阴阳协调。

初七晚上，是陈风的夜班，不过不是在病房值班，而是值行政夜班。陈风属于双肩挑的人员，既在临床，又在行政，还混了一个小科长干着。他是在科教科，管的事儿多着呢，有科研，有教学，有学会，有培训，有治未病，有重点专科、重点学科、重点实验室，还有临床药物试验机构，等等。

陈风天天也够忙活的，他大致的规律是早上先去病房里交班、查房，大约九点半左右回科教科，周四下午有个研究生沙龙，周五下午有一个专家门诊。当然，他还要经常开会、出差或是迎接很多检查。

一晃五年下来，陈风已经习惯了目前的工作状态，能够做到有条不紊应对自如，也亏了他脑袋大，能装下杂七杂八的各类事情。他那大脑袋就像一台大容量的电脑一样，可以随时打开某一个硬盘，再打开某一个文件或文档，需要什么就调出什么来。

他一直能做到心中有数，有着明确的人生规划。正高职称，对他而言，绝对不是终点，他还有很多很多的事情要做。他也曾经多次告诫他的小徒弟们，既要志存高远，又要脚踏实地，不能仅仅满足于一篇毕业论文，不能仅仅满足于顺利毕业，以后的路还长着呢，以后的路还宽着呢，一定要趁年轻找准方向，矢志不移地阔步前进……

值班室里很简陋，一张床，一张桌子，一对沙发，一台电视，一台传真机，一部电话。陈风走到窗前，对面是高耸的病房楼，几乎每个房间里都透出灯光，楼两侧的轮廓灯交替明灭，动感十足。再往上看，可以越过病房楼的顶层，看到一小片黑黢黢的天空，没有月亮，也没有星星。那个遥远的宇宙里存在哪些未知的事物，有没有陌生的生命，陈风不知道，也无法知道，他只想听清自己的心跳声。

房间里中央空调的隆隆声很大，偶尔还可以听到零星的鞭炮声。陈风静静地站在窗前，心潮澎湃，思绪万千。

在病房值班时，每当空闲下来，陈风也喜欢站在窗前，眺望对面立交桥上不断闪烁的灯光和南来北往的车流。就是在五年前，在病房值班的某个夜晚，在窗前眺望立交桥时，他突然觉得，在心内科，如果不了解介入治疗的相关知识，就像一个瘸子一样，步履蹒跚。

他决定学习介入，为此，第二天去书店买了很多有关这方面的书。他从自学开始，有不明白的地方就去请教贾主任和杜主任，他们两个都是搞介入的，陈风还跟着他们上了很多次手术呢。然而，天不遂人愿啊！刚过一周，高院长找他谈话。高院长是医院的大院长，五十来岁，人很帅气，很随和，也很幽默。至今，他们当时谈话的情景，陈风还记忆犹新。

“在心内科干得怎么样啊？”高院长问道。

陈风有些紧张，底气不足地回答道：“还行吧。”

“嗯，我了解过了，都反映你很能干，人缘也好。”

高院长顿了顿，陈风没接话，静待下文，只听他继续道：“我考虑给你压压担子。”

“我能来医院多亏了您，您尽管吩咐。”陈风虔敬的话语中含着一丝丝激动。

“来科教科，把全院的科研和教学抓起来，不过你不用担心，临床还继续干着。”高院长稍顿，发现陈风的表情并无太大变化，接着说道，“可能你也清楚，咱们医院前身是企业医院，科研、教学相对薄弱。自从并入大学以来，科研、教学水平虽然有所提高，但与其他附属医院相比，还存在着很大的差距。你在很多大学待过，有博士学位，又有博士后流动站的工作经历，并且在科研上也取得了很大的成绩，我觉着你比较适合这个岗位，你可以考虑一下。”

“高院长，没问题，听您的。”陈风丝毫没有犹豫。

高院长最后嘱咐道：“这事你自己知道就行了，先别声张，还要上报党委会。”

陈风点点头，站起身，双手握着高院长，深表感激，然后告辞出来。

刚到科教科，好多好多的事儿都得事必躬亲，陈风简直是忙得焦头烂额，有些时候整材料要整到下半夜，他的介入梦被迫中断。就是从那个时候起，他的白头发渐渐多了起来。

有付出就有收获，有辛苦就有报答，他年纪轻轻就被评上了硕士生导师，并且申请了很多课题，积累了很多人脉资源。累点就累点吧，其实他也挺知足的，从心底里对领导们尤其是高院长充满了感激之情。

但他骨子里有些执拗，脸皮儿还有点薄，过年过节的时候从来不知道去领导家里走走，当面表达一下感激，聊聊一些想法。为此，于虹骂过他好多次，可他总也听不进去，依旧我行我素。

随着岁月的流逝、阅历的增加和心智的成熟，人，总会多多少少地改变些什么。对于陈风而言，改变却是很少。他是一个有主心骨的人，在他心里，临床永远都是第一位的，做一名医生，是他从小就有的梦想。他曾经给小徒弟们打过一个比方，假如把事业比作一架飞机，临床就是机身，科研和教学则是一对翅膀，三者有主有次，相得益彰，就能既飞得高，又飞得远，当然了，还要飞得开心，飞得幸福。

他还提倡小徒弟们要做“四好新人”，除了临床好、科研好、教学好，还要人脉好。“四好新人”的标志是“四多”，临床好表现在病人要多，科研好表现在成果要多，教学好表现在学生要多，人脉好表现在朋友要多。

他开玩笑说，他当然要努力做“四好老人”了。他确实在朝着这个方向迈进，他也相信明天会更好……

在这狭小的空间里，他的思绪自由自在地飘飞，从过去飘飞到未来，又从未来飘飞到现在。陈风已经从情绪低谷里彻底爬了出来，他伸了一个懒腰，自言自语道：“今天是春节放假的最后一天，明天就要正式上班了，新的征程就要开始了，让一切烦恼和郁闷都随风而去吧！”

这时，他的电话铃声响了起来。陈风一看，只有号码，没有名字，应该不是熟人。

他接通电话，传来一个女人的声音：“陈主任，我是你病号啊，你明天上不上班？”

“上班，明天过来吧。”

“好嘞，谢谢陈主任。”

“不用客气，明天见。”

第二天早上，陈风在噼噼啪啪的鞭炮声中醒来。今天初八，很多商场或店铺开业，主要是取“发”之意，放点鞭炮，听听响声，图个吉利，祈求生意兴隆、四季发财。

陈风起了床，叠好被子，填完值班表，关掉空调，锁好门，回到自己的办公室。他的办公室是单间，二十几个平米，书橱里一摞摞的医学书整整齐齐地摆放着，显出主人学识渊博的样子。陈风有爱干净的习惯，所有物品都各归其位，井然有序。作为男人，能像他这么整洁利索的并不多见。

等洗漱完毕，已经快 7：50 了，他赶紧穿上白大褂，向病房走去。

陈风的白大褂也总是干干净净的，并且没有皱褶。这白大褂带给他的不仅仅是荣耀和自豪，更多的是责任和动力。白大褂穿在身上，他觉着有一种神圣的使命感笼罩全身。很多时候，他不敢奢望自己像白衣天使一样降临人间，而希望自己拥有天使般纯洁的心灵，拥有天使般高尚的情怀，给遭受病痛折磨的生命带去安慰，带去阳光，带去减轻病痛甚至痊愈的法宝。

陈风从七楼下电梯，刚拐进病房，迎面碰上了邹师姐。邹师姐叫邹彦，高陈风一级，个不高，微胖，周身上下充满了精气神，整天乐呵呵的，好像阳光就是她家自己生产的，取之不尽，用之不竭，并且随时宣传，向大家免费赠送。陈风为她总结了三句话，就是健美的体格，开朗的性格，再加上卓越的人格。邹师姐听了很受用，自诩为“三格”牌女人。

陈风笑着打招呼：“师姐，过年好啊！抱一个吧！”

“滚一边去！”邹师姐笑嘻嘻地骂了他一句，“过年没哭吧？”

“哭啥啊？”陈风有些纳闷。

“职称的事呗。”

“哪能啊？咱大老爷们能屈能伸，宁流血不流泪，屡挫屡奋，屡败屡战。”陈风又找回了踌躇满志、斗志昂扬的感觉。

“我看见你的 QQ 签名了。”

“昨晚刚改了，改成‘让挫折变为正能量’了。请师姐放心，我还没

那么脆弱。”

“嗯，好，好孩子啊！想哭了吱一声，姐是你的肩。”

陈风有种很温暖的感觉：“呵呵，好嘞！”

当走到医生办公室门口时，有个中年妇女跟他打招呼：“陈主任，过年好！昨晚咱们通过电话。”

“哦，过年好！稍等一会儿，我们先交班。”陈风看她面熟，应该是老病号，但实在是想不起来她姓什么，更甭说名字了。

等交完班，陈风喊她进来，问了问情况，主要是胸闷、憋气、烦躁、失眠、口干、胃胀，怕冷。陈风又给她做了检查，诊断为“心痞证”，证属气阴两虚、血脉瘀阻，兼有肝胆郁热，他以自拟方宁心消痞方加减开了处方。

这一阶段跟着他的小徒弟是沈文玲，看到方子最后三味药是柴胡、栀子和肉桂，不解其意，问道：“老师，为什么要加这三味药？我看您春节期间开的有些方子里也有。”

“这问题问得好，说明你用心了。”陈风夸了文玲一句，“这跟运气辨证有关系……”

陈风正想接着讲下去，邹师姐把手递了过来：“听说你手诊的水平很高哎，快给我看看，看看我是官运，还是财运？”

毕水插话了：“邹老师今年是桃花运！”毕水是三年前留下的研究生，跟陈风一样，属于双肩挑人员，既在科教科，也在心内科。

“别打岔，别打岔，桃花运是男人才有好不好。”邹彦朝着毕水挥了挥手。

今天是节后第一天上班，病人不是很多，大家还沉浸在节日的气氛之中，也不着急查房，陈风趁机卖弄了起来：“‘桃花运’这个词原本是算命的术语。‘命理’中的‘桃花运’是根据‘生辰八字’中的五行所处‘长生、沐浴、冠带、临官、帝旺、衰、病、死、墓、绝、胎、养’的位置而言，如大运和流年行运到‘沐浴’阶段的时候就叫‘行桃花运’。在十二地支中的‘子午卯酉’便是桃花，人生的‘八字’也是由十天干与十二地支的组合而得来的，所以每个人都会有碰到“子午卯酉”的时候。如果这‘子午卯酉’出现在人生的‘八字’内的，便叫‘桃花入命’。今年甲午年，正是‘行桃花运’的一年。还有一种解释呢，是来自《诗经》中的一首诗，大意就是在桃花盛开的时候，有一个像桃花一样美丽的女子，能够生儿育女，能够使新郎的家族子孙像桃树一样果实累累、枝叶茂盛，是一个对新郎家而言非常合适的人选，能旺夫啊！师姐就是这样的人，能‘行桃花运’，不但旺夫，还能旺科，旺医院，要不咱们心内科、咱们医院这些年怎么发展这么好呢！”

邹师姐很开心地说道：“拉倒吧你，这是因为院领导和咱万主任领导得好！”万主任是心内科主任，前面提到的贾主任和杜主任都是病区主任。

“建议给你颁发‘桃花运’奖。”这是贾主任的声音。贾主任平时挺严肃的，没想到今天也开起了玩笑。她西医出身，本科、硕士都是临床专业，尽管正高已经多年，仍锐意进取，前年考上了中医的博士。

陈风接着说道：“不过现在呢，‘桃花运’主要是指男人得到女人的特别爱恋，用在毕水身上正合适，你看天天那么多女粉丝围着他，又是要压耳豆，又是要放血的，真让人羡慕嫉妒恨啊！”

毕水推脱道：“别介别介，我可不敢当，用在陈老师身上最合适了。”

陈风笑了笑，说道：“老了老了，我们这年龄的不行了。你们是长江后浪推前浪，把我们拍死在沙滩上。”

护士进来喊贾主任，说是有她电话，贾主任走之前说道：“行了，‘桃花运’的事告一段落，可以去查房了。”

“学中医的同学，往这边靠一靠吧，我给你们介绍介绍运气辨证。”陈风这时严肃了起来，摆出一派老师的模样，“我们中国人经常有句话挂在嘴边，就是我今天运气不好，谁谁谁运气好。其实，运气一词在古代是我们老祖宗用来预测气象气候的用语，是五运六气的简称。其中呢，五运是指木、火、土、金、水五行之气的运行，六气呢，是指风、寒、暑、湿、燥、火六种气候的变化。五运六气的具体推算方法很麻烦，你们不用掌握，现在都有现成的推算软件，把它下载下来，直接用就行了，但有许多概念，必须掌握。”

陈风顿了顿，继续讲道：“五运里面我们要了解三个概念：大运、主运、客运。大运又称中运，是主管每年全年的岁运，它用来说明每年全年气候变化的特点，有太过、不及之分；主运呢，是分主于一年中五个运季的五运之气，说明一年中五个运季的正常气候变化，年年固定不变，主运分五步，每步一个运季，每个运季的时间是七十三日零五刻；客运说明一年中五个运季的异常气候变化，它以该年的大运为初运，其五行相生，分五步，运行及每步的时间与主运相同。”

文玲问道：“老师，太过、不及是怎么分的？”

“哦，我再讲得细一点吧。大运的推算方法就是天干配属五运，也叫天干化五运，即每两个天干化一运，这跟命理八字里面的天干五合是一样的结果：甲己合化土，乙庚合化金，丙辛合化水，丁壬合化木，戊癸合化火，这样大家就知道自己现在所处的这一年的大运是属于哪种五行了，也可以了解自己出生那一年的大运，这样就可以知道自己的先天体质，因为出生年大运太过、不及能对胚胎的生长和发育造成影响。天干单数属阳为太过

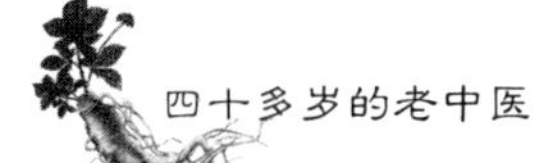

年，比如今年是甲午年，天干为甲，处于第一个天干属阳，为太过年，相反，天干双数属阴为不及年。大运的太过、不及反映气候偏盛偏衰的特点，当这个特点影响到人体时，脏腑经络就会出现与之相应的变化，人体就可能发生疾病。谁来说说今年的大运是什么？是太过，还是不及？毕水说说吧。"

"今年是甲午年。"毕水想了想，说道，"甲己合化土，今年是土运；天干为甲，处于第一个天干属阳，为土运太过年。"

陈风夸道："很好嘛！土对应湿、对应脾，因此今年应该湿病较多、脾病较多。另外今年出生的孩子，也可能湿气较重，易患湿病、脾病。咱们接着说六气。至于六气，需要了解两个概念：主气、客气。主气是指主时之气，共六步，分别主一年中六段时间的正常气候，每一气历时六十天八十七刻半，年年不变。客气是指各年时令气候的异常变化，它同主气一样分六步，但主气年年固定不移，客气却年年有转移。客气的六步又分为司天之气、在泉之气、上下左右四间气，各年的司天、在泉之气根据各年的年支来确定，司天之气主管每年上半年的客气，在泉之气主管每年下半年的客气。确定了司天、在泉之后，按流年地支逆时针旋转，顺移三阴三阳之位，再确定上下左右四间气。这讲起来有点复杂，直接查表就行了。是不是把你们讲糊涂了？"

同学们面面相觑，确实有点糊涂了。

"还有几个概念需要掌握。"陈风笑了笑，"客主加临，是指把主气和客气结合起来进行比较分析气候变化的规律及其对人体的影响，以五行生克规律为原则。主客的顺逆总以客气为主，客气胜过主气为顺，如客克主、客生主、君位臣三者为顺；相反，主气胜过客气为逆，如主克客、主生客、臣位君三者为逆。因此，顺者叫相得，主气候异常变化不大，影响人体发病时病情轻而缓；逆者叫不相得，气候变化很大，病情急而重。客气和主气如果是相同的，也是相得，但是我们须防其亢盛。"

文玲听得认真，也善于思考，她的问题又来了："老师，君位臣、臣位君是什么意思？"

"这问题问得好，说明你边听边思考了。"陈风解释道，"六气包括厥阴风木、少阴君火、少阳相火、太阴湿土、阳明燥金和太阳寒水，君是指少阴君火，臣是指少阳相火。这就好理解了吧？"

文玲点点头。

"咱们接下来看看今年的五运六气。刚才说过了，今年是甲午年，天干为甲，为土运太过年，地支为午，为少阴君火，火生土，年支帮扶天干土运，这个土就太旺了，主要表现为全年湿热太盛。火生土，即是气生运，以气为主，运次之，为顺化，从运气相合的角度来看气候变化倒还算平和，对人体影响不大。另外呢，司天之气少阴君火，主上半年气候比较热；在泉之气阳明燥金，主下半年气候比较燥。大家听明白了吗？”

少数同学点头，多数同学摇头。

陈风无奈地苦笑了，说道：“五运六气确实很复杂，不好学，我们再结合刚才这个病例讲一下。从一月二十一日到三月二十一日，处于初之气，主气厥阴风木，客气太阳寒水。本来初之气为木气生发之时，然则客气太阳寒水加临，寒水主封藏，将生发之气封藏，容易造成木气内郁的表现，内郁日久，则易化火，所以刚才的处方里面，要加柴胡疏郁、栀子泻火，还要加肉桂祛寒。如果寒气不重，也可以不加肉桂。现在明白了吧？”

个别同学还是摇了摇头。

“实在不明白的同学，回去好好看一下相关的资料，我们可以再讨论。建议同学们好好学一学，你一旦掌握了运气辨证，就比其他不掌握的中医大夫高了一个层次。”陈风推心置腹地说道。

第四章

出门不久，天就黑了下来，并且下起了淅淅沥沥的小雨。刮雨器不断地升起又落下，但车外的世界仍旧是一片朦胧。车内，成功一边开车，一边与陈风聊起了家常琐事。看样子，成功应该是将驾驶座调到了最大限度，但他那弥勒佛一样的大肚子依然与方向盘保持着密切接触。

正查房，菲姐从病房门口喊陈风：“陈主任，想着过会儿去看看20床老成。”菲姐名叫袁晓菲，是心内科的护士，大陈风四岁，前些年离异，好像正在和陈风的一个高中同学谈着恋爱。陈风这同学叫黄兵，是一家医药公司的市场总监，前些年也离异了。两个人是在陈风组织的一次聚会上认识的，据说他们现在正谈得热火朝天呢。因此，但凡聚会，不要轻易推掉，只有不断与人交往，才能发现更多的机会，拓宽业务，发展事业，甚至碰撞出爱情的火花。

“嗯，好的。”陈风答应着。

老成也是陈风的哥们，父母给他起了一个很响亮的名字，成功。他现在是一个公司的老板，建筑、装修、电器什么的啥都干，用他自己的话说，就是小规模、多元化，啥挣钱干啥。老成头发稀少，胖乎乎，腆着个大肚子，眯缝着一双眼，天天嘻嘻哈哈，活脱脱一副弥勒佛的模样。

陈风与他相识，纯属机缘巧合。那是四年前的一个下午，正好是陈风的门诊。好像那天还下着小雨，病人不是很多，突然间进来一个大胖子，步履蹒跚，满脸通红，嘴里一股子酒气，说话时舌头都不会打弯儿了。陈风当时一惊，这人该不会是来闹事的吧？“请问，哪位是陈主任？”他倒是很客气。

陈风应道：“我是。”

“是心内科的陈风主任吗？”

“是我。”

他伸出手来：“陈主任，你好！”

“你好！”陈风也伸出手去，两只手握在了一起。陈风指了指凳子，示意他坐下：“请坐！”

他坐了下来，说道：“我媳妇一直说你好！”

陈风蒙了，没想到他又接了一句：“我丈母娘也一直说你好！”

这下陈风彻底蒙了，暗想：“我招谁惹谁了？”但看他并无恶意，陈风悬着的心慢慢放了下来：“咋回事？你慢慢说。”

“前两天我丈母娘在心内科住院，住在你管的床，就是有心脏病、肾脏病，还有糖尿病那个。你医道高，医德也高，把我丈母娘治得挺好。”

陈风禁不住心头一乐，但没表现出来，暗道：“这叫什么话啊？”陈风想起来了，他说的那个老太太就是上周出院的李阿姨。陈风记得当时照顾她的几个家属都是女的，从没见过这个大胖子。

他竖起大拇指：“我丈母娘一直夸你，有水平，心肠好啊。”

陈风不好意思地笑了笑：“哪里哪里？李阿姨过奖了！”

他又唠叨了起来：“我媳妇也一直夸你‘好啊好啊’的，没想到还这么年轻……”

陈风一愣。

原来他一句话没说完：“没想到还这么年轻就成了专家！”

陈风试探着问道：“你媳妇是哪一位啊？”

“这好认！就最漂亮的那位啊！”

陈风直接傻了，笑问道：“您今天来有啥事啊？”

“我丈母娘的药吃完了，再来开药。”

“你这老兄，早说啊！” 陈风虚惊一场，随即问道，“出院记录带来了吗？”

“带了带了。”他这才慢慢腾腾地掏出了出院记录。

“陈主任，你很好啊！想跟你交个朋友，算我高攀，行吧？”

陈风顺口说道：“好啊！”

“真的？你不会嫌弃我吧？”

“真的，哪能有嫌弃的道理啊？”

“好。”他又伸出手来，与陈风握手，说道，“明天请你吃饭，我订好地方跟你联系，这是我的名片。”

他的名字很特殊，陈风看了一眼名片，立马就记住了，不过还是推谢

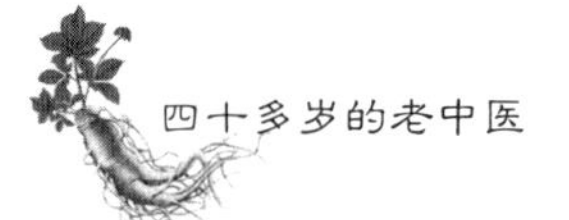

了一下："明天安排了，下周吧。"

"那就下周一，说定了，不见不散。"

陈风无可奈何地点点头，算是勉强答应他了，然后给他开完药，将他打发走了。

"喝酒说话一阵风。"这是陈风老家的一句俗语，意思是说酒桌上的话，尤其是醉汉的话就像一阵风一样，转眼就刮没了，当不得真。

陈风没有当真，下周一的上午，他约了杜主任、黄兵、邹师姐、菲姐，还有护士长刘薇晚上一起吃饭，事先说好了少喝酒，快点结束酒局，多争取点时间打够级。杜主任叫杜亭山，长陈风六岁，第一次见面他们俩就很投缘，平日里私交很深。杜主任这老兄做事情很有一套，陈风跟着他长了很多学问，尤其在介入方面，在为人处世方面也学了不少。杜主任本是中医出身，工作多年以后又考了西医的硕士，并且多次到北京阜外医院进修介入治疗。他比陈风早来医院半年，是作为高层次人才从一家市级中医院引进的。

下午快下班时，陈风像往常一样在办公室里收拾材料，门外响起了敲门声。他说了声"请进"。房门被轻轻推开，一个肥硕的身影堵在了门口。陈风一看，就是上周那个醉汉。

他笑嘻嘻地打了一个敬礼，眼睛又眯成了一条缝："陈主任好！我是成功，过来接您来了。"

陈风轻易不会接受病人或病人家属的邀请，他委婉地拒绝道："哎哟，成总，对不起，今晚医院有事。"

"没关系，你在哪家酒店，我等你，我是来赔罪的。"

"啥罪之有啊？"

"那天喝醉了酒去打扰陈主任，我太冒失了，特来赔罪，特来赔罪。"

他们俩又聊了会儿。他的真诚打动了陈风，陈风说道："晚上一块吧，还有几个同事。"

陈风给预定的酒店打了退餐电话，上了成功的车。杜主任他们几个开着另一辆车跟在后面。

出门不久，天就黑了下来，并且下起了淅淅沥沥的小雨。刮雨器不断地升起又落下，但车外的世界仍旧是一片朦胧。车内，成功一边开车，一边与陈风聊起了家常琐事。看样子，成功应该是将驾驶座调到了最大限度，但他那弥勒佛一样的大肚子依然与方向盘保持着密切接触。

陈风笑着问他："成总，咱这大肚子从什么时候开始长的？"

"从结婚以后呗。你嫂子人太好了，那叫一个贤惠啊！天天给我换着花样做饭，并且在一旁监督着，不时地摇旗呐喊，我就猛吃啊！那叫一个幸福啊！这不，不知不觉就胖起来了，现在后悔晚了。你嫂子说了，把我喂成大肥猪，就没人要我了，哈哈！”

“嗯，嫂子这招挺高明的。”

“我跟你嫂子说了，养老公比养猪强，既能干活，又能挣钱，还陪着唠嗑，哪有这么好的猪啊？得好好养着啊。”

陈风附和道：“有道理。”

两人一路聊着天，虽然堵车，但不觉得寂寞。很快车子出了城，向南开去。陈风没问去哪里，他感觉应该是南部山区。路上的车辆渐渐少了，雨却似乎下大了一些。

成功开车下了主干道，沿着小路七拐八拐，前方越来越黑，看不到几丝光亮。陈风的电话响了起来，是黄兵的，原来他们没跟上来。

成功停下车，等他们跟上来了，继续出发。

等车子拐过一个小山坡，视野突然开阔了起来，不仅灯光明亮，而且人头攒动。偌大的院子用塑料薄膜罩了起来，左侧停满了车辆，右侧摆满了方桌。方桌上几乎都坐满了人，一边吃一边吆喝，煞是热闹。

成功停下车，说道：“这地方叫‘黄氏炒鸡’，我一哥们开的，很有特色，想来吃得预定。因为这里远点，好多城里人想来这里，都是四点左右出发。走，咱们在一〇八房间。”

应成功的强烈要求，陈风坐在了主陪的位置上，他则当起了副主陪。除了一大盆炒鸡，成功还点了炸河鱼、炸河虾以及很多野菜，又要了一箱啤酒。这里的饭菜的确很有特色，大家吃得爽口，喝得开心。人胖了就能装酒，这话不虚，集体项目结束后，成功敬了一圈，杯杯都干，没啥事，最后又跟陈风单独加深了两杯。酒品见人品哪，成功这哥们真够实在的。通过这次聚会，成功和陈风他们几个都熟了起来。

结完账刚要出门，院子里突然传来一阵惊叫声，原来是有人晕倒了。杜主任急忙走上前去，试了试那人的颈动脉，还有搏动。他把那人的双腿蜷了起来，右侧大拇指用力掐在了他的人中穴上。很快，那人醒了过来。

杜主任问他：“喝了多少酒？”

“一瓶半啤酒。”

“以前晕过吗？”

“这是第三次了。”

“都第三次了，还喝，不要命了。”杜主任训斥道。

“我说不喝，他们不干。”他指了指他的朋友们。

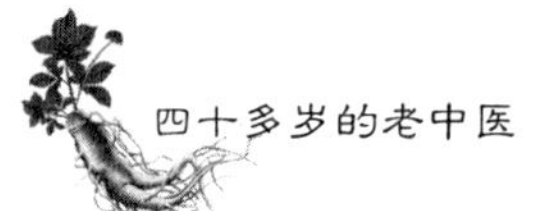

杜主任说道："这是晕厥，大脑暂时性的供血不足引起的，喝酒是诱因。以后别喝了，可记住了啊！你不喝，还有谁用枪顶着你脑袋壳啊？"

那人以及他的朋友们连连点头，并一再表示感谢。

因为陈风和菲姐住得较近，陈风上了她的车。

通往主干道的路绕来绕去，有些路段还有积水和泥泞，菲姐开始也很谨慎，等终于上了主干道，菲姐和陈风悬着的心都放了下来。

雨已经停了，一轮上弦月静静地挂在空中，给大地上的万物披上了一层淡淡的光华，朦胧而又安详，静谧而又温馨。空气中一股清新的味儿扑鼻而来，这让陈风感觉清醒了不少。

菲姐侧过脸来看了陈风一眼，问道："想啥呢？怎么不说话！平时不是挺能贫的吗？"

"喝多了，想睡觉。"陈风懒洋洋地回答。

菲姐戏谑道："还想找个人陪着你吧？"

"不是有你陪着吗？"

"我不行了，老了，让我陪个六十来岁的老头子还行。"

"老点才有味嘛。"

前面有辆桑塔纳突然变道，菲姐紧急刹车，但还是有些晚了，只听"咣"一声闷响，撞到了那车的后备厢上。那车根本没停，一溜烟跑没了。

菲姐靠路边停下车，看了看，右侧前车灯撞坏了，并不严重。

"可能那车的司机喝酒了，没敢停车。"陈风胡乱猜测着。

一场虚惊之后，二人继续前行。

陈风走到成功床前，握住他的大胖手，笑道："成哥，过年好啊！"

"过年好啊！都好到医院里来了！"

大年初三，成功给陈风打过电话，说是长了丹毒，陈风帮他联系了住院。

陈风问道："腿还疼吗？"

"轻多了。"

陈风看了看他左侧的小腿，还有些肿胀，并且有一处即将愈合的伤口。陈风指了指，问他："是不是你把这儿挠破了？"

"当时痒，就挠，也没怎么注意，没想到过了两天，又肿又痛。"

"这病就这样。"陈风稍微侧身，对文玲讲道，"丹毒是一种淋巴管的炎症，主要累及真皮浅层，致病菌多为溶血性链球菌，可以从手术伤口、外伤或是溃疡的地方侵入。潜伏期一般两到五天，前驱症状有突然发热、寒战、不适和恶心等，类似感冒。数小时到一天后出现红斑，并进行性扩大，界限清楚，患处皮温高、紧张，并出现硬结和非凹陷性水肿，受累部位有触痛、灼痛，好发于小腿、颜面部。治疗首选青霉素，疗程10到14天，对青霉素过敏者可选用大环内酯类抗菌药物，皮损表面可外用抗菌药物。如果治疗不彻底，致病菌可潜伏在淋巴管内，引起复发。如果复发的话，可引起持续性局部淋巴水肿，最后导致永久性肥厚性纤维化，称为慢性链球菌性淋巴水肿，那就需要外科整形了。”

文玲频频点头。

陈风转向成功，接着说道：“所以说不要着急出院，安心住着，争取十五以前出院吧。”

“谢谢陈主任，出了院我请你。”他又打了一个敬礼，接着说道，“这是张总，我哥们，麻烦您给看看。”

陈风还以为是其他病人的陪人呢，刚才没注意。他急忙伸出手来，与张总握手，说道：“张总好！认识您很高兴！”与张总寒暄几句，陈风直接给他看起了手纹，过了会儿说道：“你血压高、血脂高、颈椎不好，经常头痛、头晕，胃也不好，有胃胀、嗝气的情况，并且有时候睡眠也不好。”

张总愣了：“陈主任，您太神了！”

“这可不是闹着玩的，真专家，别看年轻。”成功说道。

陈风谦虚了几句，接着又显摆了起来，捧起张总的手，给文玲还有几个本科生讲起了手诊：“高血压是看这儿，两条太阳线穿过了感情线；高血脂是看这儿，皮丘隆起；智慧线末端有三角纹和干扰线，提示头痛、头晕；感情线延伸到食指、中指缝下，提示消化不良，会出现胃胀、嗝气的情况；食指第三指节有竖纹以及白色斑点，提示睡眠不好。”

文玲对手诊比较熟悉，已经跟着陈风学了接近半年了，这些常见病的手诊标准她都能掌握。几个本科生没接触过，感觉挺新鲜、挺好玩的。

陈风又补充道：“张总的智慧线较长，并且下垂，提示操心多；手上青筋较多，提示运动量偏小，有动脉硬化的情况。张总得需要注意了，以后要少操心，多锻炼。”

陈风接着给张总号了脉，看了舌质、舌苔，以眩晕1号方加减开了处方。

陈风回到办公室，换上便装，去给行政楼上的领导和同事们拜年。转完一圈回来，见董总站在办公室门口。他赶忙迎上前去：“董总，过年好！”

“陈主任，过年好！”董总主动伸出她的纤纤小手与陈风握手。

董总四十多岁，高挑的身材，瓜子脸。她在上海有一家公司，并且在美国的夏威夷也有很多业务，常年奔波于上海与夏威夷之间。因为操心过度，不知不觉间开始失眠，并且逐渐加重，每天只能睡一个小时左右。她在美国看过，在国内看过，找过西医，也找过中医，辗转治疗了大半年，总也没有明显的效果，她快要急疯了。经朋友介绍，她年前专程从上海来找陈风。

当陈风第一次见到她的时候，她衣着朴素，丝毫看不出公司老总的样子。在陈风心目中，干到老总级别的女性，可以不怎么漂亮，但必须要有气质。女性外表的美丽好比春天里的花朵，即使芳香四溢，但很难保持长久；超凡脱俗的气质则好比秋天里的果实，展现出成熟、睿智与自信，不会随着时间的流逝而逐渐消退，相反是与日俱增。

董总当时看上去一脸的憔悴，并且双眼布满了血丝。陈风为她做了相应检查，她上眼睑颤动得特别明显，双手智慧线延长并下垂，打击缘处有多条放纵线，同时脉率很快，舌尖发红。陈风问她："平时操心的事很多吗？"

她本身嗓音很细，而且回答有气无力，给人一种近似奄奄一息的感觉："嗯，很多，公司的事，家里的事。"陈风完全无法想象，像她这种状态，是如何在尔虞我诈的商场里纵横驰骋的，是如何管理自己的员工的。

陈风接着问她："能把很多事放一放吗？比如，回到家里，关上家门，就把公司里的事也关在门外，一心一意做家务，享受家庭的温馨。"

"我做不到。"她的声音里充满了幽怨，"家里经常就我一个人，我很少做饭，有时是吃完饭才回家，有时直接叫外卖，家里没多少家务可做。"

陈风暗想："看来很忧郁，家庭生活不幸福。"他低下头，又重新审视了一下董总的婚姻线，恍然大悟。陈风轻轻"哦"了一声，但他的神情瞬间由惊讶变为正常，董总并没有发现。

婚姻线位于小指根部，感情线上方。董总的婚姻线只有一条，颜色浅淡，末端稍微向下延伸，陈风差点给忽略了。他暗自提醒自己，以后给病人做检查时还得仔细仔细再仔细，千万马虎不得，虽然有时漏诊在所难免，但不能轻易地宽恕自己，给自己开绿灯，否则，难以进步，难成大器。

婚姻线末端向下延伸提示这种人在夫妻生活中很难得到对方的呵护，生活往往比较孤单、寂寞，董总就是这种情况；若末端向上延伸，反映这种人眼光较高而漠视对方，容易错过很多姻缘，或因工作太忙而放弃了很多机会，因此这种人要注意放慢脚步，留意身边的人们；若末端分成两叉，意味着这种人在夫妻生活中难以互相理解，即使结婚很长时间也很难达成默契，分居或离婚的概率很高；若婚姻线上出现岛纹，表示夫妻双方都不肯让步，常因生活琐事而争执不休，甚至发生冷战，婚姻往往难以维系；若婚姻线多条并且不规则，则提示这种人属于多情的类型，常常因情而生烦恼，可能同时喜欢上多个异性，或同时受到多个异性的钟情，"命犯桃花"

啊！这种情况天生的，谁摊上这种配偶算是倒霉了。

陈风就是这种“命犯桃花”的手纹，自从学习手诊，他才终于明白自己打小就有女人缘的原因，真是“人的命，天来定，胡思乱想不管用”。好在他自控力很强，不属于拈花惹草的那种人。但有时他也会心中窃喜：“谁让咱就是帅啊！谁让咱嘴巴甜啊！”

性线跟婚姻线处于同一位置。性线粗大者，表示肾功能较强，但易发生腰肌劳损、生殖系统急性炎症；性线浅弱者，则提示肾虚，性功能时强时弱；只有一条或没有的人，女性多为子宫发育不良、性冷淡，男性多见少精、无精、阳痿等症状；性线过长伸向无名指，表示男性易发前列腺炎，女性易发妇科疾病；性线上有小岛纹，提示性生活有障碍。

陈风又问了她一些工作上的事情，其实她平时不是很忙，公司那边，她想去就去，不去也行，只要月底去一趟，看看报表、签签字就可以了。

陈风试着转移她的注意力，问道：“董总有啥爱好吗？”

“喜欢乒乓球和羽毛球。”

“现在还打吗？”

“很少打，找不到人。”

“可以直接去健身房啊，那里有陪练的。”

……

他们正聊着，又有病人敲门进来。陈风以下气汤加减给董总开了处方。她出门前说好了半月后再来，眼神中有些依依不舍。

一晃半个月的时间过去了，陈风似乎忘记了他们之间的约定。对陈风而言，这是再正常不过的事情了。陈风平时很忙，每天会接到很多电话，包括很多病人的电话，但他很难记住每个病人的名字和相貌，并且有些病人未必如约前来，久而久之，他也就不再留意这些约定了，来了就好好接待，不来也就算了。

今天董总的出现，让陈风一愣。董总眼里的血丝少了，脸上憔悴的表情也不见了，好像还专门化了一层淡妆，她笑意盈盈地望着陈风，说道：“我好多了，谢谢你了，你医术真的很高。”她的声音明显比上次有了力气。

“最近一天能睡多长时间？”看到她的改变，陈风很开心，也很自豪，无异于收到了一份新年礼物。

“能睡两个小时了。”

“太好了，我再给你调调方子。”陈风边说边给她做起了检查，“嗯，舌尖不怎么红了，火小了，脉象也比以前平和了，上次你的脉象显得浮躁、

焦虑，还暗藏了深深的忧虑。”

“我确实感觉好多了，发火少了，前胸有块石头压着的感觉也没有了，多谢你了。”她很激动，并且相当客气。

陈风问她：“除了吃药，生活方面有什么改变？”

“我去健身房办了年卡，几乎天天都去。”

“很好，很好，贵在坚持，一定要坚持下去。”陈风鼓励她，随后开了方子，这次还是以下气汤加减。

刚才他们聊天时敞着门，文玲走了进来，静静地站在陈风旁边。这时她忍不住问了一句：“老师，这是什么方子啊？”

陈风和蔼地反问道：“你说呢？”

文玲挠挠头，不确定地小声回答道：“四君子汤？”

“也对，也不对。这个方子里面包含了四君子汤，更确切地说，应该是下气汤。这不怨你，因为《方剂学》里没有这方子。下气汤原载于黄元御所著的《四圣心源》，主治肺气不降、胸膈痞塞，由甘草、半夏、茯苓、杏仁、贝母、五味子、芍药、橘皮八味药物组成……”

陈风兴致正浓，董总站了起来，邀请道：“我在医院旁边的鲁西南酒店定了房间，中午一起吃个饭吧？”

“不用这么客气，刚过年，都挺忙的。”陈风推辞道。

“一定要去，一定要去，盖总也过来了，他先去办点其他事，中午赶过来，他说好多年没见你了，很想你。”

这下弄得陈风没脾气了。盖总是他以前所在公司的副总经理，后来辞职去了上海，自己成立了证券公司，据说这些年干得风生水起。陈风确实好多年没有见过他了，老领导来了，怎么着也得见一面吧，他只好答应了下来。

送走董总，陈风问文玲：“听说过黄元御和麻瑞亭这两个人物吗？”

文玲答道：“黄元御知道，但麻瑞亭没听说过。”

“黄元御是清代著名医学家，是尊经派的代表人物，他以其高超的理论、渊博的知识、非凡的医学成就立于杏林之中，对后世医家的影响相当深远，被誉为‘一代宗师’。他是咱们山东人的骄傲，潍坊昌邑人，出身于书香门第，聪明过人，而且很有抱负，自称‘涤滤玄览，游思圹垠，空明研悟，自负古今无双’。但很不幸的是三十岁时得了眼病，为庸医所误，左眼失明，从此立志学医，刻苦研读经典，并大胆进行临床实践。他从学医到去世只有二十一年的时间，除去学习阶段和临床实践外，竟然完成十四部著作。很了不起啊！他推崇岐伯、黄帝、扁鹊、仲景，并称之为四圣。”

文玲插言道："对，《四圣心源》就是他写的。"

"为什么叫《四圣心源》呢？就是弘扬四圣的伟业，阐发四圣典籍的奥妙。他在这本书中提出了'枢轴运动'或叫'圆运动'的观点，并详加解释。他崇尚气化，就是气的运动，并且首重中气、兼及四维，中气是指脾胃，四维分别是指心、肺、肝、肾。"陈风拿来纸和笔，给文玲画了一张图，解释道："这是一张脏腑图，这些脏腑所引导的气机处于动态循环之中，并且有一定的方向性。肾在最下面，属水脏，水中含火，水是肾阴，火是肾阳。火是向上走的，火生土，使得脾土温暖，脾也是向上走的，将营养运送到肺脏，再与吸入的空气中的精微物质结合，由肺协助向全身输布。肾脏中的水呢，也要上升，水生木，肝脏之气随着脾土之气上升，这叫'肝随脾升'，肝和脾都是从左边走的。所以，左边身体有病，有时要考虑到肝脾之气上升是否正常，尤其是肝气。当气机随着肝脾升到了顶部，这里就是肺和心了。心火的特点其实也是要向上的，但由于肺金主降，心火被带向下行，直降到肾中，使得肾水不至于过寒，温暖肾水，而肾水随着肝木上承，到达心火的位置，使得心火也不至于过热，这就叫'水火既济'。在肺金下降的同时，人嘴里吃入的东西进入了胃，也是向下走的，所以胃气要下降。在胃气下降的同时，胆气也随着下降，这就是'胆随胃降'，这个胃气和胆气的下降，是从右边下行的。所以，如果人体的右边有病，要考虑一下胃气和胆气是否出了问题。你再看一下，脾土左升，肝气和肾水都随着升，胃气右降，胆气和心火随着降，这就构成了一个左边升，右边降的圆圈。在这个圆圈里，脾胃一阴一阳，就是中心的轴，一切都是围绕着它们来转。这个圆圈的任何一个地方运转失常，就相当于把圆圈的运动给'咔嚓'一下挡在了那里，不能转动了，就出现了问题，这个时候咋办？就要使用药物，调畅气机，让它们恢复上下运行，病也就好了。"

"老师，您讲得太好了，我听明白了。"文玲高兴地说道。

"不是我讲得好，还是人家黄元御聪明，这么深奥的问题人家能用浅显的道理说明白。"陈风站起身来喝了几口水，继续说道，"大家对黄元御都比较熟悉，而知道麻瑞亭的就少多了。麻瑞亭也是咱们山东人，是潍坊安丘的。他 15 岁那年，得了一场大病，幸亏他的舅爷爷李鼎臣全力救治，化险为夷。这李鼎臣是谁呢？是黄元御的第四代传人。他病好了以后，毅然拜李鼎臣为师，习医 8 年。他也就成了黄元御的第五代传人，全面继承并发展了黄元御医术。他写了一本书，叫《麻瑞亭治验集》，这本书可以说是黄元御医学的临床实践记录。在这书中，医学理论、辨证诊断、处方用药等，都带有鲜明的黄氏医术特色，他尤其是将《四圣心源》中的'下

气汤’发挥运用到了极致。”

外面响起敲门声，陈风喊了一声：“请进！”

原来是石艳茹回来了，她手里提了一个纸袋子，递了过来：“老师，这是我妈做的年糕，请您尝尝。”石艳茹也是陈风的小徒弟，与沈文玲同级。

“谢谢了！”陈风接过来，与她寒暄了几句，又接着讲了起来：“麻瑞亭结合临床实践，对下气汤原方进行了调整，一是去掉了敛肺止咳的五味子、贝母，二是加上了润血疏肝的首乌、丹皮，这就让原方变成了既能右降肺胃又能左升肝脾的升清降浊的方子。咱们先分析一下方子的配伍规律吧。方中茯苓健脾渗湿，治在脾而助其升，半夏和胃降逆，治在胃而助其降，甘草和中，治在脾胃，助其升降，三味配伍而调理后天脾胃，助其气血生化之源，以扶正抑邪；芍药、丹皮、首乌入血分，疏肝升陷，兼以平胆；橘红、杏仁入气分，清肺理气，化痰降逆。因此，这方子的主要功效就是健脾疏肝、清降肺胃、调和上下，胃降而善纳，脾升而善磨，肝升而血不郁，肺降而气不滞，心肾因之交泰，诸脏腑紊乱之气机，复其升降之常，这样一来，病不也就好了吗？”

艳茹说道：“我从网上看到过，这方子的加减配伍特别灵活。”

陈风点点头，“是啊！以它为主方，随证灵活加减，可以治疗绝大部分的内伤杂病，所以说是发挥运用到了极致。八味药物虽平淡无奇，但是这种组方规律抓住了内伤杂病的根本。小石，你说说，内伤杂病的根本是什么？”

艳茹想了想，答道：“内伤杂病的根本是脏腑功能失调，尤其是脾胃功能失调。”

“嗯，很对啊！这就是下气汤灵活加减化裁，能够治疗绝大部分内伤杂病，并且具有很好疗效的原因。内伤杂病，虽然病症病名不同，但病机相同或相近，大多都是脏腑功能失调，升降紊乱，因此恢复升降之常是关键，并且要重在调理脾胃。下气汤以健脾和胃为本，兼调肝肾心肺，切中了内伤杂病的主要病机，所以具有显著的疗效，这是异病同治的具体实践与发扬，是异病同治的典范。同时也要注意黄元御的一句话，就是‘人有无妄之疾，医乏不死之方’，下气汤的加减非常灵活，虽能治疗很多内伤杂病，但并非是所有疾病的灵丹妙药。麻瑞亭也并非以下气汤包治百病，当用则用，不当用则另用他方，需要脉症合参，这就是‘善用’与‘好用’的区别。但无论如何，下气汤都是一个调中的良方。”

陈风顿了顿，继续说道：“给你们俩出个思考题吧。调中、建中、补中有什么区别？各有什么代表方剂？”

陈风进到酒店的房间，见到盖总，立马与他来了一个熊抱。盖总自打去了上海，曾经回来过几次，但都没跟陈风联系，毕竟陈风属于小字辈，比盖总小了十来岁。

盖总亲切地望着陈风，说道："小陈啊，一晃十多年过去了，你头上也长了白发了。"

"是啊！四十多了，不惑了。"

"当年你刚去集团报到的时候，我还给你们那一批做过岗前培训。你那时多年轻啊！头发乌黑油亮，白衬衣特别干净，那真叫雄姿英发啊！"

陈风仿佛回到了当年，感慨道："那时就像大傻帽似的，难得盖总记得那么清楚。"

"你当时学历最高，头最大，好记啊！"盖总在笑，董总和陈风也跟着笑了起来。

盖总问道："小陈啊，在山东这边发展得还不错吧？我刚才去看望了咱们娄董事长，他提到你，说你干得不错，他因为心脏不舒服过来找过你。你现在都是大专家了。"

陈风谦虚道："哪里哪里啊！离大专家还有很远的距离呢。"

"别谦虚啊！已经很不错了，董总吃了你的药以后好得很快。"盖总喝口茶，换了一个话题，"我跟上海好多医院的院长们都熟，如果你嫌这边发展慢，不够理想，我可以给你牵牵线，当回红娘。"

"这边还挺好的，领导们都很器重我，和同事们关系处得也不错，暂时还没有离开的想法。"陈风很诚恳地说道。

盖总点点头："决定权当然在你，不过抽机会多出去走一走、看一看还是很有必要的。我看过一篇报道，说是美国一个医务人员，上班时手抖动得厉害，被确诊为'肝豆状核变性'，在美国治疗了一年，病情不见好转，症状反而加重，后来经过多方打听，得知安徽省中医院可以治这病，她就来了，治了一个月，病情便得以控制，手不抖了，各种指标基本正常，学习、工作和生活也都没问题了，她认为中医太不可思议了，逢人就讲，并且立志学习中医。不过啊，美国只有'中医针灸师执照'和'中药师执照'，没有'中医师执照'。在美国，中药不算'药'，一般是以食品补充剂的名义进口，因此，开中药的不需要专业执照的认可，谁都可以开，这就像给别人开一张食谱的配料一样。年前我去过一趟费城，因为颈椎不好找了一位姓朱的针灸师，她是咱们中国人，在费城开针灸诊所20多年了，深受美国人的信任，去找她针灸都得预约。"

盖总离开医药行业这么多年，还惦记着医药方面的事情，这让陈风钦

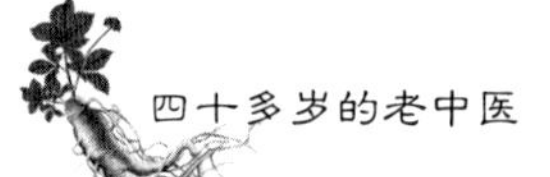

佩不已。他感叹道：“盖总的视野真是太开阔了！”

“你还年轻，以后出国的机会多的是，可以多去国外讲学，宣传中医，推广中医，让外国人来咱们中国看病。董总这次回去，就准备介绍几个病人过来。”

陈风侧身看了董总一眼，董总也正专注地看着他，陈风不由笑了笑，说道：“欢迎欢迎啊！也很感谢董总为我们中医事业做贡献。”

董总道：“我是自愿的。”

“我给董总介绍一种经络调理的方法吧，你可以试着做做，不过一定要坚持啊！”

董总高兴地说道：“那太好了！快讲给我听。”

陈风讲道：“咱先说说什么是经络。经络是运行气血、联系脏腑和体表以及全身各部的通道，是人体功能的调控系统，由经脉和络脉组成。经络能抗御病邪，同时也是疾病入脏腑传变的途径。要想身体健康，必须保持经络通畅。一般来说，保持经络通畅，有三种方法。一是要经常运动，只有经常运动，气血才能周流全身；二是要多吃葱、姜、蒜、萝卜、山楂等具有行气活血作用的食物；三是要保持心情愉快，因为心情不好会引起气机郁结，气机郁结就会导致经络不通。当经络不通了，很多病就会随之而来。”

“我就是经络不通是吧？”董总问道。

“是啊！”陈风点点头，继续说道，“当经络不通了，就需要调理了。经络调理就是按照经络的运行方向，对穴位进行有规律的刺激，来疏通经络，调和气血，提高脏腑功能，改善人体的健康状态。具体的刺激方法有很多种。中医治疗经典的六大技法包括砭、针、灸、药、按硚、导引，除了‘药’之外的‘五技’都是直接去调理经络的，而‘药’呢，是按照性味归经的基本原则，通过脾胃吸收后，循行到对应的经络中去才能发挥作用。”

“没怎么听明白。”董总摇摇头。

“别急，我接着解释。砭就是刮痧，按硚就是按摩或者推拿，导引就是气功，这应该明白了吧？”

董总叹口气，说道：“可我都不会啊！”

“我告诉你很简单的一种，回家买个按摩锤，自己敲就是了。”

“哦，这个简单，告诉我敲哪儿吧？”

盖总笑道：“看把你急的，菜都要凉了，还让不让吃饭了？”

“先吃，咱们边吃边聊。”陈风给盖总和董总每人夹了一筷子拌羊脸，然后给自己也夹了一些，“像董总这种情况吧，需要调理肝经。肝主谋虑，对人的思维起重要作用，人的谋虑正误取决于肝。肝气不足，遇事多犹豫不决，肝气亢胜，处事则失于严谨。另外呢，肝气主动，可使人气机舒畅，神气充盈。过劳会首先影响到肝，现代许多病都与伤肝有关。丑时，也就是凌晨 1 点到 3 点，肝经当令，也就是说在此期间是肝经在人体内值班，此时阳气虽渐长但阴气仍重。在十二经中，肝经主升发，引导身体里的阳气逐渐回升，但由于阳气依然微弱，所以此时需要继续通过睡眠来护卫阳气，丑时熟睡就是对肝最大的关爱。这个时候千万不要去酗酒、沉迷于游戏。此时人体得休息，肝还要工作。若是凌晨 1 点之前不睡，长此以往，肝气就会受到伤害，自然就会容易发病。”

“哎呀！陈主任啊，你能不能快点啊！真是急死我了！”董总显然有些不耐烦了。

“你看你看，急脾气又来了。”陈风故意放慢了说话的速度，晃起了他的大脑袋，“听我慢慢道来，‘曲径通幽处，禅房花木深’嘛！”

“就是嘛！别急，听小陈慢慢说。”盖总跟了一句。

“先说肝经的走行路线。”陈风指着董总说道，“肝经起自脚大拇指的外侧，沿脚背向上到内踝的前面，沿胫骨内缘继续向上，上行过膝内侧，沿大腿内侧中线向上，到小腹，再到胃的两旁，总共十四个穴位，我给你写下来吧。”

服务员很知趣地拿来纸笔递给陈风，陈风唰唰几笔就画出了一张肝经的模式图，并且分别标出了十四个穴位的位置和名称，交给董总，说道：“好了，回家比着做吧，从下往上敲，遇到穴位就多敲几次。”

第五章

陈风看在眼里，不由得一阵阵心痛。秦家胜一直争强好胜，并且锋芒毕露，骨子里有股与生俱来的傲气，但同时抗击打能力也有些脆弱。职称的事情，在陈风这里已经差不多烟消云散了，他还耿耿于怀。陈风笑笑，调侃道："今天你埋单，我给你当出气筒好了。"

因为下午还要上班，陈风只是象征性地跟盖总喝了几杯啤酒，以表达感激和祝福之情。把他和董总送走之后，陈风回到办公室，斜坐在沙发上眯了会儿，毕竟昨天值了夜班，睡得不够踏实。

正在迷糊之中，短信的声音把陈风吵醒了。他摸过手机一看，是大学同学秦家胜的消息："晚上有空吗？整点？"

"这家伙，没事就想喝酒。"陈风腹诽了一句，回复道："怎么了？郁闷了？晚上没人管饭了？"

"你就是我肚子里的蛔虫啊！了解我！"

"好吧！"陈风回完短信，去水房洗了把脸，坐在电脑前，随意浏览着新闻网页，文玲和艳茹两个小丫头敲门进来了。

文玲调皮地道："老师，我们开始回答问题吧？"

"好啊！"陈风点点头。虽然平时挺贫，但在小徒弟们面前，他还是要摆出一副老师的样子。

文玲答道："建中的代表方剂有两个，一个是小建中汤，一个是大建中汤。小建中汤由饴糖、桂枝、芍药、生姜、大枣和炙甘草组成，针对中焦虚寒，症状有腹中拘急疼痛，喜温喜按，心悸，面色无华，发热，口燥咽干等；大建中汤由蜀椒、干姜和人参组成，针对中虚寒盛，症状有脘腹寒痛，呕不能食，腹皮高起，出现头足状包块，痛而拒按，或腹中辘辘有声，甚则肢厥脉伏。大建中汤的温建中阳、补虚散寒之力，比小建中汤峻烈，所以取名叫大建中汤。补中的代表方剂是补中益气汤，由黄芪、人参、白术、炙甘草、当归、陈皮、升麻、柴胡、生姜和大枣组成，针对三个方面：一是脾胃气虚，少气懒言，四肢无力，困倦少食，饮食乏味，不耐劳累，动则气短；二是气虚发热，气高而喘，身热而烦，渴喜热饮，其脉洪大，按之无力，皮肤不任风寒，而生寒热头痛；三是气虚下陷，久泻脱肛，子宫下垂，胃下垂，或其他内脏下垂者。调中的代表方剂则是您上午讲的下气汤了，主要是在调理中气的基础上，兼及四维，而使诸脏腑因邪之所凑而导致的升降紊乱，恢复升降之常，则正气充旺，祛邪外出而病愈。”

“嗯，背得不错，艳茹还有需要补充的吗？”

艳茹摇摇头：“没有了。”

“再好好想想。”

她们俩摇摇头：“想不起来了。”

陈风并没有责怪她们，和蔼地说道：“还落下了黄芪建中汤和当归建中汤，黄芪建中汤是在小建中汤的基础上加了黄芪，增强了益气建中之力，当归建中汤是在小建中汤的基础上加了当归，偏重于和血止痛。另外呢，还有十四味建中汤、乐令建中汤和八味大建中汤。具体组成和方解，自己上网去查吧。”

家胜跟陈风上大学时住同一宿舍，家胜排行老六，陈风排行老八，他俩还是泰安老乡，挺投缘的，关系一直很铁。他比陈风还要优秀很多，不仅读完了博士后，主持过三项国家自然科学基金，还干到了口腔医院的副院长。然而，又是一次“天意弄人”，他在去年的正高职称晋升时也同样失败，那叫一个郁闷啊！两人一不留神由一对亲兄热弟变成了难兄难弟，往年年前就有的聚会也因此拖到了现在，而且，两家人都参加的热闹情景也不复存在。

家胜早陈风先到，他选了一张靠窗子的方桌坐了下来，窗台上摆了几盆水培吊兰。他慢腾腾地翻看着菜单，随后喊来服务员，点了四菜一汤。陈风一进门便看见了他，走到桌前坐了下来，招呼道：“早到了？”

“嗯，菜点好了。”他指了指桌上的两瓶金泰山，“老规矩，一人一瓶。”

“哎呀，现在不行了，净倒醉。”

“少废话，喝。”他拿出兄长的口气训斥陈风，眼神里充满了忧郁。

陈风看在眼里，不由得一阵阵心痛。秦家胜一直争强好胜，并且锋芒毕露，骨子里有股与生俱来的傲气，但同时抗击打能力也有些脆弱。职称的事情，在陈风这里已经差不多烟消云散了，他还耿耿于怀。陈风打开酒瓶，倒满了酒，调侃道："今天你埋单，我给你当出气筒好了。"

"有这么大脑袋壳的出气筒吗？"他一笑，露出了虎牙，"真是窝囊死了！在咱省内口腔界，有谁主持过三项国自然？有谁发表过五篇 SCI 收录的文章？居然连续两年了都评不上个鸟正高！"

这样的高级知识分子居然也爆粗口，陈风一乐："主要是伯乐没在省内，雾霾太大了，人家不敢来！"最近全省的空气质量很不乐观，今天凌晨六点省气象台又发布了雾霾黄色预警，有十多个城市出现中度到重度雾霾。

陈风突然想起来一个关于雾霾的笑话，接着讲道："有一天，太白金星问王母娘娘，娘娘为啥闷闷不乐啊？王母娘娘叹口气说，最近发现玉皇大帝老是往人间看，后来才知道原来是在看美女。太白金星就说，是啊！不光玉皇大帝，很多神仙也在偷看，只怪人间的女子穿的衣服越来越少啦！王母娘娘生气了，就说，那就来个雾霾，封住他们的视线！太白金星答应说，好，臣马上去办！"

"呵呵！我被雾霾撞了一下腰。我现在是全身腰疼，满嘴牙疼啊！"家胜伸了伸腰，晃了晃脖子，埋怨道，"干个口腔医生，太辛苦了！尤其是这颈椎，一转悠就嘎巴嘎巴直响。"

"过会儿咱们去做个推拿，好好享受享受。"陈风建议道。

家胜叹口气："也不知道天天瞎忙活啥，看不到一点希望。有家口腔连锁公司要聘我，给出的条件很诱人啊！"

陈风没有接家胜的话题，他侧身看着吊兰绿油油的叶子，抚摸了一下它下垂的叶尖，问家胜："每种花都有花语，你知道吊兰的花语吗？"

家胜摇摇头："没听说过。"

"吊兰的花语是'无奈而又给人希望'，这里面有个典故。"

"说来听听。"

"传说有个嫉贤妒能的主考官，为了让他的干儿子金榜题名，下决心要压制一个很有才气的考生。在主考官批改那考生的卷子时恰好碰到皇帝微服来访，主考官在慌忙之中就把卷子藏到了案头的兰花中。那盆兰花开得很漂亮，被皇帝无意看到，当然考卷也被发现了，于是皇帝得知了实情。结局呢，我们应该猜得到，皇帝不仅免了主考官的官职，还把那盆花'赐'给了他。主考官又羞又恼，不久就死掉了。从此以后，那兰花的叶子就再也没有直起来过，并且渐渐演变成今天的吊兰。嘿嘿，它的花语就是这样来的。"

家胜故作深沉地点点头，重复道："吊兰，吊兰，无奈而又给人希望。"

"咱们来分析一下吧。"陈风习惯性地伸出右手，说一件事情就握住一根手指，"在这传说中，无奈的是主考官，给人希望的是皇帝，获得希望的是考生。去年我们之所以背运，是因为没有碰到皇帝。"

"我们的皇帝在哪儿呢？两年了，还没来。"

"别急嘛！风水轮流转，皇帝也轮流转，今年就要来咱们家了。"

"但愿吧！来，干杯！"家胜与陈风碰了碰杯子，一仰脖，把剩下的三分之一一口喝了。

陈风也清空了杯子，先给家胜倒满，又给自己倒上。陈风慢悠悠地说道："咱人吧，得知足。你看你，是咱同学里面评副高最早的。虽然正高两年没过，咱绝大多数同学到现在还没有报正高的资格呢。更有甚者，还有没评上副高的。咱老家有句俏皮话，'一群小伙去赶集，人家骑马咱骑驴，回头看看那推车汉，比上不足比下有余。'咱就是那骑驴的，知足吧！"

"我不骑驴，也不骑马，我要开大奔，我要开飞机，我有很大很大的梦想，我还有很多很多的事情要做。"家胜停顿了一下，"但是，老有人嫉妒我，老有人挡着我的路。更可恨的是，还有人专门看笑话，生怕别人比他强，抢了他的位置。我还就不信这个邪了，评个正高竟然那么费劲。"

陈风劝慰道："可能别人并没有打压你的意思，还是因为你太年轻了。评职称论资排辈，也属正常。"

家胜依然愤愤不平："有些人评上正高，也就一辈子到头了，等着退休了，啥科研也不干了。对于咱们就不一样了，评上正高了，就有资格报博导，也有利于报课题、报学科、报专科，这对医院的发展会起到多大的促进作用。但有些领导就是看不到这一点，真不知道他们的大局观念和战略思维都跑哪儿去了！都让狗吃了！"

"有点偏激了吧？也不全是这样。"陈风夹了一块狗肉，"来，你也来一块，狗吃了他们的大局观念和战略思维，咱吃狗肉，吃了解解气。"

家胜露出了久违的笑脸。这时，有人端着酒杯朝他们走了过来，是一位中年男性，五十来岁的年纪，脸红扑扑的，走路有点摇晃，应该是喝了不少酒了。陈风感觉不认识他，脑子飞速旋转，没找到与他相关的信息，或许是家胜的熟人吧。没想到他走到了陈风的跟前，似乎很熟悉的样子，笑道："陈主任，还认识我吗？"

陈风站了起来，假装认识似的跟人家握了握手，说道："你好！你好！"

他大大咧咧地说道："我是您的病号，前年在您那里住过院。后来我小舅子的病，我亲家母的病，都让您给治好了，多谢了！多谢了！刚才出

来上厕所的时候看到您了，过来敬杯酒。来来来，干了！”

“哦，你是在单间里面啊。”陈风跟他碰过杯子，喝了一口，但没干杯。

“是。”他高举着自己的空杯子劝陈风，“干、干，干了。”

陈风本是豪爽的性格，不经劝，于是端起酒杯干了。

“谢谢了！明天在医院吗？我领着媳妇过去找您。”

“在，过来就行。”陈风点点头。

“好的。”他晃晃悠悠地告辞而去。

家胜和陈风这哥俩边喝边聊，不知不觉间，就把两瓶金泰山给喝光了。两个人的舌头根子都粗大了许多，说话有些含糊不清了。

陈风摇头晃脑地说道：“今天痛快，咱豪言壮语说了几火车，字字句句闪金光啊！”

“什么豪言壮语，就是吹呗！”家胜挥挥手。

“如果像咱这样能吹的人多了，雾霾不就散了嘛！咱这是为环保事业做贡献呢！居功甚伟啊！”

“拉倒吧你，走了，洗脚去了。”

俩人出了酒店，打车去了一家医院的“治未病”中心。

“治未病”是指采取预防或治疗手段，防止疾病发生、发展的方法，是中医药学的核心理念之一，也是中医预防保健的重要理论基础和准则。发展中医“治未病”服务，既符合医学模式转变的趋势和中医药自身发展的需要，也符合目前医改的需求，促进卫生工作关口前移，满足人民群众预防疾病、追求健康的需求。

为此，国家中医药管理局在2007年启动了中医“治未病”健康工程，通过多年的努力在全国构建起了比较完善的中医预防保健服务体系。

2013年，国家中医药管理局召开了“中医‘治未病’健康工程新闻通气会”，新闻发言人称，为了打造中医预防保健的服务提供平台，要求我国全部二级以上中医院设立“治未病”中心。同时，在一些其他的医疗卫生机构中也探索开展“治未病”工作。

在这种大背景下，很多家中医院的“治未病”中心雨后春笋般地建了起来，陈风所在的医院也不例外，他还兼了管理办公室的主任，工作开展得如火如荼。说起这些，还真不是吹牛，光看看门口挂着的牌子吧，一大堆，既有国家中医药管理局的试点单位、重点专科培育单位、重点学科建设单位，又有省试点单位、中医药重点科研实验室，等等。

陈风之所以没有选择去自己所在的医院，主要是因为他喝成了醉醺醺的模样，怕碰见同事，孬好不说也算个中层领导，所谓的光辉形象还是要注意维护的。虽然酒多了，话多了，人也不稳当了，但他神智还算清醒。

上楼时，家胜问陈风："这里没有特殊服务吧？"

陈风答道："没有，这里绝对正规，咱不能干那对不起孙大能妮的事。"孙大能妮是指家胜的太太，真名孙丽萍，小学音乐老师，弹琴、绘画、厨艺、针线活无所不能，同学圈里都称她为大能妮。

"嗯，也不能对不起于虹。"

陈风轻车熟路地陪着家胜上了三楼，对迎宾小姐说道："来158的吧，全身推拿加足疗。"

"好嘞，两位先生这边请。"迎宾小姐领他们俩进了房间，给每人倒上一杯茶水，退了出去。

不多久，门外传来敲门声。两位着装统一的女按摩师端着足浴盆走了进来："两位先生好！"说罢，她们分别来到家胜和陈风跟前，开始给他们脱鞋、脱袜子，并且挽起了裤腿角。

家胜斜卧在按摩床上，感叹道："让人伺候的感觉真是爽啊！想想咱们现在有吃有喝、有车有房的好日子，真是应该知足啊！天天瞎争个啥？真是没劲！太没劲了！"

"这就对了嘛，'该吃吃，该喝喝，凡事别往心里搁；泡着脚，看着表，舒服一秒是一秒。'人活一世，不能光忙活啊，该享受还是得享受。"

两位按摩师刚才按完了头部，现在开始按摩颈椎了。一看就知道她们受过专门培训，两个人的手法一致，进度也大致相同。

家胜仰望着天花板，很舒服的神情："以前听到'治未病'，还以为是'治胃病'呢，胃病有啥好治的？很不理解。现在知道了，原来是未来的'未'，啥意思？陈大学问，给讲讲呗。"

"看来宣传得还是不够啊！有次一个病人问我，'末病'都包括那些病啊？我当时愣了，没听说过啊？他说，我看见你们医院后边有'治末病'中心，是不是治一些没希望、快不行了的病啊？"

家胜笑了，两个按摩师也笑了起来。

陈风接着说道："想想咱老祖宗造字挺有学问的，'未'和'末'写法差不多，上边一横短了就代表还没发生，下边一横短了就代表即将结束。"

"建议重症医学科改成'治末病'中心算了。"

陈风附和道："有道理。我接着说'治未病'的事了，可以简单地总结为一二三四五六七八九。先说一，一个思想，'治未病'呗，就是要把养生防病作为主导思想。二是二句名言，第一句是《黄帝内经》里的话，'是故圣人不治已病治未病，不治已乱治未乱，此之谓也。夫病已成而后药之，乱已成而后治之，譬犹渴而穿井，斗而铸锥，不亦晚乎。’意思是说‘治未病’很重要，如果人病了以后再治，就跟人渴了再挖井、战争来了再打造兵器差不多，晚了。第二句是《格致余论》里的话，‘与其求疗于有病之后，不若摄养于无疾之先’。两句话看似相同，但有差别。第一句告诉你要思想重视，第二句是告诉你要采取行动。”

家胜心中一赞，没想到陈风这小子记得这么清楚。他奉承道：“天天胡吃海喝，记忆力还这么好！”

“没啥没啥！我刚刚讲过课，所以记得深刻。三是三个通畅，血脉要通，气机要通，胃肠要通。这个好理解，就不多啰唆了。四是四个层次，未病先防，欲病救萌，既病防变和瘥后防复，其中‘瘥’是痊愈或缓解的意思。五是五禽戏，华佗根据古代导引术，模仿虎、鹿、熊、猿、鸟五种禽兽的不同形象和特有的动作特色，创立了一套适宜于防病、祛病和保健的医疗体操，即五禽戏。他有个弟子，好像叫吴普，坚持天天练，活到九十多岁了，仍然耳聪目明，牙齿完整，你可以好好研究研究了，搞出一系列的口腔‘治未病’来，力争成为全国的先驱人物。”

“这思路不错，真的很有前景，接着讲。”

“六是除六害，薄名利，禁声色，廉财物，损滋味，除佞妄，去诅嫉。‘佞’是花言巧语，‘妄’是胡思乱想，‘诅’是诅咒，‘嫉’是嫉妒，这都很好理解。七是怡七情，就是调畅七情，喜、怒、哀、乐、悲、恐、惊，这是人的七种正常情志，不能过头，过了头就是七情过激，容易长病。八是八字诀，童心、蚁食、龟欲、猴行。童心是指要童心未泯，蚁食是指要少吃，龟欲是指要心境淡泊，猴行是指要多运动。九是九个‘常’，发常梳，面常搓，目常运，鼻常揉，耳常弹，齿常叩，腹常旋，肛常提，肢常伸，这也很好理解的了。”

“呵呵，厉害。”家胜抬起脚来，这时全身按摩结束了，要做足疗了。

紧接着陈风这边的全身按摩也做完了。两个按摩师分别给他们洗过脚，端着足浴盆出去了。

家胜那边传来了细微的鼾声，看来他已经进入了梦乡。陈风还没睡意，呆呆地望着天花板，若有所思。

足疗开始了，陈风静静地躺在按摩床上，尽情享受着这种无比轻松的感觉。

对于足疗，陈风了解很多，这也是因为年前给全院的护理人员进行过系统培训的缘故。

足疗源远流长，是人们在长期的社会实践中的知识积累和经验总结，至今已有3000多年的历史。目前，足疗已成为一种运用中医原理，集检查、治疗和保健为一体的无创伤自然疗法。足疗其实包括两个部分，即足浴和足部按摩。

人体有12条正经、8条奇经，其中6条正经、3条奇经从足部经过，双脚共有66个穴位。这些经络和穴位与人体各部器官相联系，故足被称为人体的第二心脏。“人之有足如树之有根，树枯根先竭，人老足先衰。”

足部存在着与脏腑组织器官相对应的各种反射区。反射区既是疾病的反映部位，可以用来做诊断疾病；反射区也是治疗的刺激部位，足部按摩可使相应的组织器官功能得到改善。

足部按摩，往往先从左脚开始，然后再到右脚。按摩时，应先按脚底，从脚底内侧、到外侧，最后是脚背。足部按摩完毕后，再对小腿部分穴位进行按摩。按摩足底时，先从基本反射区开始，再到病变反射区。对于肾、输尿管和膀胱反射区的对应穴位，需先进行按摩刺激，从而刺激排泄系统，再按摩与心、胃、脾等部位相应的反射区。

足部按摩总共分为十二个步骤，每个步骤都被冠以一个很好听的名字，如含苞未放、金鱼摆尾、隔墙有耳、仙鹤展翅、细水长流，等等。

足部按摩时力度不宜过轻，需要达到一定力度。若出现了酸胀感，此时使用的力度是比较合适的。另外，按摩力度和节奏也要均匀，不能时轻时重、快慢不一。对于体质偏强的人，则可以多加一点力；如果是虚证、病重体弱的人，则力度可适当放缓。

给陈风按摩的这个女孩动作标准，力度到位。陈风感觉全身舒爽，趁机夸了她几句：“小姑娘哪里人啊？你按摩得很好啊！”

小姑娘羞涩地答道：“谢谢夸奖，我是河南来的。”

“学几年了？”

“半年多了。我看您是这方面的大专家，对不？”

“大专家谈不上，”陈风谦虚地笑了笑，这时酒醒了不少了，“小医生而已，我跟你们何主任很熟的，前年你们这边准备三甲评审时，我来过。你们这边用的体质辨识软件，就是我们开发的。”

“哦，我知道了，您计算机是不是也很厉害？”

“我不行，请专业人员做的。”

快结束时，小姑娘对陈风说道：“我是十七号，欢迎下次来时点我。”

“没问题，我会在何主任面前为你美言的。”

“谢谢了，您再歇会儿吧，我走了，再见！”

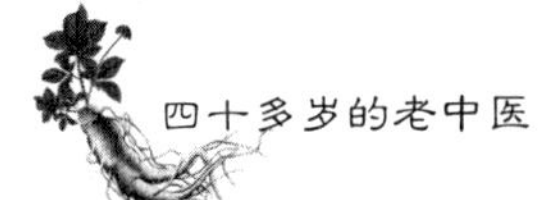

陈风点头道："再见。"他喊醒家胜，两个人收拾好了出门下楼。

这边相对偏僻，出租车打不着，两个人边聊边走。走没多远，他们看到一个居民小区里聚集了很多人，走近一看，人群中央摆了一张大圆桌，上面摆满了贡品，周围挂满了灯笼。

"这么晚了，这是干什么啊？"陈风问道。

家胜又仔细瞅了瞅，很快从这群人的言谈话语中判断了出来："这是搞祭星仪式呢。"

陈风有点蒙："祭星？咋回事啊？"

"'祭星'，也叫'顺星'或者'接星'。依照道教和星象家的说法，每人每年都有一位值年的星，也叫"流年照命星"，分别是日、月、金、木、水、火、土，好像还有罗候和计都，共九颗星，轮流值年照命。人的一年命运如何，完全操纵在这位值年的星手里，而每年的正月初八就是九星聚会的日子，又传为'诸星下界'之日，所以在这天祭星，便有可能获得星的保佑。当然了，时间要选在晚上，等天上星斗出齐以后，祭星仪式就可以开始了。"

"呀！大学问家啊！"陈风故作夸张地说道。

"你以为只有你学问大啊！说起中医来一套一套的，说起'治未病'来也一套一套的，本人也不是一般人啊！也是懂得比较多的！"

"那是相当多啊！好几火车。"

家胜接着介绍起来："祭星以后，由主妇把这些灯花分别摆放在卧室、厨房、客厅的案头，还有炕沿儿、箱子、柜子以及台阶、角落、门洞等处，就像一次烛光晚会，名曰'散灯花'。这时呢，在这神秘的灯花群中，长辈要向儿孙们讲'一寸光阴一寸金'的道理，以及保持'慎独'的重要性，因为'流年照命星'在时刻监视着每个人的一举一动，'要想人不知，除非己莫为'嘛！散灯花很有浪漫色彩，任你许愿，任你想象，直至所有灯花燃完，然后互道'星禧'，灯光才能重亮，鞭炮才能点响。"

陈风听得津津有味。

家胜道："这正月初八，还有很多说法。"

"接着说。你这大学问的确名不虚传啊！"

"这一天也叫'谷日'，若是天气好，则意味着这一年稻谷丰收，不好则收成差。同时呢，这一天里有'放生'活动，就是把家里养的一些鱼、鸟啊什么的拿到外面，放归野外。另外呢，民间取八字的读音，将正月初八演变成了敬八仙节，八仙就是李铁拐、张果老、何仙姑等八位神仙。若是这一天出远门，就称为'游八仙'了。今天咱们就是'游八仙'嘛！"

陈风笑道："可以总结为十二个字，就是喝泰山、侃大山、做足疗、游八仙。"

"呵呵！"

早上陈风查房，仍是文玲跟着。交班前邹师姐交代他去看一下116床，老病号了，去年做过搭桥手术，最近一周老是发低烧，体温最高没超过38℃。

陈风走到床前，轻声地问道："方阿姨，现在还有什么不舒服的吗？"

方阿姨看起来萎靡不振，面色及口唇紫暗："下午发低烧，身上没劲，头疼，憋气，胀肚子。"

陈风看过病例，又给方阿姨做了检查，问道："几天没解大便了？"

"四五天了。"

陈风给文玲讲道："这是腑气不通造成的，但在临床上往往引不起足够的重视。用胸痹3号方吧，再加上一些通便的药。以前彭冲曾经写过1篇文章，是关于辨证治疗心血管病介入术后发热的，其中重点探讨了腑气不通。吃、喝、拉、撒、睡，听起来是小事，但任何一项处理不好，都会给病人带来痛苦，有时还会加重病情，或者使病情一直不能缓解。你可以查查相关资料，考虑写篇文章，题目就叫《从腑气论治心血管病体会》吧。"

"老师，给点思路吧。"

"先讲腑气，腑气包括六腑之气和奇恒之府气，六腑之气又包括胃气、小肠之气、大肠之气、胆气、膀胱之气和三焦之气。六腑之气以通为用，'五脏者藏精气而不泻，六腑者传化物而不藏'。六腑之所以传化物而不藏，就是因为六腑之气以通为用，以通为常。只有六腑之气保持畅通，才能使饮食水谷得以传化，化生气血，气血津液上下输通，浊阴得降。若腑气不通，气机不畅，则不通则痛，可见胀痛、二便不通的症状。因此，腑气的畅通，无论是在生理、病理还是治则上，都有重要意义。然后再讲腑气不通在心血管病中的具体表现，譬如胃气不通、大肠之气不通、膀胱之气不通等都会出现哪些症状。最后可以列举上两三个典型病例。你看，写文章并不是什么很难的事儿，关键在于思路，列好了提纲，分别补充内容就是了，可以总结为八个字：纲举目张、有血有肉。"

"好嘞，我记下了。"文玲眼中充满了崇拜之情。

陈风看到文玲认真记录的样子，感到无比欣慰，暗想道："真是个好孩子！孺子可教啊！"

他们接着查房，下一个是8床。8床也是一个老太太，既往糖尿病、高血压病史 10 余年，她是一周前住院的，频繁发作心前区疼痛，伴有胸闷、憋气，有时向左肩部放射，心电图提示明显的 ST-T 改变，好在心肌酶连续查了几次都不高，可以排除急性心肌梗死，建议病人做冠状动脉造影看看，经商量，家里人同意了。造影结果提示，冠状动脉三支病变，呈弥漫性，不适合介入治疗，只能进行搭桥手术了。于是请来了心外科的专家胡主任，说是搭桥也不行，因为病人的 EF 值太低了，只有 29%。EF 是指左室射血分数，反映左心室的射血功能，正常值在 50%-70%，这老太太的 EF 值确实太低了。

老太太还有脑萎缩、腔隙性脑梗塞，神智一会儿清醒，一会儿糊涂，坚决要求做手术，以为做了手术，这病就全好了。陈风只能耐心地跟家属解释，但家属之间的意见又不统一。当医生还真是不容易啊！既得负责治疗，又得负责解释，一不留神，还有可能闹出医患纠纷来，要不怎么说医生“一脚在医院，一脚在法院”呢。

医患关系紧张，在当前仍是一个非常棘手的问题。很多人把这归咎于医疗行业的不正之风，比如大处方、红包、回扣等。其实也不尽然，陈风觉得，关键在于沟通。医生在诊疗过程中，出现小的差错在所难免，病历质量也难以保证完美，因此沟通就显得尤为重要。

第六章

> 最后，高院长语重心长、满怀信心地说道："各位代表，过去的一年，我们团结拼搏，成绩显著。新的一年，形势催人奋进，任务艰巨光荣，让我们在院党委的坚强领导下，紧紧依靠全院广大干部职工，同心同德，攻坚克难，开拓进取，为建设全国一流中西医结合医院而努力奋斗！"

陈风跟 8 床家属聊起了家常。原来老太太有一个儿子，两个女儿，儿子是老大，她平时跟着儿子过。白天两个女儿轮流过来，晚上是儿子在。

今天挺巧，两个女儿都在，陈风和胡主任把她们请到了医生办公室，讲明了老太太的病情，最后两个女儿都同意保守治疗。

陈风查完房，回到办公室没多久，老太太的儿子找过来了。当儿子的今天专门请假赶过来跟主管医生了解情况，这是好事，说明他孝顺啊！陈风把病情又详细地给他解释了一遍。

他埋怨道："老太太这病就这样子了，年前在其他医院住了几天，稍一缓解，说是医保限费，就把我们撵走了，可回家没两天，病又犯了，我们又重新住院。因为没超过半个月，还得从急诊科办手续，还得去医保办备案，麻烦死了！这次可不能再撵我们了。"

陈风无奈地解释道："我们也没办法，这都是医保办的规定。"

两人正聊着，有人敲门，原来是昨天在酒店里碰到的那个人，还带了一个中年妇女过来。

老太太的儿子这时站了起来，说道："陈主任，给您添麻烦了，请您多费心！我走了。"

"好嘞，慢走，有事打电话。"陈风留给他一张名片，并且热情地与他握握手，送他出门。

“陈主任，给你老嫂子看看。”昨天在酒店里碰到的那人大大咧咧地说道。

陈风一愣，这人真是自来熟啊！他笑道：“好的，老嫂子请坐！”他也装出很熟的样子。

“我甲亢，血脂高。”陈风还没问，这老嫂子就开口了。

陈风看完舌苔，号完脉，又看了看手纹：“你睡觉也不好，还有耳鸣的情况。”

“是是是。”她点点头。

“我给你开个方子吧！”

那人插话道：“谢谢陈主任了，回头我给她磨成超微粉吧。”随后他又提到了盖总、娄董事长等人。

陈风明白了，原来他们是曾经的同事啊！当时集团那么大，下设那么多部门，并且分散在很多地方，一个单位里的同事不认识也属正常。陈风问他：“您当时在那个部门啊？”

“我当时在原料药厂，跟吴飞龙吴总很熟，铁哥们，去年他领着我来找过你，给我小舅子看病，看得挺好的。”

“哦，告诉我您的全名吧，我把您电话存起来。”

“杨德利，道德的德，胜利的利。”

陈风把他的号码存了起来，说道：“我存起来了，以后咱们常联系。”然后给她媳妇开了处方：制首乌 100 克，草决明 100 克，泽泻 100 克，水蛭 60 克，三七 60 克，珍珠母 300 克。

他媳妇问道：“每次喝多少？”

“每天两次，每次一勺，大约 10 克左右吧。”

对于中药超微粉，陈风有些了解。

前些年，有人对中药超微粉进行过概念的炒作，只是将中药进行一般的粉碎和研磨，虽然眼观上也是细粉末状态，但是并没有达到超微粉概念中的标准，不能称作为真正意义上的超微粉。

中药超微粉是利用国际领先的超微粉碎技术对中药实施细胞破壁加工而成的粉散剂。中药材中 80% 是以植物药为主的，植物类药材的有效成分多贮存在细胞内。超微粉碎技术是指利用机械或流体动力将 3 mm 以上的物料颗粒粉碎至粒径为 30 μm 以下的过程，可打破植物药材细胞壁，使细胞内的有效成分充分释放出来，从而提高药材的生物利用度，有利于机体对药物的吸收利用，使中草药临床治疗效果产生质的飞跃。超微粉碎技术打破了沿用千百年的“药罐子”，被誉为中药饮片史上的一次具有里程碑意义的革命。

中药超微粉是中药现代化、国际化的产物，它具有“三效”（高效、速效、长效）、“三小”（剂量小、毒性小、副作用小）、“三便”（便于储存、便于运输、便于服用）等特点。

有专家用“原汁原味”来形容超微粉中药，认为它不折不扣地体现了中医药的特点，保持了三个“不变”。一是保持了中药的基本药性（四气、五味、归经、功效）不变，二是保持了“一味中药就是一个小复方”的中医特点不变，三是保持了中药的多效性、多部位和多靶点综合调节的特色不变。

送走他们两口子，坐在电脑前，陈风看到 QQ 头像在闪。他打开一看，是彭冲的，已经换成了结婚照：“老师，我下下周六结婚，您能来吗？到时候请您做我们的证婚人吧！包吃住啊！”

陈风回复道：“先表示祝贺，只要医院没有特殊情况就去。”

“好的，主要是根据您是否能来，然后决定怎么请示院领导啊！再者，高主任想让我征求一下您的意见，要是时间充裕，是否可以给讲次课？要是可以的话，她也好向院长请示，提前做好相关安排。”

“能不能稍缓缓再定？我怕医院有临时安排。”

“嗯，好啊！”

医院一年一度的职工代表大会在文化学术中心隆重召开了，陈风作为机关二支部的正式代表参加了大会，另外还有列席代表和特邀的部分老领导，总共一百多人，会议由工会主席主持。

在热烈的掌声中，高院长健步走上主席台的发言席，分别向台上的主席团成员及台下的代表鞠躬致意后，开始宣读《医院工作报告》，他铿锵有力的声音回荡在整个礼堂里：“过去的一年，全院广大干部职工在上级主管部门和院党委的坚强领导下，认真学习贯彻党的十八大、十八届三中全会和总书记一系列重要讲话精神及全省中医卫生工作精神，以中医药文化建设为引领，以开展‘三级中西医结合医院持续改进’活动为重点，振奋精神，迎难而上，积极作为，圆满完成了院长目标责任制和职代会确定的各项目标和任务……”

陈风坐在后面，有些心不在焉，但一涉及科教科的内容，他会立马竖起耳朵。“年内新增国家临床重点专科一个，新增省级重点学科三个，新增重点科研实验室七个……五个省级中医药重点专科通过年度考核评审，其中两个科室考评优秀……完成学校博士、硕士研究生和本科生的教学任务，招收博士、硕士研究生及本科生七十名，九十三名博士、硕士研究生、本科生顺利毕业，接收外校实习生三百五十四名、进修生四十二名，顺利通过学校中期教学检查评估……”

陈风心里美滋滋的，看来去年干得还蛮不错嘛！他向周围看了看，其实并没谁关注他，不禁稍稍有些失望。

在对今年的工作进行展望时，高院长指出：“今年是全面贯彻落实深化医药卫生体制改革的重要一年，也是全面做好重点中西医结合医院和三级医院持续改进检查评估的关键年。我们一定要抢抓机遇，科学管理，真抓实干，全面推进医院各项工作又快又好地发展……以持续改进为抓手，突出中医药特色，发挥中西医结合优势，进一步加强内涵建设，以提高临床疗效为重点，不断提升医院中西医结合服务能力……”

最后，高院长语重心长、满怀信心地说道：“各位代表，过去的一年，我们团结拼搏，成绩显著。新的一年，形势催人奋进，任务艰巨光荣，让我们在院党委的坚强领导下，紧紧依靠全院广大干部职工，同心同德，攻坚克难，开拓进取，为建设全国一流中西医结合医院而努力奋斗！”

台上台下响起雷鸣般的掌声。根据上午的日程安排，接下来是《财务工作报告》和《职代会提案征集处理情况报告》，然后还有分组讨论。因为办公室有病人在等，陈风偷偷地溜了出来。

病人是铁路局的王老师，陈风记得他，他上周来过。陈风从电脑里调出了他的病历，上次是因为睡眠不好来的，还有乏力、易疲劳、颈椎不适等症状，给他用的是宁心安眠方加减。

陈风是个有心人，从前年开始，他找人帮着设计了电子病历管理软件，把所有开过中药的病历全都存了起来，至今已有三千多份，查询起来特别方便，并且还可以用于统计分析、发表论文。

于虹曾经取笑他：“不愧是个属老鼠的，爱攒东西。”

陈风反驳道：“爱攒东西有什么不好，‘不积跬步，无以至千里；不积小流，无以成江海。’饭是一口一口吃下的，成果是一点一点积累起来的。没有谁轻轻松松获得硕果，就像没有谁随随便便成功一样。”后来，他把这故事多次讲给小徒弟们听。

陈风仔细查看了病人，以前的症状都减轻了，但舌苔比以前黄了，并且闻着病人有轻微的口臭，陈风问他：“王老师啊，是不是最近好东西吃多了？活动量也小了？”

他不好意思地点点头：“是啊！”

陈风又问：“最近喝酒多不多？”

“只喝了三次。”

“嗯，以后少喝酒，少吃油腻的，一定多锻炼啊！”陈风说完，把处方中的连翘加大了剂量。

送走这位病人，陈风打开电子邮箱，有艳茹刚传过来的一篇新写的文章，需要修改。还没改完，电话铃声响起，有人通知他去席院长办公室，参加分组讨论。

席院长是分管财务的副院长，今年六十了，下个月就要退休。虽说是名女同志，但大胆豪放，敢说敢干，巾帼不让须眉，这些年来她为医院的发展做出了突出贡献。

分组讨论由她主持，她动情地说道：“我马上就要退休了，这是我最后一次参加职代会了。这些年来，为医院操了很多心，费了很大力，看着医院这十多年来一步步发展到今天，说心里话，我真是很欣慰。但因为说话比较直，把关比较严，这些年来也得罪了不少人，挨了不少骂，得罪就得罪了，挨骂就挨骂了，我问心无愧。临走了，再说几句掏心窝子的话，希望医院在你们各位的努力下越来越好，收入也越来越高。第一，发展中医的同时，别忽视了西医，尤其是外科手术；第二，要不断引进高层次人才，尤其是在当地具有相当名望的名老中医；第三，一定要加强服务质量，服务质量是一个医院发展的关键；第四，合同制的护士越来越多，一定要制定新的政策稳定护理队伍，增加她们的主人翁意识……”席院长说到动情处，不由地泪眼婆娑。

接下来发言的是人事科崔科长：“席院长这些年来兢兢业业，为医院的发展做出了巨大贡献，是我们大家学习的榜样，我们要向您表示衷心的感谢。您就是退了休，也要经常回来看看，为医院的发展继续出谋划策。接着席院长的话题，我谈几点看法。首先，关于高层次人才问题，这几年，我们从地市级医院引进了不少人才，但他们的作用还远远没有发挥出来，当然这也需要一个过程，我们准备出台一个激励办法；其次，关于合同制护士，我们也打算制定相应考评细则，分批次地解决她们的正式编制问题……”

其他代表陆续发言，他们都以主人翁意识和高度的责任感，就医院建设发展、职工福利等问题提出了很多很好的意见和建议。

轮到陈风发言时，他讲道：“首先要衷心感谢席院长为医院发展做出的突出贡献。就科研教学方面，我提几点想法。第一呢，咱们去年虽然在科研获奖和科研立项上取得历史性的突破，但跟省人民医院和省中医院相比还存在很大差距，这差距不是一年两年的差距，而是十年二十年的差距，这一点我们必须要有清醒的认识，我们准备制订中青年科技人才储备计划，

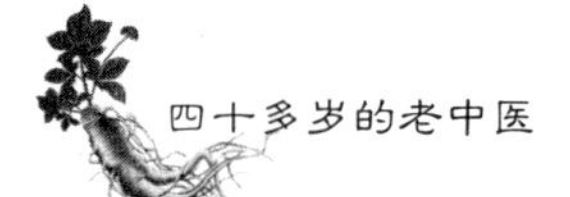

鼓励包括硕士、博士在内的一大批中青年科技人才尽早地脱颖而出；第二呢，虽然咱们医院现有硕导、博导四十多名，但招生很少，有的导师徒有虚名，连续几年没有学生，这也同时限制了咱们医院科研的发展，所以啊，我们也准备申请一部分单独的科研经费用在导师带学生上……”

讨论一直持续到十二点半才结束。

在下午的闭幕式上，党委穆书记做了重要讲话。他对医院今年的工作重点进行了进一步分析和强调，并阐明了落实与实现工作目标的正确方向与具体要求。他指出：“一是明确任务，突出重点，把工作做实做好做出成效。我们今年的工作重点是内涵建设，对照三级甲等中西医结合医院标准和建设全国中西医结合医院要求找出我们的短板，改变这些短板就是我们加强内涵建设的主要任务。各个部门都要在总结上一年阶段性成果的基础上，及时调整确立今年的主要任务，要对主要任务、重点工作一项一项地抓落实。用踏石留印、抓铁有痕的作风，通过实干，加快全国重点中西医结合医院建设步伐，为实现全国一流中西医结合医院积累基础。人才队伍建设和专科建设是内涵建设各项工作中的重中之重，人才队伍建设要加大引进力度，加快培养速度。专科、学科建设要突出中医特色，发挥中西医结合优势，提高临床疗效。二是敬业进取，勤廉干事，以主人翁精神履职尽责，要热爱自己的专业，把个人的事业与医院的发展联系在一起，与患者的期盼联系在一起，与家庭安宁幸福联系在一起，与个人的名誉联系在一起，严格遵守职业道德规范，保持持久的进取心，不断做出新的成绩……今年医院建设综合病房楼这项大的基本建设任务，是医院可持续发展的重大工程。全院广大职工代表及干部职工，要积极建言献策，共同设计好、建设好综合病房楼，继续发扬“敬业进取、团结求实”的医院精神，明确目标，认清形势，抓住机遇，真抓实干，为实现今年的奋斗目标做出应有的贡献！”台上台下又响起了雷鸣般的掌声。

最后，会议在雄壮的《国际歌》声中胜利闭幕。

天气开始转暖，早早起床，吃过早饭，陈风依旧骑着他那辆破旧的自行车去上班。穿行在大街小巷中，虽然雾霾重重，噪音声声，陈风感觉还挺美的。子曰：“一箪食，一瓢饮，在陋巷，人不堪其忧，回也不改其乐。贤哉回也！”陈风坚持骑自行车上下班，已经有接近一年的时间了。他曾经总结过骑自行车的四大好处：一是环保，二是省钱，三是健身，四是不用怕警察。

说到健身，骑自行车的好处还是很多的。这不仅是一种减肥运动，更是心灵愉悦的运动，同时，还能防治动脉硬化和高血压，增强心脏功能。

当然，它也有不好的地方。男子久骑自行车容易患阳痿，因为现在的自行车车座通常又窄又硬，骑在上面会使阴部受到很大的压力，而骑车座位的受力点恰好在肛门与阴囊之间，那里有一条能控制阴茎充血能力的动脉，如果长时间受挤压，就很容易患上阳痿。对于女同志而言，月经带、卫生巾、短裤质地要柔软，在月经期最好少骑或不骑自行车。

另外，自行车的车座不易过高，应富有弹性，防止骑车时臀部左右扭动，以减少局部摩擦；骑车时臀部坐正，两腿用力均衡，防止一侧用力过猛而形成肿物；车座太硬的，可用泡沫塑料做一个柔软的座套套在车座上，以减少车座对阴部的摩擦力；骑车时间较长时，要注意变换骑车姿势，使身体的重心有所移动，以防会阴部某一点长时间着力；初骑时，速度不要太快，时间也不要太长，待身体适应后再加速和加时；在骑车时，若发觉会阴部有不适症状，要及时查明原因，并要注意休息，症状消除后再骑车，若症状不能消除，那就要去医院看医生了。

早上交完班，按照排班表的顺序，今天该是邹师姐讲课了。她讲课的题目是《心律失常紧急处理专家共识》。邹师姐不光人长得漂亮，讲课也是蛮好的，重点突出，层次分明，言简意赅。

陈风边听课边思考，这是他多年以来养成的好习惯。邹师姐讲完，贾主任点他名了：“请陈科长给点评点评吧。”

陈风并没客气，直接讲道：“对邹教授的课，我们一直很期待，邹教授不负众望，课讲得深入浅出，让我们受益匪浅。”

“别忽悠，说正事。”邹师姐虽然谦虚了几句，内心还是挺高兴的。当着这么多专家和实习医生的面，陈风如此夸她，邹师姐禁不住有些小兴奋。

陈风淡定地继续说道：“邹主任主要讲了三个方面，一是总体原则，二是紧急处理，三是常用技术。如果有的同学没听明白，可以当场问，也可以回去上网查一查。结合这个题目啊，咱们今天探讨一下中西医结合的问题。先看第一个问题，在六个总体原则里面，有三个涉及了中西医结合。其一是识别和纠正血流动力学障碍，对于严重血流动力学障碍者，需立即纠正，对相对稳定者，可根据症状和心律失常的性质，选用适当治疗策略，必要时可观察，这就是中医治则里面的‘急则治其标，缓则治其本’；其二是基础疾病和诱因的纠正和处理，这符合中医的‘治病必求其本’；其三是治疗与预防兼顾，这就是中医的‘治未病’，治疗相当于‘既病防变’，在纠正后应采取预防措施，尽力减少复发相当于是‘瘥后防复’。另外呢，

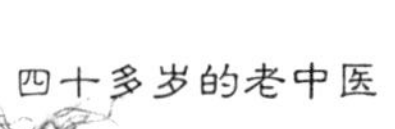

结合咱们临床实际，对于心衰病人，在大量利尿时要注意补钾，以预防频发室早、室速或者室颤的发生，可以理解为‘未病先防’，对于p波离散度增大的频发房早的病人，提前采取措施以预防房速、房扑或者房颤的出现，可以理解为‘欲病救萌’……”

陈风讲时，好多同学在认真地记着笔记。

“……结合这个思路，可以写篇文章了，题目就叫作《从中西医结合角度探讨心律失常紧急处理的总体原则》，文玲负责写吧。再说第二个问题，咱们中医里面有十怪脉和七绝脉的说法。元代危亦林所著的《世医得效方》曾列出十怪脉：一曰釜沸，二曰鱼翔，三曰弹石，四曰解索，五曰屋漏，六曰虾游，七曰雀啄，八曰偃刀，九曰转豆，十曰麻促。明代李梴所著的《医学入门》中提到‘雀啄连来三五啄，屋漏半日一滴落，弹石硬来寻即散，搭指散乱真解索，鱼翔似有又似无，虾游静中跳一跃，更有釜沸涌如羹，旦占夕死不须药’。即是除去了3种不常见的偃刀、转豆和麻促脉，被后世医家称为七绝脉。结合今天这个话题，可以再写篇文章，题目叫作《急性心律失常与十怪脉的相关性探讨》或是《急性心律失常与七绝脉的相关性探讨》，这个任务就交给毕水吧。”

毕水挠挠头：“又来活了，还嫌我不够忙啊！”

陈风冲他笑笑：“这任务比较艰巨，怕别人干不好，这主要是党，尤其是贾主任和邹教授对你的高度信任。”

医生办公室传出一片笑声。

陈风意犹未尽，接着说道：“都说写文章很难，往往憋半天写不出几行字来，其实并不难，关键在于思路。咱们搞中西医结合专业的，尤其不难，你看吧，临床研究的可以写，实验研究的可以写，经验研究的可以写，理论研究的可以写，个案报道的也可以写，一定要多思考，有了思路就抓紧搜集资料，赶快总结，别拖，一拖就容易拖没影了。我就说这么多，请贾主任接着主持。”

贾主任环顾四周，问道：“大家还有什么问题吗？”见没人吱声，贾主任宣布散会，开始查房。

医院实行主任医师或科主任、主治医师、住院医师的三级查房制度。科主任、主任医师或主治医师查房，应有下级医师、护士长和有关人员参加。科主任、主任医师查房每周1–2次。主治医师查房每周不少于2次。住院医师每日至少查房2次。住院医师应随时观察危重病员病情变化并及时处理，必要时可请主治医师、主任医师、科主任临时检查处理。

查房前医护人员需做好准备工作，包括病历、超声报告、X光片、各项化验结果以及所需用的检查器械等。

陈风虽然是副主任医师，按照规定，他只能作为主治医师进行查房。主治医师的查房内容包括症状及体征、目前中医和西医诊断、诊断依据、鉴别诊断、必要的实验室检查、中医辨证分析、类证鉴别、治疗计划、诊疗过程中的注意问题，等等。对新病人、重危、疑难、诊断未明、治疗效果不好的病人要进行重点检查与讨论，听取其他医师及护士反映，倾听病员陈述，阅改查房记录及病历并纠正其中错误的记录，了解病人的病情变化并征求对饮食、生活的意见，检查医嘱执行情况及治疗效果，决定出院问题。对解决不了的医疗问题应及时向上级医师，也就是主任医师或科主任医师汇报。

陈风的上级医师是贾主任。贾主任四十岁那年就解决了正高问题，这让陈风好生羡慕。贾主任很放手，如果没有新病人或病重、病危的病人，她一般不予过问，因为只有这样，才能培养下级医师的思维能力、决断能力和处理能力。几年下来，陈风跟着贾主任学了很多东西，心中暗自感激。陈风在邹师姐面前，觉得很随便、很放松，经常跟她开开玩笑，逗得她活泼泼一副小女生的模样，但在贾主任面前，他好像有些拘谨，其实贾主任也比他大不了几岁。

贾主任跟他也好像有些生疏，习惯称他陈科长。他刚要出门，贾主任喊住了他，问道："陈科长，你那边病人没事吧？"

陈风一本正经地回答道："没事，没事，都挺稳定的。"

他查完房，回到办公室，打开电脑，又接着打开了 QQ。有个头像在闪，是"春天的麦地"。陈风想起来了，这是出版社的孙编辑。

"周末在家看你推荐的教材《中医基础理论》，看了精气神、五行和藏象。尤其相生、相克、相乘和相侮，很有意思，我懂得了很多。"

陈风回复："很好啊！继续努力！"

"另外，我在学耳穴压豆。我对桌是医科大学临床专业毕业的，解剖位置没问题，一说就找到了。"

"太好了！"

"自己压了，确实很好。压了'心'的位置以后，午后心慌的感觉消失了。"

"那就行！"

"我要多学学中医，我觉得很好。"

"我看好你！"

"但我自己肯定不行，所以，我以后得多向你请教，我说的是真的。"

"你没问题的，一分耕耘一分收获。"

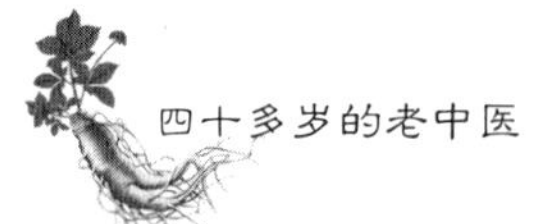

“嗯，只要你不怕麻烦啊！”

“我不怕，欢喜还来不及呢！”

“呵呵，最近看完了罗大伦写的《古代的中医》。说实话，我很感动，和很多书友一样，为他们那种济世的精神、悲悯苍生的精神而感动。”

“嗯，是啊！学医不在早晚，关键在悟性。”孙编辑今年三十八岁，陈风曾经预言过他会在中医方面大器晚成。

“是的，我很认同，但这必须得有人指导才能进步的，所以我选你做老师。”

“我很荣幸啊！”

“呵呵，缘分吧！我是看了你的书，当了你的责任编辑，才觉得中医好，你是我的领路人。”

“过奖了！”

过了会儿，他又发来一条信息：“刚刚接到电话，书下午到，到了我给你送过去。”

“好嘞，多谢老弟。”陈风同时回复了一个笑脸。

前些日子，陈风写了一本书，书名叫作《一位博士后的从医带教之路》，送给了他在出版社任副总编辑的高瑞大哥，问看看能不能出版。高大哥一看，说了句“很好啊”，同意进入申报程序。在申报过程中，这本书的样稿偶然被孙编辑看到了，他浏览了一下，感觉很有意思，主动请缨，要做责任编辑。从此，孙编辑便成了陈风办公室里的常客。

孙编辑中等个头，有些许白发，也明显发福了。有一次他来到陈风办公室，陈风看他满脸疲倦，于是关心地问道：“最近是不是太累了？为了稿子的事儿经常熬夜？”

他“嗯”了一声，点点头，一副有气无力的样子。

“看样子你颈椎也不好，我给你开个方子调理调理吧。”

“那敢情好。”孙编辑说着把左手伸向陈风。

陈风给他做完检查，说道：“你胃也不怎么好，是不是经常有胀气的感觉？有些时候还心慌？”

“是，是，你说得太准了！”

“以后要加强锻炼了，你属于痰湿质和血瘀质的兼夹体质。”陈风以宁心消痞方加减为他开了汤药。

孙编辑服药以后，感觉各种症状轻多了，身上也有了气力。后来，陈风又为他调了几次方子。因为汤药需要自己煎，挺麻烦的，再后来，陈风直接给他换成了膏方。

膏方可不是一般人舍得吃的，里面除了普通的中药材以外，还要加上胶类，比如阿胶、鹿角胶、龟板胶等，另外还需要加工费。一料膏方少说也得七八百块钱。服用膏方在南方很盛行的，在各大中医院都设有专门的膏方门诊，光挂号费就得几百块钱，膏方价格高低不等，一般几千块钱，有的甚至上万。

孙编辑吃了一料，感觉好多了，就停了下来，开始健身，并且试着给自己压起了耳豆。

他对陈风蛮佩服的，经常在别人面前赞佩陈风，并且不断介绍病人过来，有他的领导、同事，还有朋友们……

跟孙编辑聊天过后，陈风明显有些心不在焉了。他不时地翻看手机，盼望着自己的处女作能够尽早送过来。

那本书光策划，就用了接近两年的时间。等到集中创作，陈风在半年内就拿出了初稿。那段日子，不论在单位，还是在家里，甚至在出差时的宾馆里，一有时间，陈风便不由自主地坐在电脑跟前，埋头而作。上下班路上、出差途中以及睡前那段时间，他也会在构思着某个情节或打打腹稿。为此，他推掉了很多应酬，似乎快成了一个“不近人情”的人了。

家胜曾经埋怨陈风，天天好几场酒局，总也对他的召唤带搭不理的。陈风只是笑笑，并不解释，其实他是忙着写书呢。

那本书是陈风对自己近十年来，尤其是对近三年来临床、科研与教学实践的一次较为系统的总结。十年的中医情，十年的中医缘，终于有了这个“宝贝疙瘩”，尤其是今天，即将拿到成书，陈风心中真是难以掩饰那份激动和喜悦。

他曾在那本书的“后记”中满含深情地写道：“很感谢妻子和女儿，她们的鼓舞给了我无穷的力量。这半年，妻子忙着考博，女儿忙着学习，我则忙着写书，一家三口构成了只争朝夕、大干快上的劳动画面，何其美哉！也很感谢学生们，他们为我提供了很多素材，并且是我奋斗的动力。作为导师，我不能慵懒懈怠、不思进取，我要给他们带好头、引好路。还要特别感谢的是病人们，他们的信任和期许为我搭建了无比广阔的舞台。作为演员，我只能演好，我责无旁贷。上午收到一条短信，‘有劳有动是幸福的，能劳能动是健康的，会劳会动是智慧的，多劳多动是光荣的，祝劳动节快乐！’的确，我很快乐，我愿把这快乐告诉给每一个人，共同分享！”

第七章

突然，陈风被什么东西挂了一下，自行车倒了，人也倒了，是向马路中央倒的，膝盖和手着地。他一激灵，立马爬了起来，看看后边暂时没车，这才忍着疼痛，慢慢地向马路边上挪去。他禁不住倒吸了一口凉气：“妈呀！太悬了！今天差点把这小命给交待了！”

陈风正胡思乱想着，QQ 图像又闪了起来。陈风点开一看，是请求加为好友的，还留了一句附言：“看到你的书才加你 QQ 的。”

陈风不由愣了，心想：我的书还没出来呢，你先觉先知啊！天底下不可思议的事儿真是太多太多！

有人敲门，陈风喊声“请进”，匆忙中同意了那人的请求。

进来的是菲姐，她冲陈风抛了一个媚眼，笑道：“你跑得够快的呀！”

“我没跑啊！怎么了？”

“刚才看你查房，没好意思打扰你，我想等等吧。过会儿再找你，就找不到人影了。问问你学生，才知道你刚走。你说你这不叫跑得快叫什么啊？”

“哦，我有罪，菲姐啥指示？请坐！请讲！”

菲姐坐了下来：“我可不敢指示你，你指示我还差不多。我最近很不舒服，你给我看看吧。”

“你看你看，我这罪过更大了，对菲姐关心不够啊！”陈风示意她把左手伸过来，开始仔细地给她号脉。过了会儿，他问道：“最近睡眠不好？浑身酸痛？心烦意乱？还经常出虚汗、发脾气？”

菲姐频频点头。

陈风以宁心止汗方加减为她开好了方子，递给她，这才注意到她两个手腕上各带了一串佛珠，左手上应该是十八颗的，右手上应该是一百零八颗的：“哟，上档次了啊，摘下来我看看。”

菲姐把佛珠摘下来递给了陈风，他端详了半天。虽然他曾听邢主任讲过佛珠的故事，但也没看出啥门道来，就问：“质感挺好的，这是什么材料做的？”

菲姐取笑道：“这么大的学问，真不知道？”

“真不知道。”陈风摇摇头。

“沉香木的。”

“哦，我知道了。”对沉香，陈风是熟悉的。沉香，是一种中药材，性味苦温无毒，功用降气温中，可治疗气逆喘息、呕吐呃逆、脘腹胀痛、腰膝虚冷、大肠虚秘、小便气淋、男子精冷等多种疾病。与檀香不同，沉香并非木材，而是一类特殊的香树“结”出来的，是混合了油脂成分和木质成分的固态凝聚物。它集天地之灵气，汇日月之精华，蒙岁月之积淀，经济价值极高，产品供不应求，被誉为“植物中的钻石”。沉香香品高雅，而且十分难得，自古以来即被列为众香之首。

沉香，又名“沉水香”或“水沉香”。“沉檀龙麝”之“沉”，就是指沉香。一般来说，沉香的密度越大，说明凝聚的树脂越多，其质量也越好，所以古人常以能否沉水将沉香分为不同的级别：入水则沉者，名为“沉水”香；次之，半浮半沉者，名为“栈香”，也称“弄水香”；再次，稍稍入水而漂于水面的，名为“黄熟香”。由于沉香系自然凝聚而成，大小、形状差异很大，古人多就其特点取了很多有趣的名字，如：牙香（体积较小，外形如马的牙齿），叶子香（呈薄片状），鸡骨香（内有空隙，似鸡骨）等等。一些形状巧妙别致的沉香还可以作为陈设品摆在家中或办公室里。

他疑惑地看着菲姐，问道：“是真的吗？”

“当然是真的了！”菲姐感觉陈风有蔑视她的意味，不由嗔怒道，“像我这种高贵典雅的大美女，能戴假的吗？”

“你看你看，说你爱发火还真发上了，我给你赔罪。”陈风说着一拱手，算是赔罪了。

“不行。”

“总不能亲一个吧！这是在办公室里呢！”

菲姐扑哧笑了起来，脸色由阴转晴，说道：“鉴别沉香真假，分四步。中医有望、闻、问、切，这儿呢，叫望、闻、切、烧。一望，一般沉香是黑褐色的，生的颜色像墨水，熟的颜色像金子；二闻，这是最重要的鉴别手段，一般沉香的味道刚开始闻觉得像某种熟悉的药味，仔细一闻却想不起到底是什么味道，闻沉香主要手段是‘钻’，你仔细闻闻，真沉香的味道是沿着线丝状的径路钻到鼻子里来的；三切，也就是说摸，真正的沉香是越戴越黑亮的，二级品的水沉香看起来好似有层油，但摸着不脏手，手也不会油，如果是假货戴在手上，就会留下印记，现在市场上也有用杂木泡药水泡香油做成的假沉香，鉴别时可能会沉水，但不一定就是真货。第四就是烧了，如果经过以上三个步骤还没法辨别真假的话，那就用明火直烧的方法去闻它的味道，或用电熏香炉取其小片直接熏闻，真假肯定会一闻便知，真沉香的味道是香醇单一的，假沉香往往带有化学香精味或者是比较混浊的非沉香味。”

陈风没想到她讲得头头是道，装模作样地把佛珠搁在鼻子前，使劲闻了闻，说道：“嗯，确实是真的，都是真的。好东西，见面分一半，这串小的归我了。我当信物收藏了。”他把那串一百零八颗的串珠还给了菲姐。

“赖皮，请我吃饭。”

“没问题，想关心菲姐还没机会呢。今天我得好好关心关心你。”

“怎么关心啊？”菲姐摆出一副小女人的神态。

“今晚让菲姐吃饱喝醉，行了吧？”

“呸！不许开车啊！”

“开自行车，行吧？”

“这个行。”菲姐笑着离开了。

陈风重新回到电脑前，看到了“云淡风轻”的 N 多条信息。

“您好！我是从您写的书上看到您的 QQ 号的。”

“‘老中医’您在吗？”

“您的书就是我给装订的。”还有一个笑脸。

陈风这下子明白了，他接着看了下去。

“我本来没想要打扰您，可是爸爸身体一直不好，我带他去医院了，也查不出个所以然来，挺着急的，所以才加上了您。”

“我家是农村的，爸爸是一个建筑工人，也许是他这么多年来，一直超负荷的劳动，他感觉身体就好像空了一样。”

“他已经五十多了，之前他说感觉浑身没有力气，也打不起精神来，我挺着急的，所以就想问问您，该怎么去调理他的身体。”

“就是每当农忙的时候，他每天早晨起床都浑身都疼，看着他，我好难受。”

“您可以帮帮忙想想办法么？”

一看就是个大孝子啊！陈风赶忙回复道：“不好意思，刚才有病人来，谢谢你的信任，我怕 QQ 里说不清楚，麻烦你打电话过来吧。”陈风接着把电话号发了过去。

没多久，陈风电话响了，是外地的号码，他赶忙接听：“喂！你好！”

“陈医生，你好！我刚才跟你在 QQ 里联系过。”话筒里传来一个男人的声音。

陈风心想：应该二十多岁吧，因为他爸爸五十多岁。他问道：“你贵姓？”

“我姓杜。”

陈风客气地说道：“我就叫你小杜兄弟吧，家里老人在你身边吗？麻烦你把电话给他！”

“我和爸爸不在一起。”

“那就麻烦你见到他的时候，给他拍几张照片，传给我吧。一张是脸部的照片，一张是舌头的照片，再拍两张手掌的照片。”

“好的，谢谢陈医生了！”

“不用客气，能认识你很高兴。”

“我也是，陈医生再见！”

“再见！再见！”陈风挂断了电话。

下午三点半左右，陈风终于把书给盼来了。手捧着书，陈风的激动和自豪之情难以自已。

封面是他看门诊时的照片：身穿白大褂，胸前挂着医师牌，脖子上戴着听诊器，双手交叉搁在诊桌上，目光炯炯，凝视前方，充满了自信与豪情。封面的折页上是他的简介：“山东泰安人，医学博士、博士后，中西医结合心血管病专业副教授、副主任医师、硕士研究生导师……名老中医网、中医治未病网主要创建者，兼任世界中医药学会联合会脉象研究专业委员会理事、中华中医药学会中医体质分会委员……在国内外刊物上发表论文70余篇，获省科技进步二等奖等奖项4项……擅长掌纹诊病，善用膏方调理，自拟经验方30余首，在冠心病、高血压病、心力衰竭、心律失常等心血管疾病的中西医结合防治方面积累了丰富的临床经验。”最下面还有他的电子信箱和 QQ 号。

封底是关于本书的介绍：书中，笔者将临床的事、教学的事、科研的事一一道来，还融入了亲情、友情、师生情、医患情……右上角还写了孙刚的名字，他是责任编辑。封底的折页上是陈风和学生们在一次聚会上的照片，大多数人的面色都红扑扑的，显然是喝完酒以后照的。

陈风心想，应该先给高院长送一本过去。这些年来，高院长的关爱给了他巨大的动力，高院长的栽培让他一步步成长……人要懂得感恩。他给院办打去电话，问高院长在不在，对方回答不在。

快要下班时，院办来电话了，说是高院长喊他，让他抓紧过去。

陈风急忙拿了一本书和笔记本匆匆去了高院长的办公室，敲敲门，里面传来高院长的声音："请进。"

陈风推门进去，问道："高院，您找我？"

"嗯，年前咱们申报的'治未病'项目快要评审了，抓紧联系一下国家局和省局，怎么个评审法？什么时间？有哪些专家来？提前做好准备，包括接待方案、现场和会场的布置、文字材料，还有 PPT。"

"好嘞，我抓紧去办，您放心吧。"陈风双手把书送到了高院长的手里，"高院，最近我刚出了本书，请您指教。"

高院长翻了翻，夸道："不错，人挺精神，抽时间我仔细看，想着给档案室和博爱医馆也送过去几本。这是你个人的成绩，也是咱医院的成绩。"

"谢谢高院！"

高院长拍了拍陈风的肩头，和蔼地说道："你是不声不响干大事啊！继续努力啊！"

陈风高高兴兴地离开了高院长的办公室，然后给治未病中心的小胡主任打电话："小胡啊，我刚从高院办公室出来，年前咱们申报的'治未病'项目就要评审了，你喊着你手下那帮人来我办公室一趟吧，咱们开个会，商量一下。"

"好嘞，我们马上过去。"放下电话不一会儿，小胡主任就领着两个刚留下的研究生去了陈风办公室。

陈风又喊上毕水和科教科的另一个小伙子邵森。

陈风不喜欢开长会，他先把主要内容讲了讲，然后将各种细节梳理了一遍，最后分工下去，大约十五分钟的时间，会议就结束了。

陈风收拾好办公桌上的材料，关掉电脑、电灯，锁上门下楼，骑上自行车奔酒店而去。

在路上，看着一路的霓虹闪烁、车水马龙，陈风激动的心情渐渐趋于平静：出本书而已，没什么大不了的。当淹没在茫茫人海之中，陈风感觉到，自己实在是平凡得不能再平凡了。在这个城市里，没有多少人认识他。即使出了一本书，如果他自己不说，不会有多少人知道，更不会有人会视为珍宝。做好应该做的事儿，做好喜欢做的事儿，也就足够了，谁都不能奢望太多。出书之前，吃饭睡觉，上班下班；出书以后，还是吃饭睡觉，上班下班。无它，生活原本就是这个样子的……

突然，陈风被什么东西挂了一下，自行车倒了，人也倒了，是向马路中央倒的，膝盖和手着地。他一激灵，立马爬了起来，看看后边暂时没车，这才忍着疼痛，慢慢地向马路边上挪去。他禁不住倒吸了一口凉气：“妈呀！太悬了！今天差点把这小命给交待了！”

前面不远处一辆黑色轿车停在了路边，一位中年妇女下了车，向这边走了过来，看起来十分紧张，对陈风说道：“大兄弟，没事吧？”她帮陈风扶起了自行车。

“我活动活动试试。”陈风活动了一下，感觉双侧的膝盖和小腿都疼。但他能判断出，骨头应该没事。

“大兄弟，实在对不起啊！我家里有病人在医院做手术，我太着急了，也有点走神，都是我的责任，百分百都是我的责任，实在是对不起了……”她喋喋不休地说道。

陈风对她客气地说道：“你走吧，我没事。”

她从兜里掏出来二百块钱，要给陈风：“大兄弟，这些钱你拿着，回头买点营养品吧！”

陈风拒绝道：“不用了，我没事，你走吧。”

“大兄弟，你真是好人啊！麻烦你给我留个电话吧，改天我去看你。”

“真的不用，我没事的，估计明天就不疼了。”陈风不想把电话留给她。

没想到那女的还真就缠上了，好说歹说非要留下陈风的电话不可。这时周围聚集了不少爱看热闹的行人。大家伙可都奇了怪了，还没大见过这样的事儿，新鲜啊！

陈风还要往酒店赶呢，没时间和她继续纠缠下去，心想：“是她撞的我，难道还怕她讹我不成？”陈风索性就把电话留给了她。

陈风稍显吃力地骑上自行车，慢慢地往酒店行去。等他到了酒店，一瘸一拐地走进房间，把刚才发生的故事绘声绘色地给大伙一讲，大伙几乎都笑喷了。

菲姐嘲讽道：“没见过你这样的。”

刘薇护士长也火上浇油：“干脆你给她二百算了。”

邹师姐盯着陈风看了好长时间，才慢条斯理地说道：“老实交代，你，是不是看上人家了？”

“怎么可能，我可是正人君子！”陈风信誓旦旦地说道。

邹师姐又问：“那女的长得怎样？”

“一般人吧，不算太丑。”

“年龄？”邹师姐步步紧逼。

陈风想了想：“得快五十了吧。”

今天参加聚会的还有杜主任和黄兵，他们一伙人说说笑笑，好不热闹。

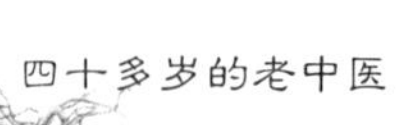

临结束时，黄兵悄悄地对陈风说道：“先别着急走，过会儿我还有事儿找你。”

“现在说不行吗？”

“一两句话说不清楚，过会儿慢慢说。”

临出门时，陈风感觉疼痛轻多了。他和黄兵打车去了回民小区，那里的特色是烧烤。

他们俩从街口下了车。这个季节，虽然气温开始升高，但长时间坐在室外，还是坐不住的。他们俩随便找了一家店，走了进去，客人不是很多，于是找了张靠窗的桌子坐下，点了一盘煮花生、一盘煮毛豆，又点了一些肉串、四瓶啤酒，边喝边聊。

要是夏天来到这里，几乎整个上半夜都是人声鼎沸、万头攒动，烟雾的味道、肉串的味道会扑鼻而来。陈风心想：“常年住在这里的居民可真是遭了殃啊！不过吃肉串、喝啤酒可是方便多了！任何事物都有其两面性啊。”

陈风倒上酒，与黄兵碰过杯，等他开口。

黄兵一口干掉了杯中酒，却不言语。

陈风沉不住气了，就问：“什么事？”

“一言难尽啊！”黄兵又干了一杯酒。

陈风试探着问道：“是和菲姐的事儿吗？”关于他和菲姐的事情，其实陈风早就看出来了，并且有一次刘薇当面问过陈风是否有这事儿。但陈风懒得过问，都是成年人了，况且他们两个都比他年长，感情经历也比他丰富，用得着他瞎操心吗？两个人都是单身，想咋谈就咋谈呗！

黄兵痛苦地摇摇头。

陈风有些急了：“什么时候你也变成娘炮了？以前不是这样啊？有你这么磨叽的吗？”

陈风吃着肉串，不再理他。看来黄兵这是摊上事了，摊上大事了。依着黄兵以前的性格，风风火火，雷厉风行，心里根本藏不住事儿。他已经离过两次婚了。第一个妻子是公务员，据说是她先有了外遇。离婚时黄兵很场面，房子给了她，儿子也给了她。当时黄兵很痛苦，不过时间不长，他就又活蹦乱跳了起来。不久，他再次坠入爱河，很快结婚。据说因为性格不合，夫妻两人逐渐出现了矛盾，一天三小仗，三天一大仗，终于维持不下去了，最后协商分手，孩子才刚一岁，留给了黄兵。他不得不从老家把大姐接了过来，帮着照顾孩子。就这样也没见他怎么苦恼，仍旧天天乐呵呵的样子。陈风心想：“说不定他也是‘命犯桃花’啊！抽机会一定要看看他的手相。”

黄兵连干了三杯。

陈风这才催道："别磨蹭了，快说吧，我求求你了，哥，亲哥。"

"你还记得小吴吗？"他问道。

"哪个小吴？"

"我的一个同事，以前找你看过病。"

陈风想了想："是不是那个瘦高个，挺白净的？当时好像是月经不调。"

"对，就是她。"

"她怎么了？"陈风有些诧异。

"她怀孕了。"

"你的？"

"嗯。"黄兵点点头，"我不知道该怎么办了。"

陈风叹口气："你真是让人羡慕嫉妒恨啊！几个月了？"

"三个多月了，她想生下来。"

陈风无可奈何地苦笑道："那你和人家菲姐好个什么劲啊？"

"没办法啊！谁让我这么招女人喜欢呢！"

"我呸！别扯这些没用的了，你是怎么想的？"

"我想好了还问你干啥？"黄兵气呼呼地说道。

陈风琢磨了一会儿，问道："你爱她吗？"

"嗯，还可以吧。"

"那就好办多了，抓紧结婚，生孩子，不就得了吗？"陈风自以为这主意十分高明，接着说道，"但以后不能再跟菲姐瞎掰扯了。"

"我咨询过律师了，像我这种情况，准生证很难办，如果硬要生下来的话，将面临巨额罚款。"

陈风对这不熟悉，就问："大约多少钱？"

"几十万吧，现在两个孩子的抚养费就要花很多，我这些年下来，虽然也挣了不少钱，但搁不住花得多啊！"

"嗯，能理解，还有什么好办法吗？"

"有个哥们给我出了一主意，就是找个人跟小吴假结婚，等孩子生下来，落了户口，再离婚。"

"这恐怕不行吧，谁跟你结着玩、离着玩啊？谁有那闲工夫？"

"给他点钱也行。"

"这样的人可能很难找，因为这里面牵扯到很多问题。"

"你认识的人多，帮我想想办法呗。"

陈风皱皱眉头，没想到还有人出这种主意，十分犹豫地说道："这个，

有点难，别说办了，这种事我还是第一次听说。”

两个人又讨论了很长时间，毫无进展。

后来黄兵喝得舌根子都硬了，说话含混不清。陈风打车送他回家，小吴在家。陈风与小吴打了招呼，把黄兵架到床上，然后自己回家。

坐在出租车上，陈风目光呆滞，思维有些麻木。

彭冲给陈风打来电话：“陈老师，您好！”

“你好！”

“这周六过来参加我们的婚礼，没问题吧？”

“看目前的情况，问题不大。”

“我们大院长的意思啊，您要是能过来的话，给我们讲节课吧，最好再看上半天的门诊。”

“讲什么内容？”

“就讲科研方面的吧。”

“行，具体时间你来安排吧。幻灯片我这里有现成的，去年给新入院的职工讲过，题目叫《如何撰写申请书》。先讲课，后看门诊吧。”

“好的，好的，就这么定了。陈老师，再见！”

“再见！”

陈风挂断电话，又给小胡拨了过去：“小胡啊，材料准备得怎样了？”

“还在整着呢，您在办公室吗？我现在过去吧，您先看看。”

“我在，过来吧。”

小胡端着一大盒子材料来到陈风的办公室。陈风说道：“先把目录给我吧，我看看你们弄得怎么样。”

小胡把目录找出来，递给陈风。

陈风比照着评估细则把目录从头到尾看了一遍，说道：“题目里有个地方弄颠倒了，应该是‘中医药预防保健及康复服务能力建设项目汇报资料’，而不是‘中医药预防保健及康复服务能力项目建设汇报资料’，要跟省局的文件统一起来。”他边说边用红笔标了出来，“另外啊，前面加‘医院概况’，后面加‘存在问题及努力方向’。尽快把各项资料补齐，交给小邵，他就可以做 PPT 了。”

“嗯，好的。”小胡都记了下来。

陈风又把小邵喊了过来，说道：“PPT 里面也要做目录，除了第一部分和最后部分外，中间的都用简写吧，因为评审细则里面的标题太长了，放在 PPT 里不好看。”陈风又想了一下，接着说，“第二部分叫‘提供平台建设’，第三部分叫‘开展业务指导’，第四部分叫‘人员队伍建设’，第五部分叫‘效果及创新研究’……”

陈风电话响了起来，是严总的，他立马接通了电话：“严总，你好啊！好久不见！”

严总是一家膏方公司的副总经理，跟陈风很熟。近三年来，陈风这边有很多膏方方面的课题立项，也有很多相关文章发表。去年，膏方公司和医院联合申报了省局的重点实验室，名字叫“中医膏方”实验室，并且获得批准。

严总笑道：“嗯，好久不见！陈主任，您在办公室吗？我在楼下。”

“在，过来吧。”

陈风又跟小胡和小邵交代了几句，他们分头回去准备材料去了。

严总来到陈风办公室，和陈风握了握手，坐下来兴冲冲地说道：“我们在潍坊成立的健康产业推广基地，准备在这个星期天开业，你可一定得参加啊，我们还等着你去讲课、看门诊呢！你看看讲个什么题目。”

陈风一想，坏了，他已经答应彭冲了，于是对严总说道：“时间冲突了，这周末要去参加学生的婚礼。”

严总问道：“具体时间？”

“周六晚上。”

“那不冲突，咱星期天一早走就行，两个来小时就能到。”严总顿时显得轻松了起来。

陈风无可奈何地笑了笑：“关键是在外地啊。”

“哪里？”

“蓬莱。”

“哦。”严总有些失望，“那怎么办呢？”

健康产业推广基地的事情，他们已经准备很长时间了，这次开业，陈风不想错过。他仔细想了想，说道：“你看这样行不行？咱们星期六一早走，中午赶到蓬莱，下午讲个课，晚上参加婚宴，明天一早再赶到潍坊。”

“可以啊！割草打兔子两不误。”

两人哈哈一笑。

陈风说道：“只要思想不滑坡，办法总比困难多。”他马上拨通了彭冲的电话：“情况有点小变化。”

“怎么了？”彭冲很担心，生怕老师去不了。因为只有陈风去了，他才能在领导和同事跟前有面子啊！

陈风把健康产业推广基地开业的事儿简单说了一下，然后以商量的语气跟彭冲说道："把讲课安排在周六下午，门诊就不看了，你看这样好不好？"

彭冲原以为老师来不了了，这下放心了："好啊！我再跟我们院长汇报一下。"

陈风刚挂断电话，送走严总，小胡又回来了。陈风问道："怎么了？"

"刚接到省局通知，周六下午三点过来评审，总共三个专家，省中医院一个，青岛市中医院两个。"

陈风暗道不好，这下麻烦了。他跟小胡说道："走，去跟高院汇报。"

高院听完汇报，看着他们俩着急的样子，笑道："有啥可着急的？咱们也是身经百战了！学科的评审，专科的评审，三级医院的评审，咱们什么时候掉过队啊？你们抓紧整材料吧，多找上几个人，晚上加加班。陈风啊，你把后勤保障工作做好了啊，别让兄弟们饿着肚子！明天上午，九点吧，咱们在四楼小会议室碰头，就这样？"

"好的，没问题。"陈风和小胡点点头。高院一席话，说得两人心里热乎乎的，高高兴兴干活去了。

早上九点，陈风等人已经提前来到了四楼小会议室。他们一个个面带倦容，偶尔还会打个哈欠，但可以看得出，他们眼神中充满了成就感。看到一摞摞的资料，按照评审细则的要求，分门别类地整齐摆放着，他们能不欣慰吗！看着一张张精美的幻灯片在幕布上投影，他们能不自豪吗！这是连夜作战的成果，这里有一支无坚不摧的铁军！

高院打电话来，说是有领导来，晚点过来。

陈风把文字材料和PPT又审了一遍，改动了几个小地方。

高院赶过来的时候，已经十点半了。他先看文字材料，边看边改："根据要求配置诊断类、针疗类、灸疗类等中医诊疗设备，这里要列设备清单，针对每一种设备，要有使用记录，使用者要签名，并注明日期……开展中医预防保健服务的总结、分析及评价工作，这里的效果评价既要有自评，又要有专家评价，评价一定要客观、细致、到位，对将来开展工作有指导价值……"

陈风坐在高院左侧，看着高院逐项审阅，并提出修改意见，感觉像多年前坐在导师身边，看导师批改毕业论文一样，有了一种重新回到学生时代的幸福感。有这样敬业的领导在，医院何愁不能发展？

审完了文字材料，高院接着看幻灯片，也是边看边改："开展多种形式的中医健康教育活动，这里不能只放照片，也要列清单，要包括场地、时间、授课老师、听课人数等内容……开展中医养生、保健、康复等综合性研究，提高自主创新能力，这里列出的立项课题、鉴定课题以及发表论文、出版专著偏少，不能只列‘治未病’科和康复科的，其他科室的相关成果也要列进来，不能只是凑数，一定要有大‘治未病’和大康复的理念……”

高院改完幻灯片，接近下午一点了。陈风等人很疲惫，但也很开心。他对高院开玩笑道：“高院，过会儿能不能与民同乐？”

高院长一愣：“什么情况？”

“我们从食堂订了饭，过会儿送过来，您和我们一块吃呗？”

“好啊，正好听听你们这帮年轻人的心声。你看你们年轻多好啊！有干劲，有闯劲，有热情，有激情，凡事不计名利，不怕辛苦，先干成了再说。你们这几天虽然辛苦点，三百万呢，值！”

饭送过来了，大伙一起开吃。小邵和另外两个刚分来的女研究生都比较内向，在高院面前显得有些拘谨。陈风提议道：“高院，结合医院的现状，咱能不能制定一个工作导师制啊？”

高院挺感兴趣：“说来听听。”

“咱们医院每年大约要新来二三十个研究生。他们刚刚踏上工作岗位，就像您刚才说的，有干劲，有闯劲，有热情，有激情，凡事不计名利，不怕辛苦，但他们没人带，也没有经费支持，科研往往处于停滞状态；同时呢，咱们医院很多专家有课题，也有思路，但他们都在临床一线，太忙了，没有太多精力考虑课题的事情。您看能不能把这两者结合起来，制定工作导师制？”

“工作导师，也就是工作阶段的导师，以区别于学校阶段的导师。”高院若有所思地说道。

陈风进一步解释道：“嗯，就是这种想法，根据专业和兴趣，两者可以自由结合，也可以医院指定，促进科研再上一个新台阶。”

“好，这提议好啊！你负责吧，抓紧把详细方案拿出来。”高院嘱咐道。

陈风不禁有些小激动：“好嘞，我马上办。”

下午三点，陈风和小徒弟们的沙龙照常进行。先是小徒弟们轮流讲，最后陈风总结，这期间可以即兴发言，也可以展开讨论。小徒弟们所讲的内容分为两部分，即固定内容和自选内容。固定内容包括本周工作总结和下周工作计划；自选内容包括一篇英文论文摘要、一首古诗词、一段经典原文、一例典型医案等，可以从中选择 2–3 项，最好能够熟练背诵。采取这种形式的教学，纯属陈风一时心血来潮、突发奇想，没想到搞着搞着，竟然发现了许多益处：可以锻炼他们的口才，可以拓宽他们的思路，可以

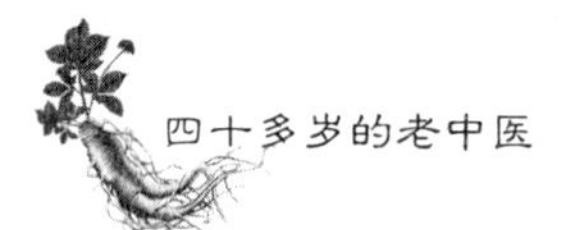

养成他们总结和计划的习惯，可以碰撞出许多火花，可以形成比、学、赶、帮、超的良好氛围……当然了，这也有利于促进相互之间的感情与信息交流。

文玲这次的自选内容是一首古诗词和一例典型医案。古诗词选的是柳永的《望海潮》，她背诵得蛮流利：“东南形胜，三吴都会，钱塘自古繁华。烟柳画桥，风帘翠幕，参差十万人家。云树绕堤沙，怒涛卷霜雪，天堑无涯。市列珠玑，户盈罗绮，竞豪奢。重湖叠巘清嘉，有三秋桂子，十里荷花。羌管弄晴，菱歌泛夜，嬉嬉钓叟莲娃。千骑拥高牙，乘醉听箫鼓，吟赏烟霞。异日图将好景，归去凤池夸。”

接着，她又做了讲解：“这首词写的是杭州的富庶与美丽。开头三句，以博大的气势笼罩全篇，首先点出杭州位置的重要、历史的悠久……这首词在艺术构思上匠心独运，上片写杭州，下片写西湖，以点带面，明暗交叉，形容得体。特别是由数字组成的词组，如‘三吴都会’‘十万人家’‘三秋桂子’‘十里荷花’‘千骑拥高牙’等在词中的运用，或为实写，或为虚指，都带有夸张的语气，形成了柳永式的豪放词风……”

陈风插言道：“这首词，我前几天刚跟孩子一起背诵过，感觉很美、很有气势。其实柳永原本不是这种风格的，他是婉约派的创始人。由于仕途坎坷不平、生活穷困潦倒，他由追求功名转而厌倦官场，沉溺于‘小资’生活，在‘倚红偎翠’‘浅斟低唱’中寻找感情的寄托，正因为他放荡不羁，终身贫穷，死时都是靠歌妓捐钱给安葬的。他的词多描绘城市风光和歌妓生活，流传很广。‘执手相看泪眼，竟无语凝噎’；‘多情自古伤离别，更那堪，冷落清秋节……’写得多好啊！但这首词一反柳永惯常的风格，以大开大阖、波澜起伏的笔法，浓墨重彩地铺叙展现了杭州的繁荣、壮丽景象。”陈风顿了顿，说道：“文玲，我说完了，你继续吧。”

文玲接下来介绍了一个典型病例：魏某某，女，56岁，患者于2014年2月12日主因“胸闷伴后背部疼痛2年余，加重伴头痛1周”入院治疗。既往高血压病、冠心病病史3年余。查体：血压150/90 mmHg，心率70次/分，律齐。腹膨隆，压之稍硬，双下肢轻度水肿。心电图示：窦性心律，T波改变。心脏彩超示：升主动脉增宽，左房大，左室充盈异常。腹部B超示：双肾体积略小伴皮质回声增强。刻下症见口干，咽干，腹胀满，食欲欠佳，食后不易消化，善太息，自觉身体沉重，不欲行动，四肢腕关节、踝关节及以下发凉。舌红，苔黄，脉沉弦。入院西医诊断：1. 冠心病，不稳定型心绞痛，心功能代偿期；2. 高血压病3级（高危）；3. 胃炎。中医诊断：心痞证。

陈风问道：“你能不能结合五运六气分析一下？”

“好的。”文玲看起来胸有成竹的样子，“咱老师是以宁心消痞方加减开的方子，病人服用七剂后，上述症状均好转，出院后继续服用上方七剂，以巩固疗效。下面呢，我就结合五运六气分析一下。甲午年为土运太过之年，脾土湿胜不能输布水津而发为饮，不能运化，则出现腹胀满，不欲饮食，食后消化不良；土克水，肾受邪，则可出现四肢厥冷。肾为气血生化之源，今气血之源不足，气不足以推动人之行动，则出现体重不欲活动，血不足以济阳则阳亢，出现头痛。另外，子午之岁，少阴君火司天，心受伤则可见胸闷、烦热；阳明燥金在泉，金克木，肝受郁可发为咽干、善太息。此外，患者此次发病为初之气，即元月二十一日至三月二十一日，主气厥阴风木，客气太阳寒水，木本生发，木不克水，受寒水郁遏，则郁而为火，亦可出现上述口干、头痛、水肿等症状。方中黄芪、麦冬、半夏为君，益气健脾、滋养胃阴；川芎、丹参、焦三仙、独活、柴胡为臣药，活血行气、消食导滞；五味子、木香、砂仁、陈皮、连翘、乌贼骨、藿香、佩兰等为佐药，疏肝理气、制酸止痛；生甘草为使，调和诸药。其中针对初之气太阳寒水加临厥阴风木，以及上半年少阴君火司天，柴胡苦平、辛、微寒，疏肝解郁，栀子苦、寒，功能清热泻火，同时加以肉桂助火温阳、散寒止痛。老师，我分析完了，请您批评指正。”

陈风笑道：“一个字，很好；两个字，非常很好！”

小徒弟们都笑了。

陈风继续说道：“以前咱们提出过‘四辨法’，即辨病、辨证、辨体质、辨情志，现在再加上辨运气，也就是辨五运六气，可以叫‘五辨法’，就这个主题你们可以写很多文章了，譬如说《‘五辨法’辨治冠心病体会》《‘五辨法’辨治高血压病体会》等。也可以从另外一个角度，按‘气’来写，譬如说《初之气心血管病辨治规律探讨》，写完了初之气，可以再写二之气、三之气、四之气、五之气和终之气。另外啊，对于五运六气的推算，不用琢磨太多，只需要理解主运、客运、主气、客气、主客加临等概念就可以了。因为网上有很多软件，输上年份，一点，结果就出来了。”

这时陈风电话响起来了，是崔科长的，通知他明天早上九点在四楼小会议室开会。

陈风问道：“什么内容？需要准备什么材料吗？”

“有关师承教育的，不用准备材料。”

“好的。”

陈风挂断电话，问道：“接着来，下一个该谁了？”

下一个是艳茹……小徒弟们依次讲下来，陈风最后做了简单总结，沙龙结束时五点半多了。

第八章

“今天的交流就要结束了，很感谢付院长、孟院长能给我这次机会……你们都是医院的未来，都将要挑起医院的大梁。真心地希望从此以后，你们都更加重视科研，多出成果，早出成果，出好成果，出大成果，为了自己，为了医院，更为了我们的中西医结合事业！谢谢大家！”

开完沙龙，陈风又回到四楼小会议，问小胡：“材料改得差不多了吧？”

“差不多了，您再给把把关吧！”

“嗯，好的。”陈风又把文字材料和幻灯片细细看了一遍，“我觉得没问题了，再请高院看看吧！我去办公室看看他走了没有。”因为现在已经过了下班的时间，陈风觉得打电话问高院显得不礼貌。

“我也一块去吧。”小胡说道。

他俩走到高院办公室门口，看见门开着呢，高院还没走，正在看材料。陈风敲了敲门，问道：“高院，材料改完了，今天您还有时间再看一遍吗？”

“好啊！我忙完这点事儿就过去。”

他俩没进去，就在走廊里等着高院。小胡这家伙别看年龄不大，烟瘾不小，趁这工夫，他又点了一支，问陈风：“陈科，您就一直不抽烟吗？”

“偶尔抽，三个条件。”

“这还需要条件？”

“嗯，需要。喝高了，有人让，还得很让。”

小胡大笑，高院正好出来了，就问：“啥事，这么开心？”

“我们说起抽烟的事来了。”

“哦，抽烟提神啊！走，看看去！”

高院又给改动了几个地方，临走时说道：“陈风把兄弟们照顾好，我还有事，就不与民同乐了！”

陈风等人笑着送走了高院，继续干活。

陈风又突然想起了什么，急匆匆追下楼去。高院听到脚步声，回过头来，问道：“还有事？”

“高院，我忘了和您请假了。”

“怎么了？”

“后天我一个蓬莱的学生结婚，跟咱这评审冲突了。”陈风想好了，还是以医院的事情为重，高院准假就去，不准假也就算了。

“哦，去吧。想着明天把文字材料装订好就行了，接待方案办公室已经弄好了，你就去吧。”

“那好吧，谢谢高院！”

第二天上午，陈风一早来到病房，开始查房。

八点四十五，陈风赶到了四楼小会议室，看见崔科长在，就问：“崔哥，需要去接一下专家组吗？”陈风跟崔科长关系很好，私底下都喊他崔哥。

“那是当然的了，走吧，我看快来了。”

“崔哥，省局谁来啊？”

“哦，是袁处带队。”

等他们把专家组接了来，会议室里已经坐满了人，有高院、钟院，还有医务和财务等职能部门的负责人、全国优秀中医临床人才研修项目的学员、五级中医药师承教育项目工作的指导老师及继承人，全都起立相迎。

高院、钟院走上前去，与他们一一握手致意。大家坐好了以后，会议正式开始，由袁处长主持。袁处长是位女同志，经济学专业的博士。去年省局组织的“中医中药中国行”活动，分成四个组，陈风和袁处正好在一个组，一个星期下来，两个人已经很熟悉了。袁处轻轻咳了一声，说道：“尊敬的高院长、钟院长，各位专家，大家上午好！按照省局要求，今天要对咱们医院的第三批全国优秀中医临床人才研修项目、山东省第一批五级中医药师承教育项目进行年度考核。我先介绍一下与会的评审专家……”

简短的介绍结束了，评审开始。袁处跟陈风招招手，他俩走到会议室门口，袁处说道：“听说你们这边康复和‘治未病’搞得很好，走，领我去参观参观。”

“没问题啊，走吧，去给我们指导指导工作。”

“明天来检查‘治未病’的项目，是吧？”

“是，最近忙坏了。”

“你们肯定没问题，高院长这么重视，再加上你们这伙人这么能干，肯定没问题的。”

“还是江局和袁处领导得好啊！”

两个人一路聊着天到了康复科，林主任已在楼门口恭候了。

康复科是单独的一座五层楼，建筑面积五千多平方米，开放病床130张，专业设备165台件，成立于2004年，集临床、教学、科研三位一体。近些年来，康复科发展势头迅猛，是国家卫生部的临床重点专科、国家中医药管理局的重点专科建设单位、国家中医药管理局的重点学科、省中医药特色专科、全省卫生系统十大质量品牌“康复直通车”、省康复治疗技术定点培训机构、市残疾人康复治疗技术培训机构，并与中医药大学共同成立了康复医学研究室和康复学系，是康复医学和物理学专业的硕士培养点。

科室以中西医结合康复为宗旨，突出中医康复特色优势，同时应用现代先进的康复诊疗技术，使两者优势互补，以中风病、脊髓损伤、骨关节疾病、头部内伤病为优势病种，开展了康复评定、物理治疗、作业疗法、言语治疗、假肢矫形器制作与训练、中医导引、针灸、推拿、五行音乐疗法、中药熏洗等多种康复治疗方法。目前科室中西医结合诊疗技术已达到国内康复领域的先进水平，并成为省内中西医结合康复医学的龙头单位。

从一楼上到五楼，林主任一一为袁处详细介绍。袁处兴致盎然，频频点头。到了康复大厅，袁处亲切地与病人交流，至于她们讲了什么，陈风根本没听清楚，因为他忙着在一旁照相呢。

随后又去了“治未病”科，小胡一路带领着做起了介绍。

从“治未病”科回来，专家组的评审还没结束。陈风说道：“袁处，去我办公室坐坐吧。”

“好啊，也去参观参观。”

来到办公室，陈风把刚出的书拿了出来：“袁处，新出的书，请您批评指正。”

袁处接过来，大致翻看了一下：“不错，不错。医院的事儿干得挺好，个人的事儿干得也不错。”

“谢谢袁处夸奖，我继续努力。”

虽然跟袁处很熟悉了，陈风在她面前，还是多少有点拘束。陈风绞尽脑汁，力图寻找新的话题，好在这时电话响了，喊他们过去。

评审告一段落，反馈会开始了。袁处简单讲了几句，接下来是评审组组长发言：“医院领导对于两项师承工作十分重视，建立了师承工作领导小组，制定了详细的管理制度。人力资源科等职能部门重视加强对师承工作学习情况的检查与考核，认真落实带教与跟师的考勤、日常考核。在教学过程中指导老师以身示教，治学严谨；学员能坚持理论与临床实践结合，勤奋好学。按照《第三批全国优秀中医临床人才研修项目培训大纲》《五级中医药师承教学协议书》的要求，质量良好地完成了第一年度的教学与临床实践任务……”最后，两项师承工作以满分的成绩通过了年度考核，会场上响起热烈的掌声。

陈风回到办公室，给袁处发了短信：“袁处您好，我下午门诊，就不陪您用餐了，请见谅！祝开心！”

她回复：“你忙吧！好好干！祝你前途无量啊！”

“多谢袁处鼓励！”

简单吃过午饭，陈风躺在沙发上，感觉有些郁闷。这些年来，不论中医师承也好，名老中医带徒也好，还是优秀中医临床人才培养也罢，都没陈风的事儿。为什么呢？因为省局有明文规定，凡是担任行政职务的，一律不准报名。想想也对，担任行政职务的那帮人，天天开会，那么忙，哪有时间跟着老师出门诊？哪有时间参加培训啊？回过头来再想一想，只要愿意学，什么时间学不了啊？这些名目不就是形式吗？这样一想，陈风也就释然了。

一觉醒来，陈风洗把脸，换上白大褂，看门诊去了。一个下午下来，又是二十多个病人。快下班时，诊室里进来一位老太太。

陈风赶忙打招呼：“阿姨，您好！哪里不舒服啊？”

“前胸、后背胀疼。”老人家说话时脸现出痛苦的样子。

“哪个位置？您给我指指。”

“这儿，还有这儿。”老人家指了指心前区和左后背。

“这里有感觉吗？”陈风指了指她的左手臂。

“没有。”老人家摇摇头。

陈风问道：“疼了多长时间了？”

“五六天了。”

“每天疼几次啊？”

“一活动就疼，停下就能好点。”

“每次疼多长时间？”

“三五分钟吧。”

“吃什么药了吗？”

“吃过救心丸。”

“管不管用？”

“管用。”

“这种情况以前出现过吗？”

“没有。”

“做过什么检查没有啊？”

“有心电图。”老人家将心电图拿了出来。

陈风接过来看了看，提示室性早搏、二度Ⅰ型房室传导阻滞、轻度ST–T改变：“阿姨，我再给您听听吧，麻烦您把衣服掀起来。”

陈风给老人家检查完，建议道：“阿姨，像您这种病情，需要住院治疗了。”

她侧过头去看儿子，征求他的意见：“住不住？”

儿子很干脆：“听医生的，咱住。”

文玲给她开了住院票，娘俩道谢后去办理住院手续了。

陈风问道：“你们谁来说一说典型心绞痛的临床表现？”

“我来说吧。”艳茹看文玲不言语，她就先开口了，“典型心绞痛的临床表现包括五个方面。第一是部位，胸骨体上段或中段之后，或者是心前区；第二是性质，呈胀闷样、压榨样或紧缩样；第三是诱因，最常见的诱因是体力活动或情绪激动，饱餐、便秘、寒冷、吸烟等也可诱发；第四是持续时间，呈阵发性发作，疼痛出现后常逐步加重，在3–5分钟内逐渐消失，很少超过15分钟；第五是缓解方式，一般在停止活动后即可缓解，舌下含化硝酸甘油片或速效救心丸也能缓解。”

艳茹正在准备执业医师的考试，这部分内容刚刚看过，因此背得很熟。她背完后，有点骄傲地看着陈风，似乎期待着陈风夸上几句。

陈风看在眼里，就夸道：“艳茹回答得很对！”好孩子是家长夸出来的，其实，好学生也是老师夸出来的，陈风信奉这一点，他也真正做到了。他又问：“那么，刚才那个病人属不属于典型心绞痛？”

“属于。”艳茹回答道。

“嗯，并且还是初发性的。”陈风接着说道，“咱们再说说还有哪些不典型的地方，也是从五个方面说起。第一是部位，除了典型部位外，还可放射至左肩、左臂内侧达无名指和小指，或向上放射至颈、咽、下颌骨、牙齿、面颊，偶见于头部，或向下放射至上腹部，少数也可放射至双腿及脚趾，或向后放射至左肩胛骨和向右放射至右肩、右臂，甚至右手指内侧，但相对少见，一般而言，每次发作的疼痛部位是相对固定的；第二是性质，有些将疼痛描述为烧灼样或钝痛，也有少数形容为针刺样、刀割样疼痛，再就是有时伴有焦虑或濒死的恐惧感；第三是诱因，有些可见于心动过速或过缓、血压过高或过低、甚至出现休克的时候，还有一些同样的活动量但只在早晨而不在下午引起心绞痛，这提示与晨间痛阈较低有关，另外，有些心绞痛常发生于夜间睡眠、午休或白天平卧状态时，这也就是卧位型心绞痛；第四是持续时间，虽说超过15分钟应考虑急性心肌梗死的可能，但也有些心绞痛持续时间较长，这时候一定要注意心电图有无动态演变，心肌酶谱是否升高；第五是缓解方式，在熟睡中发生的卧位型心绞痛，立即坐起或站立就可以逐渐缓解……”

陈风讲解时，文玲和艳茹都在认真记录。

喝了几口水，陈风继续说道：“对于那个病人，还有一个问题需要注意，就是心律失常。心电图上提示有室性早搏和二度Ⅰ型房室传导阻滞，至于室性早搏是偶发还是频发，还有没有二度Ⅱ型房室传导阻滞和三度房室传导阻滞的情况，这都需要进行动态心电图检查，也可以用咱们刚开展的远程心电监护……”

周六一大早，天刚蒙蒙亮，陈风和严总就出发了。在路上，他们俩聊起了有关膏方的事情。

膏方是指一类经特殊加工制成的膏状制剂，又称膏滋。由于具有药物浓度高、体积小、药性稳定、无须煎煮、便于携带、口味较好等特点，膏方已越来越受到人们的欢迎。

开具膏方时，因人而异，随证处方，在配伍中除了常用中药外，名贵细料药如参茸、珍珠粉等，以及收膏用的糖、胶等物料，也需根据不同体质、不同病情加以变化调整，要真正做到“一人一方”。

制作膏方时，要将中药饮片多次煎煮，滤汁去渣，加热浓缩，再加入红糖、冰糖、蜂蜜、阿胶等辅料，收膏而成一种比较稠厚的半流质或半固体的制剂，需做到“一方一锅”。

根据加工中所选辅料的不同，膏方可分为“荤膏”“素膏”两种。如膏方加工中以白糖、红糖、冰糖或蜂蜜收膏的称为“素膏”；以动物类来源的胶，如阿胶、龟甲胶、鳖甲胶、鹿角胶等收膏的则称为“荤膏”。

目前，开展膏方工作的医院越来越多，各地膏方节、膏方论坛开展得有声有色，膏方培训班举办得越来越好，出版的膏方专著越来越多，膏方为人类的健康正发挥着日益重要的作用。

陈风说道：“膏方真是好啊！现在很多病人吃了还想吃，不过就是太贵了！要是能把加工费减免了就好了。”

“这好像不大容易，现在的制作成本太高了。”

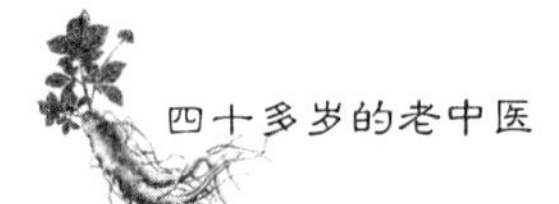

“很多老百姓还是承担不起啊！对领导和白领阶层倒是无所谓。”

“哎，对了，陈主任，前两天晁总提起来，想开个关于膏方发展的研讨会，你看怎么样？”

“正好，我们这边刚报了一个有关中医膏方发展政策研究的课题，是国家社会科学基金项目，这里面总结了五个方面的问题。”

“哦，说来听听，你总是能带来惊喜。”

陈风颇为自得地笑了笑：“老兄，别胳肢我啊，我怕痒！”

“岂敢岂敢，我这人爱说实话。”

“其一是地区发展不平衡，南方地区发展较快，北方地区发展不如南方地区，东部地区发展较快，西部地区则发展较慢；其二是单纯经济利益驱动，目前国内膏方市场一哄而上的现象令人担忧，膏方市场良莠不齐，亟待规范，有些诊所和药店甚至不经过辨证就开方，可谓“千人一方”，还有就是，个别医院为了谋求单纯的经济利益，一味追求膏方的数量及膏方的门诊量而不惜牺牲膏方质量；三是宣传力度不够，有些医院没有与电视、电台、报纸等媒体建立良好的关系，致使群众不了解膏方在养生保健、治病防病上的作用，也不了解医院是否开展膏方服务等，因此出现了不知道膏方为何物，或不知道去哪家医院开膏方等情况；四是专家培训不到位，膏方开方医师的水平参差不齐，很多医生没有很好地认识到膏方的作用，也没有掌握膏方处方的特点，所以膏方很难发挥出疗效来；五是膏方生产欠规范，缺乏严格的规章制度和监督机制，导致膏方的质量良莠不齐，有些单位的膏方是自己生产，有些单位让外单位代加工，虽然大部分单位都有生产标准操作规程，但标准或是医院自己拟定，或是行业协会拟定，缺乏统一规范，很多加工场地的面积和空间与加工制作的规模不适应，容易出现差错和交叉污染，有些加工场地没有防止昆虫及其他动物进入的措施，再就是凉膏间的货架不能保持卫生清洁等情况也不少见，尤其是在某些健康会所。”

“你讲得这么详细，是不是专门调查过啊？”

“嗯，我还真就调查过。”

“那怎么办？”

陈风的回答很干脆：“针对目前国内中医膏方发展存在的问题和弊端，结合膏方的发展现状和部分地区成功开展膏方工作的经验，研究制定一系列促进膏方发展的政策和措施，然后以省内中医膏方的发展为例，将制定的政策和措施应用到中医膏方的临床实践中来，确保膏方的发展健康有序。”

“好，真好！”

“抽时间啊，咱们还得坐下来，好好讨论一下实验室的建设问题，不能光批下来放那儿就不管不问了。”

“回头我跟晁总汇报一下。”

“我是这么考虑的，先确定几个研究方向。”

“好啊。”

“从大的方面分，主要分为基础研究和临床研究。基础研究这一部分，可以跟中医研究院搞合作；对于临床研究，最好按专业不同，多找几个专家，我可以负责心血管专业。每半年或者每一年，把科研成果汇总一次，也要制定相应的激励政策，可以根据成果的类别、档次和数量给予一定的奖励，把大家的积极性都充分调动起来。”

“好，真好！”

“你还会说点别的吧？听着有点假。”

“相当好！”

“呵呵。”

陈风和严总赶到蓬莱中西医结合医院时，已经中午。因为提前给彭冲打过电话，他和新娘子在医院门口恭候着呢。

彭冲激动地跑上前来，说道：“老师，先不用下车，咱们先去招待所，在最后面。”

“好的，上车吧。”陈风说着跟新娘子招了招手。

新娘子姓卜，是彭冲的大学同学，陈风以前见过她。小卜甜甜地说道：“陈老师好，谢谢您能亲自赶过来。”

“应该的，结婚可是人生大事啊！”陈风把严总介绍给了他们俩，“这是严总，膏方公司的老总，这次亲自当司长，一路上很辛苦的。”这“司长”其实就是“司机”的意思，尊称而已。

严总笑道：“不辛苦，我是跟着陈主任来蹭喜酒喝的。”

“欢迎欢迎！”彭冲和小卜齐声说道。

陈风对彭冲说道：“你们这座大楼很气派啊！”

“嗯，去年刚搬过来，条件设施比以前好多了，后边还有招待所和单身职工宿舍。今晚你们就住招待所吧。”

到了招待所，陈风和严总放下行李。陈风将新出的书拿出来两本，送给了彭冲和严总。

“这里还有三本，送给付院长、孟院长和你们高主任吧。”陈风对彭冲说道。

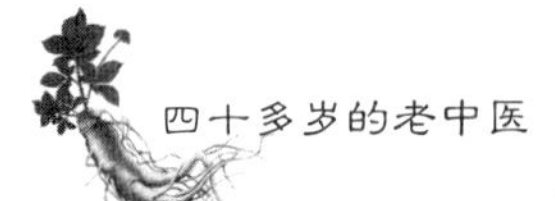

“老师，您太厉害了，永远都是我们学习的榜样。”

陈风乐了：“听你这说法，好像是我已经作古了。”

“哪敢哪敢啊！我这说法欠妥。”彭冲有点诚惶诚恐。

彭冲领着陈风和严总来到餐厅，付院长等人已到。彭冲一一介绍，他们互相热情地握手致意。

付院长和孟院长分别坐在了主陪和副陪的位置。陈风本想让严总坐在主宾的位置，因为他年长陈风一岁，并且一路开车这么辛苦，但严总执意不坐，而是坐在了副宾的位置。陈风只好坐在了主宾的位置，还有些不好意思。

付院长吩咐服务员上菜。他环视大家，介绍道：“趁着菜还没上，我先把我们医院的大体情况给两位贵宾汇报一下。我们医院呢，创建于1988年。在这20多年里，全体职工团结一心，励精图治，创业路上勇敢前行，实现了医院一次又一次质的飞跃！从低矮简陋的平房到现代化的门诊住院大楼，从最初年收入8万元到现在的年收入1.2个亿，从发展中西医结合造福百姓到科技兴院人才辈出，从名不见经传的小医院到全国百姓放心医院，都凝结着全院职工的汗水、智慧和无私奉献！如今，我们医院已发展成为一所集医疗、教学、科研、康复、急诊于一体的综合性二级甲等医院，开放床位600多张。现有职工500多人，其中硕士、博士研究生40多人，副高级以上专业技术人员30多人。拥有脑科、骨科、糖尿病科等一批强势学科品牌。我们的发展愿景是‘创建省内一流，国内知名的现代化综合性中西医结合医院’，我们的经营理念是‘诚信、博爱、优质、发展’，以科技为支撑，以特色促发展，全心全意地提供更加专业、安全、优质的医疗服务……”

陈风感慨道：“医院这两年发展很快啊！”

“欢迎陈主任常来。这次您时间太紧张了，只能讲讲课了，等下次再来，一定帮着查查房、看看门诊。当然了，也欢迎您带着亲朋好友过来旅游。蓬莱是个好地方啊！旅游景点首推蓬莱阁，素以‘人间仙境’闻名于世，‘八仙过海’的传说和‘海市蜃楼’的奇观更是享誉海内外。蓬莱阁现在的提法叫‘一轴、两翼、四文化、四格局’。一轴是指以蓬莱阁古建筑群为中轴；两翼是指以蓬莱水城和田横山为两翼；四文化是指神仙文化、精武文化、港口文化和海洋文化；四格局是指山、海、城、阁，山是丹崖山，海是黄海、渤海，城是蓬莱水城，阁就是蓬莱阁了。另外，还有戚继光故里、登州博物馆、古船博物馆、水师府、船舶陈列馆、海滨和平广场及黄渤海分界坐标等二十多处景点……”

付院长侃侃而谈，陈风插言道：“付院长去干旅游局长也蛮合适的。”

“局长干不了了，也只能干个小院长了。”付院长很谦虚，接着他又开起了玩笑，“并且只能干个副的。”

孟院长接话了：“那是因为您姓付。”

“这就对了嘛！咱们医院没有正院长，陈主任来干吧。”

陈风笑笑：“我可干不了，干这小科长都够累的。其实孟院长干这业务副院长挺好的，上面有付院长领着，下面有科主任们托着，舒服得很呢。不是有句话这样吗？‘穿衣穿布的，吃饭吃素的，当官当副的’。”

“才不是你说的这样呢！”孟院长虽然是个女同志，但颇有女汉子的气质，她打趣道，“付院长这边说批评就批评，科主任们那边很多时候指挥不动，命苦得很呢！”

说着说着，热菜开始上了。因为下午要讲课，陈风只是象征性地喝了一点红酒。

吃过午饭，陈风和严总与付院长等人告辞，回招待所休息去了。下午的课安排在三点，陈风就把闹铃调成了两点半。

彭冲来敲门时，陈风已经起来了。他们一起往会议室走去。会议室里坐满了人。会议由孟院长主持，她首先介绍了陈风，介绍完毕，会议室里响起来热烈的掌声。

陈风开讲：“今天很高兴能来到贵院，与大家一起交流。这次咱们交流的题目《如何撰写申请书》，分为四个部分：科研重要性、撰写申请书的技巧、中标申请书举例和几点建议。大家知道，科研是反映一个医院、一个学科以及一个团队实力的重要标志，也是决定其是否具有可持续发展潜力的决定性因素。如果没有高水平的科研课题作为依托，学科建设、专科建设、实验室建设将会成为空谈。同时，对于个人而言，职称晋升也好，申报突出贡献专家也好，都需要科研成果作为支撑。而写好申请书，争取立项，获得经费支持，往往是科研工作的第一步。在我国，科研经费拨款制度改革以后，国家、有关部门和单位都列入竞争的体制，推行课题招标合同制。为提高中标的概率，在投标之前，一定要对投标情况有一个十分详细的了解。申请书可以看作是一篇具有具体要求和明确格式的命题作文……咱们打个比方吧，撰写申请书可以看作是小伙子相亲，怎么才能使得相亲成功呢？那就要把小伙子好好包装一下。申请书大致包括七个方面：题目、摘要、内容、图表、工作基础、现有条件、预期目标。题目就像是小伙子的眼睛，要明亮；摘要就像是小伙子的面庞，要清秀；内容就像是小伙子的身材，要魁梧；图表就像是小伙子的外衣，要华丽；工作基础就像是小伙子的过去，要辉煌；现有条件就像是小伙子的现在，要雄厚；预期目标就像是小伙子

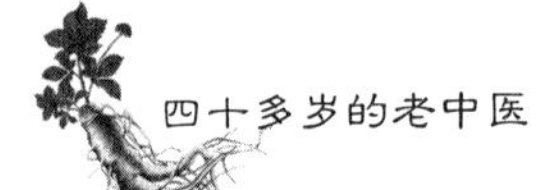

的未来，要美好。只有这样，人家姑娘才喜欢啊！”

会议室里传来一阵笑声。

借这机会，陈风喝了口茶，继续讲道：“题目一定要新颖，要么技术新，要么方法新，要么理论新，下面咱们看几个题目……摘要是整个申请书的高度概括。评审专家对摘要一打眼，就可看出申请书的含金量。每位课题评审专家通常要收到许多份申请书，既要认真看申请书，又要写评语。有时候，为了证实评审项目的创新性，还要进行国内外资料的检索。评审专家的工作量很大，有时一忙，后面的内容可能看得就不会很仔细了。由于申请书的摘要限制在二百到四百字以内，又位于申请书的开篇，所以评审专家对这部分看得特别认真。毫无夸张地说，这二百到四百字的申请书摘要就像学术名片一样珍贵，字字抵千金……”

陈风最后讲道：“今天的交流就要结束了，很感谢付院长、孟院长能给我这次机会。今天中午，还没进医院，就看到了高高耸立的综合大楼；等走进医院，又看到了整洁舒适的工作环境和医疗环境。能在这里工作，真是一件幸事。我看在座的各位，都很年轻，朝气蓬勃，来日方长，这里面也正好有了‘蓬莱’两个字的音。你们都是医院的未来，都将要挑起医院的大梁。真心地希望从此以后，你们都更加重视科研，多出成果，早出成果，出好成果，出大成果，为了自己，为了医院，更为了我们的中西医结合事业！谢谢大家！”

会议室里掌声雷动。

彭冲建议道：“陈老师，离吃饭还有一段时间，去我们‘治未病中心’参观参观吧？”

陈风点头：“好啊，走。”

到了“治未病中心”，彭冲在前面引路，一一为陈风介绍：“这是健康信息采集室、这是中医体质评估室、这是推拿室、这是理疗室……这是我们的办公室，这张办公桌是我的……”

陈风说道：“你们这边的工作环境真好啊！宣传图片也做得非常漂亮。”

“我们医院二甲复审时，在全省同级别医院中，成绩位列第一，而且‘治未病’中心一分没扣！多亏了年前陈老师慷慨指点啊！”

“哪里啊，都是举手之劳。”陈风话题一转，“在心内科干得好好的，为什么要来‘治未病’中心啊？”

彭冲解释道：“孟院长找我谈过话，说院里缺少真正的中医，而我也很想发展中医，院里就暂时把我安排到了‘治未病中心’，而且给我安排了单独的中医诊室，每天能看四五十个来查体的，很多需要用中药调理，并且我也说服他们喝中药。在这里我一个周能休三四天，没有夜班，有足够的时间看书。若是在临床科室的话，一个周最多休息两个下午……”

陈风耐心地听他解释完，这才说道：“你想过专业的问题吗？不管在中医院也好，还是在中西医结合医院也好，都没有专门的中医科或中西医结合科。人家病人来找医生看病，往往都是打听着专业来的。你想想吧，病人心脏不好，首先会找心内科的医生，怎么会找到‘治未病中心’来呢？除非是有人推荐。”

彭冲低声道：“我很喜欢这里，很轻松，有自己的时间，可以静下心来，好好看书，好好琢磨中医。”

陈风一想，人各有志，也罢，就建议道：“最好能去心内科跟着查查房，管管病人，再看上一两个半天的心内科门诊，专业很重要。专家专家嘛，就是首先要在某一个方面有专长，有专攻。我这些年虽然在科教科兼着，但始终不敢离开心内科，为什么？不是钱的问题，我怕丢了专业。病人不知道你是什么专业，同事也不知道你是什么专业，这是一件很可怕的事儿，就像水面上的浮萍一样，没有根基，四处飘摇，长不稳，也长不大。”

“嗯，老师，我记住了。”

第九章

崔科长首先提出问题："在基本条件里面，我认为有两点值得商榷，一是年龄，五十岁太大了，培养出来就该退休了，是不是限定的年龄再小一些？二是学历，硕士以上，针对我们医院的实际情况，是不是可以适当放宽？让那些学历偏低，但确实科研成果突出的人员，也可参与报名？"

彭冲看看表，说道："老师，时间差不多了，过会儿孟院长来接我们，我去喊一下严总吧。"

"不用了，我给他打电话吧。"陈风拨通了严总的电话，告诉他五分钟后楼底下集合。

彭冲说道："陈老师，晚上我那位搞针灸的张大哥也要过来，想和您商讨一下刺络疗法课题和专利的事，并让您亲自体验一下刺络疗法的神奇，给您治治颈椎。"

"体验怕是没时间了，就先大体上聊一聊吧。"陈风颈椎一直不好，经常出现酸痛，一累了就会更加明显。陈风给大姨讲的十字诀，也就是"前看井，后看月，左右转圈"，他也坚持天天锻炼，现在感觉好多了。

对于刺络疗法，陈风还是比较了解的。目前，毕水就在心内科病房开展这个项目，效果很好，病人们的反响蛮不错的。

所谓刺络疗法，就是以三棱针为针具，根据病情刺破患者身上特定部位的血络，即浅表血管，放出适量的血液以治疗疾病的方法，又称三棱针疗法、放血疗法、刺血疗法。

三棱针由不锈钢制成。针柄呈圆柱状，针身至针尖呈三角锥形，针尖锋利，分大、中、小三型。临床可根据病人的形体强弱及病证特点，选择针型号。

刺络疗法分点刺法和散刺法两种。点刺法是指将针迅速刺入体表，随即退出的一种方法，令其自然出血，或轻轻挤压针孔周围以助瘀血排出，多用指、趾末端穴位；散刺法，就是在病灶周围上下左右多次点刺，使之出血，此法可与拔罐配合。

刺络疗法具有开窍泄热、通经活络、祛瘀消肿的作用。点刺法常用于高热、中暑、喉蛾、惊厥、急性腰扭伤等；散刺法适用于丹毒、痈疮、外伤性瘀血疼痛；挑刺法多用于痔疮、丹毒、目赤肿痛。

临床使用刺络疗法应注意以下几点：局部皮肤和针具要严格消毒，以免感染；熟悉解剖部位，切勿刺伤深部动脉；一般下肢静脉曲张者，应选取边缘较小的静脉，注意控制出血；对重度下肢静脉曲张，不宜使用；点刺、散刺时，针刺宜浅，手法轻快，出血不宜太多；年老体弱、贫血、低血压、孕妇及产后妇女应当慎用；凡有出血倾向或血管瘤处不宜使用。

孟院长带车过来了，招呼道：“陈主任，严总，请上车。”

“美女院长亲自来接，不胜荣幸啊！”陈风调侃道。

“荣幸的是我才对啊！今天陈主任的讲课很精彩啊！”她停顿了一下，“感觉您和我导师有点像：长得像，讲课风格像，科研能力都很突出。”

陈风好奇地问道：“你导师谁啊？”

“中医药大学的林逸龙。”

“哈哈。”陈风笑了起来，“怪不得像呢，他是我亲师兄。我们都是狄教授的博士。不过，我比林师兄差远了。”

“哟，那我得喊你师叔呢。”

陈风摆摆手：“可别，我可担当不起，咱俩年龄应该差不多。”

“你们都是博士后了，我才硕士，我比你们差得才是太远太远了。”

“已经不远了，就好比从省城来到了蓬莱，再往前一点点就到烟台了，还有半小时的路。”

一车人都笑。

陈风问孟院长：“你本科哪里毕业的？”

“省医科大学。”

“哪一级？”

“九一级。”

陈风叹道：“咱俩缘分大了去了，我是九〇级的。”

“你几班？”

“我不是临床的，我是口腔的。”

“怪不得那时候不认识，以后我就称你师兄了。”

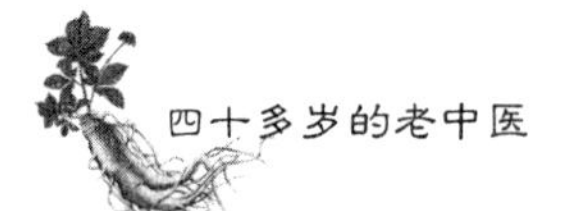

“敢情好啊！这次来蓬莱认了一个美女师妹。”

他们一路说笑着到了酒店。进单间没多久，付院长也到了，手里拎了两瓶茅台，说道：“不好意思，我迟到了。陈主任，今晚我们可要一醉方休哦！”

“没问题，一醉方休。”陈风嘴里答应着，心想今晚可得悠着点，明天一大早还得赶路呢。

彭冲的家人早就到了，在大厅里准备了十多桌。付院长和陈风过去时，大厅里热闹非凡，坐满了客人。每张桌上都有席签，席签上分别写着“新郎同学”“新郎同事”等。陈风正浏览着，婚礼开始了。其实这不能算是正式的婚礼，因为之前彭冲早在老家办过了，这次只是答谢领导、同事和同学们。

付院长讲道：“各位领导、各位朋友、各位父老乡亲，大家晚上好！今天是彭冲和卜雪丽大喜的日子，让我们由衷地祝福一对新人喜结良缘、白头偕老！今天，他的导师陈风主任也专门赶到蓬莱，下面，让我们欢迎陈主任致新婚祝词。”

伴随着一片掌声，陈风接过话筒：“尊敬的各位嘉宾，大家晚上好！为了参加彭冲的婚礼，今天一大早，我们不远千里，冲破重重雾霾，来到了蓬莱。一到蓬莱，便立马感受到了空气的无比清新；一下汽车，便立马感受到了蓬莱人的巨大热情……祝一对新人生活上相互扶持、幸福甜蜜，事业上相互支持、更上层楼，也祝在座的各位身体健康、心情愉快！谢谢大家！”

在席间，付院长再次提到了请陈风来讲课、查房、看门诊的事情，陈风就借机建议道：“付院长，我建议咱们医院成立一个‘导师团’管理小组。”

付院长很感兴趣：“嗯，您接着说。”

“管理小组的职责包括以下几个方面：一是负责召集，就是把院里所有的研究生召集起来，填写导师情况一览表，内容包括导师的基本信息、科研成果、业务专长等；二是负责联系，就是联系各位导师，确定来院时间和活动内容；三是负责接待，就是把各位导师的行程安排好、服务好；四是负责协调，就是协调好院内各科室、各部门，做好配合；还有就是做好汇总，认真总结，找出经验和不足，不断提高。”

“这提议好！孟院长，你负责，马上办，下周一提交党政联席会议讨论。”

孟院长答应道：“好嘞，师兄就是厉害！”

“什么时候主任变师兄了，我咋不知道呢？”付院长纳闷道。

“这事儿怨我，还没来得及向您汇报呢！”孟院长解释道，“事情是这个样子的……您看吧，不光是师兄，还是师叔呢！”

付院长提议：“那就为师兄、师叔干一杯。”

三个人一起干杯。

彭冲的父母过来敬酒了。他父亲有些木讷，不善言辞，但母亲很泼辣，很新潮，五十来岁的人了，还穿了一双橙色的高筒靴。陈风知道，彭冲老家在农村，家里承包了大片果园，他母亲也应该是农村的。一个农村妇女，能活出这种精气神来，真是不简单。

她端着一杯酒，走到付院长和陈风之间，说道：“今天是俺儿彭冲大喜的日子，跟老师、跟领导，俺有掏心窝子的话要说……”

她把一桌子人都逗乐了。她接着说道：“俺儿一上学就交给了老师，多亏老师培养得好，谢谢老师了！一上班就交给了领导，多亏领导关照得好，谢谢领导了！”

陈风一听，她这掏心窝子的话讲得还蛮有水平的。

付院长说道：“上了班了，还需要老师继续培养。”

陈风接道：“祝贺你啊，大姐，养了个好儿子，找了个好媳妇，分到了好单位，又摊上了好领导！来，咱们一起干杯！”

众人一起喝下。

彭冲领着张大哥过来敬酒。陈风对他们说道：“要想申报课题，前期的研究基础很重要，发表过刺络疗法的文章吗？”

张大哥摇摇头：“还没有，我也不知道怎么写。”

“让彭冲帮着你，先写几篇关于临床研究的吧。比如治疗颈椎病的、治疗肩周炎、治疗腰椎病的，都可以。”

“行，我们马上开始写。”

喜宴结束，陈风和严总回到了招待所，严总又拿出那本书看了起来。

陈风说道：“你看得够快的，得有三分之一了吧？”

“嗯，差不多，写得挺好玩的。不过，很多医学的东西，我看不懂。”

“里面写了很多关于膏方的内容，我对膏方情有独钟啊！”

“我看到了，你对膏方确实很推崇，字里行间都流露出来了。”

“那就继续看吧，欢迎多提宝贵意见。我打个电话。”

“嗯，你打吧。我需要回避吗？”

“别开玩笑了，我没什么秘密。”

“那可不一定。”严总摇摇头，一副高深莫测的样子，“前几天有人颁布了‘幸福’指南，说是家里没病人，牢里没亲人，外头没仇人，圈里没小人，身边没坏人，看似没情人，哈哈！”

“好像还有吧。”陈风补充道，“升官有贵人，办事有熟人，失意有友人，迷茫有高人。”

“嗯，补充得好，这就更全面了。”严总低头，继续看书。

陈风拨通了毕水的电话：“今天查得怎么样啊？”

“挺好的，没啥大问题，反馈时他们给提了几条建议，高院又接着领我们开了会。”

“他们没留下吃饭吗？”陈风问道。

“没有，反馈完了就直接去下一家了。”

“哦，还有一个事儿啊！平常你给病人放血的时候，用没用过挑刺啊？”

“没有，估计太疼了。”

“以后可以试一试，这种强刺激，可能效果会更好。”

“好的，我试一下。”

“另外啊，你上网查一查，看看有没有专用的挑刺针，如果没有，我们可以设计一种，申请实用新型的专利。”

“好的。”

陈风放下电话，拿出电脑，在房间里找了找，发现没有网线，他就又从电脑包里拿出了无线网卡。

他打开医院的网站，没想到今天下午评审的新闻已经登出来了。他不禁啧啧称赞，这宣传科的速度真是够快的。

3月1日下午，省中医药管理局组织专家对我院中医药预防保健及康复与临床服务能力建设项目进行了年度评估。

专家组一行4人……我院高人杰院长向专家组做了项目工作汇报。专家组通过听取汇报、查阅资料、人员访谈、现场考察等形式对我院年度执行情况进行了全面细致的检查。

专家组对我院中医药预防保健及康复与临床服务能力建设项目工作给予充分肯定，并对下一步工作重点提出了意见和建议。高院长代表医院对专家组一行表示衷心感谢。同时，高院长指出，医院将以此次评估为契机，根据专家组的意见与建议制定整改方案与措施，继续认真开展建设项目工作，以丰富的中医预防保健干预手段，为广大患者提供优质的中医药预防保健服务。

医院党办、院办、宣传科、医务科、护理部、科教科、人事科、财务科、总务科、药剂科、招标办、社区科等职能科室负责人参加评估。

陈风输入了“蓬莱”两个字，开始搜寻有关蓬莱的资料。这是他多年以来养成的习惯，每天临睡前，梳理一下一天的事情，看看有哪些闪光之处，需要记录一下，有哪些模糊之处，需要明确一下。

他无意中查到了“蓬莱”这地名的由来。原来，有一年秦始皇东巡，来寻找神山，求长生不老药。当他站在蓬莱的海边，只见大海一望无际，不见神山的踪影，忽然发现波浪中有一片红色，便问身边的大臣：“那是什么？”大臣回答说是仙岛。他又问：“仙岛叫什么名字？”大臣仓促之间无法应答，突然见水中蓬草随波飘动，灵机一动，用草名答道：“那叫蓬莱。”蓬莱从此而得名。

第二天一大早，陈风和严总又出发了。他们赶到潍坊的健康产业推广基地时，离开幕式还有十分钟。陈风下来车，膏方公司的晁总和推广基地的苏主任已在门口迎接。他们握握手，寒暄几句，急匆匆赶往四楼的大礼堂。

大礼堂里坐满了人，主席台的领导们也大都已经就位，好像左右两侧最外边的两个位置还空着。晁总提醒陈风，他的席签在第一排，陈风于是弯腰坐了过去。晁总和苏主任一左一右上了主席台。

开幕式开始了，由苏主任主持。他铿锵有力、充满激情的声音在大礼堂里回荡：“尊敬的各位领导、各位嘉宾，大家上午好！今天，健康产业推广基地正式成立了！请允许我介绍一下与会的各位领导……市领导高度重视中医药事业发展，成立了市健康产业区域中心建设协调推进小组办公室，与世界中医药学会联合会进行了洽谈，确定成立健康产业推广基地。基地立足山东、面向国内外，将在中医特色技术师承、中药材种植、中药制剂研发和推广等方面开展工作，推动中医药领域健康产业的发展；同时，引进国内层次较高的各种中医药特色人才和技术，形成纯中医特色的技术引进、人才培养的中医药孵化器……我们成立了中医特色诊疗研究所、自然疗法研究所、中药研究所、手诊工作室、金氏脉诊工作室、针刀工作室、推拿工作室、灸法工作室和火罐工作室等，开展手诊、耳诊和脉诊等特色项目……基地开设健康大讲堂，邀请知名中医来院授课，为广大市民健康需求和保健养生提供中医指导。同时，还提供中医膏方的定制。膏方不用煎煮，易于保存，便于携带；药力缓和，稳定持久，口味怡人；辨证调补，辨体调补，四季皆宜……”

接下来是各位领导讲话。

开幕式结束后，省中医院的陈教授为参会人员授课，陈风则被安排到二楼的诊室应诊。半个上午下来，陈风共看了十多个病人。等送走最后一

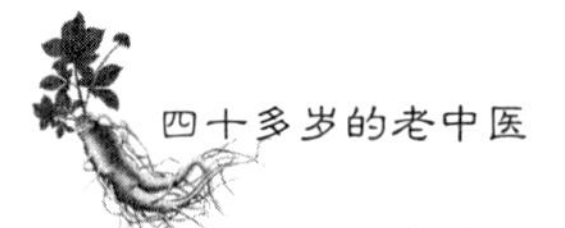

个病人，他才得以抽出时间来好好参观一下。

诊室里布置得古色古香，桌椅、橱柜和茶几都是同一木料、同一颜色。墙上挂着许多字画，据说都是一位书画家赠送的。最有特色的是，诊室还有里间，是供专家们休息的地方，有床铺，有衣柜，还带有卫生间，杯子、毛巾、牙刷、梳子等用品一应俱全。

陈风来到对面诊室，是邵老的诊室。他也已经看完了病人，正在奉献墨宝。

陈风看到地上摆了一幅，写的是“经典中医”。他弯腰正写着的一幅应该是“无限风光在险峰”。邵老的字遒劲有力，挥洒自如，尽显老一辈中医大师的风骨、沧桑和自信。

邵老是省中医院的主任医师、教授、博士生导师，享受国家政府特殊津贴，国家和省级名老中医，现已退休。他从事中医临床工作三十多年，对内科领域的常见病、多发病和疑难危重病的诊治进行了潜心地研究，具有高深的专业理论和技术水平，多次获奖。他历经13年，通过绞股蓝总皂甙、茶多酚和总黄酮的黄金配伍，采用高科技的“超临界萃取技术和分子分离技术”首次分离出了轰动全球的血管抗衰因子。该因子可直接作用于血液、血管和心脑，逆转血管老化。在此项技术基础上，邵老精心研制了治疗心脑血管疾病的老来寿胶囊，并获得了国家发明专利。

陈风跟邵老打过招呼，又到了一楼金老的诊室。金老还没忙完呢，他就在诊室里耐心等着，看到了书橱里摆放的金老的专著《执着光明》上、下册。陈风寻思着，无论如何也要跟金老讨要上一套，回去好好拜读。

金老是陈风的偶像，之前虽然见过多次，但一直没有机会这么近距离地接触过。

金老9岁失明，自1973年以来一直从事医学工作，结合临床实践，从一个全新的角度对脉学进行了认真地探索。他凭着坚强的意志，克服了常人难以想象的困难和艰辛，以现代医学理论为基础，吸收了传统中医整体观、辨证观的理论思想，以唯物辩证法为指导，以脉诊为手段，以数学为量化工具，综合了当代有关的科学成果，建立发展了独特的“金氏脉学”理论，对疾病能够基本做到定性、定位、定量诊断，是既不同于传统中医，又不同于现代西医的一门新的无损伤诊断理论。

他总结归纳出了198种病理脉形，累计诊治患者近20万人次，诊断准确率和治疗有效率均在85%以上，基本实现了脉和病的统一。在总结临床经验的基础上，自1990年以来，他先后出版了《脉诊新法》《金氏实用脉学》《金氏脉学》《我的脉学探索》等多部著作。其中《金氏实用脉学》获世界传统医药突出贡献国际优秀成果奖，省残疾人科技进步奖一等奖。此外，金老在疑难病的诊断和治疗方面也有独到之处，他用自拟的“复康I号”“复康II号”治疗癌症，取得了较为满意的疗效，并受到了有关部门的肯定。

金老自1989年以来，先后在国内外刊物发表及学术会议上宣读论文80余篇，19篇获奖。由于金老在上述各方面所取得的成绩，被国家人事部、中残联命名为自强模范，被中国国际名人院授予“全国医药界精英”荣誉称号，他的名字被收入《世界名人录》《世界传统医学杰出人物》《东方之子》等典籍。

正好晁总也在诊室，陈风跟他笑了笑，小声说道：“晁总，我是金老的粉丝，过会儿帮我引见一下。”

“没问题啊！”晁总应道。

陈风静静地站在金老身后。他已经给对面的那位女士诊完了脉，正在口述处方，右侧有个年轻大夫在记，陈风也跟着记了下来。

当归15g 川芎15g 生地20g 熟地20g
赤芍15g 香附15g 柴胡10g 益母草20g
苏木12g 桃仁12g 蛇床子12g 王不留行12g
鸡血藤15g 郁金12g 炙甘草9g
10剂，水煎服，日一剂

等金老口述完毕，晁总走到他的跟前，说道：“金老，我是晁玉中啊！给你介绍一位年轻人，他很崇拜你啊！”

金老笑道：“好啊！好啊！”

“这是中西医结合医院的陈风主任，心内科专业的，还兼着科教科的科长，很优秀，很能干。”

陈风急忙上前，跟金老握手：“金老，早就想跟您学习了，不知我够不够格？”

“欢迎！欢迎！跟毕水熟吗？他对象是我们研究所的。”

“熟，很熟，我们俩一个科的。”

还没等陈风开口，金老主动提起了赠书的事儿，说道：“把《执着光明》送你一套吧，抽时间我们好好交流。”晁总赶紧从书橱里拿出来一套书交到了金老手中。

这让陈风有些受宠若惊，他激动地用双手从金老手中接过了书，捧在怀里，像捧着婴儿一样，万般珍惜：“我一定好好学习，不辜负金老的厚望。”

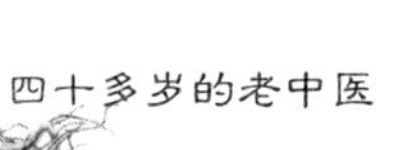

吃过午饭，陈风和严总踏上归程。一路上，陈风丝毫没有睡意，津津有味地拜读金老的大作《执着光明》。

光明，对于正常人来说是一种再平常不过的感受，但之于我，却是一种奢求——因为我是一个盲人。

九岁一场大病后，我的眼前便成了一片黑暗，世界在那一刻坍塌。多动的童年，七彩的阳光，还有刚刚开始的学校生活，都在那一刻离我远去了。更可怕的是，想要成为一名好医生的理想瞬间也变得遥不可及。

痛苦，无边无际，正如黑暗无边无际。

然而，极度消沉之后我发现，理想——那儿时播下的种子却从未泯灭，它顽强地留在心底，等待发芽，等待成长。于是，我用勤奋，用比别人多十倍百倍的汗水来浇灌这粒种子。

失去了眼睛，但我要用执着去追求我今生的光明。

……

读到这些故事时，你可能很难相信其真实性，但，这真的是我的亲身经历，是我流着泪，忍着痛苦，顶着压力，听着流言蜚语，在许许多多好心人的搀扶下一步步走过来的艰难人生，是一种旁人也许永远都无法完全体验的心路历程。通过这些故事我想告诉你，人的潜能何其大，很多看似很难做，甚至是无法做到的事，只要不畏艰难，勇往直前，你就会发现 ，你不仅能做到，而且能做得很好。

记得有人说过这样一段话：人活天地间，毫无道理可言。有的人来到这世上，就像应邀参加了一场盛大的宴会，一辈子山珍海味，美酒佳人，衣冠楚楚，步履逍遥，最后将名字刻进一座豪华体面的大理石墓碑“永垂不朽”了；而有的人来到这世上，不像是从娘胎里生下来的，倒像是从监狱里逃出来的，一辈子缩着脑袋，绷着神经，过着狼狈不堪、四面楚歌的日子。我不敢，也不想奢求前者，但却比后者幸运得多——我付出了很多，也得到了很多——有家，有业，有朋友，有房子，又不乏执着追求的精神。对我而言，一台电脑、几包香烟、一间小房子、一种执着一生的精神，这些就足够了。

……

“黑夜给了我黑色的眼睛，我却要用它去寻找光明。”多少年来，我一直在黑暗中不停地求索，苦苦地追寻。对我而言，脉搏就是一种挥之不去的乡愁，是沉淀于心灵深处的一缕柔细而坚韧的情感，使我久久沉迷，并将继续沉迷一生。

当光明离开我的时候，我不得不面对黑暗；当光明再次降临的时候，人生的价值就在这里了。这，就是我的一切。

新的一周陈风正在查房，接到院办通知，十点半要在四楼小会议室开会，会议由高院长召集，研究职工代表们分组讨论的意见和建议。

陈风准时赶到了会议室，有人给送来一份意见和建议一览表。他匆匆浏览了一下，涉及科教科的内容还不少呢。

高院长到了，会议正式开始。高院长字正腔圆地讲道："召开各个职能部门的联席会，是咱们的老传统了，这样可以集思广益、群策群力，确实也收到了非常好的效果。今天，把大家召集来，主要是讨论职工代表们的意见和建议，制定可行性方案，并分头落实。咱按照顺序，一个一个来……"

会场气氛渐渐热烈了起来，陈风静静地坐在后边，听着大家讨论。在正式会议上，他轻易不发言，但只要一开口，他都会抓住重点，条分缕析，并且尽量引用数据。

终于轮到他这边了，只听高院长说道："有代表提出要加强医院重点专科的内涵建设，认为医院目前重点专科的数量已经不少，但下一步如何把这些重点专科做大做强，发展成老百姓普遍认可的科室，需要加强内部质量管理。陈风，科教科准备怎么办？你说说看。"

陈风回答道："按照省'十二五'中医药重点专科的建设要求，我们准备从临床能力、特色优势、人才队伍、科研教学和组织管理五个方面加强管理和监督。先说临床能力方面，包括了如下具体指标：一是专科门诊量逐年提高；二是专科出院人数高于本院专科平均水平，并逐年增加，优势病种出院人数占所在科室出院人数的比例不低于60%；三是专科病床使用率不低于85%；四是专科门诊中医治疗率不低于75%，病房中医治疗率不低于65%，专科优势病种中医辨证论治准确率不低于95%，开展中医临床路径管理的优势病种中医治疗率达到100%；五是专科建立随访制度，出院患者随访率不低于30%。我们的想法是先到各重点专科进行摸底，并把摸底情况汇总，找出共性问题和个别问题，制定具体措施……"

高院比较满意，接着说下一条："有代表提出来，要给报考我院博导、硕导的学生制定特殊政策，你是怎么想的？"

这是陈风提出来的，他早有准备，于是侃侃而谈："我专门统计了前三年的毕业研究生情况：2011年，中医院毕业研究生483人，学生导师比是3.40，我们医院仅27人，学生导师比是1.13。这里我解释一下，学生导师比是学生总数与导师总数的比值，相当于每位导师平均带多少学生，3.40也就是说每位导师平均带3.40个学生。2012年，中医院毕业724人，学生导师比是5.10，我们医院仅78人，学生导师比是3.25。2013年，中医院毕业501人，学生导师比是2.95，我们医院仅57人，学生导师比是1.33。不比不知道，一比吓一跳啊！因此，有必要制定《研究生科研经费资助办法》，以鼓励学生选择我们医院的导师。具体办法包括以下内容：一是资助对象，是指我院导师名下的在校博士生和硕士生；二是资助额度，我们初步设想的是在校硕士生每人2000元，博士生每人5000元，每位研究生只资助一次；三是经费管理，由医院财务科核拨并实行专项管理，一次性核定，一次性拨付，研究生可凭研究工作所需经费支出的票据，经导师签字和科教科审核后，依据医院有关财务管理办法报销，经费支出范围限定在项目调研费用、实验材料费用、论文发表费用以及必要的出差费用等。就这些，不知是否妥当？”

高院说道：“挺全面的，单独制定办法出来吧。再看下一条，咱们医院的科研实力跟省人民医院和省中医院相比存在很大差距，这差距不是一年两年的差距，而是十年二十年的差距，我们准备制订中青年科技人才储备计划。哎，这建议应该也是你们科教科提的吧？”

陈风答道：“是。”

“人才储备计划制订出来了吗？”

陈风把手里的材料举了举：“已经制订出来了，现在给您吗？”

“正好大家都在，你大体上讲一下吧，让大家都听一听。科研教学不单单是一个科的事情，关乎全院，关于全员。”

“内容比较多，我就捡着重要的说说吧。这项计划包括四个大的部分：一是基本条件，二是遴选办法，三是培养方案，四是考核办法。基本条件包括：五十岁以下，具有良好的科学训练背景，较强创新意识和创新潜力，热爱并愿意从事科学研究工作的硕士以上人员；近五年在统计源、核心期刊上发表本专业学术论文五篇以上或SCI论文一篇，或者承担过一项省级以上课题；省级以上重点专科、学科、实验室人员优先考虑。遴选办法包括：首先由个人提出申请；科教科根据基本条件初步确认；召开学术委员会讨论并投票表决；上报医院党政联席会；正式入选的人员由医院下文确定，并制订培养计划，与医院签订承诺书。培养方案包括：培养期限为三年；培养经费为三万元；具体培养措施有支持科研项目、提供专门科研时间、安排参加科研培训和学术交流等。考核办法包括日常考核和终末考核，对顺利达到预期目标且表现突出的人才，列入本专业学科或学术带头人后备人选，优先推荐晋升、申报导师，未按要求进行科研培养或未达到培养目标的人员，医院取消其培养计划。我说完了，请大家讨论。”

崔科长首先提出问题：“在基本条件里面，我认为有两点值得商榷，一是年龄，50岁太大了，培养出来就该退休了，是不是限定的年龄再小一些？二是学历，硕士以上，针对我们医院的实际情况，是不是可以适当放宽？那些学历偏低，但确实科研成果突出的人员，也可参与报名？”

护理部魏主任接言道：“我同意崔科长的第二条建议，因为整个护理人员里面只有两个硕士。并且，我还提议啊，真到遴选的时候，应该按照专业划分名额，比如医疗几个、护理几个、药剂几个。”

大家纷纷发言，讨论得异常热烈。

高院清了清嗓子，大声说道：“大家静一静，这问题讨论得很热烈，说明大家都非常关心科研，科研意识都有明显提高，这是好事。由于时间关系，这个议题再找时间专门讨论。下一条是……”

这次会议结束时接近下午一点了。陈风回到办公室，看到QQ图像在闪，是要求加为好友的，还有留言：大兄弟，你好！我是赵大姐。

哪个赵大姐？QQ名叫“微蓝”，这是谁啊？陈风琢磨了老半天，没想起来，但还是点了同意。

对方问道：“大兄弟，腿不疼了吧？”

陈风更懵了，这到底是谁啊？便没搭理她。

对方又问：“大兄弟，下午在医院吗？想去看看你。”

陈风一想，可能是病号，便道：“在，过来吧。”

第十章

“你看你这条线，比较浅，说明从小体质差，不注意锻炼，有点像大小姐；但这线很长，一直到了腕横纹，说明你的寿命也很长……我有一个朋友，开饭店的，我认识她那年应该是2005年，她在三年前，也就是2002年，也查出了同样的病，同样做了手术，现在啥事没有，好好的呢。”

下午，陈风正在办公室里查看资料，有人敲门进来了。他一看，是位女同志，四十五六岁的年纪，身材微胖，气质优雅。他觉得有点眼熟，就起身说道：“你好！请坐！”

她把手里拎着的两个礼品袋放在沙发边上，坐了下来，看着陈风愣愣的眼神，笑道：“真不记得我了？”

陈风摇摇头，满脸歉意：“眼熟，一时想不起来了，不好意思啊。”

她慢悠悠地说道：“你真是贵人多忘事啊！上一周，傍晚，马鞍山路跟青年西路交叉口，发生了一起无比惨烈的车祸，那个男一号是谁呀？”

“啊！”陈风想起来了，惊道，“难道你是女一号？”

“对啊！就是本美女！”

“我记得你当时没这么年轻啊？”陈风使劲回忆着她当时的容貌。

“呵呵！当时我妹妹住院做手术，我一直陪着她，根本没时间化妆，有时都懒得洗脸，你那时看见的是我的素颜照。”

陈风笑道：“今天我看到的是‘精妆版’啊。”

她又慢悠悠地问道：“难道你不想知道我是怎么找到你的吗？”

陈风真是没脾气了，感觉和她说话有些费劲，他耐心地说道：“我很想知道，你说吧。”

“事情是这个样子的。”她又卖起了关子，“当时我看你有些面熟，又看你人这么实诚，就留下了你的电话。昨天晚上我和我妈去妹妹那里看她，我妈看她很虚弱，就对她说要找个中医调调，我妈提到了中西医结合医院的陈主任，我猛然想起来了，前年我妈在你那里住院，你管她，咱们见过几次面。我妈回家以后翻箱倒柜地找你名片，不成想还真找着了，我一对电话，完全正确。今天早上我点开 QQ，查到了你，申请加为好友。我盼星星盼月亮，直到一点才等到了你。怎么样，有点传奇吧？”

陈风点点头：“嗯，有点像电影里的某个情节。”

“那天真是不好意思，我太着急了！今天特意过来赔罪。”

“没啥大事，你太客气了！”

“大兄弟啊，还得麻烦你个事儿。”

“你说。”

“看你什么时候有时间，去给我妹妹看看。”

“远不远？”

“不远，开车 15 分钟吧。”

“那就现在去吧，正好不忙。”

在路上，陈风问她：“我还不知道您贵姓呢？”

“免贵姓赵，赵华娉，做生意的，主要经营茶叶，需要茶叶找我就行，过会儿我把电话给你。”

“现在说吧，我记下来，”陈风又问，“赵大姐，你是不是泰安的啊？”

“是啊！”前方正好红灯，她停下车来，扭头看着陈风，“你猜的？”

“听你口音像，另外，你喊我大兄弟，这称呼咱泰安常用。”

“敢情咱们是老乡啊，就差泪汪汪了。”

“呵呵，说说你妹妹的情况吧。”

“年前查体，说是子宫内膜好像有问题，后来确诊是子宫内膜癌。一开始家里瞒着她，但后来还是让她知道了，虽然做了手术，但情绪一直不行。天天茶不思饭不想的，人瘦了一圈，把我们家里人都愁坏了，怎么劝都不行，真是没辙了，你快替我们想想办法吧。”

陈风点点头：“哦，我明白了。”

她妹妹家是小高层，住在 16 楼。他们来进门以后，发现老太太也在。陈风赶紧打招呼：“阿姨，您好啊！看您身体挺壮实啊！”

“这两年还行，多亏了陈主任啊！”老太太忙着去泡茶了。

赵大姐领着陈风走到她妹妹的卧室。她对着妹妹说道：“华婷啊，陈主任来了，陈主任看病可神了，你就放心吧。”

华婷靠在床头上，朝陈风艰难地笑了笑：“谢谢陈主任！我妈住院的

时候见过你。”

陈风走上前去，问道：“现在还有什么不舒服的吗？”

“没劲，不想吃饭。”她懒洋洋地答道。

“有没有出院记录，我看一下。”

赵大姐从抽屉里拿出来一大摞：“都在这儿呢。”

陈风翻看着各种资料，突然皱起了眉头：“这张好像不对吧？”

“哦，这张是假的，想着糊弄我妹妹的，真的应该在下面。”赵大姐说道。

“是这样啊！我再找找。”陈风把那张真的找了出来，是一份病理报告，上面提示：子宫内膜腺癌，Ib 期。

接下来，陈风为华婷号脉、望舌、望手纹，然后说道：“帮我拿纸、笔来吧，我开个方子。”

“还能活多久？”华婷问道。

陈风冲她笑笑：“你想活多久啊？”

“我怎么知道？”

“你都不知道，我怎么能知道呢？”陈风怕激怒她，声音很低，也很客气。

“我要知道还问你干吗？”

“你想活多久你不知道吗？答案很简单啊，70 岁，80 岁，90 岁，100 岁，都可以啊！”

“我说了不算啊！”

陈风很自信地看着她，说道：“你说了算！命运掌握在自己手里，生命也掌握在自己手里。你说了不算谁说了算？”

华婷有些吃惊，还没有哪个医生这么说过。她曾经咨询过好多专家，听到的都是一些模棱两可的话。

有的专家告诉她：“这主要取决于是否及时采取了恰当的治疗手段。一般来说，早期子宫内膜癌癌肿较小，未发生扩散转移，最为有效的治疗手段为手术切除，术后可在一定时间内采取放疗、化疗等手段以防止复发。早期子宫内膜癌切除后的五年生存率可达 60% 到 90%。”

还有的专家告诉她：“子宫内膜癌存活率因治疗效果及患者的身体机能而异。针对子宫内膜癌患者的具体情况选择一个科学、有效、合理的治疗方案，同时患者应调养身体机能，保持乐观的心态，积极配合治疗，可使生存期延长。”

陈风继续说道：“你现在的情况，除了没劲、不想吃饭以外，还腰疼，颈椎也不好，并且经常头晕、便秘。”

“我没说的你也知道？”华婷被陈风的话给镇住了。

“你的脉象和手纹告诉了我。”

陈风接着说道：“你还有一个更大的问题，就是肝气郁滞。”

“你好神啊！能给我讲讲吗？”

“没问题！脉象不好讲，讲手纹吧。”

华婷乖乖地再次将手递了过来，赵大姐也凑了过来。

陈风讲道：“这儿反映颈椎不好，这儿反应腰椎不好，这儿反应头晕……这儿是生命线，反映体质好坏和寿命的长短……”

华婷瞪大了眼睛，等待陈风的下文。

“你看你这条线，比较浅，说明从小体质差，不注意锻炼，有点像大小姐；但这线很长，一直到了腕横纹，说明你的寿命也很长。咱们再来看一下你的病理报告，提示是腺癌，Ib期。腺癌呢，是指显微镜下以腺体为主；I是指I级，属于高度分化；b是指浸润深度超过了肌层的二分之一，但还没有超出肌层。像你这种情况，做完手术就可以了，不用化疗，也不用放疗，但需要好好锻炼，好好吃饭，天天开心，每半年复查一次。我有一个朋友，开饭店的，我认识她那年应该是2005年，她在三年前，也就是2002年，也查出了同样的病，同样做了手术，现在啥事没有，好好的呢。”

华婷的眼神明亮了起来。

陈风不再多说，为她开起了方子，在八珍汤基础上加了一些健脾和胃、疏肝解郁的药物。开完后，递给赵大姐，说道：“走，咱再去给老太太看一下。”

“我也去。”华婷穿着睡衣直接跟了出去。

老太太看着华婷跟着出来，吃惊不小，女儿从出院回了家，几乎不出卧室，天天赖在床上。

陈风也发现了老太太吃惊的眼神，顺口说道：“阿姨，我再给你瞧瞧吧。”

“好啊，让陈主任费心了。”

“不用客气，这是应该的。”

陈风为她做了检查，说道：“阿姨的心脏没问题的，就是最近睡觉不好。”

老太太叹口气：“还不是让华婷闹的。”

“她很快就会好起来的，您就放心吧。我看你也不用喝中药了，就吃点中成药吧，有种药叫百乐眠，一天两次，每次四粒，就可以了。”

“好的好的，华娉想着去买。陈主任，快喝杯茶吧。”

赵大姐指了指陈风面前的茶杯：“快喝吧，太平猴魁，特级。”

陈风也不客气，端起杯子就喝，几乎把茶水全都喝光了，只留下了茶叶，说道：“真是好茶，好香啊！有一股兰花的味道。”

赵大姐抿嘴笑道：“陈主任是专心做学问的人，看来对品茶不怎么讲

究啊！”

陈风正想站起身来告辞，听她这话，顿时来了兴趣：“哦？说来听听，我正好学习学习。”

“嗯，还是很谦虚的嘛！”

赵大姐又给陈风续了开水，这才缓缓说道：“太平猴魁产于安徽省太平县，一个叫猴坑的地方，这里面有个传说。传说古时候，在黄山居住着一对白毛猴，生下一只小毛猴，有一天呢，小毛猴独自外出玩耍，来到太平县，遇上大雾，迷失了方向，再没有回到黄山。老毛猴立即出门寻找，几天后，由于寻子心切，劳累过度，老毛猴病死在太平县的一个山坑里。山坑里住着一个老汉，以采野茶与药材为生，他心地善良，当发现这只病死的老猴时，就将它埋在山岗上，并移来几颗野茶栽在老毛猴墓旁，正要离开时，忽听有说话声：‘老伯，你为我做了好事，我一定感谢您。’但不见人影，这事老汉也没放在心上。第二年春天，老汉又来到山岗采野茶，发现整个山岗都长满了绿油油的茶树。老汉正在纳闷时，忽听有人对他说：‘这些茶树是我送给您的，您好好栽培，今后就不愁吃不愁喝了。’这时老汉才醒悟过来，这些茶树是神猴所赐。从此，老汉有了一块很好的茶山，再也不需翻山越岭去采野茶了。为了纪念神猴，老汉就把这片山岗叫作猴岗，把自己住的山坑叫作猴坑，把从猴岗采制的茶叶叫作猴茶。由于猴茶品质超群，堪称魁首，后来就将此茶取名为太平猴魁了。”

“哦，原来是这样。”陈风点点头。

“你看这茶叶，像什么？”

陈风看着杯子，若有所悟。

赵大姐没等陈风回答，就笑嘻嘻地说道：“像不像一群小猴子在朝你搔首弄姿呢？”

“像，还真像。”陈风露出惊喜的表情。

赵大姐继续讲道：“作为绿茶中的一个品种，与其他茶品相比，太平猴魁的茶汤回味甘甜，冲泡时就算放置的茶量过多也不会苦涩，而其他茶类如果冲泡时放置过多的话就会苦涩了，而且太平猴魁冲泡起来比较简单。下面我们来看看太平猴魁冲泡方法……”

陈风心想，这同志是不是干过小学教师啊！他耐心地听下去。

“我们可以选择一个直形的玻璃杯，这样在冲泡过程中就可以欣赏到茶叶在水中舒展的过程。茶叶的根部要朝下进行放置，这样不仅看起来会美观些，而且更易于我们的欣赏。冲入90℃左右的开水，第一次冲泡时不要加得太满，到差不多快一半的时候就可以了，等茶叶慢慢地舒展开来。

茶叶舒展得差不多时加入第二次开水，等几分钟，等到茶汤温度差不多时就可以进行品尝了。但在品尝时不要一次性全部喝掉，要剩下三分之一左右，以便于后面的冲泡。”

陈风明白了：“我刚才全都喝光了，真是外行。”

“术业有专攻嘛！”华婷笑道。

陈风站起身来，说道：“今天跟赵大姐学了好多，谢谢！我该回去了，改天再跟您好好讨教。”

“别急别急。”赵大姐摆摆手，示意陈风坐下，“这太平猴魁幽香扑鼻，醇厚爽口，回味无穷，要好好体会‘头泡香高，二泡味浓，三泡四泡幽香犹存’的意境，喝完这杯，再喝两杯。不着急走嘛！”

陈风只好又坐了下来。

“太平猴魁茶叶味甘、苦，性微寒，是天然的保健饮料。它有兴奋作用，能帮助人们振奋精神、增进思维、消除疲劳、提高工作效率；有抑制动脉硬化作用，经常喝茶的人当中，高血压和冠心病的发病率较低；有减肥作用，能调节脂肪代谢，对脂肪有很好的分解作用，能降低胆固醇；还有抗菌作用、利尿作用、抗癌作用、美容护肤作用，等等。人们已经发现茶叶中所含的化学成分达到500种，有咖啡因、茶多酚、蛋白质、氨基酸、糖类、维生素、脂质、有机酸等有机物，还含有钾、钠、镁、铜等营养元素……”

陈风喝完了第四杯茶，这才告辞出来。

赵大姐问他：“这都到了下班的点了，我请你吃饭吧？”

陈风推辞道：“不用了，晚上我安排了，谢了。”今天他和成哥有约。

“那我送你去酒店吧，改天再请你。”

陈风有个疑问一直存在心里，就问道：“赵大姐，您平时说话都是这么慢吗？我记得第一次的时候，您说话挺快的呀！”

“呵呵，我平时说话就这么慢，但着急的时候说话快，吵架的时候也快。”

一路上，赵大姐滔滔不绝，陈风耐心听着，偶尔回应一声，心想，要是摊上这样老婆，还真是麻烦。

到了酒店门口，陈风临下车，跟她说道：“谢谢了，赵大姐慢走。”他看到成哥正在门口等他，于是紧走几步，跟成哥握手。

成哥跟他握了手，寒暄几句，眼神却移向陈风的后方。

陈风回过头，看见赵大姐笑吟吟地走上前来。

成哥招呼道：“哎呀，赵大妹子，哪阵风把你给吹来了？不会是你们俩一块来的吧？”他看了看陈风。

赵大姐埋怨道：“陈主任忒不够意思，明知道成哥在这儿，也不说是

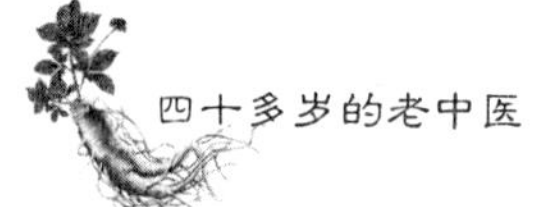

让让我，哪怕虚让一下也行啊！”

陈风愣了，问道：“你们认识？”

“很熟，相当熟。”成哥哈哈大笑了起来，“你还是介绍人呢！对吧，妹子？”

陈风更愣了：“我是介绍人？我怎么不知道啊？”

“当年我丈母娘住9床，她妈住8床，都归你管，你不就是介绍人吗？其实我们俩也没见过几次面，但收到了她好几箩筐的秋波，这不就慢慢好上了嘛！”

陈风一下子明白了，赵大姐那边则是笑得花枝乱颤。

成哥弯下腰，很绅士地说道：“赵总，请！”

赵大姐略显犹豫，推脱道：“没有预约，我就不进去了。”

“改天我单独赔罪，今天三缺一，您就请吧，救场如救火啊！”

“还有谁？”

“玉器公司的张大猛，您也认识的，我们都是您的大客户。”

赵大姐不再客气，和成哥、陈风一起走进房间。

“各位领导，请问需要喝什么茶？”服务员彬彬有礼地问道。

赵大姐回道：“我们自己带了，给来四个茶杯吧，不用茶壶了。”她从兜里拿出一包茶叶，对陈风说道：“还想听吗？我可以接着给你介绍太平猴魁，免费的啊。”

“好啊！我洗耳恭听。”

赵大姐讲道：“太平猴魁的外形是两叶抱芽，扁平挺直，自然舒展，白毫隐伏，有‘猴魁两头尖，不散不翘不卷边’之称。叶色苍绿匀润，叶脉绿中隐红，俗称‘红丝线’。因为它的产地低温多湿，土质肥沃，云雾笼罩，所以茶质别具一格，具有清汤质绿、水色明、香气浓、滋味醇、回味甜的优点，是尖茶中最好的一种。它的采摘特别讲究，前年我专门去过一趟安徽，跟茶农们学习。采摘时间在谷雨前后，当五分之一的芽梢长到一芽三叶初展时，即可开园。以后三到四天采一批，采到立夏停采。采摘要在晴天进行，雨天一般不采。采摘标准为一芽三叶初展，并严格做到‘四拣’：一是拣山，拣高山、阴山、云雾笼罩的茶山；二是拣丛，拣树势茂盛的茶丛；三是拣枝，拣粗壮、挺直的嫩枝；四是拣尖，采回的鲜叶要进行‘拣尖’，也就是折下一芽带二叶的‘尖头’，作为制猴魁的原料。‘尖头’要求芽叶肥壮，匀齐整枝，老嫩适度，叶缘背卷，且芽尖和叶尖长度相齐，以保证成能形成‘二叶抱一芽’的外形。‘拣尖’时，芽叶过大、过小、瘦弱、弯曲、色淡、紫芽、对夹叶、病虫叶统统不要，称为‘八不要’。一般是在上午采、中午拣，当天制完。”

成哥插言道：“当年胡总书记赠送给普京作为国礼的就是这种茶。”

“少插嘴，我不会把你当哑巴给卖了，放心吧！”赵大姐嗔怪了成哥一句道，“太平猴魁的制作分杀青、毛烘、足烘和复焙四道工序。杀青时要用锅壁光滑的桶锅，以木炭为燃料，确保锅温稳定，锅温一百一十度左右，每锅投叶量二两左右，翻炒要求‘带得轻、捞得净、抖得开’，两到三分钟就可以了，杀青结束前要适当理条；毛烘时需要配四只烘笼，火温依次为100℃、90℃、80℃和70℃，将杀青叶摊在笼顶上后，要轻轻拍打笼顶，使叶子摊匀，适当失水后翻到第二笼，先将芽叶摊匀，最后用手轻轻按压茶叶，使叶片平伏抱芽，外形挺直，需边烘边压，第三烘温度略降，仍要边烘边压，当翻到第四烘时，叶质已经干脆不能再压了，到六七成干的时候，下烘摊凉；足烘时投叶量在一斤左右，火温70℃左右，要用锦制的软垫边烘边压，固定茶叶外形，经过五到六次翻烘、约九成干，下烘摊放；复焙又叫打老火，投叶量约四斤，火温60℃左右，边烘边翻，这个时候就不要压了，干透了以后趁热装筒，筒内要垫上一些箬叶。”

陈风问道：“‘箬叶’是什么呀？”

“哦，‘箬叶’就是箬竹的叶子，‘箬’字不大常用，上面一个竹字头，下面是假若的‘若’。为什么要用箬叶呢？是为了提高猴魁的香气，所以有‘茶是草、箬是宝’之说，待茶冷却后，加盖焊封就可以了。太平猴魁分五个等级：极品、特级、一级、二级、三级。今天咱们喝的是特级，它的特点在于……”

张总推门进来了，与大家分别打过招呼。他走到陈风跟前，说道：“陈主任，先帮我把把脉吧！”

“没问题啊，请坐。”

陈风把完脉，又做了舌诊和手诊，问道：“最近头晕是不是轻多了？但休息不好的时候还是有感觉？”

“是。”

“另外就是喝点酒轻快些，但酒后不舒服？”

成哥插言道：“那不就是倒醉吗？我也有。”

陈风点头：“对，喝酒后扩张血管，能暂时性地改善大脑供血，但酒后血管又缩回去了。所以有人提议啊，直接把酒精当成吊针算了，既能治疗头晕，又能扩大销路。”

“你们大老爷们的鬼点子就是多啊！”赵大姐笑道。

“开玩笑呢。”陈风跟服务员要来纸和笔，开始为张总开方。陈风是以眩晕1号方加减开的方子，开完后递给张总。他扭头对成哥说道：“成哥，

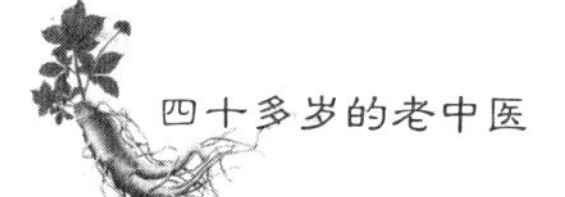

也给你看看吧，你最近颈椎很不舒服。”

“这你也知道，忒神了吧！”成哥有点惊讶。

陈风心想：这有啥呀！从见面就看你不住地晃脖子。但他没有点破，笑道：“一般一般，全国第三；不行不行，国际水平”。他为成哥做完检查，以宁心通痹方加减开了方子。

赵大姐凑过来：“也给我看看吧，摊上个神医不容易啊！”

“你这属于买二赠一。”成哥又插言道。

赵大姐嗔怪道：“去。”看样子他们俩有点暧昧，应该是平时接触不少。

“赵大姐，是不是经常心慌、出虚汗啊？再就是例假不规律了？脾气也有点急？”陈风查完了以后问道。

赵大姐点点头。

成哥笑道：“这不就是更年期吗？俺老婆也这样。”

赵大姐脸微红，反问道：“谁是你老婆？少占我便宜。再不老实，下次去茶楼不给你打折了。”

“大妹子想多了，我哪是那种人？我一辈子襟怀坦荡，心胸宽广，只是爱开开玩笑而已。下次去，还是要打折的，当然了，免单更好。”成哥一边招呼服务员，一边对陈风说道：“陈主任，抓紧开方吧！我让服务员上菜了。”

陈风以宁心止汗方加减开了处方，交给赵大姐，说道：“你主要是阴虚火旺，平时少吃点辣椒，可以多用点百合、麦冬。”

“怎么用？”

“平时喝茶的时候放上一小把就行。”

陈风突然来了灵感，接着说道：“现在全国各地都在搞药膳，你的茶楼可以推出药茶系列啊！”

“这主意好,吃完饭去我茶楼坐坐,好好帮我出出点子,我聘你做顾问。”赵大姐兴奋地说道。

成哥招呼道：“好了好了，大家都入席吧。”他坐在了主陪的位置，张总是副主陪。陈风和赵大姐谦让一番，最后还是请赵大姐坐了主宾的位子，陈风当副主宾。

热菜很快上桌了，成哥说道：“今天我们欢聚一堂，有医生，有患者，还有患者家属，所以说今天的聚会可以叫作是‘医患沟通会’，主要议题是讨论酒精疗法的神奇功效。”

大伙都笑了起来。

成哥继续说道：“酒精疗法呢，可以分为四种：白酒疗法、啤酒疗法、红酒疗法和鸡尾酒疗法。陈主任您说，今天咱们采取哪一种？”

陈风擅长白酒，就道：“白酒疗法吧。”

“爽快，我喜欢。”成哥望着张总和赵大姐，“统统采取白酒疗法？”

张总道：“没问题。”

赵大姐摇摇头：“过会儿还得开车，我就茶水疗法吧。”

成哥提出反对意见：“不行不行，九点以前白酒疗法，九点以后茶水疗法。”

“也罢，本美女豁上了。”

他们说说笑笑，一直喝到接近十点。

赵大姐提议去她茶楼喝茶，陈风婉言拒绝了，约好改天再去。

陈风回到家，打开电脑，查到了有关箬竹的资料：箬竹生长快，叶大，产量高，资源丰富，用途广泛。其秆可用作竹筷、毛笔秆、扫帚柄等；其叶可用作食品包装物和茶叶、斗笠、船篷的衬垫等，还可用来加工制造箬竹酒、饲料、造纸及提取多糖等；其笋可作笋干或制罐头；其植株可作园林绿化。箬竹叶、笋及产品，药用价值高，对癌症特有的恶液质具有防治功效。据记载：箬竹甘，寒，无毒；入手太阴经，兼足厥阴经；主治清热止血，解毒消肿。治吐血、衄血、下血、小便不利、喉痹、痈肿等；煎汤用量15到25克，也可煅后入散剂内服或研末用作吹药。

陈风又查询了太平猴魁的副作用：一是兴奋难睡，因为茶中的咖啡因有令人兴奋的作用，与喝咖啡同样的道理，适量喝太平猴魁茶能起到提神醒脑、解疲倦的功效，但在睡前2小时，若喝了过多的茶水，就会导致兴奋，难以入睡；二是牙黄难消，若长期饮用浓茶就会导致黄牙，并且很难刷掉；三是便秘脸黄、累积脂肪、消化困难，如果饭后不到30分钟就去喝茶，会使肠胃中的食物难以消化，造成脂肪累积和便秘，便秘日久，不能正常排毒，会出现脸色发黄；四是痰多，常喝太平猴魁茶能预防感冒、止咳化痰，但若喝的是凉掉的茶水，就容易造成喉咙痰多不适，因此喝茶要喝温热的才算健康。

上午查房时，陈风发现了一位病人手上的特殊掌纹。

病人张爱玲，女，61岁，退休工人，因“阵发性胸闷3余年，加重伴心悸1月”住院治疗。西医诊断：1. 冠心病，不稳定型心绞痛，心功能代偿期；2. 高血压病；3. 高胆固醇血症；4.2型糖尿病；5. 椎间盘突出症。中医诊断：胸痹（气虚血瘀型）。刻下症见：胸闷、心悸反复发作，伴颈腰部疼痛、右上肢麻木不适，舌暗红，苔薄黄，脉沉涩。这病人的掌纹特点是：

生命线正常，出现断掌纹，还有一条长的非健康线将生命线和断掌纹的末端连接了起来，这三条比较清晰的主线于手心处形成一个规则的大三角形，近似等边三角形。

陈风对文玲和艳茹讲道："咱们老祖宗很早就观察到掌纹如同活地图一样，反映着人体的健康，某一类的掌纹反映了这一类人的身体基本状况或者健康取向。咱们先把这个特殊的掌纹梳理一下：第一是'断掌纹'，也就是智慧线和感情线融为一体的掌纹，反映肝火旺盛，脾气烦躁，容易上火，且易发生脂肪肝、胆结石等肝胆疾病；第二是'川字纹'，也就是生命线与智慧线不在一个起点，三条主线看起来像个'川'字，也反映肝火比较旺盛，由于早期精力过旺，一般四十岁后就会顿觉气力衰退，力不从心；第三是'鸡爪纹'，也就是三条主线同一个起点，形似'鸡爪'，往往反映先天身体素质欠佳，体弱多病，即使没有什么大病，也总是疲劳乏力，力不从心；第四就是今天这种掌纹了，形似等边三角形，我还没见过相关报道，也是第一次在临床上碰见，可以称之为'大三角纹'，和常见的小的三角纹区分开。可以写篇文章了，题目叫作《双手'大三角纹'临床报道 1 例》好了，艳茹负责写吧。至于它的临床意义，可以从这三个方面考虑：首先是'断掌纹'的意义；其次是长的非健康线的意义；最后需要强调，由于这种掌纹首次发现，确切的临床意义还需要进一步研究。"

"好的。"

艳茹认真地做好记录，又说道："老师，前几天您说的那篇文章，我已经写好了，昨晚发您信箱了，您抽空看看吧。"

"哪一篇？"

"《从中西医结合角度探讨心律失常紧急处理的总体原则》。"

陈风想了想，说道："我好像是让文玲去写吧。"

文玲不好意思地回答道："是让我写的，我还没写好。"

"这很好。"陈风夸艳茹，"有思路就要抢着写。你们俩先别碰头，等着都写完了再说。可以进行整合，改成一篇文章；也可以选择不同的侧重点，写成两篇。有你们这样的好学生，我真是高兴啊！"

两个小徒弟会心地笑了笑。

"看你们老师多好啊！可得跟着好好学啊！"病人张爱玲看到他们的样子，不由笑着接了一句。

陈风笑道："谢谢张阿姨鼓励！我们都得好好学，教学相长嘛！"

回到办公室，陈风将艳茹写好的文章下载了下来。看完以后，他大吃一惊，感叹道：“真是‘青出于蓝而胜于蓝’啊！”

前几天邹师姐在科里讲课，由他点评。当时，心律失常紧急处理的六个总体原则里面，从中西医结合的角度来看，他只考虑了三个。现在在艳茹的文章里，又多探讨了两个。

其一，是“衡量获益与风险”的总体原则。对于危及生命的心律失常，需要积极治疗并控制；对于非危及生命的心律失常，则需考虑治疗的安全性，此条符合中医“整体观”的理论。人体是一个统一的整体，当某一组织或结构发生病变时，我们不应只顾及此病变，而忽略治疗此病变时是否会累及身体其他部位。

“整体观”是中医学的基本观念，是指人体本身的统一性、完整性及其与自然界的相互关系。它认为人体是一个有机的整体，构成人体的各个组成部分之间在结构上不可分割，在功能上相互协调、互为补充，在病理上则相互影响。而且人体与自然界也是密不可分的，自然界的变化随时影响着人体，人类也在能动地适应自然和改造自然的过程中维持着正常的生命活动。

其二，是急性期抗心律失常药物的应用原则。根据基础疾病、心功能状态、心律失常性质选择抗心律失常药物，此条与中医理论中的“因人制宜”原则相契合。徐大椿在《医学源流论》中指出：“天下有同此一病，而治此则效，治彼则不效，且不惟无效，而及有大害者，何也？则以病同人异也。”不同之人，应根据其不同情况，选择合适的治疗方案，而不是生搬硬套。“因人制宜”是中医理论“三因制宜”的其中之一，中医治病讲究因人、因时、因地，即根据人体的体质、性别、年龄等不同，以及季节和地理环境等的不同来制定适宜的治疗方法。

最后，她讨论到：自20世纪50年代以来，中西医结合作为一种新的医学模式，在我国快速发展，成为医疗卫生系统不可或缺的组成部分。人体的生理、病理活动有其固有规律，因此中西医虽各有不同特点，但也有其相通之处。本文旨在通过用中医理论解读《心律失常紧急处理的总体原则》，在基本原则方面寻找中西医理论的共通之处。中西医结合就是挖掘这些相通之处，进而将两者结合起来，为中西医结合治疗疾病提供理论支持，以更好地指导临床。

正林药业的学术代表小武打来电话，问陈风在不在医院。

得知陈风在办公室，小武很快就过来了，身后还跟着他的美女经理庞经理。

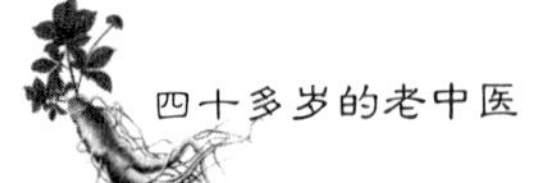

陈风说道："这么快啊！"

"打电话时，我们就在楼下。"庞经理兴冲冲地说道，"我们给您带了天大的好消息。"

"哦，什么好消息？我很期待啊！"

"您年前写了一篇文章，发在了《社区医师》杂志上……"

陈风心想，这也没啥大不了的啊！我们这个团队每年发十来篇呢！就问："哪篇文章？美女慢慢说。"

"就是那篇关于强心胶囊的。"

"哦，怎么了？"

"我们正林药业和《社区医师》杂志社联合组织了多位专家，对去年全年发表的有关强心胶囊的三百多篇论文进行了集中评审，最后评出一等奖一名，二等奖空缺，三等奖两名。您的那篇会是几等？您猜猜看。"庞经理突然卖起了关子。

陈风想也没想，就答道："第三名呗。"

"错，是第一名。"

陈风一时没反应过来，质疑道："不会吧？"

庞经理说道："真的，我们也是刚得到消息，就过来跟您报喜。等过几天证书和奖金就到了，我们再给您送过来。"

陈风谦让了一番："证书可以送过来，奖金就免了吧。"

小武道："也可以选择去旅游的，庞经理可以陪着去啊！"

庞经理白了小武一眼，大大方方地说道："就怕陈主任不选我。"

陈风有些得意，半开玩笑道："选，一定选。"

第十一章

“这事儿应该去。学校里年前刚把你提成院长，你也应该多为学校做些贡献是不是？再说了，个人也能长见识啊！我们俩的事儿你不用操心，你不在家，我自然会担当做爸爸的重任。没事的，放心好了！你要真不放心啊，在你临走之前，给我们俩都称称体重，等你回来，要是瘦了，就拿我是问。”

他们又闹了几句，陈风送走二人，找出了顾晴写的那篇文章。

这事儿的起因应该从去年夏天讲起，当时小武找到陈风，说是下个月有场关于强心胶囊的交流会，想请他做一个典型病例介绍。

陈风想了想，手头还正好有一个。

病人吴某某，女，51岁，胸闷、憋气1月余，加重5天。查体：双肺呼吸音清，双肺底闻及少许湿啰音，心前区无隆起，心尖搏动无弥散，未触及震颤，心界无扩大，心率114次/分，律绝对不齐，第一心音强弱不等，心尖区可闻及舒张期隆隆样杂音，双下肢水肿，舌暗红，苔薄白，脉沉数。超声提示：风湿性心脏病，二尖瓣狭窄，主动脉瓣中度反流，三尖瓣重度反流肺动脉高压，心包积液，收缩功能不全（LVEF42%）。西医诊断：风心病，二尖瓣狭窄，心律失常，心房颤动，心功能Ⅲ级。中医诊断：喘证（阳气虚衰，血瘀水停）。常规西药治疗基础上给予喘证2号方加减，水煎服，日1剂。一周后复诊：患者胸闷、憋喘减轻，下肢轻度水肿，舌暗红，苔薄白，脉沉。部分西药减量，改汤剂为强心胶囊口服。又一周后三诊：患者胸闷、憋喘明显减轻，双下肢略水肿，舌暗红，苔薄白，脉沉。治疗方案暂不变，继续观察。

陈风把顾晴喊了来，对她说道：“帮我做个幻灯片吧。先讲心衰的现状，再介绍这个病例，接着介绍强心胶囊的药物组成和临床试验，最后提出两点建议。一是建议制定《强心胶囊临床应用中国专家共识》，二是建议拓

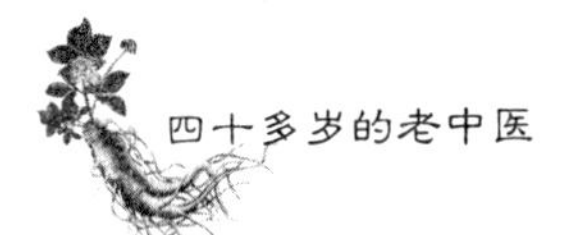

展强心胶囊的适应范围……”

顾晴很快就把幻灯片做好了。陈风看过后，感觉很满意，稍微改动了几个小地方。

交流会那天，陈风发挥很好，获得了满堂彩。

事后，陈风又把顾晴喊了来：“把这幻灯片总结成一篇文章吧。一定要有成果意识，凡是经手的资料，都要想着整理成文章，能发表尽量发表……”

陈风跟顾晴交代好了以后，顾晴领命而去。

顾晴在文章中分析了强心胶囊的组成及适应症，介绍了这个典型病例，并且提出了四条探讨意见。

其一，是否全部心力衰竭患者都可应用强心胶囊？临床遇到心力衰竭患者，切忌不辨证型，滥用强心胶囊，只有证属阳气虚乏、络瘀水停的患者，才可使用。对于西医医师，难以辨证者，可总结四个字：冷，乏，暗，肿。阳气有温暖肢体、脏腑的作用，阳虚则机体功能减退，易出现畏寒肢冷的征象；气，是人体最基本的物质，由肾中的精气、脾胃吸收运化水谷之气和肺吸入的空气等三部分结合而成，气虚，则会身体虚弱，四肢乏力；经络阻滞，气血不行，血液运行不畅，阻滞脉中，局部皮肤颜色则会出血色紫暗或夹有瘀块，面、唇、爪甲紫绀，舌质紫暗等；水饮停聚体内，多表现胸闷气短，口不渴，四肢肿胀。

其二，心力衰竭急性期，应用强心胶囊，剂量是否应增加？心力衰竭患者在急性发作期，若是加大剂量，能否带来更大的临床效益，还是按照说明书一次 4 粒，一日 3 次使用？临床还有待进一步探讨。

其三，除了慢性心力衰竭，证属阳气虚乏、络瘀水停的其他疾病，能否应用强心胶囊？异病同治理论源于《内经》，是指疾病不同，症状不一，通过辨证，属同一证型，即可用相同的治法。临床遇到胸水、腹水、布加综合征等疾病，若辨证属于阳气虚乏、络瘀水停，是否可以应用强心胶囊？若能得到临床试验支持，强心胶囊的适应症将会得到扩展。

其四，临床应用强心胶囊，同时应用其他的中成药制剂，相互之间是否存在影响？中医治疗疾病，讲究君臣佐使，每个方剂，不是简单将药物堆加，每味药物在方中都有不同的地位，药物之间相互作用，产生的集体效能，才是治病的关键。若因服用其他的中药制剂，改变了整个药物的组成与剂量，就有可能直接影响其疗效。譬如正在服用强心胶囊的心力衰竭患者，因感受风热，同时服用清瘟胶囊，两者之间是否相互影响？若是有，是增加其疗效，还是减弱其疗效？这些问题都应引起反思与关注。

临近中午，文玲气喘吁吁地跑了过来，说道：“老师，那篇文章我也写完了，您给看看吧。”

陈风很欣慰地说道：“你们这批小徒弟们真行啊！比学赶帮超，一个个不甘落后！顾晴给你们带了个好头，去年获得了国家优秀奖学金，今年就看你们几个的了！”

文玲笑笑：“我们都会努力。”

陈风又道：“有时候，若是思路不成熟，也不用着急，慢工出细活嘛！很多文章，很多标书，要拿出雕刻的精神来，必须精雕细琢。我记得以前给你们讲过一个故事，说是佛山上有一座佛像，朝拜者甚多，它脚下的小石子很不服气，有一次气哼哼地质问他：‘为什么你要受到万人敬仰？而我们要受到万人践踏？’佛像淡定地回答说：‘答案很简单，你们是被随便捡来的，而我，经历了千凿万磨。’你看，多有哲理啊！今天所有的辛苦、煎熬和磨难，都是在为未来的自己塑造形象。”

“老师，我记住了。”文玲说道。

陈风打开了文章，看了看，笑道：“真是应了那句话，‘谁笑到最后，谁笑得最美！’我只说了三个方面，艳茹说了五个，而你，六个，都说到了。”

文玲在文章中提到，“对心律失常本身的处理”体现了“异病同治”这一治则。有些心律失常不容易立刻自行终止，但快速心室率会使血流动力学状态恶化或伴有明显症状，如伴有快速心室率的心房颤动、心房扑动。减慢心室率可稳定病情，缓解症状。此时，不同的心律失常属于异病，而都出现了快速心室率，则为相同的证，应该异病同治，减慢心室率，稳定病情。

陈风正想跟文玲讨论下去，于虹打来电话，听声音很着急。他问道：“怎么了？这么着急？”

“学校里要派我出去考察。”

“这是好事啊！去哪里？”

“江苏，好长时间呢，我走了你们爷俩怎么办啊？”

“没事儿，你放心好了。”

“可我还是不放心。”

“这事儿应该去。学校里年前刚把你提成院长，你也应该多为学校做些贡献是不是？再说了，个人也能长见识啊！我们俩的事儿你不用操心，你不在家，我自然会担当做爸爸的重任。没事的，放心好了！你要真不放心啊，在你临走之前，给我们俩都称称体重，等你回来，要是瘦了，就拿我是问。”

“呵呵。还有一个事儿啊，老薛市科委的课题这周末汇报，她心里没底，想让我替她。”老薛名叫薛梅，既是于虹的同事，还是住在对门的邻居，其实年龄比于虹小。

“这不好吧，最好是课题主持人亲自汇报。要不，专家组会认为你们不重视，影响分数。”

“那好吧，我再跟老薛商量商量。”

陈风刚挂断电话，邹师姐的电话又打了过来：“老陈，你在哪里？”

“在办公室呢，师姐请指示。”

“我姨老出汗，给开个方子吧。”

“没问题，看她老人家哪天有时间，过来一趟吧。”

“过不来啊！”

“那咱就去一趟呗。咱姨的事儿，得积极点啊！”陈风跟师姐套起了近乎。

“嗯，表现不错。但她在河南，太远了。”

“要不这样，你让家里人给她拍几张照片传过来，咱给她远程会诊。”

“都拍什么？”

“拍张脸的，拍张舌头的，再拍两只手的，就可以了。哦，对了，拍手要拍手掌的啊。”

“没问题，谢了。”

“为师姐服务，幸福大大的。”

下午，邹师姐把艳茹派了过来。艳茹打开手机里的照片，说道：“邹老师值班，过不来，这是她家亲戚的照片。”

“现在看病真是方便啊！”陈风翻看着照片，给艳茹讲道，“这是面部的照片，浮肿，色白，是阳虚水泛的表现；心区，在鼻根处，眼内眦之间，色暗，说明这病人心功能不好。”

“是，她有心衰。”

“再看这一张，口唇紫暗，舌质暗红，舌体胖大，边有齿痕，舌苔是薄白的，进一步印证了阳虚水泛，并且有血瘀的表现。”

陈风又翻到手掌的照片：“你看，病人糖尿病的特征多明显：十个指头末端呈樱桃红色，坤位干扰纹较多，皮丘增高，有放纵线。病人还应该有高血压、高血脂、颈椎病和失眠。”

随后他以喘证2号方加减开具了处方，又嘱咐道：“这方里加了制附子，一定要告诉病人先煎上半小时，并且刚开始服用时，可能会出现浑身发热、出汗增多的情况，过几天就没事了。”

艳茹答应着出去了。

陈风静下心来，开始批改文玲刚刚写好的省科技发展计划项目申报书《中医远程多元望诊平台的构建与应用》。

看完后，他打电话把文玲叫了过来，说道："这申报书大体上不错，但有三个地方需要修改。"

"老师，您说。"

"先看这儿，'近三年承担的省级以上科技计划项目'，你所列的都不是我主持的，而是参与的，这力度就小多了，显得咱们科研实力不强，中标的可能性就会大大减小。咱们这边这么多课题，不仅要选主持的，还要选档次高的、资金多的。"

文玲低声道："这儿我真没注意。"

"还有就是，课题组成员都是咱们医院的，没有计算机专业的，人员组成明显不合理，医生能开发软件，谁信啊？"

"那加上谁？"

"加上你们于虹老师吧，她是搞计算机的。"

"好的。"

"另外就是，主要技术指标这儿，写得有些含糊不清。其实咱们这课题的主要技术指标包括四个方面：一是完成中医多元望诊体系的构建，以冠心病、高血压病等心血管疾病为例，制定多元望诊的诊断标准；二是完成中医远程多元望诊平台的开发，对异地的患者进行实时的视频望诊或根据患者的望诊图片进行诊断；三是通过向基层医疗机构进行推广，建立中医多元望诊的数据库，并对咱们制定的诊断标准加以验证和修正；第四才是发表相关论文多少篇，申请专利多少项，培养研究生多少名。"

"嗯，好的，我都记下来了。老师，还有问题吗？"

陈风又看了看，说道："在'工作基础条件'这儿，把咱们科是国家级的重点学科、重点专科加上。"

"好的，老师，那我去改了。"

"嗯，去吧。"

刚才有短信的声音，陈风这才打开来看，是家胜的："老八同学，晚上有空没？有美女想请你吃饭。"

陈风回复道："少拿美女说事，俺不是重色轻友的那种人。"

"呵呵，看来你是同意了。"

"是的，告诉我地方吧。"

"就在你医院附近，红火吧好了。"

"好的，晚上见。"

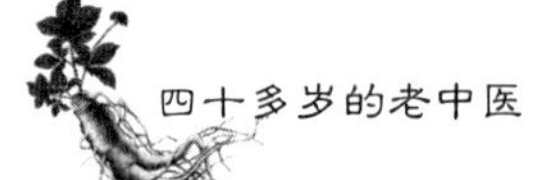

到了下班的点，陈风刚要出门，文玲又回来了，说是已改完，再请老师看看。

陈风又将申报书仔细看了一遍，认为没问题了，就说可以上交了。

文玲问道："老师，您不着急走吧。"

"不急。"陈风顺口说道，心想，喝酒还有啥着急的啊！

"我还有一篇文章写完了，您给看看。"

"哟，很高产啊！"陈风夸道。

文玲谦虚道："是老师教得好。"

陈风打开了文玲的优盘，一看题目是《甲午年初之气心血管病诊治规律探讨及病案两则》。陈风想起来了，这是前两天他给文玲布置的作业。他把文章通读了一遍，对文玲说道："整体看起来不错，有三个地方需要修改：一是题目，把'病案'改成'验案'吧，因为举的两个医案都是有效的，再叫'医案'就不是很确切了，不如叫'验案'好，还有，就是把'诊治'改成'辨治'，这样更符合中医的说法；二是'摘要'还没写，需要补充；三是'结语'这一部分，还需要进行深加工。你看你写的，'《素问·六元正纪大论》曰：先立其年以名其气，金木水火土运行之数，寒暑燥湿风火临御之化，则天道可见，民气可调。运气学说的临床应用，既是天人相应思想的体现，也可在四诊合参的基础之上指导我们诊治疾病。'太平淡了！'结语'部分既是对资料、结果或病案、验案的总结与提炼，其实更是一种升华，要么要有高度，要么要有深度，或者二者兼具。你再考虑考虑，我也琢磨琢磨。"

"好的，老师。"

文玲走后，陈风下楼，骑上他心爱的自行车，听着小曲儿，朝红火吧而去。

红火吧是一排平房，掩映在高楼和绿树之间，很不起眼，第一次来这地方往往要费上一番周折。陈风以前来过多次，这里的特色是烤串，尤其是大串，现切现烤。

陈风赶到时，家胜远远就看见了他，向他招手。

因为天气转暖了，家胜就选了小院里的一张方桌。桌上还坐了两个人，家胜为他一一介绍："这位是卢娜，我高中同学，以前找你给老人看过病。这位是蒋文京蒋总，她家先生在成都工作，前些日子为了老人的病，没少麻烦你。"

陈风与他们握手，感觉以前见过。他坐了下来，笑道："举手之劳，你们太客气了！老人现在都挺好吧？"

蒋总回答说："现在跟着我照顾孩子呢，挺好的，多亏了您啊！"

卢娜接言道："刚才说的是我婆婆，三年前就找过您，后来一直电话里联系，您给调整方案。明天还有病人得麻烦您，您明天上班吗？"

"明天上班。"

"这次是我妈病了，在老家呢，发烧二十多天了，最高38℃多，换了好多种抗生素，总是烧烧停停，下午烧得厉害，也做过很多检查，查不出啥来，后来也吃过十多付中药，但都没有效果，把我们可愁坏了，明天我妹妹把她带过来。陈哥，您多费费心吧。"

"好吧。我一定尽力。"

家胜为陈风倒满啤酒："来，干一杯，你看我们都喝这么多了。"听声音，他喝得有些多了。

陈风刚来就看到了，桌边摆了七八个空了的啤酒瓶，揶揄道："有你在的地方就有气氛！就有气势！你一声令下，捷报频传啊！"

"去你的，爱喝不喝。"他转过脸去面对蒋总，"文京啊，你够朋友，咱哥俩这些年以来处得多好啊！"

"你当哥当得好，时时处处都带好头，都谦让我。"蒋总也有些舌头发直了。

家胜接着说道："我很佩服庄子，他总结了一套鉴别朋友的很好的方法。"

"哦，请讲。"蒋总很感兴趣，陈风也竖起了耳朵。

"远使之而观其忠，近使之而观其敬，烦使之而观其能，卒然问焉而观其知，急与之期而观其信，委之以财以观其仁，告之以危而观其节，醉之以酒而观其则，杂之以处而观其色。牛吧！庄子绝对牛人！老八学问大，给解释解释呗！"家胜存心想难为陈风。

陈风摇摇头："还是你学问大，你来解释吧。"

"那就喝酒。"三个大男人把酒都干了。

卢娜胃不舒服，喝的是加多宝，她也跟着碰了杯，喝了一口。

家胜解释道："大体意思是说，派一个人到远处任职，可以观察他的忠诚度；留他在身边任职，可以观察他对自己的尊敬程度；派他去做繁杂的事务，可以观察他的能力；突然问他某个问题，可以观察他是否机智；仓促约定见面时间，可以观察他是否守信；托付大笔钱财，可以观察他其是否是个仁人君子；告诉他情况危急，可以观察他的节操；故意灌醉他，可以观察他的本性；让他与众人杂处，可以观察他的为人处事态度。完了，就这些。"

蒋总建议道："那就一醉方休，看咱仨谁的本性最好？"三人又一口干了。

卢娜举杯单敬陈风："谢谢陈哥了，昨天我申请加你好友，你同意了。"

"哦，是有一个，你是？"

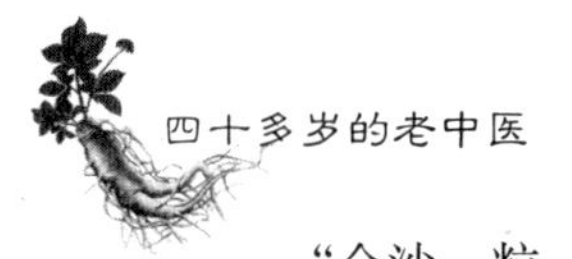

“金沙一粒。”

陈风笑笑:“想起来了,你的签名很有意思:‘有多少男人骂着文章的人,干着文章的事;有多少女人点着马伊琍的赞,当着姚笛的班!’呵呵!”

家胜站了起来,说道:“你们先喝着,我去接小成子,他快要下课了。”

陈风问:“上啥课?大能妮呢?”

“学奥数呢,大能妮回老家了,她奶奶身体不好。”

小成子大名秦成,小学六年级,口才特棒,擅长各种游戏,属于相当聪明的那种孩子。

等家胜领着小成子过来,陈风摸摸小伙子的头,递给他一支大串,说道:“哎呀,小成子,几天不见,又长高了不少,快吃点吧,饿坏了吧?”

“还行。”

他看到附近座位上有个袋子,问道:“这是什么?”

“书,给你爸爸的。”陈风把新出的书带了来,准备送给家胜的。他顺手拿了出来,递给小成子。

“哟,您太棒了!陈叔叔,我也在写小说呢。”

“哦,是吗?”陈风用很惊奇的眼神看着小成子,“哪天让我看看。”

“进我 QQ 就行,我告诉你号码。”小成子很自豪地说道。

陈风申请加他为好友,问道:“验证信息写什么?”

小成子想了想,很认真地说道:“你写的小说真好看!”

大伙都笑了。

卢娜说道:“我也加上。”她把手机递给小成子,“现在就点同意吧!”

“好嘞!‘四十多岁的老中医’是陈叔叔吧?”

陈风点头:“是我。”

“‘金沙一粒’是卢阿姨吧?”

卢娜回答:“是,我现在就看。”

陈风点开了小成子的 QQ 空间,看了起来,边看边乐:“你这题目起得太有意思了,叫《班级诸侯英雄传》。你写的是班里的事儿,但好像都是穿越来的呀!”

“是,都是穿越来的。里面除了我是真名以外,其他都是同学的化名。谁要点赞多,我就让他出场多;谁要不点赞,我就让他早死。”

家胜插言道:“他每天早上六点半起床,写到七点,已经写到二十五回了,得快有十万字了吧。”

“厉害!实在是厉害!后生可畏啊!”陈风感叹道。

小成子在小说开篇列了职位表,每写完一回,还会留下几个问题,对应着得分。

职位表

武官：小兵—精兵—兵领—小将军—下将军—中将军—上将军—大将护卫—大将—侯 —神将—魔将

文官：小臣—中臣—大臣—重臣—忠臣—小博—博—上博—上师—军师—大军师—无敌军师

第一回 Q国内奸欺平民 唯丞灭奸定民心

话说天下大势，分久必合，合久必分。

在乱世543年4月，Q国第6代国君秦成当政期间，外族方琪瑞、姚宣洪和林轩恒联合打入Q国一角，并成立内奸帮，欺压老百姓。

为完成第5代国君统一天下的心愿，秦成决定讨伐内奸帮，保护老百姓。可是，派谁去打呢？

就在秦成疑惑的时候，上将军兼博的仇唯丞说道："主公，让我来吧，我愿和祁仙良、仇卫城（仇唯丞的弟弟）一起，率领一万大军，去讨伐内奸帮！"

秦成一听这话，顿时龙颜大悦，但仔细一想说："仇唯丞啊，先主曾经让战神（钱简单）率领一万五千大军去打，竟打不破三座内奸城，你行吗？"

仇唯丞胸有成竹地说："主公，请让我试试吧！"秦成也就同意了。

到了那里，仇唯丞让大军在离内奸帮5公里的地方等候，自己悄悄绕了第一道内奸城一圈，发现每隔400米就有一个门，而有一个地方却没有门。仇唯丞很是奇怪，走过去一看，这是用石头摆成的"季"字，仇唯丞对祁仙良说："这是什么东西？你知道吗？"

祁仙良看了看，摇头说："我不知道。"

*仇唯丞想了一会，又看了看"季"字说："啊！我知道了！"*说着把"季"的那一撇移走，紧接着，一个大门忽然打开了。仇卫城自告奋勇走了进去，竟然是粮仓！仇卫城点了一把火，正要出去，门却关了，巡逻的也来了。仇唯丞叹了一口气，心里想（ ），就躲了起来。当巡逻的走了以后，仇唯丞急忙开门一看，（ ）然，仇卫城被烧死了。

……

问题：1.斜体字中，仇唯丞想到了什么办法？（55分）；2.填空（第一个30分，第二个15分）。

最先答上问题的加分，每100分能让你在我的小说中晚死点（已死的不算）。

陈风看完第一回，叹道："小成子，你太有才了！等回家后我一定全都看完，并且紧追更新。"

卢娜接了一句："有个外国人文身，文了一个'怂'字，以为是追随内心呢！"

小成子哈哈大笑："那就是个大怂包呗！"

"外国人学汉语难着呢！"陈风也笑了，"说是有个成语选择题，什么急跳墙……"

小成子抢答："狗急跳墙。"

"对了，但外国考生的正确率还不到30%。"

……

陈风退出QQ时，留意到了小成子的个性签名：高端大气上档次，低调奢华有内涵，这正是我的小说，见我空间。陈风心想，这小家伙真有个性啊！他抚摸了一下小成子的头，感觉这孩子肯定前途无量。

陈风回到家，问于虹："跟老薛商量得怎么样了？"

"她死活不讲，说心里没底，非让我讲不可。"

"能去汇报，就说明通过专家初审了。市科委的项目资助挺多的，一般5到15万，应该重视才对。"

"她就是不讲，我怎么办啊？"

"那你就送佛送到西吧，替她写标书，替她汇报，替她做，替她鉴定，替她报奖，整个一条龙服务。"

"钱也替她花。"

"呵呵，这就叫铁姊妹啊！"

"人家也帮我很多忙啊！"

"行啊！那就帮吧！任劳任怨帮，高高兴兴帮，这也是一种境界，对吧？"

"对。明天给找个帮忙的吧？"于虹请求道。

"你接了活，我帮？"

"咱俩谁跟谁啊？你的就是我的，我的也是我的，你要任劳任怨帮，高高兴兴帮，对吧？"

"真拿你没办法。什么题目啊？"

“题目是《基于多元望诊体系的冠心病介入术后复发预测模型研究》，对了，你得给我讲讲多元望诊体系。”

“我先打个电话，让丛波过来吧。”丛波也是陈风的小徒弟，不怎么喜欢学医，但酷爱计算机。平时的研究生沙龙，他很少参加，病房和门诊，也几乎看不到他的身影。但他在关键时刻很出活，很麻利。

陈风跟丛波通话结束后，又对于虹说道：“丛波属于那种平常时候让人失望，但关键时刻给人惊喜的那种类型。”

“嗯，是啊！上次教育厅的课题鉴定，基本上都是他干的，很干练。”

“明天一早他就过来，一个是幻灯片要做好，再就是把纸质材料装订好，还要盖章，也可以先把章盖好了再去装订。”

“好了，现在开始讲吧，我洗耳恭听。”

“少胳肢我。咱先说望诊，望诊是咱老祖宗通过长期的临床实践观察认识到的，是各种诊法中形成最早的。因为视觉的直观方便，所以望诊被列为四诊之首，并有‘望而知之谓之神’的说法。中医认为人体是一个有机的整体，体表与内脏有着密切的联系，外部的表现可以反映内在脏腑的病变，当人体的脏腑、气血、经络发生病变时，必然会反映在体表的相关部位，所以通过观察病人的外部异常表现，就可以推测内在的病理变化。这专门有个说法，就叫‘司外揣内’，听明白了吧？”

于虹点点头。

陈风继续讲道：“望诊也分好多种，每一种都有它的局限性，所以我们提出了‘多元望诊体系’的概念，就是把多种望诊方法整合起来，进行综合判断，进一步提高诊断的准确率。现在艳茹她们几个正在以心血管病为例，梳理各种望诊的诊断标准，进行整合，初步制定这一类疾病的多元望诊标准，并加以验证。”

“望诊分为哪几种啊？”

“多了去了，有面诊、眼诊、耳诊、鼻诊、唇诊、舌诊、齿诊、发诊、手诊、甲诊、足诊、胸诊、腹诊、背诊，还有脐诊。”

“脐诊？”

“就是‘肚脐’的‘脐’，通过肚脐也能看病。”

“太神了吧，你给我看看。”于虹说着撩衣服露出了肚脐。

陈风给她讲道：“脐诊可以分为两部分，一是望诊，一是触诊。望诊又可分为望脐轮、望脐壁、望脐底、望脐形、望脐位和望脐色。正常脐轮为圆形或椭圆形，轮口丰满，色泽红润，边缘滑利而富于弹性，象征脏腑精气充足，生机旺盛；如脐轮薄，脐口不圆，色泽不正，按之枯涩，为脏腑精气不充，禀赋素薄。此外，应注意脐的轮廓是否清楚，大小是否得当，一般来说，脐直径两个厘米以上称为大脐，一到两厘米之间为中脐，小于一厘米称小脐。古人有个说法，‘脐大容杏，不富也贵’，就是说，如果肚脐很大，能够放个杏进去，这样的人要么富有，要么高贵……”

这时益清也凑了过来。

陈风继续讲道:“脐壁也叫脐廓,脐壁厚实,色泽明润,为正常;如脐壁薄，色泽枯晦，脐廓窄缩则属异常；脐廓深度大于 1.5 厘米为深脐，小于 1 厘米为浅脐,过深或太浅之脐廓都属于异常。脐底光滑红润,根蒂居中,牢实挺拔，推之不移，为正常，象征元气充盛；反之，若根蒂应手虚软，色泽枯夭，或苍白露青筋，甚至呈晦滞色者，属异常……”

于虹打断他：“你就别啰唆这么多了，我也听不懂，你就说从我这儿能看出啥毛病来吧！”

“唉，真拿你没办法，一点耐心都没有。”陈风叹口气，“你的问题啊，主要是在脐位上，你看你的肚脐，向下延长，几乎成三角形，反映中气不足，提示内脏下垂。哦，对了，你有胃下垂。”于虹年前查体时，确实有胃下垂的情况，她点点头，表示认可。

益清说道：“爸爸，也给我看看。”

陈风看了看，说道：“你的肚脐颜色偏红，表示心火大，会出现睡眠差、脾气急和便秘的情况，正好你都有。”陈风又摸了一下：“还有脐温偏高，也反映心火大。你自己可以对比一下，肚脐的温度和周围的温度，是不是不一样？”他朝于虹说道：“这就属于脐的触诊。”

益清自己试了试：“嗯，肚脐这儿是热一点点。”

于虹吆喝道：“你学问大，行了吧！好了，快十一点了，该睡觉了！”

“遵命，院长。”益清冲她来了个鬼脸。

卢娜领着她妈来到了陈风的办公室，一起来的还有她的妹妹，叫卢娟。陈风问了问老人发病经过和治疗情况，和昨天晚上卢娜说的差不多。

陈风开始为老人家检查，号脉时他问道：“大姨，是不是平常怕冷啊？”

老人点点头：“是，这毛病好多年了。”

陈风又问：“是不是还有腿肿、走路没劲的情况？撩起裤腿角来，让我看一眼吧。”

老人撩起裤腿角：“走路是没劲，好像腿不肿吧。”

陈风按了按小腿胫骨前的位置，有凹陷性水肿，这下他心里有底了，很自信地说道：“大姨，你这病相对少见，以前看过几个，能看好，放心吧。”

他扭头对艳茹说道："这病属于阳虚发热，由气虚发展而来，比较少见，但看过一个就会永远记住。"

随后，陈风以补中益气汤加肉桂、制附子等药物开了处方，递给卢娜，详细交代了制附子的具体用法。

陈风又对老人说道："刚开始吃这药的时候啊，可能会感觉更热，但过几天就不要紧了。这是因为你身上的阳气太虚弱了，补上来需要一个过程，别着急。也不用去其他医院看了，也不用做什么检查了，回家好好吃药就行了。"

卢娜说道："陈哥，再给我妹妹看看吧。"

"哦，好的。"陈风看了卢娟一眼，又看了舌，然后为她号脉，问道："平常活动量不大，是吧？"

卢娟点头说是。

"心情也不好？"

卢娟又点头。

"还有月经不调的情况？"

卢娟再次点头。

老人家这时说话了："娟啊，你也别不好意思的了，要不，我就替你说出来吧。"

卢娟眼里有了泪花，低下头去。

老人接着说道："这孩子命苦啊！本来小日子过得好好的，没想到她那该死的男人出去打工，不到半年就有了外遇……后来他们俩就离了。"

陈风听明白了，同情道："现在这社会，诱惑太多了，可以理解。不过，卢娟啊，谁赶上了算谁倒霉，你可得想开了，长期这样下去可不行，你看你都病成什么样子了，让家里人多替你着急啊！"

"是啊是啊，把我们全家都快急死了。"卢娜说道。

陈风对卢娜小声道："其实卢娟这病，只要换个环境，再抓紧找个老公，很快就能好起来的。"

"嗯，好吧，回家我们再商量商量，要不的话，把她接到我这边来算了。"

"也行，我再给她开个方子吧。"陈风以柴胡疏肝散加减开了处方。他又对卢娟说道："天塌下来有个子高的顶着呢，即使个子高的不顶，还有你妈和你姐呢！想开点，为那样的男人伤心犯不着。回家以后，除了吃药，一定要多锻炼。都记住了吗？"

卢娟勉强地点点头。

第十二章

“嗯，回答得很好。从书本到病例，是理论联系实际；从病例到书本，是实际联系理论。一个医生的成长，必须要经历一个从理论到实践，再从实践到理论的反反复复的过程。另外就是在这过程中，一定要注重培养自己的临床思维能力，刚才就是‘知常达变’ 的思维能力……”

陈风送走她们，给艳茹讲道：“疾病有内、外、久、暂、轻、重、缓、急的区别，治疗有标本、先后、逆从、补泻的差异。临床掌握常法是必要的，但疾病的发生，总是常中有变，只知常法，而不知通变，就很难应付复杂的病例。其实，刚才那阿姨的发热在咱们《中医内科学》课本里讲过，只是很少见罢了，严格说来，不能算是‘变’。你还能记住内伤发热的辨证分型吗？”

艳茹答道：“能记住，分为七种：阴虚发热、血虚发热、气虚发热、阳虚发热、气郁发热、痰湿发热和血瘀发热。”

“嗯，回答得很好。从书本到病例，是理论联系实际；从病例到书本，是实际联系理论。一个医生的成长，必须要经历一个从理论到实践，再从实践到理论的反反复复的过程。另外就是在这过程中，一定要注重培养自己的临床思维能力，刚才就是‘知常达变’ 的思维能力。阳虚发热在临床上虽不常见，但不是没有，那个病人反复发热，用抗生素、用中药都没有效果，就说明不是常见证型，就一定要从少见证型的角度上去思考、去分析。一个好的医生，除能见变达变以外，还应该培养起从常见变的能力，也就是说，要从病情的进程中预见到变化着的潜在危险和可能发展的某种趋向，只有这样，才能在治疗上真正做到左右逢源，应对自如。”

“老师，我把这病例总结总结吧，可以写篇文章。”

“先不急，等治好了再说。还有第二个思维能力，是‘见微知著’的能力，见到微小的苗头，就要想到可能会发生的显著变化。还是刚才那病人，怕冷、腿肿、没劲，从这些小的变化上，就可以大胆判断，属阳虚无疑。”

“为什么不用金匮肾气丸呢？”

“没有谁一来就阳虚的，往往有一个从气虚到阳虚的渐变过程，我喜欢气虚、阳虚一块补。”陈风笑笑，“这也可能与用药习惯有关，前面几个病例，我也是这样处理的，效果都不错，所以今天面对病人，才这么信心十足。你给病人传递了信心，病人就会增加对你的信任。”

“嗯，好！”艳茹连连点头。

“还有第三个思维能力，是‘识博用专’。一个医生在整体观念、辨证论治的原则指导下，在大量临床实践的基础上，能够尽量做到通晓各家学说，融汇古今经验，了解前沿进展，这就是识博；针对遇到的每一个病人，特别是疑难重病，能全面细致地了解临床资料，根据具体病情，辨证求因，加以分析归纳，提纲挈领，做出正确的诊断和治疗，尤其在治疗时，做到方无旁骛，药无虚发，这就是用专。没有识博则没有用专的可能，博是专的基础，专是博的升华，两者相辅相成。在刚才的方子里，肉桂和制附子都用到了 30 克，道理就在这里。”

“老师，您太厉害了！”艳茹由衷地佩服道。

陈风笑道：“将来你们都会超过我。可以再写篇文章了，题目就叫《从医案探讨中医临床思维》好了。”

“好嘞。”艳茹一甩她的马尾辫，高高兴兴地离开了。

她很快又回来了，还有文玲。

陈风问：“还有事？”

艳茹道：“老师，要是不忙，您再给我们讲讲第二个病例吧。”

这时陈风电话响了起来，是干部保健科罗主任的。陈风接通电话，问候道：“罗大哥好！啥指示？”

“有个事想麻烦你，在办公室吗？”

“在，要不就直接电话里说吧，不用过来了。”

“电话里不好说，还是过去吧，我一个兄弟从人民医院往这赶，大约 20 分钟吧。”

“好的，我等你们。”

陈风挂断电话，给艳茹和文玲讲道：“针对第二个病例，你们要重点掌握望诊、闻诊和切诊的技巧。有些病人很怪，或者是很刁钻，他来看病的时候，一声不吭，就直接把手伸给你了，先考你，这种情况下，望诊、闻诊和切诊的本事就显得尤为重要。”

两个小徒弟静静地听着。

“咱们老祖宗看病讲究望闻问切，这也是中医看病的四种基本形式。望主要通过观察病人的气色来了解其病情；闻主要通过辨别病人的声音了解其病情；问主要通过询问病人来判断病情；而切脉则是通过切腕的寸口来判断症结所在。艳茹，你来说说，第二个病人在望诊方面都有哪些特点？”

艳茹想了想，答道：“面色晦暗，倦怠，看起来情绪不好，睡眠也不好。”

“嗯，还不错。我是从上往下看的。先说头发，发为‘血之余’，又被称为‘肾经之稍’‘肾之花朵’。头发的好坏，是人体有无多余血的表现。肾主骨生髓造血，因此，头发浓密、乌黑、有光泽，则代表人体的肾气充足，气血状况充盈。当然，随着年龄的增长，头发变白和变稀，是身体的自然变化。但也有一些中青年人，头发会比平常人提前变白、变稀，这是由于承受的工作、生活压力过大造成的。第二个病人的头发比较稀疏，并且在发根处有很多白发，这就说明气血不足。因为我的个头比她高，能看到头顶，所以看得比较清楚，她的头发明显是染过的。”

陈风叹口气：“我也有很多白头发了，操劳过度啊！”

“老师，您确实是太累了，要注意休息才行。”文玲道。

“再就是刚才艳茹说的，面色晦暗，没有光泽，这是气滞血瘀的表现。她的眼神不仅倦怠，还有迷离和浑浊，而且布满了血丝，你们以后要好好观察，仔细体会，这都是思虑过度的结果。有一个成语，叫‘人老珠黄’，为什么会出现这种情况呢？咱们先看小孩子的眼睛，是不是大都清澈透明？因为小孩子大都先天肾气很足，血液中没有那么多的垃圾，所以眼睛才会亮；而老人呢，随着年龄增长，身体里的垃圾就多了，就像我们住的老房子里的垃圾，一定会比新房子里的多。这些垃圾虽然储存在血液里，但最后，无一例外，都要体现在眼睛上，因为眼睛的毛细血管最为丰富，眼睛周围的皮肤最薄，因此，血液中的垃圾也最能透过眼睛向外传达，它最能代表人体最末端的健康变化。所以，人老了，那些‘珠黄’的东西，其实就是血液里的垃圾。”

艳茹问道：“老师，可不可以理解为动脉硬化？”

“可以啊，这跟高血糖、高血脂、高血黏，都有很大的关系。中西医结合，其实更能提高诊断的准确性，只是大部分西医不认可罢了。我看过一个报道，说是大道堂的掌门人刘逢军在给人看病时，基本上是三十秒就开处方，一天能看几百个病人，即使如此，仍然挡不住来自全国各地的追随者，甚至有的时候，他通过照片，就能看出人的健康状况，这令很多人大惑不解。这种一眼就能看出病情的本领，到底有没有科学依据呢？答案是肯定的。

为什么呢？”

陈风看着两个小徒弟，等待她们的回答，她俩都摇摇头。

“很简单，因为我们的实践证明了这一点啊！再说牙齿，观察一个人的气血水平，牙齿也是一个很好的参照物。肾主骨，牙为骨之末，换句话说，就是牙是骨头的末端，或者说是露在外面的骨头。好多人正当青壮年，牙缝已经看着很大了，说明这人有慢性牙周炎，由于长期的发炎，导致牙槽骨被吸收了，牙龈萎缩，这是肾气衰弱的表现。除了牙齿，从牙龈的色泽和形态也很容易看出气血水平，因为牙龈和舌头差不多，基本上相当于裸露的内脏。健康的牙龈颜色应该是粉红色的，淡红色多提示气血不足，深红色多提示气滞血瘀……”

这时传来敲门声，是罗主任他们过来了。文玲和艳茹告辞离开，并且知趣地关上了房门。

罗主任道：“这是人民医院的曹大夫，今年报考了咱们学校的博士，这周末就要考试了，听说你年年参加阅卷，能不能关照一点？拜托老弟了！”

曹大夫站起身，双手与陈风相握：“我去年考过一次了，就差两分，这次陈主任一定帮帮我！”

陈风搓搓手，很是为难：“这事可不好办，试卷都是密封的。”

曹大夫道：“我到时候在试卷上做些标记，给您发短信。”

陈风看他经验丰富的样子，笑了笑，说道：“学校有明确规定，对于有标记的试卷，要重点复核。”陈风没再细说，怕说多了不好，因为阅卷是很严肃的事情，哪能视同儿戏？陈风已经参加过好多次博士生的入学考试阅卷工作了，纪律非常严格，现场都有纪检人员监督。而且，每张试卷需要三到五人共同批阅，每个阅卷人员都要在自己所批阅的试题后面签字，以备复核。万一查出了猫腻，吃不了就要兜着走，谁敢啊？

曹大夫哀求道：“陈主任，多帮帮我吧！求你了！”

“不是求不求的事儿，这是在故意触碰底线，这是在让我故意犯错误。”陈风解释道。

罗主任打起了圆场：“老弟尽量帮吧，也别为难。”

他们临出门时，曹大夫将一张购物卡悄悄地留在了沙发上。

送走他们以后，陈风才发现了这张卡。他稍作思考，找了一个空信封，将卡装了进去，又用订书机订了起来，这才给毕水打电话。

毕水就在隔壁，拿着手机直接跑了过来，问道：“陈老师，啥事？”

陈风把信封交给毕水，说道：“给干部保健科的罗主任送过去。”

“好嘞，我现在去。过会儿贾主任要过来找您。”

“是看幻灯片吧？”

“应该是。”

“我知道了，你快去吧。”陈风朝毕水挥挥手。

这次市科委的课题审查，贾主任也接到了通知。这两天，她一直在忙活这事。她来到陈风的办公室，看门见山道：“陈科长，帮我看看幻灯片，把把关。”

“应该没问题，不用紧张，通知去汇报就说明通过专家那一关了，这次主要是审查财务报表的情况。”

“我怎么老感觉心里发虚呢？”

陈风有意跟她拉近关系，就开玩笑道：“要不要做个冠脉造影看看？”

“自己给自己做不了啊！”

“杜主任能做。”

陈风接过贾主任递过来的优盘，插在电脑上，说道：“不跟你闹了，还得干正事儿。”

陈风将幻灯片浏览了一遍，说道：“总体看起来不错，项目负责人和课题组成员的情况少点儿了。”

“东西太多了，怕讲不完，每人汇报的时间要求不超过八分钟。”

“把科研成果分门别类地列表，闪一下就行，不用全讲出来，要不的话，就显得太单薄了。”

“好，我马上去改。明天下午你能去吗？”

“去，陪你一回。”

“谢了！”

“不用客气，这是我的职责所在，谁让我是科教科科长呢！”

“怪不得咱们医院的科研大发展！因为有你这样的科长在！”

陈风嘘道：“别，别胳肢我，这是因为高院长和卜院长领导得好，同志们干得好！我只是个传话筒而已。”

“嘻嘻，我走了。”

周六下午一点，陈风和贾主任、毕水奔市科委而去。

在市科委门口，正碰上于虹。

贾主任一愣，然后笑嘻嘻地说道：“这不是小于嘛！哦，应该叫于院长了，还是这么年轻漂亮！”

于虹回应道：“贾主任也是风采依旧啊！”

两个女人相互奉承着走在前面，陈风和毕水像是两个跟班。

于虹的汇报顺序靠前。她汇报时声音洪亮，主次分明，时间用了大约七分钟。汇报完后，对面几个领导都没意见，顺利通过。因为晚上还要出差，她就先撤了。

待到贾主任汇报完毕，有位年轻的领导提出了很尖锐的意见："你们的题目是《'心郁证'文献、验案数据库的建立与挖掘及中医膏方干预研究》。研究内容是通过文献检索，总结已有研究及相关进展，完成'心郁证'的文献及验案整理，并建立相应数据库；运用数据挖掘技术，统计'心郁证'的三个常见证型及名老中医常用药物；根据不同证型确立自拟方剂并依据临床试验结果评价其疗效，并比较不同中药剂型之间的疗效差异，评价中药新剂型膏方的有效性。这给人的感觉是医学方面的内容多，而信息技术方面的内容少，为什么要选择信息技术领域呢？"

贾主任答道："这属于交叉学科啊！"

"我们不反对交叉学科，但有一点，既然选择了信息技术领域，就要体现信息技术方面的新颖性。对于数据库的建立，司空见惯了，没啥创新性。那么，请你讲一下，在数据挖掘方面，你们有哪些新技术？"那位领导不依不饶。

贾主任为难地看了陈风一眼，陈风清楚，他该上场了。他打开了面前的麦克风，镇定自如地说道："我是课题组的成员，数据挖掘的工作是我来负责的。我来回答这个问题，可以吗？"

那位领导点点头。

"我们最先采用的是 Apriori 算法，这种算法能够比较有效地产生关联规则，但也存在着以下缺陷：一是产生太多冗余的规则，当数据库太大或支持度、信任度阈值太低时产生的规则太多；二是在效率上存在着问题，主要是因为数据库扫描次数太多；三是当模式太长时产生的候选项目集也多得让人无法接受。由于以上原因，我们对这种算法进行了一定的改进，改进后的算法不用生成候选项集，只需要扫描一次就可以直接得到频繁项集……"

那位领导打断了陈风："具体的改进方法是什么？"

陈风的额头渗出了汗珠，故作镇定地答道："我们是请了一位计算机专业的专家帮忙做的。"

"但你们成员里面没有啊，全部是医生。"

"这是我们考虑不周，我们马上加上。"

"另外，你们在申报书里面，没有提及具体的改进方法。回去再好好改一下。"那位领导的语气有些缓和了。

贾主任连连称是，表示感谢后离开了发言席。

在回去的路上，贾主任说道：“真是紧张啊！看来那位领导是计算机方面的专家。”

陈风接话道：“我以前见过他，他是计算机博士，谁能想到他提的问题这么刁钻啊！今天要是于虹不早走就好了！”

“于院长怎么走这么早啊？”

“哦，她晚上要出差。”

毕水笑道：“陈老师这两天解放了！”

“解放不了，还有小警察呢！”陈风笑着解释道。

贾主任热情地邀请道：“晚上请你们三个吃饭吧！”

“三个？”陈风有些纳闷。

“对啊！你们俩，还有小警察啊！”

“哦。”陈风明白过来了，“孩子不在家。”

“那就请你们俩。”

陈风推辞道：“不用了，晚上我还有事。”

“我也有事儿，我爸妈今天送孩子过来，明天一早就走，我得陪他们吃顿饭。”毕水实话实说。

先送下毕水，贾主任说道：“反正你媳妇不在家，没人给你做饭，我请你吃顿饭怎么了，还怕吃了你不成？”

陈风回复道：“我想看点材料，写篇文章。”

“还差这一时半会儿吗？”

“那好吧。”看来这顿饭是逃不了了，陈风有些无奈。有些时候，被请也是一种负担，需要付出时间，付出精力，付出消化系统。

坐在贾主任车上，陈风问道：“今天去哪儿吃啊？”

“在我家门口，一家驴肉馆，很有特色，保准你吃了第一次，还想第二次、第三次。”

“哟，那还真得尝尝。”

陈风突然想起了什么，说道：“把你家大哥也喊上吧？”

“嘻嘻，他也出差了，不在家。”

陈风忽然有一种罪恶感，然后是好长一段时间的沉默。

路上很堵，贾主任打开了收音机，顿时，悠扬的歌声在车内回荡了起来：“你是我的情人，像玫瑰花一样的女人，用你那火火的嘴唇，让我在午夜里无尽的销魂。你是我的爱人，像百合花一样的清纯，用你那淡淡的体温，抚平我心中那多情的伤痕……”这是刀郎沙哑的声音。陈风是刀郎的忠实粉丝，对于刀郎，他很熟悉。

前面红灯，贾主任踩了刹车，扭头看着陈风略显陶醉的样子，笑嘻嘻地说道：“是不是很喜欢刀郎的歌呀？”

“相当喜欢！他的声音沙哑、沧桑、豪迈、阳刚，像是从西域大漠吹过来的风沙，有一种势如破竹般的穿透力和爆发力。”

“嘻嘻，我听着像是喝酒喝多了喉咙很干的那种感觉。”

“嗯，确实也有这种说法。媒体对他评价挺高的，称他为西域风情、西域浪子、西域之音。他的歌声中表现出来的流浪情绪、游子心态和无边的乡愁击中了我们这个时代柔弱的神经。”

贾主任又是嘻嘻一笑，突然问道：“你知道他为什么叫刀郎吗？”

“就是艺名呗。”

“看完赵本山和毕姥爷的那个小品以后，我专门查过。他之所以起这名，是因为他的声音特点和新疆南部刀朗族人的声音很相似，都是沙哑中带着清亮，并且那个地方的歌舞特别粗犷、热烈，充满了神秘色彩，非常有名。”

“哟，很渊博啊！”

“少奉承我啊！我会飘起来的。”

“嗯，会飘的都是仙女。”

贾主任笑得格外开心：“嘻嘻，这话我爱听。”陈风很喜欢听她的声音，尤其是她的笑声。

女人多以温柔著称，但女人一旦干上了心内科医生，因为经常要面对一些急危重症，往往脾气急，说话快，风风火火。贾主任是特例，她处理起急危重症来淡定自如，有条不紊，很有大将风度，平常说话也是不愠不火，慢声细语的。陈风很欣赏她这种性格，甚至有一种爱慕的意味。

陈风又转回了有关刀郎的话题，说道：“刀郎享誉全国，拥有无数粉丝，绝不是靠着一朝一夕之功，他很敬业、很勤奋。他自从去了新疆，常常到民间采风。他是真正的采风，而不是像大部分人一样，去新疆只是旅游似的采风。在新疆，刀郎放下歌星的身段，和新疆人住在一起，吃在一起，特别是喝在一起。因为新疆人好酒，只有你敢喝，显得真诚，他们才会那你当朋友。刀郎真真切切地生活在新疆人中间，成了他们当中的一员，所以他才真正感受到了那种苍茫、神秘、迷人的新疆风情，才写出了《新阿瓦尔古丽》《喀什噶尔胡杨》那样具有浓厚新疆风味的歌曲。”

“说得好啊！咱们干大夫也一样，不光得泡课堂、泡图书馆，还得泡医院，经验哪里来？实践中来。”

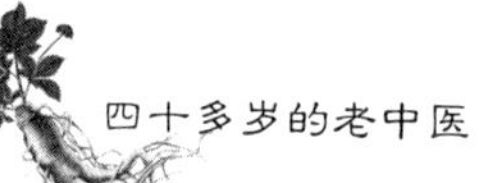

“嗯，很有哲理啊！大哲学家！我可以把你这理论总结为医学生的成才之道——‘三泡法’，下次沙龙的时候我给学生们讲讲。”

“好啊！我的原创啊！”

“没问题啊！就这么定了！”

汽车出了城，来到一座山下，贾主任将车速慢慢减了下来。陈风问：“这里哪有饭店啊？”

“快到了，就在山上。”贾主任小心翼翼地开着车，上了盘山公路。山路很窄，也很陡。俩人不再言语，陈风也替她观察着地形，偷偷捏了一把汗。

到了一处宽阔地带，陈风提议道：“要不，就把车停这儿吧，咱们爬上去。”

“好啊，这才有情调，就这么定了。”贾主任把车停好，俩人开始爬山。

天渐渐黑了下来，山风吹在身上，还有些冷，但给人无比舒畅的感觉。陈风深吸了一口，望着远方模糊的山峦，不禁思绪万千、心潮澎湃。

贾主任远远落在后边，高声埋怨道：“我说小陈同志啊！你就知道一个人往前跑，懂不懂得怜香惜玉啊？”

陈风停下来，笑吟吟地看着她气喘吁吁的样子。

贾主任赶了上来：“哼！拉着我。”

陈风拉着她的手，细细软软的，好温暖啊！忽然有一种恋爱的感觉。他猛地意识到了潜在的危险，赶忙抑制住自己有些肮脏的念头。

在半山腰，有一家驴肉店，店面不大，但挺干净的。他们坐了下来，老板热情地走过来打招呼，递上菜单，问道：“二位，想吃点什么？”

贾主任开口道：“驴肠炖豆腐挺好的，来一盆，剩下的小陈点吧。”

陈风接过菜单，看了看，真是很有特色，有全驴拼盘、砂锅驴脸、小炒驴肝、爆驴腰、驴肉小炒、清炖驴肉、酸汤炖驴肉、驴肉炖宽粉，还有香菜驴肉萝卜丸，等等。他对老板说道：“来个全驴拼盘、驴肉小炒、香菜驴肉萝卜丸，再来四瓶啤酒，过会儿我买单，美女买单坚决不能要啊！”

“好嘞，请二位稍等。”老板转身去了厨房。

很快，酒菜就上来了。

贾主任举起酒杯，说道：“小陈，多谢你了！谢谢你今天帮忙，也谢谢你这些年来对我的关照。”

“这话应该我说才对。自从来到咱们科里，你又是领着我查房，又是领着我上手术，我跟着你学了好多好多。这些年来都是你关照我，我得感谢你才对。”

“你在科研上也帮我很多啊！过两天还得请你帮着修改博士论文呢！”

"没问题。"两个人相互客气了起来，陈风提醒道，"你还得开车，喝果汁吧。"

"行，我喝果汁。一直有个问题想问你。"

"你说。"

"年前的职称评审怎么回事？咋就掉下来了呢？"

搁在以前，每每提及或是想起此事，陈风都会心痛不已。现在不一样了，他已经看淡了，只要差额评审，总有刷掉的，这事儿再正常不过了。一个人接受成功容易，承受失败难。往往在失败面前，才能真正展现出一个人的品性和涵养。陈风似乎是一个局外人，淡淡地说道："四个环节，都出了问题。"

"哪四个？"

"第一，年前，大学编制的初老师，她评职称时我帮了一点小忙，有一天她主动给我打电话，说是分管人事的处长是她老公的同学，可以帮上忙，我就去找了她，她也去找了那位处长，结果啥忙没帮上；第二，今年改了章程，要送到外省初审，我跟外省联系上的时候，已经初审完毕，说是通过了，当时我还很高兴，谁知道只是基本同意……"

贾主任道："还是因为你太年轻了，其实你的成果挺多的，学历也没问题。"

"也可能跟我的复杂经历有关系，我是由副主任药师改系列评转的。"

"第三呢？"贾主任幽幽问道。

"每年评审时，省中医局分管人事的副局长都会参加。去年年初，很熟的姬局长调走了，新来的江局长不怎么熟。要是姬局长没走，他肯定会为我说话的。"

"还有一个，是吧？"

"是，最后一个。原本参加终评的专家里面有咱们钟院长，但她正在参加政协会议，不准请假，所以临时换了别人。要是她去，会死保我的。"

陈风喝了杯中酒，长长地出了一口气："这就是命啊！上帝在考验我！磨砺我！我愉快地接受命运的安排！"

"好，这才是爷们！有骨气！有志气！有霸气！我喜欢！来，干杯！"

陈风也被贾主任的豪气所感染，两人连干了多杯，都是一口喝掉。

不知不觉间，两人面前摆了十多个空瓶子。

陈风还惦记着孩子，就提议道："咱们撤吧。"

"撤，撤。"贾主任附和道。

俩人走出驴肉馆，往山下走去。贾主任主动挽住陈风的胳膊，身体略

微有些摇晃。

一辆小轿车上山，开着远光，照得俩人睁不开眼睛，只好侧过身去。贾主任冲着那车大吼道："照什么照？没见过谈恋爱的？"

陈风笑笑，没吱声。

贾主任缩了缩身子，说道："有点冷。"

陈风脱下外套给她："你穿上吧，再走快点，就不冷了。"

贾主任不要，心疼地说道："别，把你冻感冒了，我可赔不起。"

"不用你赔，我一直坚持洗凉水澡，抗寒能力特强，不会感冒的，你就穿上吧。"

"不用，真不用。"

俩人来到车里，贾主任打开了引擎，但不急于下山。

"还不走？"

"不想走，永远这样多好啊！"

"呵呵，哪有永远？永远是多远？都是糊弄人的。回不去的叫故乡，到不了的叫远方，留不住的叫青春，干不成的叫梦想。"

"嘻嘻，有意思，走。"

俩人不再言语。贾主任一直把车开到她家门口，停下车，才道："去家里坐坐？"

"不了。"陈风看看表，"时间不早了。"

"我送你回去吧！"

"不用了，我打车回去就行。你喝这么多酒，不安全，早点睡吧。"

贾主任的眼神中充满了幽怨，目送陈风离开。

周六早晨，陈风睡到了自然醒，起床之后，简单吃了几块饼干，本想看点资料，却心绪烦乱。突然间，他来了灵感，一首小诗跃然纸上。

其实
其实我早就喜欢上了你
在那个月淡风清的夜里
并且
并且我一直关注着你
就像天空凝视着大地
但是
但是我始终不敢提及

因为天空与大地永远不可能融合在一起

这种遗憾
有时会变成一场雨
淋湿满头秀发的你
有时会变成一阵风
吹痛有些孤芳自赏的你
有时会变成一团雾
迷惑善良纯真的你
有时也会变成一声雷
惊醒温柔梦乡里遨游的你

请不要在意
请不要生气
谁让我
谁让我早就喜欢上了你
谁让我
谁让我一直关注着你
谁让我
谁让我始终不敢提及

晚上，陈风正在家看书，赵大姐的QQ头像闪了起来：“大兄弟，吃饭了吗？”

“还没有，没人给做，命苦啊！”陈风回复道。

“哈哈，看来媳妇没在家。我刚去学校看完孩子回来，正准备做饭，要不来我家搭个伙啊？”她还发来一个偷笑的表情。

“不用麻烦了，多谢了！”

“我妹妹好多了，非常非常感谢！”

“不用客气，应该的。”

“你休两天吗？”

“嗯，休两天。”

“明天我跟着驴友去爬山，有兴趣的话，一块哈！”

“去哪里？几点？在哪里集合？我争取过去。”听说要去爬山，陈风顿时来了兴趣。

“省城户外，去网上看看，还有3个名额。”

陈风点开网页，上面介绍得相当详细。

【活动召集】不凡。

【行车线路】1. 洪楼广场东侧，历城区行政审批政务中心门口6：40集合，6：50出发；2. 历山路与山大南路十字路口西北角7：00集合……请提前到达以上各停车点，一定不要让大家等你自己，切记！！！返回时，沿途下车的驴友请提前做好准备，告知领队就近下车。

【活动强度】休闲9公里左右。

【活动领队】金戈铁马、泰山灵芝草。

【活动线路】龙王崖－黄巢水库－长峪－斜峪－葫芦套－黄巢。

【活动费用】30元（可以农家AA、也可以自己带饭）。

【报名人数】51人。

【注意事项】1. 拒绝有高血压等心脑血管疾病及恐高症患者参加，没有团队精神请不要跟，爱出风头没有集体观念请不要跟，乱丢垃圾没有自律的请不要跟；2. 带一些高热量食物，自己准备一顿午餐，水最少3L，穿得保暖一些，天气变化无常。

【个人装备】冲锋衣、手套、登山包、登山鞋、登山杖、护膝，伤湿止痛膏、云南白药等相关药品，还有需要换的衣服（出汗湿了衣服，容易着凉）。

【报名须知】报名人必须填写免责声明；登山过程中禁止吸烟；为了保持山野的美丽，活动中请每人自带垃圾袋上山，把自己产生的垃圾带下山，带走的只是美丽景色，留下的只是我们曾经走过的足迹；请报名者仔细阅读上述条款，看能否接受，然后考虑是否报名。

【免责条款】发起者和参加者本着自由结合、自愿参加、风险自担、责任自负的原则参加。因为户外活动具有相当的危险性，在参加时请注意安全，并对由此产生的后果、责任和义务有充分考虑。

【免责声明】此次为自助式的AA制活动，群主、向导在此仅仅负责召集和协调，不承担任何责任，请参加者对自己负责，购买意外保险……本次活动声明中关于免除群主、向导赔偿责任之约定效力，同样适用于本次活动一起登山的所有队员。

【活动宗旨】欢迎你加入我的群，但也欢迎大家加入别的群，这样我们就有更多的朋友，可以更多地交流。

【活动口号】不嫌弃、不丢弃、不放弃！欢迎喜欢户外的朋友加入！

赵大姐又发来了信息："要是你确定去，我跟领队打个电话问问啊！"

陈风犹豫了："登山的设备我还没有呢！"

"我也没有，不用这么专业，强度不大，背个双肩包，带个帽子或遮阳镜，穿旅游鞋，带点水就行，其他不用带。"

"几点回来？"

"我也是第一次做驴友，大概下午三四点返回吧。"

"中午得给孩子做饭，这次就不去了，下次吧。"

"多遗憾啊！你加这个群试试，我在这个群里。"她发过来一个QQ号。

"好的，谢谢！祝开心！"

陈风继续看书，她又发来一条信息，并且附赠一杯咖啡："事业重要，但也别错过身边的风景。"

紧接着还有一条："生活的真谛就在于勇敢地面对生活，莫怨命运误了谁的前程，那些跋山涉水的追寻，只是差了几分回头是岸的勇气，既然哪里都可以寻找，怎能忽略心地。人活的就是几分心态，心里不忽略幸福，从头到尾都是幸福，不问来处，不问去处，不辛酸就是好活路。"

两条信息之间的间隔时间很短，陈风猜想这是她复制的。他问道："'心地'啥意思啊？"

"就是'心胸、气量'的意思，是佛教用语，指人的思想、意念。这是延参法师说的。"她发来一个龇牙的表情。

"明白了，你也信佛吗？"

"我心中有佛，与人为善。"她又发来一个偷笑的表情。

"呵呵，我最近出了本书，改天送你一本。"

"好啊，一定拜读。"

"你写的是哪方面的书啊？和中医有关的吗？"

"是，书名叫《一位博士后的从医带教之路》，写我的科研、教学、临床经历以及人生感悟。"

"哦，我要签名的哦！"

"没问题！"

她回复了一个欢呼雀跃的QQ图像。

过了会儿，她又发来一条信息："明天晚上，请你喝茶吧？"

"啥事儿？"

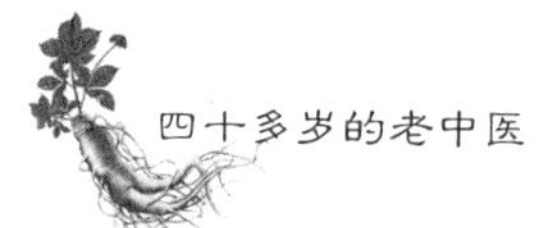

“我想听听你对药茶系列的高见。”

“好吧，地址给我。”

陈风发完这条信息，给顾晴去了电话，问道：“老人家现在怎么样了？”

“变化不大，还是昏迷不醒。”

“主治医生怎么说的？”

“等过几天出了监护室，就开始做高压氧。我们老家做不了，要转到省城来。”

“高压氧咱们医院也没有，要不去人民医院吧，离咱这儿比较近。”

“我再跟家里商量商量吧。”

“还有一个事儿啊，我一朋友开了一家茶楼，想推出药茶系列，需要先从中医体质辨识开始，你如果能抽出时间的话，可以去帮帮忙。”

顾晴听出了老师的意思，是想让她去干份兼职。她说道：“行，不过时间可能不会有太多，我还得照顾我爸。”

“不会占用你太多时间的，把他们的店员教会了就行。”

“好吧。老师，您明天在吗？我想把毕业论文给您看看。”

“你先发我信箱里吧。明天晚上和赵总约了在一块聊聊，你要是能把家里的事儿安排好了，就赶过来吧。”

“行，老师，我赶过去。”

等赵大姐发来地址，陈风给顾晴转发了过去。

第十三章

> 赵大姐不再理她，给陈风解释道：“‘三山齐’是评价壶的质量好坏的最重要标准。具体办法是把茶壶盖子拿掉，倒置在桌子上，最好是很平的玻璃板上，如果壶嘴、壶口、壶柄三样都平，就是‘三山齐’了。这关系到壶的制作水平和质量问题，很有讲究。哎，快看，现在看到绿叶镶红边了吧？”

周日中午，陈风接到研究生处老师的电话，通知他下午两点去学校阅卷，正是博士生入学考试的试卷。

刚放下电话，短信来了，是那个曹大夫的，写道：“尊敬的陈主任，您好！我刚考完，总共答了十二页，第二题头两个字用两条横线划掉，第五题头三个字用两条横线划掉，第八题头四个字用两条横线划掉。请多关照！小曹叩谢！”

陈风看完，立马就给删掉了，心想这种事儿怎能去做？你以为这是打麻将、打升级闹着玩啊？

陪益清吃过午饭，陈风骑上自行车去了大学。阅卷阅到四点就结束了，他感觉时间还早，就去了学校后面的小书店。浏览了所有的书架，没发现有自己新出的书，不禁有点小失望。

从书店出来，陈风直接去了茶楼，赵大姐和顾晴都还没到。

一位漂亮的女服务员热情地把陈风领到了赵大姐的办公室，泡好茶，轻声道：“陈主任，请稍等，赵总马上就到。”

陈风闲着无事，看办公桌上的电脑正开着，他就坐了过去，开始上网，同时打开了QQ。他先是查了当当网，没发现有他的书，又查了亚马逊，还是没有。

他拨通了出版社高瑞大哥的电话，抱怨道：“大哥好啊！咱出的那本书，到现在网上还没有，书店也没有。”

高大哥爽朗、憨厚的笑声传了过来：“老弟，别急，别急，我催催发行部。”

两人又聊了一些其他事儿，挂断电话。

这时QQ头像闪了起来，陈风点开一看，竟然是孙编辑的，心想真巧啊！想谁谁来！

“最近学中医学得很入迷，呵呵。”

“很好啊！继续努力！刚跟高瑞大哥通过电话，咱那本书，网上和书店都还没有。”

“这事儿归发行部管，我也帮着催一下吧！”

“多谢了！若有时间，过来聊聊。”

“嗯，好的，我正在学习《圆运动的古中医学》和《四圣心源》。”

“好啊！好啊！中医很有意思的！”

“找时间我去向你请教，这个书对我启发很大。最近还看了一些经方分析，需要消化。越学，越觉得自己差得很远。”

“从临床学起，从临床实际病例学起，会更有动力。”

“我由衷地感到，能给人治好病真的很幸福。”

“期待你成为一代大医。”

“光靠自己看书不行的，临床实践很重要，有些东西是需要点拨的，你得多帮忙指导啊！”

“没问题的。”

“最近我利用业余时间，一直在读中医，读进去了，向你汇报一下，呵呵。”

“很好啊！很高兴看到你快乐地学习中医和每天的进步。”

“是的，真的是入迷了，进去了。我从你身上确实也学了很多东西，不愧是我的榜样！”

“惭愧啊！”

“我总想起阿伦特的一段话：即使是在最黑暗的时代中，我们也有权去期待一种启明，这种启明或许并不来自理论和概念，而更多地来自一种不确定的、闪烁而又经常很微弱的光亮。这光亮来源于某些男人和女人，源于他们的生命和作品，它们几乎在所有情况下都点燃着，并把光散射到他们在尘世所拥有的生命所及的全部范围。像我们这样长期习惯了黑暗的眼睛，几乎无法告知人们，那些光到底是蜡烛的光芒还是炽烈的阳光。”

“呵呵，说得好！”

孙编辑没了消息，陈风开始查阅阿伦特的资料。

汉娜·阿伦特（1906 — 1975），犹太人，原籍德国，美国政治理论家，以其关于极权主义的研究著称西方思想界。她常被称为哲学家，唯她本人始终拒绝这一标签，理由是“哲学关心的是单个的人”，而她的著作集中关注“生长繁衍于大地之上的人类，而非个人”，因此应该被视为政治理论家……

赵大姐是和她妹妹一起过来的。赵大姐开口道：“哟，没想到你来得这么早？”

“喝茶不积极，思想有问题啊！”陈风笑道。

“再给我妹妹瞧瞧吧。”

“好啊！看气色好多了，自己感觉怎么样？”

赵华婷答道：“能吃、能喝、能睡、能玩。”

“呵呵，你就是典型的四大能人啊！”陈风开始为她检查。过了一会儿，陈风严肃地说道：“还是有大问题啊！”

姐妹俩顿时一惊，几乎齐声问道：“咋了？”

陈风答道：“原先的病基本没问题了，但霸道蛮横的念头在慢慢滋生。”

赵大姐大笑：“神医啊！非常正确！”

“我没有啊！”赵华婷很委屈的样子。

陈风解释道：“你吧，从小就是个急脾气，爱发火、嗓门高，一次、两次当然没事了，要是时间一长，就会招惹很多疾病，先是功能性的，再就是器质性的了。”陈风一顿，然后问道：“你也四十多岁了吧？”

“四十三。”

“大我一岁，我就喊你赵二姐吧。”

“好啊！”

“像你这个年龄的女同志，正是一个最为焦灼、最为困惑的年龄， 也正处于一生中最敏感、最关键的过渡期。因为这个时候，子女还没有长大，需要继续操心；老公功成名就，诱惑很多，需要加以提防。”

“嗯，是啊！”

“心态一定要平和才行。”

“怎么个平和法呢？”赵二姐表现得像个小学生似的。

“要开始修身养性，做到知书达理、善解人意，做到语调平缓、目光柔和，做到不愠不火，不急不躁。别再相信自己是一位不慎迷失、等待王子前来拯救的公主，水晶鞋穿了四十年也穿破了，马车坐了四十年也坐垮了，与其幻想与白马王子的爱情，不如好好经营自己的婚姻。男人可能会有婚外恋的情结，也可能偶尔会有婚外恋的冲动，但绝大部分男人，都是有责任心的，不会轻易抛弃自己的家庭，而往往是被推出家门的。还有就是，不要心有不甘，不要挂挡倒退，把该记住的记住，该忘掉的忘掉。四十以后要明白：我们谁也赢不了和时间的比赛，‘人生苦短’绝不是一句空话。要平和淡然地面对一切，活出真正的自己，别虚伪，别做作，爱自己，也爱他人，珍惜缘分，天天开心。”

赵大姐问道：“那你们男人呢？四十岁以后应该怎么着？”

“应该去读一些关于佛法、圣经之类的书籍，要理解这浩荡人世之外的玄妙，要领悟这生命一次又一次的轮回，要看到这滚滚红尘背后的因果，要畏惧身后有一双神秘的眼睛一直在监视着自己。当然了，还要有担当。”

赵大姐笑道：“呵呵，说得不错，本美女亲自为你们泡茶。”

“可以再给讲讲茶经啊！”陈风建议道。

“真想听？”

“真想听！”

“好，没问题。”赵大姐拿出来一包大红袍，兴致勃勃地开讲了，“今天大红袍伺候啊！先说说它的来历，大红袍产于福建省武夷山，有‘茶中之王’的美称。传说明朝洪武年间，一个举人进京赶考，路过武夷山时突然生病，腹痛难忍之际，巧遇天心寺的住持，住持就把他所藏的茶叶泡给他喝，病痛立马就好了。在考中状元以后，这举人前来向住持致谢，得知茶叶的出处，就脱下状元袍并披在茶树上，因状元袍为红色，‘大红袍’便由此得名。大红袍母株产量少，因此极为珍贵。1972年，尼克松访问我国，毛主席赠送了他四两大红袍的母株茶叶，他曾私下抱怨毛主席吝啬。周总理知道后，专门向尼克松解释这事儿，尼克松听后惭愧不已，并且肃然起敬。”

赵二姐插言道：“别这么多废话了，赶紧起火吧。”

“刚才还说你脾气急呢！怎么就改不了呢？”赵大姐嗔道。

赵二姐一笑：“跟别人改，跟你不改了，四十多年了，习惯了。”

赵大姐接好水，打开开关，说道：“品大红袍，必须按‘工夫茶’小壶小杯细品慢饮的程序，才能真正品尝到韵味。先说第一步，治器，治器包括：起火、洁器、候水和淋杯四个动作，好比打太极拳中的‘太极起势’，是一个预备阶段。起火、洁器不必多说，这候水、淋杯都是初试功夫。大约起火后几分钟，砂铫中就有声飕飕作响，当它的声音突然变小时，那就是鱼眼水将成了，应立即将砂铫提起淋杯，然后再将砂铫放到炉子上。知道什么是鱼眼水吧？”

陈风和赵二姐都摇摇头。

“什么叫鱼眼水呢？就是水刚开始冒小泡泡的时候，就跟鱼眼一样。”赵大姐打开茶叶，把它倒在一张洁白的纸上，接着说道，“这时就是第二步开始了，纳茶。你看，大红袍的外形条索紧结，色泽绿褐鲜润，冲泡后汤色橙黄明亮，叶片红绿相间，典型的叶片有绿叶镶红边的美感，过会儿就能看到了。纳茶呢，要分开粗细，把最粗的放在罐底和滴嘴处，把细末放在中层，再把粗叶放在上面，纳茶的功夫就完成了。之所以要这样做，是因为细末是最浓的，若是多了，茶叶容易发苦，同时也容易塞住滴嘴，分开粗细放好，就可以使得出茶均匀，茶味逐渐发挥。每一泡茶，以茶壶为准，放大约七成茶叶在里面就可以了。太多，不但泡出的茶太浓，味带苦涩，而且好茶叶多是嫩芽，卷得很紧，一旦舒展开来，变得很大，连水也冲不进去了。但太少也不行，没有味道。”

砂铫中有飕飕作响的声音了，赵大姐不再说话，等声音变小时，她提起砂铫开始淋杯。随后，她又将砂铫放在了炉子上，说道：“第三步呢，是候汤。‘汤者茶之司命，见其沸如鱼目，微微有声，是为一沸。铫缘涌如连珠，是为二沸。腾波鼓浪，是为三沸。一沸太稚，谓之婴儿沸；三沸太老，谓之百寿汤；若水面浮珠，声若松涛，是为二沸，正好之候也。’听明白了吗？”

陈风点头：“似乎明白了，就是用第二次开的水呗。”

“这么大学历的文化人，怎么说起话来跟没文化的一样。”赵大姐笑道。

陈风谦虚道：“本来就没文化嘛。”

“第四步就是冲茶了，当水二沸，稍凉一点，就可以提起铫子冲茶了。揭开茶壶盖，将滚汤绕壶口、沿壶边冲入，切忌直冲壶心。提铫子要高，所谓‘高冲低洒’，高冲才能使开水有力地冲击茶叶，使茶的香味更快地挥发，同时呢，鞣酸还来不及溶解，所以茶叶才不会有涩滞。为什么稍凉一点呢？目的在于避免滚水破坏了维生素 C。”她边讲边示范。

陈风不禁叹道：“好专业啊！”

“第五步是刮沫。冲水一定要满，茶壶是否‘三山齐’，水平面如何，这时要见分晓了，好的茶壶水满后茶沫浮起，决不溢出，当然了，如冲水过多溢出壶面则是另一回事。”她慢慢提起壶盖，从壶口轻轻刮去茶沫，然后又盖上了。

陈风问道：“‘三山齐’是什么？”

“这问题问得好，说明你仔细听了，爱学习，不像华婷，又走神了。”

赵二姐有些不满：“别说我，我走神怎么了？”

赵大姐不再理她，给陈风解释道：“‘三山齐’是评价壶的质量好坏的最重要标准。具体办法是把茶壶盖子拿掉，倒置在桌子上，最好是很平的玻璃板上，如果壶嘴、壶口、壶柄三样都平，就是‘三山齐’了。这关系到壶的制作水平和质量问题，很有讲究。哎，快看，现在看到绿叶镶红边了吧？”

陈风凑近看了看，确实看到了，很漂亮的叶片！

赵大姐又把滚水淋在了壶上，说道：“这是第六步，淋罐，有三个作用：一是追加热气，使热气内外夹攻，逼使茶香迅速挥发；二是稍停片刻，罐身水分全干，即是茶熟；三是冲去壶外茶沫。第七步就是烫杯了，这是泡工夫茶的要点。烫杯时要注意，开水要直冲杯心。”

她烫完杯子，又在砂铫中添了凉水，放在炉子上，并将两个杯子搁了进去，解释道：“这是洗杯，是最富有艺术形态的动作。”她的动作确实很优雅，并且发出美妙的声音。

很快，杯子洗完了，她干净利索地将杯中、盘中之水倒进了茶洗里去。这时，茶壶外面的水分也刚好被蒸发完了，正是茶熟之时。

“我要洒茶了，这是最后一手了。”她兴奋地说着，开始洒茶，“这洒茶讲究低、快、匀、尽。低，刚才说过了，洒茶切不可高，高则香味散失，泡沫四起，显得对客人极不尊敬；快，也是为了使香味不散失，并且可以保持茶的热度；匀，就是洒茶时必须像车轮转动一样，杯杯轮流洒匀，因为茶初出色淡，后出色浓，匀是最为重要的；尽呢，就是不要让余水留在壶中。好了，帅哥，美女，可以品尝了，但不要烫着啊！”

陈风端起来，尝了一口：“好茶啊！也有兰花的香味。”他想起了上次品尝的太平猴魁。

赵大姐接道：“是，大红袍最突出的地方就是有兰花香，香气馥郁而又持久，并且很耐冲泡，冲泡七八次仍有香味……”

这时陈风电话响了，是顾晴的，他问道：“到了吗？”

“老师，我到门口了。”

“上二楼，右拐。”陈风放下电话，对姐妹俩说道：“学生过来了，我去走廊接一下，到时候让她帮着做体质辨识吧，可别忘了给点报酬啊！”

赵大姐爽朗一笑：“那是必须的，你也有。”

“我不要，友情赞助了。”

顾晴上楼来了，整个人瘦了一圈：“老师，我没迟到吧。”

“没有，没有，你爸爸怎么样了？”

“变化不大，下周转过来。我把论文打了一份，您看看吧。”

“嗯，给我吧。”陈风接过论文，接着把她介绍给了赵大姐姐妹俩。

“挺秀气的，小美女啊！”赵大姐夸道。

陈风道：“人齐了，咱们说正事吧。”

“刚才我苦口婆心地介绍大红袍，不算正事吗？”赵大姐有些不服。

“算，也算。”陈风及时更正了过来，“下面我们开始讨论第二个正事，这样可以了吧？”

“可以了，我们洗耳恭听。”

“先说什么是体质。体质和先天遗传、后天环境有关系，是一个人在形态结构和功能活动方面所固有的、相对稳定的特性。体质的不同，表现为在生理状态下对外界刺激的反应和适应上的某些差异性，以及发病过程中对某些致病因子的易感性和疾病发展的倾向性。所以，对体质的研究有助于分析疾病的发生和演变规律，为诊断、治疗疾病以及养生保健提供依据。可能太专业了，咱们打个比方吧。一伙人同吃火锅，第二天有的人没事儿，有的人可能就会脸上长痘痘；还有，同样是吃雪糕，有的人没事儿，有的人可能就要泻肚子……”

“我就是，一吃凉就会泻肚子。”赵大姐插言道。

陈风解释道：“这就是体质不同造成的。北京中医药大学的王琦教授通过大样本的流行病学调查，将体质分为九种，其中平和质仅占 32.75%，另外的八种偏颇体质类型依次为气虚质、湿热质、阴虚质、气郁质、血瘀质、阳虚质、痰湿质和特禀质。一个人的体质与他所处的自然和社会环境密切相关，饮食结构、风俗习惯、宗教信仰和生存环境也会影响到体质类型。一个人呢，从健康到亚健康，再到疾病，体质因素的影响不容忽视，各种体质的偏颇是疾病发生的内在原因。同时，正是由于体质的不同，导致疾病的发生与转归也不尽相同。因此，通过体质辨识，了解自己的体质，是养生保健的前提。”

“怎么辨识，快说说。”赵二姐有点沉不住气了。

“很简单，王琦教授专门制定了一套《中医体质分类与判定》的标准，我们根据这个标准开发了相应的软件，装在电脑上，打开，填完基本信息，然后回答问题，一按回车键，就 OK 了。”

“那太好了！现在就安装。”赵二姐高兴道。

“还真是个急脾气啊！”陈风无奈地笑着对顾晴说道，“去装上吧，先给她辨识一下。”

她们俩去了电脑跟前，陈风和赵大姐继续品茶聊天：“一个人在生长壮老的过程中，受环境、精神、疾病等内外环境诸多因素的影响，体质是可以发生变化的。它具有相对稳定性，同时也具有着动态可变性，也就是说，体质可以进行调整。根据一个人体质类型的不同，可以制定相应的养生保健原则，采取相应的干预措施。现在有个比较时髦的词，叫个性化养生保健，个体化的思想正逐步渗透到养生保健之中，这也是未来养生保健发展的方向。”

“我听明白了，体质辨识是个性化养生保健的前提，或者说是基础，对不对？”

陈风一竖大拇指：“聪明，就是聪明啊！你肯定双手都有孔子目纹。”陈风拿起赵大姐的双手看了看，确实有，随后又道：“你还有乳腺增生？”

赵大姐点点头：“嗯，确实有，怎么看出来的？”

“先说孔子目纹吧。在这儿，就是在大拇指指节的部位，有一个像眼睛的指纹，可能是棱形，也可能是椭圆形。这种指纹代表的是人的头部，反应这个人不仅第六感强烈，而且爱学习、爱思考、学识渊博。为什么叫孔子目纹呢？因为孔子是有学问的象征，所以有孔子目纹就表示这个人有学问、相当聪明。但同时呢，有这纹也往往提示用脑过度，可能会出现头晕、失眠等症状。”

“我确实有啊！怎么办？”

“少操心、少用脑呗。”

“这么一大摊子事儿，不操心能行吗？”

“我给您开点中药调调吧。”

“一闻着味儿就想吐，我是高低喝不了中药啊！”

陈风想了想，说道：“要不，给你压耳豆吧。”

“压耳豆？”

“是啊，就是在耳朵上贴压胶布，里面放颗王不留行的籽。”

“哦，我见过。你还没告诉我乳腺增生的事儿呢！”

“马上告诉你。”陈风指着赵大姐的手说道，“这儿，无名指对应的感情线和智慧线之间，就是乳腺区。若颜色暗红，即可诊断乳腺增生；若颜色暗黑，则表示增生严重；若颜色暗黑，并且无光泽，有污秽感，出现病理纹，比如米字纹、三角纹等，则反映有可能是乳腺肿瘤。”

“哎呀，你别吓唬我！”赵大姐有点着急了。

“没吓唬你啊！你这儿只是颜色暗红，有乳腺增生罢了。”

“我还是害怕，你帮我查查吧。”

陈风稍一犹豫，就道：“让顾晴给你查查吧。”

正要招呼顾晴，赵大姐阻止了他，说道：“我信不过她，还是你来吧，走，去隔壁吧。”

“要不，让你妹妹陪着吧。”陈风建议道。

“不用，我相信你。”

“现在是这次月经周期的第几天？”

“快半个月了。”

“嗯，这时候可以检查。”

赵大姐带陈风去了隔壁一间休息室，将门反锁，解开了上衣和乳罩。

陈风注意到她的脸红了。陈风沉下心先是望诊，没发现异常，对她说道：“躺床上吧。”

赵大姐躺了下来。陈风将枕头垫在了她右侧乳房下面，说道：“举右手，过头顶。”陈风手掌平伸，四指并拢，用食指、中指、无名指的末端指腹按顺序轻轻按压她的右侧乳房，然后又用双手轻轻挤压右侧乳头，都没发现异常。

陈风接下来为她检查了左侧的乳房，说道：“都没事儿，放心吧。你也可以自己检查的。”

赵大姐坐起来，边穿衣服边问：“怎么查？你教我吧。”

“很简单，一学就会。先说时间，检查乳房的最佳时间一般是在月经结束后的第七到十天左右，因为这个时候雌激素对乳腺的影响最小，乳腺处于相对静止状态，乳房的病变或异常就容易被发现。选择在光线明亮的地方，面对镜子，先观察，要将两上肢举起，观察皮肤是否光滑，色泽是否正常，有没有静脉扩张和水肿，有没有局部隆起和凹陷，两侧乳头高度是否在一条水平线上，两侧乳头、乳晕的颜色是否一样，乳头的皮肤有无脱落或糜烂，乳头是否有抬高或者回缩的情况，然后将两手叉腰，使胸肌紧张后检查乳房有无变化，要特别注意两侧乳房是否对称。”

赵大姐已经穿好了衣服，静静地听着。

陈风继续讲道：“正确的检查手法是手掌要平伸，四指要并拢，用食指、中指、无名指的末端指腹按顺序轻轻按压，不要用手抓捏，顺序是外上、外下、内下和内上，注意有没有肿块；然后是双手轻轻挤压乳头，看有没有液体流出；最后呢，是检查两侧的腋窝，注意有没有肿大的淋巴结。”

“好嘞，我都记住了，多谢了。”

“怎么这么客气了？”

两人回到办公室，赵二姐的体质辨识报告出来了，是气郁质。赵二姐问陈风：“啥是气郁质？”

“气郁质是九种体质中的一种。这种体质类型的人呢，有如下的特点：性格内向、忧郁脆弱、敏感多疑，对精神刺激适应能力较差，平素忧郁，神情多烦闷；还有啊，可能会伴有胸胁胀满，或走窜疼痛，经常叹息，或嗳气呃逆，或咽间有异物感，或乳房胀痛，睡眠较差，食欲减退，心慌，健忘，痰多，大便干燥等。”

“我好像都有哎。”

“呵呵，症状越多，反而越不用担心。”

“那怎么办？”

“第一要多运动，尤其是户外运动和群体运动，跟着赵大姐去做驴友就行了。”

“上次要带你去，你还不去，可好玩了。”赵大姐埋怨道。

“好好好，我下次一定去。”

赵二姐答应了下来，又问陈风：“那第二呢？”

“多用些理气解郁的药物或食物，比如黄花菜、海带、山楂、玫瑰花等。当然了，可以给你配成药茶，天天喝，肯定会管用的，名字我都想好了。”

“啥名字啊？”

“赵二姐开心药茶，怎么样？够响亮吧？”

赵大姐赞道：“好，这名字好。”

陈风接着建议道：“刚才是开玩笑啊！叫这名显得有点不正规，可以叫赵二姐系列药茶，按体质类型，分为补气药茶、温阳药茶、滋阴药茶、活血药茶、解郁药茶、化痰利湿药茶、清热燥湿药茶和抗过敏药茶，也可以直接叫某某体质专用，这样可能更容易让人接受。”他转头对顾晴说道：“你回去以后啊，去药店买点样品，要试验一下，选择没有明显异味的药物。”

“好的，每种体质的配方是用一味药，还是多味药？”

“两到五味吧，试验好了可以找个厂家给分装一下，再贴上标签。”

赵大姐开心地说道：“好了，大功告成了。咱们去哪儿吃饭？”

“顾晴是大功臣，说吧，你想吃啥？”陈风问顾晴。

顾晴腼腆地一笑：“都行。”

“那就楼下的火锅店吧。”赵大姐提议道。

下楼时，陈风接到了家胜老婆孙丽萍的电话：“老八，明天在医院吗？”

“在，啥指示？”

“我二姨想去找你看看，她最近睡觉不好，老出虚汗。”

“没问题啊，等她明天到了医院联系我就行。”

“我二姨可是你的忠实粉丝哦，今天她来我家看到了你的书，佩服得五体投地，说是非要找你看看不可。”

“是吗？”陈风有些窃喜。

“是，明天你们可以召开一个偶像粉丝见面恳谈会了。”

“呵呵，小型的恳谈会，记者朋友们就免了。”陈风话题一转，说道，“小成子的小说写得很不错啊！思路清晰，高潮迭起，读起来很有意思。”

“这家伙很入迷，每天早上起床就写。他今天早上告诉我，又写死了三个同学哎。”

“嗯，挺好玩，这家伙长大了肯定了不得。”

“但愿吧。”

他们又聊了几句，就挂断了电话。

涮完火锅，陈风回到家，坐在电脑跟前，开始学习李山玉老师编著的《八卦象数疗法》。他在前几天逛书店时偶尔看到这本书，觉得不错，就买了下来，但一直还没抽出时间来拜读。

李老师原本是内蒙古赤峰教育学院的校医，1983年起开始研究《易经》，她的独到之处在于把《易经》学说与中医、气功结合为一体并应用于临床，创造出了一种理想的自然疗法，叫作八卦象数疗法。

所谓八卦象数疗法，简单来说，就是患者通过默念一组按易医之理排列的八卦象数而达到治病健身目的的一种崭新的气功疗法。它是周易、中医与气功的有机结合，是以周易唯物辩证的哲学思想为指导，以八卦学说为核心，以中医的藏象理论为基础，以八卦象数为传递信息的媒介，同时又吸收了诸多现代科学研究成果的一种简单、实用而奇特的疗法。

这一疗法，是李老师在自己身上经过数百次的试验，又经过上万人次的临床验证取得的科研成果，是她十年心血和汗水凝聚而成的结晶。

李老师内心深处有一种沉重的责任感，她觉得，应该毫无保留地把自己的研究成果奉献出来，造福于炎黄子孙，造福于全人类。于是，她全身心地投入到写作之中。一盏小小的台灯，伴她度过了一百多个万籁俱寂的夜晚，终于，这本书面世了。

这本书不算太厚，有二十多万字。陈风翻看了一个小时左右，就把其中的脉络理清了。这是陈风多年来养成的超强阅读能力，能迅速抓住重点，掌握核心内容，并进一步加以应用。

八卦象数，包括八卦、象和数。八卦，即乾、兑、离、震、巽、坎、艮、坤；象，即八卦之象，与八卦相对应的八种物象，分别是天、泽、火、雷、风、水、山、地；数，即八卦之序数：1、2、3、4、5、6、7、8。

八卦的象与数密不可分，实为一体，所谓“象以定数”“数以征象”。易学认为，八卦乃宇宙结构的基本模式，八卦之象乃宇宙万事万物（包括人

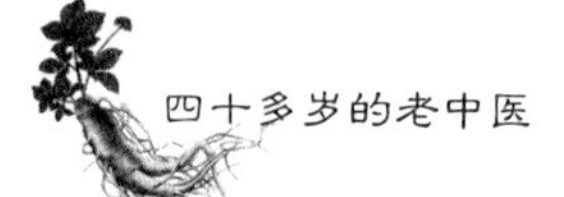

体脏腑）之征象，八卦之数乃宇宙万事万物之定数。

既然如此，能不能根据现代语声学原理，通过默念（无声言语）把八卦象数载有的丰富的宇宙信息转化为人体内具有一定能量的次声波，从而调节人体的生理病理状态，把无序变有序，使人体场与宇宙场谐调共振以达治病健身之功效呢？

李老师设想：当患者默念一组八卦象数的时候，会形成具有一定能量的信息波，这些信息波会从大脑向体内各脏腑全方位输出。当这些信息波唤醒、激活并发动起各脏腑和细胞中相应的八卦信息并汇集成具有一定能量的信息波的时候，就能同时完成两项任务：一是整体功能的调节，二是向局部“病灶”冲击，使“病灶”部位的八卦结构从无序转化为有序，使人体场与宇宙场达到同步谐调共振，从而实现天人合一，体内经络通畅、阴阳平衡、气血调和，达到了治病健身之目的。

很显然，这是李老师关于八卦象数疗法机理的假说或猜想。假说和猜想虽然可能成为科学的先导，但毕竟需要论证和实践的检验。

李老师很快从《周易》和其他古典文献中找到了相关论述：乾为头、大肠，兑为口、肺，离为目、心，震为足、肝，巽为股、胆，坎为耳、肾，艮为手、胃，坤为腹、脾。她认为，古人的经验极为宝贵，但还需进一步发展。她觉得把象数按易医之理加以组合，用默念的方式独立地运用于临床完全是有可能的。

她首先在自己身上进行实验。夜深人静，她专注地默念不同的象数配方，并一一记录下自己的体验和各种各样的生理病理反应，后来选择部分象数配方与针灸结合用于临床，再后来，把八卦象数独立地运用于临床。

自1991至1993年，她对1860名患者进行了临床观察，总有效率为90.8%，有些疾病的疗效之奇特常常使李老师本人也感到吃惊。这标志着一种简单实用、疗效奇特的八卦象数疗法已经诞生。

李老师根据临床实践，把八卦象数疗法的特点概括为“自然”“自由”“自为”和“一把钥匙开一把锁”。

“自然”是指这一疗法要求患者默念象数时，要心态自然，形态自然，不需要特殊的外部动作，不需要特殊的姿势，也不需要特殊的意念。

“自由”是指这一疗法要求患者在默念象数时可以自由地、随时随地地进行，不需要选择时间、地点、方位，茶余饭后、清晨夜晚、行走坐卧、刷牙漱口、闲聊天时都可以。

“自为”是指这一疗法只要求患者独立自为，不需要借助千百人组成的气场，不需要催眠师的暗示和诱导，不需要气功师发放外气。

“一把钥匙开一把锁”是指这一疗法讲究因人而异，因病而异，辨证施治，不是“一组象数配方打天下”，而是因人因病而制定不同的象数配方，即人不同，病不同则“数”不同，不是万人练一种功，千人念一个数，是一把钥匙开一把锁。

第十四章

“这个故事讲完了。我就在想啊，真正的职业水准，尽力而为还不行，应该要全力以赴。因为我们是医生，我们是治病救人的，稍有疏忽，都有可能造成不可挽回的损失。对于我们，可能只是一天或者几天的自责；而对患者和患者家属，可能是巨大的损失，甚至是致命的……”

关于如何以象数疗法取数，李老师总结出了五种方法：按八卦象数取数配方，按藏象理论取数配方，按君臣佐使取数配方，按经络循行取数配方，按五行生克取数配方。

象数配方分为一元结构和多元结构，如“040”为一元结构，“20·60·40”“650·370”为多元结构。

在象数配方中，必须重视0的作用，它是象数配方中不可缺少的。临床实践证明，0的基本功能是强化信息波的能量，以通经气调阴阳。一般而言，并列0的个数为偶数者偏滋阴，并列0的个数为奇数者偏温阳；0位于象数前者稍显偏阴；后者稍显偏阳。

先说第一种，按八卦象数取数配方。这种方法有它的独到之处，即按照人体的脏腑组织，生理、病理之象与有关的自然界事物的不同性质、形态、作用分别归类于八卦，也就是“取象比类”。

乾卦，象为天，数为1，属金，主首、胸部、右足、大肠，主治大肠疾病、脊椎疾病、右腿病、头部疾病和骨病。

兑卦，象为泽，数为2，属金，主口、肺、牙齿、口角、咽喉、肛门、气管、痰涎、右肋、右肩臂，主治口腔内疾病、咳嗽、痰喘、外伤、气虚、尿道口疾病、肛门疾病、低血压、皮肤病、气管病和头部伤。

离卦，象为火，数为3，属火，主眼、心脏、乳房、小肠、三焦、心包、血液，主治眼病、火伤、烫伤、心脏疾病、血液病和乳房疾病。

震卦，象为雷，数为4，属木，主足、胆脏、筋爪、左胁、左肩臂，主治肝病、筋病、爪病、妇科病、足病、胁肋痛外伤、贫血和声带突发病状。

巽卦，象为风，数为5，属木，主胆、股、肱、左肩背、气管、胸部，主治肝胆病、股骨病、肱骨病、左肩背病、伤风感冒、胫骨病、喘息、哮喘、血管病和胸部疾病。

坎卦，象为水，数为6，属水，主肾脏、膀胱、背脊、耳、腰、骨、体内液体、肛门，主治肾病、膀胱疾病、尿道疾病、血液病、耳病、肾冷水泄、出血症和腰背疾病。

艮卦，象为山，数为7，属土，主鼻、背、肩、腰、手、指关节、骨、男性生殖器、足背、乳房、左足、颧骨，主治脾胃病、鼻病、手病、腰病、肩病、脚背之病、关节病、血液循环不良、各种痘诊、肿症、凸起的炎症、肿瘤和结石症。

坤卦，象为地，数为8，属土，主脾、胃、腹部、肌肉、右肩，主治腹部疾病、肌肤病（疮）、皮肤病（湿诊）、劳累疲乏、中气虚和寒湿症。

譬如足病，一般可取象数4，在其前或后加0，或前后均可加0，因震卦对应足，卦象为4，前后加0，以通经气。

第二种是按藏象理论取数配方。如皮肤病，一般可取象数2，再加0。因2是兑卦主肺，按藏象理论“肺主皮毛”，象数2可治皮肤病。

第三种是按君臣佐使取数配方。君臣佐使，是中医组方的法度。所谓君药，即在处方中对处方的主证或主病起主要治疗作用的药物，它体现了处方的主攻方向，其药力居方中之首，是组方中不可缺少的药物。所谓臣药，是辅助君药加强治疗主病和主证的药物。所谓佐药，一是为佐助药，用于治疗次要兼证的药物；二是为佐制药，用以消除或减缓君药、臣药的毒性或烈性的药物；三是为反佐药，即根据病情需要，使用与君药药性相反而又能在治疗中起相成作用的药物。所谓使药，一是引经药，引方中诸药直达病所的药物；二是调和药，即调和诸药的作用，使其合力祛邪，如牛膝、甘草就经常作为使药入方。

象数配方也是如此。如阴虚阳亢引起的头晕，头痛，心烦少眠，可配方为640·30·80。方中6为君，为坎卦，滋肾阴，4为臣，为震卦，以补肝阴，640滋阴潜阳；3为佐，为离卦，主心，30除烦安神；8为使，为坤卦，80可健脾、升清降浊。

第四种是按经络循行取数配方，即按照人体经络循行而取数配方。如鼻病，可配方为07。7为艮卦，主胃，属阳明胃经，足阳明胃经夹鼻上行，

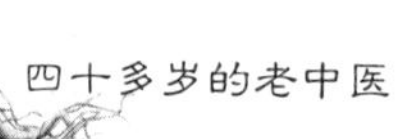

故循经取数，配方为7。

第五种是按五行生克取数配方。当人体脏腑组织处于正常生理状态下，其五行生克有序，即生中有克，克中有生，寓阴阳平衡于生克之中。对病变之脏腑而言，由于五行之气的某一行处于太过或不及，可贯以“母子补泻法”，损其有余，补其不足。

所谓“母子补泻法”，即“母生我为补”“我生子为泻”，当“我”介于虚、实之间时，可“平补平泻”，以振奋本脏腑的气机。

如肺气虚，一般可配方为720。方中7为艮土（母），2为兑金（我）。此方为艮土母生兑金子，即母生我，以补我之气虚。

若肺实，一般可配方为260或2600（如湿邪盛取奇数0，反之取偶数0）。方中2为兑金（我），6为坎水（子），故此方为我生坎水6，以泻我之实。

如肺（我）处于虚实难辨之时，即取本脏之象数2，以平补平泻，以振本脏，即取方为20。

取数配方时，在多数情况下，各象数之间应保持五行相生关系。但在多元结构的配方中，相邻两个单元之间有时也可以出现相克关系，如治疗胃中实邪，可用40·70，方中4为震卦，属木，7为艮卦，属土，则是木克土。在取数配方中，一个单元内绝不能有相克关系的出现。

上述的几种象数配方的方法，可根据不同病情酌情选用。但在八卦象数配方时候，绝不可对八卦之象作机械的理解，应对“取象比类”灵活掌握。

象数配方完成之后，告知患者默念即可。都有哪些注意事项呢？书中介绍得十分清楚。

默念象数配方时要连续直念，不作一般的数字按千百十为单位来念，如“640”不念作六百四十，而直接念为六四零。多元结构的配方，各元之间以“·”分开，只表示两元之间的停顿，不用念，大约停顿半秒到一秒时间。默念象数配方一般要保持中速，不能过快过慢。一个配方按以上方法从头到尾念，周而复始。

默念象数配方不拘时间，早晚各集中一段时间默念效果最好。每天默念累计的时间越长见效越快，一般人每天默念累计的时间不应少于两个小时以上。症状明显的患者，应安排一定时间集中默念。

默念象数配方不拘时间、地点、方位、姿势，行、住、坐、卧均可。默念时只专心于象数配方，不用其他意念，更不要意想患处。

默念象数配方后有头清目明精神爽的感觉，或病状缓解的感觉是有效的表现。人身体的某部位有酸、麻、胀、热、跳动及关节部位发出响声等情况，亦属于正常效应，不必惊慌。

极个别的人默念象数配方时若有心脏、头部、胃部有严重不适的反应，要停止默念，停止后不适感会自然消失。对出现这种情况的患者，可以重新调整配方，直至无不适感为止。

如默念象数配方时病状好转，但停止默念时则病状反复，说明效力不足，应继续默念，待效力增强后就不会有反复。

象数配方为患者个人专有信息，病愈之前不宜向外人宣扬。若固定某一配方为常年健身所需，更应保持信息的专一拥有。默念象数配方要解决观念、诚信、诚心、静心的问题。观念是首要，诚信是关键，诚心是态度，静心是密法。

……

陈风心想，明天可以给孙丽萍的二姨试试这神奇的八卦象数疗法。

正林药业的庞经理和小武一大早就来到了陈风的办公室，送来了获奖证书和奖金。庞经理笑道："陈主任，祝贺您啊！"

"哪里哪里，是你们抬爱了！"陈风谦虚道。

"陈主任，有件事儿想麻烦您。"

"请讲。"

"我们的通心胶囊，你也熟悉吧？"

"很熟悉啊，在临床上也用挺多的，怎么了？"

"多是多，但领导要求我们还要继续打开销路，您点子多，给我们想想办法呗。"

陈风马上就有了点子。他说道："可以从'治未病'的角度探讨它的应用范围。"

"哦？"庞经理的眼睛一下子亮了起来，"您接着说。"

"咱先说说通心胶囊。通心胶囊是根据络病理论研制而成的中药复方制剂，主要成分有人参、水蛭、全蝎、檀香、降香等，从药物的功效来看，以活血化瘀为主，还有补气和理气的药物。"

"是啊，方中重用了补气、活血、理气药物，使得瘀去络通、气旺血行，活血而不伤正，补气而不壅滞，合而用之，共奏益气活血、通络止痛之效。"庞经理接道。

"背得很熟啊！你也是学医的吗？"

"不是，我们几乎天天培训这些内容。"

"咱接着说，再说'治未病'。中医学历来注重预防，早在《内经》中就提出了'治未病'的预防思想，后来又经过两千多年历代医家不断地充实和完善，已逐步形成了具有深刻内涵的理论体系。简单来说，‘治未病’就是预先采取措施，防止疾病的发生、发展和传变，包括四个方面：未病先防、欲病救萌、既病防变和瘥后防复。目前这个药吧，从欲病救萌和既病防变两个层面已经研究得很多了，未病先防和瘥后防复两个层面还是空白点。”

“哦，太深刻了！”庞经理一副茅塞顿开的样子。

“先说未病先防，这就需要体质辨识了，咱有现成的辨识软件，这个不用担心。那么通心胶囊适合哪些体质类型呢？三种，血瘀质肯定是首当其冲的，再就是血瘀质和气虚质的兼夹体质，还有血瘀质和气郁质的兼夹体质。可以围绕这个题材，多做一些宣传，多搞一些科研，如果能发表几篇 SCI 收录的文章，那就再好不过了。整个人群当中，前面咱提到的三种体质的比例应该很大，因此，市场也应该很大。”

“太好了！陈主任，您真是太有才了！”

“忽悠我是吧？”

“哪敢？真的！您接着说。”

“再说瘥后防复。我看过一篇报道，说是心脑血管疾病已成为人类死亡病因的头号杀手，也是人们健康的‘无声凶手’！全世界每年死于心脑血管疾病的人数高达 1500 万人，居各种死因首位。目前，我国心脑血管疾病患者已经超过 2.7 亿人，每年死于心脑血管疾病的人数近 300 万人，占我国每年总死亡病因的 51%，而幸存下来的患者当中，75% 不同程度丧失劳动能力，其中 40% 重残。这些数字很可怕，预防复发的工作，也就是‘瘥后防复’，做得还远远不够。这种情况下，通心胶囊就要发挥优势了。还是那句话，多做宣传，多搞科研。”

“陈主任，我明白了，抽时间您去给我们讲讲吧。”

“行，我先把幻灯片准备出来。”

陈风刚把他们送走，卢娜娘仨又来了。

卢娜嚷道：“陈哥，厉害！我妈好多了。”

陈风问老太太：“阿姨，说一下具体情况吧。”

“刚吃药的前两天还烧，后来就不烧了。”

“最高多少度？”

“38℃多一点。”

“现在还有什么不舒服的吗？”

“怕冷的情况减轻了，还是没劲，睡觉不大行，有时候咳嗽。”

“咳嗽的时候有没有痰？”

“没有。”

陈风接下来为她检查，双下肢稍浮肿，舌象、脉象变化不大，就在原方基础上加了桔梗、珍珠母和郁金，继服7剂，同时合服右归胶囊。

右归胶囊由右归丸演变而来。右归丸出自《景岳全书》，是一首具有温补肾阳、填精养血的常用方。肾包括阴、阳两方面，阴即肾水，阳即命门火，故肾又有“水火之脏”之称。又因左肾主水、右肾主命门火，右归丸功能“益火之源，以培右肾之元阳”，故以“右归”为方名。方中包括炮附子、肉桂、熟地、山药、山茱萸药物，用于肾阳不足、命门火衰、精神不振、怯寒畏冷、阳痿遗精、大便溏薄、尿频而清等。陈风加用这药的目的，是为了停服汤药后，能够方便老太太长期服用，因为阳虚体质的调理并非一朝一夕之功。

这时文玲进来了，陈风就对她讲道：“这位阿姨是阳虚发热的典型例子，抽时间你可以和艳茹好好讨论一下。阳虚发热在临床上虽不多见，但其发病机制及治疗方法已得到公认，其病机多被认为是寒证日久、阳气虚衰、阴火内生、阳气外浮而发热；或者是中气不足、气虚日久、病损及阳、脾肾阳气亏虚、虚阳外浮，而致阳虚发热。这位阿姨属于后面一种情况。因此，在治疗时，除了肉桂、附子等温阳药外，还需加入补气药，补中益气汤为其首选方药，是中医甘温除大热的代表方剂。还能记住补中益气汤的药物组成和方解吗？”

文玲窃笑道：“老师，前些日子，您刚考过我们啊！”

陈风仔细回忆了一下，好像是有这么一回事儿，就笑道：“没关系，那就再复习一遍吧！”

“补中益气汤出自金元名医李东垣的《脾胃论》中。方中黄芪补中益气、升阳固表为君；人参、白术、甘草甘温益气，补益脾胃为臣；陈皮调理气机，当归补血和营，为佐；升麻、柴胡协同参、芪升举清阳，为使。综合全方，一则补气健脾，使后天生化有源，脾胃气虚诸证自可痊愈；一则升提中气，恢复中焦升降之功能，使下脱、下垂之证自复其位。这首方子的歌诀是‘补中益气芪术陈，升柴参草当归身；升阳举陷功独擅，气虚发热亦堪珍’。还有一个更简单的记法，就是‘麻人赶猪，虎皮当旗’。其中‘麻’是升麻，‘人’是人参，‘赶’是甘草，‘猪’是白术，‘虎’是柴胡，‘皮’是陈皮，‘当’是当归，‘旗’是黄芪。”

“这都是网上的吧？”

“嗯，是。”

“我这里还有一个，绝对原创，‘黄人陈术，归柴草升’，意思就是说，皇帝是人，而大臣是猪，只能跪在柴草上生活过日子。”

文玲笑着奉承道：“还是老师厉害，我记住了。”

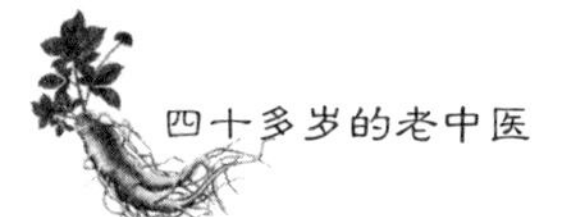

“在治疗阳虚发热时，除了用补气温阳药，要加入一些理气药，如半夏、陈皮之类。因为补气药性多壅滞，易致中满，而理气药可疏通气机，使补而不滞。还要加入健脾助运、调气和胃的药，以改善脾胃的运化功能，因为脾胃为后天之本，气血生化之源。脾胃健运，则气血生化有源，气血旺盛，阳气以复。另外呢，加入滋阴药也是必需的，意义有二个：一方面补阳之药多辛燥，易伤肾阴，佐以滋阴药，可制约温阳药的辛燥之性，使阴阳协调；另一方面，‘善补阳者，必于阴中求阳，则阳得阴助而生化无穷’，在一定条件下，阴阳是相互转化的，温阳药中加入滋阴药，可使阴阳相济。”

文玲认真地记录了下来。

陈风又招呼卢娟过来，开始为她检查。随后，陈风说道：“你的气色看起来好一些了，自己感觉怎么样啊？”

“还行。”

“准备来省城吗？”

“我姐正帮我联系工作呢，可能下周就能过来。”

“很好啊！换换环境，你这病很快就能好起来的。”陈风在原方基础上加了小剂量的制附子、羌活和独活。

文玲问：“老师，为什么加这三味药，并且只用六克？”

“哦，用制附子是为了振奋阳气，用羌活、独活是为了宣发阳气。为什么小剂量呢？是因为病人并非阳气亏虚，而是阳气郁滞。余浩应用羌活、独活出神入化，在《任之堂跟诊日记3》里有专门记载，认为羌活、独活这组风药，能把身体的清阳之气往上宣发，达到升阳而祛湿的效果，又因为它们是风药中的佼佼者，两者一配合，能除周身上下多余的风湿。”

陈风又把通心胶囊的事情跟文玲讲了讲，让她尽快将幻灯片做出来，并且同时写篇论文。

孙丽萍的二姨来了，陈风也亲热地喊她二姨：“二姨，你好啊！”

“看了你的书，我感觉我的失眠有希望治好了。”

“嗯，应该没问题，我先给你把把脉吧。”

“好啊！”二姨将左手递了过来。

陈风为她号完脉，又查了眼颤征、舌象和手纹，说道：“二姨，你不光是失眠和出汗的问题，还有颈椎、腰椎不好，头晕、头痛，耳鸣，心烦，嗝气，而且嗓子也不好，有痰。”

“嗯，都有，我就说嘛，找你找对了。”

陈风以宁心止汗方加减为她开了处方，又道：“我这边最近学了一种新方法，叫八卦象数疗法，过会儿给你配组数字，回去以后啊，每天晚上睡前，默念二十分钟，一定要坚持。”

“太好了，你快弄吧。”

陈风回到电脑前，从电子版《八卦象数疗法》里查出来几个相似病例，认真研究了起来。

很快，陈风确定了640·30·70这组数字，写在他的一张名片上，递给二姨：“好了，回去好好念吧，默念啊！”

二姨高高兴兴地离开了。

陈风是这样考虑的：二姨的情况主要是阴虚火旺，又兼有胃气上逆，所以治则应该是滋阴清火，和胃降逆。方中6为坎水，主肾，可滋补肾阴，4为震木，可滋补肝阴，640水生木，属母子关系，可加强滋阴潜阳的作用；3为离卦，主心，30清心火、安神志；7为艮土，主胃，70和胃降逆。

陈风继续研究了下去，感觉越研究越有兴趣。

QQ头像闪了起来，打断了他的思路。他点开一看，是张迪。她正在攻读博士，当年硕士阶段转科的时候跟着陈风。陈风已经好长时间没见过她，也不知道这丫头现在怎么样了。

“陈老师在吗？”

“在。”

“最近可好吗？忙不忙？”

“还那样，变化不大。你呢？”

“凑合着过吧。”

“呵呵。”

“陈老师，我有一事请教，可否？”

“请讲。”

“怎么可以快速写出文章？”

“编呗。”

“请传授怎么编而且编得像真的，我急用啊！急着交啊！陈老师，我都失眠一周了。”她发来一条流泪的表情。

“最好别编，别欺骗良心。”

“啥啊？你肯定也编过，要不然咋这么多产？告诉我呗。”

“我还真没编过，主要是平时积累多，其实在临床过程中就能产生很多思路，积累很多素材。我给你发篇文章吧，顾晴写的，题目是《眼颤征在失眠患者中的诊断价值探讨》。她选择了二百例失眠患者作为试验组，二百例睡眠正常患者作为对照组，分别进行眼颤征观察，记录其眼颤征的

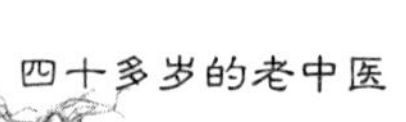

阳性数、阴性数及假阳性数、假阴性数，并进行相关了统计分析。你看，这难吗？”陈风找出那篇文章，给她发了过去。

“谢谢陈老师，刚才我看过了，确实不难，关键在于思路。”

“是啊！趁年轻，就要踏踏实实地做点事情，投机取巧是行不通的。”

“谢谢陈老师教诲。等我有时间，过去跟您上门诊吧！”

“好的，欢迎！”

“真心佩服您啊！写文章好多啊！真是应该当作家！”

“正好最近出了本书，见面时送你一本。”

“啊？是吗？”她又发来一条惊讶的表情。

“是啊！”

“书名是啥？”

“《一位医学博士后的从医带教之路》。”

“网上发行了吗？”

“发行了，当当网和亚马逊都有。”

“我百度到了，膜拜！继续！励志书！”她把书的封面截图发了过来。

“关键在于勤奋和坚持，你会更棒的！”

“啥时候上班？我去找你吧！我现在正迷茫呢！”

“下周吧。”

“我觉得您真不容易，都不知道您怎么坚持下来的。”

“还行吧，没觉得多难。”

“我看了书评，好几条，还都是好评呢！”

陈风也上网看了看，确实有几条好评。其中有一条，还总结得比较全面：“这本书写得很有意思，在讲平时经历和所见所闻的同时提到很多知识。临床方面，有心痞证、心汗证这些新概念，还提供了利用计算机挖掘名老中医经验的方法，膏方写得也不错，作者笔风幽默，读来不枯燥。读完学到很多东西，值得购买。”陈风一乐，这可能是自己学生写的。陈风回复道：“我也看过了，很惭愧！还得继续努力啊！”

“祝福陈老师！”

“谢了！也祝福你！”

又到研究生沙龙的时间了，这次是毕水主动先讲。

陈风笑道：“好啊！你已经很长时间没给我们提供学习的机会了。”

“主要太忙了，抱歉啊！”他歉疚地笑了笑，随后跟大家分享了一个典型病例。

患者吴某某，男，73岁，因“左肢活动不灵10年，左上肢麻木1月，加重2天”收入神经内科，入院时间是中午12点45分。患者10年前患“脑梗死”，遗留左侧肢体活动不灵，左手不能抓握物体，不能自行站立，生活不能自理。1月前无明显诱因出现左上肢麻木不适，无疼痛，无放射，夜间及心烦时自觉麻木症状加重，肢体活动同前，无其他异常，自服“脑心通”效果差，2天前出现麻木加重，夜间不能入眠，门诊就诊，以“脑梗死”收入院。既往高血压病病史10年，血压最高140/100 mmHg，服用CCB类降压药，血压控制不详；糖尿病病史3年，服用二甲双胍、糖适平治疗，血糖控制可。查体：P 89次/分，BP 90/60 mmHg，被动体位，皮肤、头颅、耳鼻口、颈部检查无异常。胸部检查、心肺听诊无异常。腹部、脊柱检查无异常，双下肢无异常。辅助检查：颅脑CT示多发脑梗死。入院诊断，中医：中风，中经络（痰瘀阻络）；西医：脑梗死，高血压病1级，2型糖尿病。15点30分时，患者出现严重憋喘，呼吸急促，并出现烦躁、腹胀。心电监测示：心率102~120次/分，血氧饱和度96%以上，呼吸30次/分，血压102/65 mmHg，心脏听诊无明显异常，双肺底可闻及少量湿性啰音，腹部胀气，双下肢轻度水肿，急请心内科、呼吸内科会诊。

“当时我值班，过去看了患者，考虑血压偏低、心率快与心衰相关，建议急查心电图、心梗五项、血生化、肾功能，同时建议给予0.9%生理盐水+西地兰0.2 mg+速尿10 mg静推。呼吸内科的会诊意见是建议排除感染，建议急查血常规、血生化、肾功能。20点整的时候，患者转入心内科，呈叹息样呼吸，口唇紫绀，大动脉搏动消失，血压测不到，心音听不清，双侧瞳孔对光反射消失，立即予以胸外心脏按压，可拉明、洛贝林静推，并气管插管、呼吸机辅助呼吸，给予肾上腺静推、小苏打静滴、多巴胺持续泵入、葡萄糖注射液+胰岛素注射液静滴，抢救一小时后无自主心律、无呼吸，宣布临床死亡。”

他最后总结道：“这是我第一次独立值班，这也是我独立去会诊、独立抢救的第一个患者，事后反思很自责，一是误诊，一是误治。因为那天是星期六，没有哪个老师可以当面请教。当时去会诊的时候，我只看到了心电图上显示的窦速和完右，忽略了I和avL导联上的Q波以及II、III和avL导联上的ST段抬高，因此，就忽略了心梗的诊断，患者当时呈憋喘貌，心率快，血压低、脉压差小，末端发凉，下肢轻度浮肿，肺底少量湿性啰音，正确的诊断应该是心梗引起的心源性休克，正确的处理措施应该是镇痛、纠正低氧血症、补充血容量、予以血管活性药物等，而我，却是按照心衰处理。现在想来，很惭愧，学艺不精啊！”

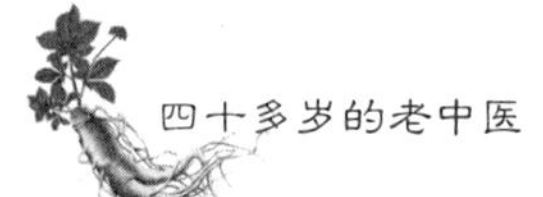

陈风接道："疾病的发展需要一个过程，经验的积累同样需要一个过程。你刚刚独立值班，经验相对欠缺是很正常的，你能处理到这种程度，并且能够深刻地反省自己，这已经很不错了，是大家学习的榜样。不过话反过来讲，大家也应该引以为戒啊！咱接着讨论另一个话题，这算不算是医疗事故呢？"

这帮小徒弟们面面相觑，私底下讨论了起来。

陈风又道："先看医疗事故的概念，医疗事故是指医疗机构及其医务人员在医疗活动中，违反医疗卫生管理法律、行政法规、部门规章和诊疗护理规范、常规，过失造成患者人身损害的事故。确定是否为医疗事故，目前需要医疗事故鉴定委员会鉴定才能认定。再看医疗事故的等级，根据对患者人身造成的损害程度，医疗事故分为四级：一级是指造成患者死亡、重度残疾的；二级是指造成患者中度残疾、器官组织损伤而致严重功能障碍的；三级是指造成患者轻度残疾、器官组织损伤而致一般功能障碍的；四级是指造成患者明显人身损害等其他后果的。其中呢，一级又分为甲、乙两个等级，二级又分为甲、乙、丙、丁四个等级，三级又分为甲、乙、丙、丁、戊五个等级。如果这个病例属于医疗事故的话，属于一级甲等是确切无疑的，那到底是不是呢？这就需要看构成要件了，五个方面：一是医疗事故的主体是否为合法的医疗机构及其医务人员；二是医疗机构及其医务人员是否违反了医疗卫生管理法律、法规和诊疗护理规范、常规；三是医疗事故的直接行为人在诊疗护理中是否存在主观过失；四是患者是否存在人身损害后果；五是医疗行为与损害后果之间是否存在因果关系。我们不是律师，这个病例到底是不是医疗事故说不准，但足以让我们警醒。好在在整个过程中，入院及时、检查及时、会诊及时、治疗及时、转科及时、抢救及时，再加上医生认真、仔细、态度好，患者家属没有提出异议。患者走了，事情就这么过去了，但我们不能因此而侥幸，应该以这个病例为反面教材，苦练内功，不断提高自己的职业水准。前些日子，我从网上看到一个故事，对我启发很大。

"说是一个夏日的午后，一个台湾人从圆山附近的一家餐厅出来，招手叫了一辆出租车，但因临时想起一件事来，他又与同伴说了几句话才上车。本以为司机会生气，甚至会有所怨言，没想到司机仍用一张笑脸欢迎他。

"上车后，他告诉司机去松山机场。他在外贸协会的生产力中心工作，与朋友吃完饭后想回自己的公司。生产力中心坐落在松山机场附近的外贸协会二馆，因楼不是太大，也不是很显眼，知道的人不多，所以他每次都说是去机场，免得费力解释半天。

“但这次，他刚说完，司机就紧接着问了：‘你是不是要去外贸协会二馆啊？’他非常吃惊，按常规，通常告诉说去机场，一般司机就会不再作声，而一些热心肠或话多的司机要再问也最多会说你是要去哪里呀，还从来没有人这么具体而准确地说出他真正要去的地方。所以他非常吃惊，也非常好奇，便细问司机是怎么知道的。司机就说了：‘第一，你最后上车跟朋友只是一般性的道别，一点都没有远行的感觉；第二，你没有任何行李，连仅供一天使用的小行李都没有，而你这个时间才去机场，就算搭乘最晚班机，也没有当天就赶回来的可能，所以你真正去的地方不会是机场；第三，你手里拿的是一本普通杂志，并且被你随意卷折过，一看就不是重要的公文之类的东西，而是供你自己消磨时间用的，一个把英语杂志作为普通阅读物的人既然不是去机场就一定是去外贸协会啦，机场附近就只有外贸协会一家单位的人才会这样读英语的嘛。’司机边说边从后车镜里望着他笑。

“他非常吃惊司机怎么会在这短短的瞬间捕捉到这么多东西，又怎么会如此自信，一路聊开来，发现这位司机还真有如此自信的本钱。

“这位出租车司机平均每个月比其他出租车司机多赚几万元台币。他每天的行车路线都是根据季节、天气、星期详细计划好的。周一至周五，早晨，他会先到某某路附近，那里是中上等的住宅区，搭出租车上班的人相对比较多。到9点钟左右，他又会跑各大饭店，这个时间，大约刚吃完早餐，出差的人要出去办事了，游玩的人也要出去玩了，而这些人均来自外地，对环境一片陌生，所以出租车是最多也是最好的选择。中午又分成两部分，午饭前，他跑公司云集的大写字楼，这个时间，会有不少人外出吃饭，又因中午休息时间较短，这些人中大多数会为了快捷方便而选择搭出租车；午饭后，他跑餐厅较集中的街区，因为吃完饭的人又赶着返回公司上班。到了下午3点左右，他则选择银行附近，有许多取钱的人带了比平时多的钱也大多不会去挤公车而会选择较安全的出租车，所以载客的比例也相对会较高。而到了下午5点钟，市区开始塞车了，他便去机场、火车站或郊区。到了晚饭后，他又会去生意兴隆的大酒楼，接送那些吃饭的人，之后自己稍事休息一下，再去休闲娱乐场所门口。

“司机讲完自己的做法后不无得意地问他：‘怎么样，我够职业水准吧？’

“事后，他一直忘不了这位出租汽车司机，尤其是出租车司机最后说的那四个字——职业水准。他开始尝试分析，职业水准应该是80%的精湛技艺，15%的特立独行的认知与坚持，以及5%的灵光闪烁。虽然所占比重不同，但缺一不可。如果没有对一份工作的尊重与投入，就不可能掌握做好它所需的技能，没有必备的技能就谈不上特立独行的认知，没有特立独行的认知，就不会灵光闪烁。真正的职业水准，不仅要可行，而且要尽力而行，并产生最大的效益与回报。

“这个故事讲完了。我就在想啊，真正的职业水准，尽力而为还不行，应该要全力以赴。因为我们是医生，我们是治病救人的，稍有疏忽，就有可能造成不可挽回的损失。对于我们来说，可能只是一天或者几天的自责；而对患者和患者家属，则可能是巨大的损失，甚至是致命的伤害。孙思邈有两部著作，分别叫《千金要方》和《千金翼方》，为什么都冠以‘千金’呢，因为他认为‘人命至重，有贵千金’。好了，我不多说了，下一个。”

下一个是文玲。在她复制幻灯片的时候，毕水走到陈风跟前，说道：“老师，病房里还有事，我先走了？”

“好的，你去吧。”

毕水又问：“后天去潍坊的票，该订了吧？”

“只订去的票就行，严总在那边，大后天我们一块开车回来。”

“哦，好的。”毕水转身去了病房。

这次沙龙的时间特别长，一直持续到6点多。陈风回到办公室里，QQ头像在闪，是彭冲的，有N多条。

“老师，这些日子一直在拜读您的书，我发现77页，有一个错别字。在中间，‘喝了18服’，是不是应该是‘喝了18付’？”

“对于这本书，学生再提点拙见，里面的方解感觉有点少，尤其是二诊、三诊时对药方进行加减，是不是简单提一下理由，会更好些？”

“在书的187页，最后一句，为什么还要加一句‘心里也有一份自责？’不解……”

“另外，在186页的方子中用了石膏30 g，这里用石膏妥当么？”

“您在书中多次提到了我。即使已经毕业了，您那种锐意进取的理念还一直在激励着我们，而且您一直在用永不懈怠的行动，给我们做着表率。用您的话讲‘火车跑得快，全靠车头带’啊，所以很庆幸当初能找到您这么优秀的导师。”

陈风想回复他，但他已经下线了，于是发了一段留言：“一只龟的四个哲学思考，永远脚踏实地而不虚张声势，一群人中最安静的那个往往是最有实力的；永远耐住寂寞而不头脑发热，因为折腾是检验人才的标准；永远稳步前行而不急功近利，因为思路决定出路，心态决定状态；永远低调从容而不着急上火，先有千年的王八才有万年的龟，积累很重要！祝福你！”

第十五章

陈风进一步解释道："可能这么说有点抽象，打个比方吧，咱们医药工作者可以实行患者路线：一切为了患者，一切依靠患者，从患者中来，到患者中去，把医生正确的治疗、康复或养生方案落实到患者身上，并争取取得显著成效。这就比较好理解了吧？"

周六一大早，陈风和毕水坐上了前往潍坊的动车。

陈风问："前天，我的话是不是说重了？"

"没有没有，老师说得对。我以前没意识到这事儿的严重性，前天听您讲了以后，不光自责，还特别后怕。"

"好在家属没闹腾，要不就麻烦了。"

"我当时去会诊的时候，诊断为心衰，特意嘱咐他女儿，别让患者下床，没想到患者执意要去走廊里上厕所，他女儿劝不住，回来后病情就加重了，他女儿很后悔。"

"是啊！现在医患关系这么紧张，一定要态度好，注意沟通技巧。我们天天在临床上这么忙，管这么多病人，想一点差错不出，那是不可能的。如果对病人不上心，对病人或家属提出的问题，哪怕是很小的问题，不及时解决，不妥善解决，他们从服务质量上挑点毛病，太容易了。假如出了问题，再从病历上找点毛病，也不难。"

"是，现在书写病历为了图省事，好多都是复制粘贴的，尤其体格检查那一部分，有些入院什么样，出院还什么样。"

"这些一定得注意。还有就是，对于化验检查中出现的异常，一定要处理，包括咱们科的处理意见和其他科室的会诊意见，一定要在病程记录中有体现。另外呢，对于某些医嘱，如果病人拒绝，也要记录清楚。"

"干咱医生这一行，还真是不容易啊！"

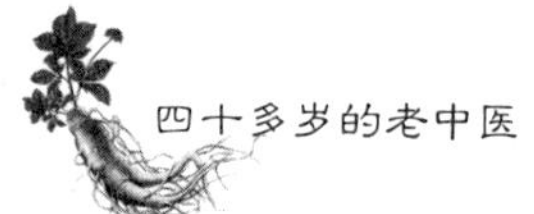

“如履薄冰，战战兢兢。一脚在医院，一脚在法院。更有甚者，形容医生是徘徊在地狱门口的那一类人。”

“真有那么夸张吗？”

“有啊！就在咱们身边啊！”

“老师，您是说人民医院的那件事儿吧？”

“是啊！好像是在三四年前吧，有个40多岁的男子先是头一天杀了一位医生，第二天又捅伤了一位护士，多惨啊！后来了解到，这个人的父亲13年前因为患肝癌曾在人民医院就诊，不久就去世了。这个人呢，就把他父亲去世的原因归结于医院，长期怀恨在心，据说这个人离了婚，并且在不久前他本人也查出了癌症，于是采取了极端手段，造成一死一伤。”

“确实太惨了！也太可怕了！”毕水从网上查到了当时的报道，“6月10日7时20分许，周某携带匕首至人民医院肿瘤中心附近，7时40分许，周某见该院肿瘤中心副主任医师赵某某进入一楼放射科办公室内，遂尾随进入该房间，先用拳头将其打倒在地，并掏出匕首向赵某某胸腹部连捅数刀后逃离现场。经法医鉴定，受害人赵某某因遭受外来暴力锐器捅刺、切割，致胸腹多脏器破裂失血性休克死亡。次日上午7时许，犯罪嫌疑人周某再次携带匕首来到该院肿瘤中心附近，看到该院肿瘤中心护师刘某某途经该处时，趁其不备对准其头部、胸腹部连捅数刀，后被闻讯赶来的民警及群众当场抓获。”

“不过，咱们干内科的，还稍好一些。干外科风险更大。”

“老师，有什么经验吗？”

“不能说是经验，算是体会吧。沟通很重要，包括病人，也包括家属，甚至护工，尤其在第一次查房的时候，别怕麻烦，别怕啰唆，要有足够的耐心，查房时间长一点没关系，一定要跟他们解释清楚。都需要解释哪些内容呢？包括病情诊断、化验检查的结果和意义、治疗方案、注意事项等，特别要解释预后，可能会出现哪几种结局。一般来说吧，有经验的医生是往最坏处说，往最好处治，治好了就是水平高嘛！”

“哈哈，有道理。”

陈风微微一笑，转了话题:“临床是一个方面，科研的事儿也得抓抓紧了，不能懈怠。”

毕水搓着手，尴尬地笑笑：“主要是临床上太忙了，回家就想睡觉，总也安不下心来。”

“人吧，得学会弹钢琴，得把各个音符、音调高低把握好了，才能弹得好听。如果忽略了科研，没有成果，将来晋级怎么办？不光晋级需要成果，申报省里的突出贡献专家、部里的突出贡献专家、泰山学者、国务院特殊津贴，都需要成果，谁管你每天看多少病人，抢救多少病人啊？我们都在体制内，有一套现成的条条框框，这就是指挥棒，必须按这个走，否则你就寸步难行。”

“老师的成果就挺多的。”

“我只是多，但不精，没有高档次的课题，也没有高质量的论文。”

“您已经很厉害了，我能到您一半就知足了。”

“哪里啊？将来你们这一伙肯定都比我强，我走的弯路太多了！其实我也是这几年才意识到科研的重要性，在这方面多下了一些功夫。当年我在人民医院做博士后的时候，心内科有两位专家，临床都很好，一位是搞冠脉支架的，一位是搞起搏器的，在省内甚至国内都很有名气，但因为科研上不去，都没评上教授，也当不了博导，挺可惜的。”

“他们两位经常来咱们医院做手术，是吧？”

“是，就是他们，手术相当棒。单条腿走路，很难走稳，也很难走快，所以一个人得学会两条腿走路，甚至多条腿走路。我跟彭冲他们不止一次地说过，一个医院也好，一个科室也罢，往往都不缺少能看病、能值班的医生，但缺少能写标书、能出成果的医生。如果他们成果多，将来在县医院干腻歪了，完全有可能聘过来嘛。最近几年，咱们医院就从下面医院聘来了很多专家。”

“我以后多努力，老师您放心。”

陈风喝口水，用关爱的目光看着毕水，又道：“其实写篇文章真的不难，关键在于思路。比如说吧，在路上考虑好题目，回家以后坐在电脑前，可以先把摘要写出来，第二天再写前言，每天写上这么二三百字，十来天不就能写出一篇文章来吗？咱们干中医的，或者干中西医结合的，写篇文章要比西医容易，尤其是写篇经验研究的或是理论研究的，没多难！问题就在于，一定要有积累的意识，每天积累一点点，就每天进步一点点。一年下来，就会积累很多东西了。要是几年下来、几十年下来，积累的东西不就更多了吗？”

两个人一路上相谈甚欢，很快就到了潍坊车站。

严总正在出站口等着他们，说道：“你们终于来了，我是翘首以待、望眼欲穿啊！”

陈风笑道：“把我们俩想象成超级大美女了吧？”

“超级大帅哥，超级有魅力，潍坊市900多万父老乡亲正恭候你们大驾光临呢！”严总继续忽悠道。

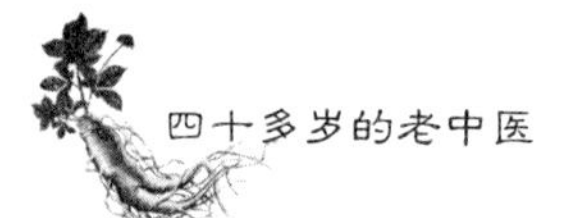

陈风的反忽悠能力也是颇强的，笑道：“不敢当，不敢当，有你严总一个人出面迎接，就已经相当荣幸了！”

“呵呵，请上车。”严总招呼着，他们一起上了车，朝市里奔去。

师承基地还是开业时的老样子，有拱门，有条幅，有彩旗，还有很多宣传人员和宣传材料，热闹非凡。

陈风上到四楼，大会议室里坐满了听众，交头接耳声不断，都在等候开场。

拷贝完幻灯片，全屏播放，陈风这才淡定地说道：“今天是消费者权益日，如果我讲得不好，大家可以投诉我。”

下面传来一阵哄笑声。

“今天我们共同探讨的题目是《手诊与养生》，内容分为两部分：一是手诊与常见疾病，包括冠心病、高血压、高血脂、糖尿病、胃炎等；二是常用的养生方法，包括情志养生、运动养生、饮食养生、体质养生、膏方养生等。我们先看第一部分，如何通过手纹诊断一些常见的疾病。请大家伸出左手，这是生命线……这是智慧线……这是感情线……如何诊断冠心病呢？有以下几条标准：智慧线劳宫穴处有“十”字纹；智慧线尾端有“米”字纹；生命线线尾端出现“米” 字纹；生命线尾端被深长的干扰线切过；各脂肪丘隆起；手型方正，手指短粗，指端粗大，呈鼓槌状或壁虎指……”

陈风的讲座很成功。他刚讲完，就有好多听众围了上来。他招呼道：“走吧，咱们去一楼诊室。”

在一楼诊室外面，这些听众们自觉排起了长队。毕水在门口帮着写写病历，还有一个穿着白大褂的小姑娘在旁边帮着抄方，陈风则是一边看手纹，一边讲解，不时还要号脉、开方，忙得不亦乐乎。

他们一直忙活到十二点半，才结束了上午的门诊。陈风了解到，那个小姑娘名叫林晓，是中医药高等专科学校的学生，学中西医结合的，将于今年夏天毕业，被师承基地提前招聘了过来。

下午病人不是很多，毕水请了假，走亲戚去了。

林晓问道：“陈老师，能给我看看手纹吗？”

“没问题啊！做到这边来吧。”陈风指了指他右手边上的凳子。

林晓有些羞涩地坐了过来，陈风开始为她检查，而后说道：“你胃火偏大，大便偏干，颈椎也不好，经常有头晕的情况。”

林晓点头：“要不要吃点中药？”

陈风一想她还是个学生，没多少钱，就道：“不用吃中药了吧，给你压压耳豆算了。再就是，你平常活动量不大，得需要多锻炼。”

“行，我去拿耳豆和镊子，您稍等。”

趁林晓出去的功夫，陈风打开手机里的图片收藏，把耳穴图片调了出来。因为他平时很少压耳豆，所以对穴位不是太熟。

压耳豆，又称埋耳豆、贴耳豆，是一种与针灸、推拿类似的中医常见的治疗疾病的方法。耳豆，指的是中药王不留行籽，像小米粒一样的灰黑色小圆球。压耳豆，就是用医用胶布膏药黏着一个王不留行籽贴在耳郭相应的穴位上。

人体的耳郭可以看作是全身各部位的缩影，其穴位的分布规律相当于一个倒立的胎儿，人体各脏腑、组织、器官按此规律分布于耳郭相应的位置上。因此，人体各脏腑、组织、器官的病变均可在其相应的耳穴上表现出异常反应，包括色泽改变、结节、隆起异常疼痛等阳性反应。

除了在耳穴上压豆以外，还可以采用针刺、放血、药物注射等疗法，统称为耳穴疗法。耳穴疗法的具体应用就是在中医理论指导下，结合现代医学理论和耳穴的阳性反应点等具体情况进行辨证，并确立治疗原则，从而选取穴位，并确定具体的治疗方法。

耳穴疗法可以调整相应脏腑、组织、器官的功能失调，使其恢复正常的功能，从而达到治疗疾病的目的。虽然耳穴可以看作是全身的缩影，从理论上讲是可以治疗全身各种病变的，但目前临床上比较普遍应用这一疗法而且疗效相对可靠的疾病有如下几种：神经系统的神经衰弱，包括失眠、竞技综合征（如各种考试前的紧张情绪等）等；消化系统疾病，包括胃痉挛导致的疼痛、膈肌痉挛导致的呃逆等；内分泌系统疾病，如月经失调、痛经、面部色素沉着、面部痤疮等；五官疾病，如急性结膜炎、睑腺炎、鼻炎、耳鸣等。

其实早在两千多年前，《黄帝内经·灵枢》中就有关于望耳查病及耳穴治病的记载。经过历代医家的医疗实践，无论在理论上还是在临床上，耳穴疗法都得在不断完善，并逐渐走向成熟。

耳穴疗法具有见效快、简便易行、无痛苦、无毒副作用等优点，被广大患者所乐于接受。

林晓拿着器具回来了，陈风笑道：“太夸张了吧！其实不用消毒的。”

“您随便，我看孔大夫给病人压的时候都消毒。刚才走的毕大夫，他更仔细，还经常戴手套呢！”

陈风问道：“压哪边？”

“右边吧，头发能挡住，看不出来。”林晓说着，撩起了右边的长发，将耳朵暴露出来。

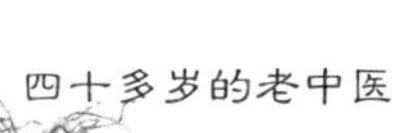

陈风用镊子分别探查了颈、颈椎、胃、脾、肝等几个穴位，都有痛的感觉，颈椎和胃最为明显。陈风在这些穴位上一一压了耳豆，嘱咐道："没事就自己压一压，要平压，别揉搓，再就是洗澡的时候，注意保护着点，别弄湿了。"

"多长时间换一次？"

"一个星期吧。"陈风说完，端起杯子喝了几口水。林晓很机灵，立马站起身来，拿过暖瓶，把热水续上。

这时诊室里来了一男一女两个病人，像是夫妻。女方先坐了下来，陈风把脉时，发现她的手上长了湿疹，就问："湿疹多少年了？"

"十多年了。"

陈风又问："是不是睡眠不好？还有心慌、憋气、出虚汗的情况？"

病人一一点头。

陈风仔细观察了她的手纹，问道："还有颈椎不好？还有子宫肌瘤？"

她丈夫就站在旁边，两人都很惊讶。

陈风微微一笑，开始低头开方。他这次用的是《奇效良方》中常用的治疗皮肤瘙痒的那六味药，方歌曰：威灵甘草石菖蒲，苦参胡麻何首乌，药末二钱酒一碗，浑身瘙痒一时无。他又在此基础上加了珍珠母、桔梗、枳壳等药，将方子递给了林晓。

陈风对病人说道："你再加上一种西药吧，名字叫酮替芬，每天两次，每次一片，这药既能预防过敏，又能治疗失眠。你这病就是过敏引起来的，但具体是哪种过敏源，需要进一步检查。"

男方和女方换了位置："大夫，也给我看看吧。"

"好的。"陈风开始为他检查，然后问道："你是不是血压偏高？头昏沉？并且梦多？血脂也偏高？"

男子点头称是。

陈风又问："现在吃什么降压药？"

"美托洛尔，25 毫克的，每天就一片。"

陈风以眩晕 1 号方加减开好了方子，又提醒道："这药吃长了，可能会影响夫妻生活，万一出现的话，可以调调药。"

"好的好的，多谢了。"

陈风又在方子中特意加了 9 g 杜仲，可以通过温补肾阳拮抗美托洛尔造成的疲乏、男性性功能降低等副作用。

送走病人，林晓道："陈老师，过了暑假，我就去省城上学了。"

"哦，是专升本了吧？"

“是，成绩刚出来。我本来不抱希望的，没想到居然过线了，超了两分。”她很开心地说道。

“好啊！是中医药大学吧？”

“是。您得给我们上课吧？”

“我给研究生上课。本科生的课，没安排我上。不过，将来你可以去我们医院实习，热烈欢迎啊！”

“嗯，一定跟老师好好学习。”

陈风鼓励道：“从现在开始，就要做好考研的准备了，一定要好好学习外语，再就是专业课也要学好。”

“我还没想那么远呢！”

“一定要想啊！咱们学医这一行，没有学历可不行。没有学历，就很难评职称，评不了职称，就进不了专家系列。”

“嘿嘿，我想早点成家。”

“这跟上学并不冲突啊！完全可以割草打兔子两不误嘛！”

“嘿嘿，陈老师说话真好玩儿！”

“良药不必苦口，忠言也不必逆耳。现在的膏方就不怎么苦了吧？劝人同样需要艺术，对吧？”

“对，这个，我也得学着点。”

两人正聊得火热，严总进来了，说道：“苏主任晚上不能陪你了，让我跟你说一声。”

“没关系，当领导的都忙。”

“说是群众路线实践活动，卫生局要来督导，谁也不许请假。”

“我们医院也督导过。这次的感觉不像是走过场，要动真格的了。习书记厉害啊！不服不行！哎，严总是党员吗？”

“我一直以来，积极向党组织靠拢，可党组织就是不收我，我只能是望‘党’兴叹了！”

“呵呵，又在忽悠！”

“没忽悠，我说的都是真心话，都是掏心窝子说的。”他做出了一个掏心的手势，把陈风和林晓都逗乐了。

林晓问道：“陈老师肯定是党员吧？”

“我是。”陈风点头道，“这次群众路线实践活动的很多文件，我还真是认真学习过了，很有启发。”

“陈老师，讲给我们听听吧！”

“咱先说什么是群众路线。在《中国共产党章程》里面是这么表述的：‘党在自己的工作中实行群众路线，一切为了群众，一切依靠群众，从群众中来，到群众中去，把党的正确主张变为群众的自觉行动。’这句话看似简单，其实很深刻、很精辟，说明了四个问题：一是‘为了谁’，这是最核心的问题；二是‘依靠谁’，这是最本质的问题；三是‘如何去做’，这是最关键的问题；四是‘什么目标’，这是最重要的问题。尤其中间四句，‘一切为了群众、一切依靠群众，从群众中来、到群众中去’，是一个不可分割的整体，前两句阐述的是群众观点，它是群众路线的核心内容；后两句是群众观点的具体化，即如何把党的群众观点落到实处。从哲学高度来看，前两句体现的是马克思主义关于人民群众问题的世界观，后两句则是体现了马克思主义关于人民群众问题的方法论，二者的有机结合构成了群众路线的整体内容。”

严总和林晓听得有点迷糊。

陈风进一步解释道：“可能这么说有点抽象，打个比方吧，咱们医药工作者可以实行患者路线：一切为了患者，一切依靠患者，从患者中来，到患者中去，把医生正确的治疗、康复或养生方案落实到患者身上，并争取取得显著成效。这就比较好理解了吧？”

林晓笑道：“好理解了。”她一笑起来，露出两个小酒窝，很是招人喜爱。

“没想到陈主任还是个当书记的料，有一把刷子啊！”严总奉承道。

陈风一点也不谦虚：“好几把呢！还没露！咱们说说师承基地吧，要想搞得更好，就得走患者路线。不说虚的啊，就说实在的，如何贯彻‘从患者中来，到患者中去’呢？这里面学问大了去了！从场所宣传、专家宣传、文化宣传，到健康教育，再到定期随访，哪一点能少了患者？如果不是心里装着患者，不是躬下身子来为患者做些实实在在的事儿，师承基地能搞好吗？能长久吗？”

严总点头：“有道理啊！我们还真没想到这一点！站在患者的角度，光宣传还不行，需要调查、分析，看患者到底需要什么。同时啊，还需要对患者进行分类管理、精细化管理。”

“一听就是管理学的天才。”陈风夸道。

“哈哈，谢谢夸奖！陈主任想吃什么？我去联系吃饭的地方了。”

“随便，都行。”

送走严总，陈风对林晓说道：“对于咱们当医生的，患者路线也很重要，如果不跟患者接触，即使寒窗苦读三十年，照样当不了医生，没有哪个患者是照着书本长病的。”

“是啊！怪不得学校里要安排我们实习呢！”

陈风感叹道："中央里有高人啊！"

"怎么了？"林晓问道。

"指导思想写得太棒了！你抽空可以上网搜搜，里面包括了主题、重点、切入点、总要求等，绝对是雅俗共赏啊！"

"您给说说呗。"

"先说雅的啊！里面引用了很多经典，比如'祸患常积于忽微，而智勇多困于所溺''积羽沉舟，群轻折轴''禁微则易，救末者难'等。再说俗的，总要求就四条：照镜子，正衣冠，洗洗澡，治治病。这种比喻多形象啊！说到洗洗澡，怎么写的呢？人每天都在接触灰尘，所以要经常洗澡，打点肥皂，用丝瓜瓤搓一搓，用水冲一冲，洗干净了，就神清气爽了。同样，我们的思想和行为也会沾上灰尘，也会受到政治微生物的侵袭，因此也需要'洗澡'，既去灰去泥、放松身心，又舒张毛孔、促进新陈代谢……"

林晓笑着撩了一下头发："好玩！"

"说到治治病，还提起中西医结合了呢！里面说，人的身体有了毛病，就要看医生，就要打针吃药，重了还要动手术。人的思想和作风有了毛病，也必须抓紧治。如果讳疾忌医，就可能小病拖成大病，由病在表皮发展到病入膏肓，最终无药可治……"

这时，针灸推拿科的孔大夫走了进来，问道："陈主任，现在不忙了吧？"

"下午一直不忙，很闲啊！刚才跟严总和小林唠嗑呢！"

孔大夫邀请道："走，去我们那边指导指导工作呗。"

"指导可不敢当，体验一下倒是可以的。"

"走吧。"孔大夫再次邀请。

陈风临走，嘱咐林晓道："有病人来喊我就行。"

"好嘞，陈老师放心去吧。"

针灸推拿科的装修风格跟诊室这边相仿，不同之处是加了个隔断，还拉上了帘子。

陈风道："这边装修得很温馨啊！"

"就是病人少点，陈主任想体验什么项目啊？"

"我颈椎不好，拔罐吧。"

"好的，可以再附赠刮痧。"孔大夫笑着去准备东西了。

"拔罐"是民间对拔罐疗法的俗称，又称"拔管子"或"吸筒"。它是借助于热力排除罐中空气，利用负压使其吸着于皮肤，造成瘀血现象的一种治病方法。这种疗法可以逐寒祛湿、疏通经络、行气活血、消肿止痛、拔毒泻热，具有调整人体的阴阳平衡、解除疲劳、增强体质的功能，从而达到扶正祛邪、治愈疾病的目的。许多疾病都可以采用拔罐疗法进行治疗。

孔大夫在陈风的后背拔了很多火罐，陈风感到后背一阵阵发紧。孔大夫问道："疼吗？"

"有点，但是属于很舒服的那种疼。"

"您的后背寒气很重啊，都发紫了。"

"嗯，我一直坚持洗凉水澡，快一年了，可能与这有关系吧。"

"应该是，最好别用太凉的水。"

"感觉还行，我比往年耐冷了。"

"那就继续坚持吧，不过也要坚持拔罐才行。"

"好的，我一定坚持。"

五分钟之后，孔大夫很熟练地起了火罐，又接着说道："你颈椎这儿头发多，火罐放不住，我开始刮痧了，疼就说。"

"好嘞，你还得继续辛苦啊！"

刮痧，就是用刮痧板蘸着刮痧油反复刮动，摩擦某处皮肤，改善局部血液循环，起到疏通经络、祛风散寒、活血化瘀、消肿止痛的作用，以增强机体自身潜在的抗病能力和免疫机能，从而达到扶正祛邪、防病治病的目的。

等刮痧完毕，陈风感觉一下子轻松了许多，满怀感激地说道："小孔，多谢了啊！晚上多敬你几杯！"

"没问题！"孔大夫的回答很豪爽。

第二天吃过早饭，陈风他们该返程了。陈风问严总："从这儿去昌邑需要多长时间？"

"大约一个小时。"

"下午没有要紧的事儿吧？"

"一切唯陈主任马首是瞻，我就是专门为您服务的。"

"呵呵，又开始忽悠了是吧？"

"没有，真的不是忽悠。是不是想去昌邑逛逛啊？不过，那里可是没什么出名的景点啊！"

"但有一个大名人、大医学家。"

毕水悟道："哦，是黄元御。"

"对了，咱们去拜祭一下黄老先生吧，一直想去，都没去成，今天终于机缘成熟了，走。"

陈风问毕水："对黄老先生了解多少啊？"

“了解一些。他出身于书香门第，博览群书，因为眼病，被庸医误治，结果瞎了一只眼睛。他化悲愤为力量，苦读医书，尤其是《伤寒论》，一本薄薄的书，读了整整三年。”

陈风叹道：“你看人家这种学习精神！后来他把读书笔记整理成了《伤寒悬解》。”

“他写了很多书呢，还有《金匮悬解》《四圣心源》《长沙药解》《四圣悬枢》等，接近200万字呢！”

“真是厉害啊！你看咱们学校，也要求研究生写读书报告和读书笔记，怎么就出不了《伤寒悬解》那样的大作呢？”

“今非昔比，人心不古啊！”

“黄老先生不光写书好，看病也不简单啊！他发展了脾胃理论和气机升降理论，救人无数，还干过两次御医！当年给乾隆看病的时候，一开始乾隆信不过他，就让一个手脚粗壮的宫女，躲在不透光的帐子里，伸出一个手，等到黄老先生进宫以后，太监就说这是皇上，让他给这位宫女诊脉。可怜的黄老先生哪知道皇上这么多心眼啊，就对着宫女四叩首，然后上前诊脉。诊完后，他很沮丧地对太监说，龙得凤脉，无药可医，怕是不行了。乾隆一听，这位还真厉害，居然给诊出来了，于是就让黄老先生为自己诊脉……”

严总插言道：“这乾隆，太坏了！”

陈风笑道：“人家是真龙天子啊，能轻易让人看病吗？黄老先生还真是不一般，几服药下去，乾隆的病全好了。赐给他钱物不收，乾隆便给他题了匾，四个大字，‘妙悟岐黄’，并留为御医，让其他御医们那个嫉妒啊，就甭提了。并且还给了他一副玉石象棋，一个楸木棋盘，可以不时地摆上几盘，因此黄老先生也就有了‘玉楸子’的雅号……”

正在他们说笑时，陈晓强的电话打了过来：“老师，你们到哪里了？”陈晓强也是陈风的小徒弟，跟彭冲一级，毕业后分到了昌邑。

“在路上呢，还得半个小时吧。”

“好的，别着急，我在医院门口等你们啊！”

“好，待会儿见。”陈风说完放下电话。

毕水笑道：“看来陈老师是早有预谋啊！”

“不早，昨天晚上才想到的。”

严总问：“知道怎么走吗？”

“知道，昨天问好了。”

不多久他们进了昌邑县城。别看县城不大，但绿化很好，道路宽阔平整，

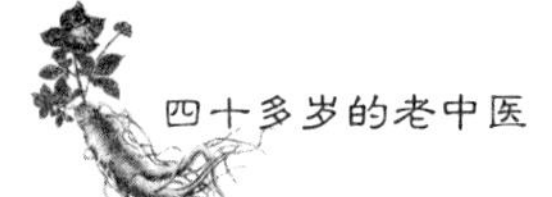

空气清新怡人，给人一种舒适的感觉。

在陈风的引领下，他们很顺利地找到了陈晓强所在的医院。

陈晓强有些夸张地与陈风和毕水分别来了一个熊抱。

陈风给严总和陈晓强分别作了介绍，他换到后面，好让陈晓强坐在副驾驶上带路。

严总道："陈主任，你的小徒弟们，我可是认识不少了，个个都是帅哥哎！"

"还有好多美女呢！"这是毕水的声音。

"我也见过几个，确实属于美女级的。"严总道。

陈风开玩笑道："不敢让你见多了，怕你招架不住。"

"我招架不住？开玩笑啊？我可是个意志坚定、忠于妻子的好丈夫。"

陈风戏谑道："你拉倒吧，说得比唱得都好听。"

"谢谢夸奖，其实我唱得也不错！改天请你们去 KTV 吧，咱正好亮亮嗓子，比试比试。"

"好啊！没问题！"陈风答应道。

他们来到了利民街上，晓强示意靠边停车："到了，就是这儿。"

陈风一愣："这不是个摩托车店吗？"

晓强笑了："我第一次来的时候，也是这么想的。老师，您再看这儿。"晓强指了指广告牌下"黄元御故居"的标志牌。确实有，是潍坊市政府颁发的，上面还注明了是"潍坊市重点文物保护单位"，不过太小了，门脸也不大，都不显眼，很难注意到。

陈风抬起头来，但见大门的正上方，悬挂着一块刻有"黄元御纪念馆"字样的门匾。陈风迈过高高的门槛，一眼就看到了的黄老先生的铜像：一袭布衣，头颅低垂，作凝思状，安详地坐在影壁前，一手放在膝部，一手扶着桌案，仿佛把人带回了他生活、诊病、著书的那个年代。

陈风来到铜像前，深深地三鞠躬，以表达崇拜与敬仰之情。

昌邑博物馆的一位李大姐开始给他们讲解故居的历史："欢迎大家来到黄元御故居，我是讲解员李爽。黄元御，昌邑黄家辛戈人，生于 1705 年，卒于 1758 年，清朝乾隆年间名医，名玉璐，字元御，另字坤载，号研农，别号玉楸子。

"黄元御治学态度十分严谨，读书穷本溯源，不惜时间与心血，'杜门谢客，罄心渺虑'。他善于学习知识和总结前人的经验，发微探幽，勤奋不倦，并且从不囫囵吞枣，拘泥于一孔之见，从而集众人之智，成一家之言，学问和知识日益精深和丰富起来。经过几年的潜心奋斗，黄元御学医有成，开始了他行医的生涯。黄元御一生行医，以救死扶伤为己任，医术精湛，德医双馨，被人交口称赞，留下了一段段佳话。黄元御成名之后，曾做过一段时间的御医……御医生活不仅使黄元御达不到济世医民的宏愿，而且也没有空闲去完成更多的著作，他为荒废了许多宝贵的时光而惋惜。此后，他惜时如金，全身心地投入到著述中去……夜以继日的操劳，50多岁的黄元御须发皆白，身体日渐虚弱。乾隆二十年，黄元御抱病回到故里。3年之后，一代名医黄元御溘然长逝，享年54岁，归葬于新郭祖茔，长眠于他父祖的墓侧。

“黄元御一生著述甚丰。他从36岁开始著述，到去世前成书13种，约200万字。他去世后不久，清朝廷开馆编纂《四库全书》，他的著述全部收入其中。同时他的医书11种，不胫而走，盛行于世，各种刻本近20种。这些医著，解说前人之莫解，立其独见之明，名冠医林，影响深远。

“人们在崇敬之余，也给予了他很高的礼遇，除各种史志纷纷为他立传以外，还将他奉入乡贤祠，供百姓瞻拜。对于他的研究，也一直未曾停止。尤其是新中国成立后，特别是1980年以后，黄元御的研究工作更是进入了一个黄金时期。

“昌邑县政府成立了黄元御调查研究小组，责成专人调查、搜集、挖掘黄氏遗物、遗著等有关资料。同年，县政府恢复了‘文革’时期等被破坏的黄元御墓园，发现并恢复了黄元御墓碑，以及修缮了南隅村尚存的黄氏书斋五间。1987年，在省政协常委、著名中医专家臧郁文教授以及县市各方的共同努力下，黄元御墓园、故居征归国有。同年南隅村老中医梁焕盛先生以及黄元御七世孙黄书芳老人还分别无偿捐献黄元御《伤寒悬解》手稿各一册。1988年，‘首届黄元御学术思想研究会’在昌邑召开，省内外专家学者近60人参加了会议。2001年，黄元御故居被确定为潍坊市第一批重点文物保护单位，同年，保护性迁建新址扩建为黄元御纪念馆，布展陈列，对外开放。大家请跟我来。”

陈晓强悄悄地对陈风说道：“李大姐妈妈在我们科里住过院，正好我管。”

“哟，这么巧！”

他们绕过影壁，跟着李大姐继续往里走。

庭院较为宽阔，没有参天的古木，也没有似锦的繁花，略显空旷的同时，又让人感觉无比幽静。院子南侧有一片小小的竹林，竹林西侧是一湾水池，水池旁边建了一座简易的小亭子，亭子里放了一把凉椅。

五间正房三明两暗，“妙悟岐黄”的匾额就挂在正中。里面的摆设很是简单，大多是后人放进来的家具，并没有多少原故居的物品。两侧的墙

壁上，有简介，有叙述，也有名人的题咏，概括了他的一生。李大姐一一介绍，陈风他们洗耳恭听。

两侧的厢房似乎已经挪为他用，没有多少可供参观的东西。

故居的房子平时几乎都处在闲置的状态，所以也没有人天天打理，陈风略感失望。

从故居出来，由李大姐带路，他们又驱车前往黄老先生的老家。

李大姐介绍说：“随着城市的扩建吧，现在已经没有‘黄家辛戈’这个村名了，而是成了昌邑市的一个街道。这里有两个景点，一是黄元御的祖辈陵园，一是黄元御本人的墓地。”

瞻仰完祖辈陵园，他们步行穿过一片小区，见到了黄老先生的墓地。

墓地很小，百十平米的样子。墓碑损毁严重，据说是以前有人把墓碑卸下来打了四个孔，当作柴油机的底座用了，后来又被找回来，用水泥略加修补，重新立在了这里。墓前的碑文，告诉人们这是黄老先生和夫人孙氏的合葬墓。

墓后长着一大一小两棵果树，静静地陪在老先生夫妇墓旁，像忠实的侍从，日夜守护。

李大姐又给大家介绍道：“传说有一位外地来的打工者，得了一种非常奇怪的病，有说是头痛的，有说是厌食的，还有说是其他疾病的，总之吧，他四处求医，久治不愈，就到这墓上挖了一些苦菜，摘了几把枸杞，又在地上捡了一些酸枣，回家熬汤，喝了几天就病好如初了。这就说明啊，黄元御墓地里的草木也都有了济世救人的灵性。”

陈风问道：“李大姐，黄老先生的后代还有干医生的吗？”

“没有了。”李大姐摇摇头，挺遗憾的表情，“在沿街房有一家字画店，就是他的后人开的，他是黄元御的第十世孙，在黄氏族谱中排第二十六世。”

他们驱车返回，晓强早就预定好了酒店。

快到酒店门口，下来车，晓强说道：“老师，当时上学那会儿，喝酒您总是把我们劝醉。”

“今天你可以报仇了。”陈风哈哈一笑。

第十六章

"这就好解释了。"陈风笑道，"咱人的血管啊，就像这电线一样，有明线也有暗线。给心脏供血的血管呢，应该都是明线，在心脏的外面，但你呢，有一小段，是暗线，走在里面了，心脏收缩的时候就会受到挤压，出现心脏供血不足的情况。明白了吧？"

刚进大厅，陈风惊讶地发现，何欣来了。

何欣也是陈风的小徒弟，跟彭冲、晓强都是同一级的，毕业后分到了寿光，离昌邑这边大约 70 公里的路程。

何欣同时看到了陈风，快步走了过来，跟老师打招呼。

陈晓强笑嘻嘻地说道："大师姐，见到了咱老师，也不握握手？或者拥抱一个？"

"去，没大没小。"何欣啐道，"怪不得到现在找不到女朋友，你不着急呀！我们都替你急死了！"

"我才不急呢！谁像你，现在都成孩子他妈了。"

陈风听着他们嬉笑，也蛮开心的，心想还是年轻好啊！他问何欣："孩子谁帮着看呢？"

"我婆婆，过两天我爸妈也过来。"

"那就好，照顾孩子挺累的。"

"嗯，老师这次过来是讲课吗？"

"哦，还看了看门诊。"

"老师，我准备再考博士！"

"可以稍微缓一缓，等孩子上了幼儿园吧，读在职的就行，要不太累了。再说了，你刚到医院没几年，就着急读博士，会影响工作，也容易让领导和同事产生一些不好的看法，还是缓一缓吧。"

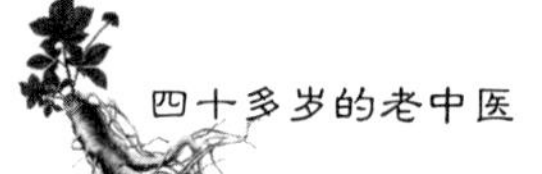

他们聊着天进了包间，陈风又和陈晓强聊上了："找女朋友的事儿真不着急啊！可别耽误了孩子打酱油啊！"

晓强道："人家都看不上我啊！我个子太矮了！"

"哎，浓缩的才是精华嘛！"陈风纠正道。

"现在的女孩子大都喜欢像毕师兄这样的高大帅。"

毕水笑道："我这样的是傻大个，当初你师嫂看走眼了。"

"这叫各有千秋。晓强肯定是挑花眼了呗。"陈风喝口茶，又道，"一个医生，尤其是研究生，分到医院，要是还没女朋友，护士们肯定会蜂拥而上。晓强，是不是这么个理啊？"

晓强挠挠头："怎么就没有追我的呢？"

"还是你挑花了眼嘛。"陈风仍然质疑，"你想吧，像咱这种情况，将来就是大专家，摇钱树！难道那些护士们就没有战略眼光？看不到近在身边的潜力股？我还真纳闷了。"

这时，李大姐犹豫了一下，问陈风："陈主任，能给我看看吗？"

"没问题，坐过来吧。今天辛苦了你大半天，我们终于等到报恩的机会了。"陈风热情地招呼道。

"陈主任说笑了，能为您这样的大专家做点事儿，是我的荣幸。"

"什么大专家啊！头大还差不多！"陈风自嘲道。

她坐了过来，陈风开始为她检查，然后问道："是不是老心慌？睡不好？总有一种害怕的感觉？"

"是，偶尔还会出虚汗。"

"没啥大事，我给你开个方子调调就行。"

陈风开完方子，递给陈晓强："你帮着办吧，给李姐服好务。"

晓强看着方子，皱起了眉头，问陈风："老师，这是二陈汤加减吗？"

"这是黄老先生的金鼎汤加减，由茯苓、半夏、甘草、桂枝、芍药、龙骨和牡蛎七味药组成，治疗土湿胃逆、相火不藏引起的惊悸、失眠，效果很好，以后碰到这样的病人，可试用一下。"陈风说道。

"哦，明白了。"陈晓强接着讲了一段故事，"有个中医药大学的学生，有一次回到山东老家，听说附近有个老中医，治疗妇科病效果很好，病人很多，于是就动身前去拜访。到了那个村子，等到病人都看完了，他就问老中医，您疗效这么好，都是读什么书啊？这位学生还以为他得说出一大堆的书名，结果呢，老中医就说，嗨，我们这小地方呀，能买着什么书啊？我只有一本《四圣心源》，我一辈子就反反复复地看这本书，它就是我的贴身小棉袄。呵呵。"

陈风接道："当年他写这本书的时候，虽然身在太医院，衣食无忧，但内心特别凄凉，他在《自序》里面是这样写的：'维时霖雨初晴，商飙徐发，落木飘零，黄叶满阶。玉楸子处萧凉之虚馆，坐寂寞之闲床，起他乡之遥恨，生故国之绵思。悲哉！清秋之气也，黯然远客之心矣！'你听听，多惨啊！他还写了左丘明为什么注《春秋》，屈原为什么著《离骚》，都是因为'失地远客，成于羁愁郁闷之中'，具体细节我就记不清楚了。"

毕水奉承道："您这已经很了不得了，我们还差得远呢！"

"我是因为很崇拜他老人家，才看了他的一些书。你们也要多看啊！"陈风说道。

热菜上来了，陈晓强招呼着大家开始用餐。

回济南后，卢娜领着母亲又来到了陈风的办公室。老太太没再发热，畏寒、肢冷、乏力的症状都明显好转，但时有干咳、睡眠稍差。陈风为她检查完，紧接着调整了药方："阿姨啊，再吃七付，吃完就不用过来了。"

"就是说全好了呗。"老太太满脸的高兴劲儿。

"嗯，快了，以后可以多吃点桂圆补一补。"

陈风转头问卢娜："卢娟怎么没来呀？"

"哦，她没事了，已经找到工作了。"

"在哪里？"

"一家超市，就在我家附近，她挺满意的。"

"那就好。"

送走她们娘俩，又来了一个女病人，四十七八岁的年纪。陈风为她检查完，说道："你的症状可是够多的。"

那病人"哦"了一声，并不言语，静听下文。

陈风说道："头晕、失眠，颈椎不好，心慌、心烦、憋气，出虚汗，腰痛、腿痛、乏力，对吗？"

病人苦笑道："嗯，从上到下没有好地方，坏透了。"

"话可不能这么说，症状虽多，但不可怕。你主要是更年期的原因，再就是平常活动量太小，脾气还有些急，吃几付中药调调就行。"

"那我就放心了，还以为快不行了呢？"

"哪有那么严重，上到头发梢，下到脚趾头，虽然毛病多，其实不用愁。"

"这是为什么呢？"

"与心理因素有关，转移转移注意力就可以了，可以去练练太极拳、八段锦什么的。我再告诉你个办法，躺床上数数，这也挺管用的。"

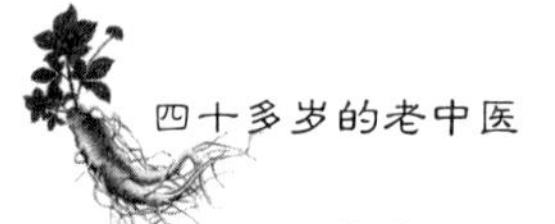

“数数？”病人有些纳闷。

“对，八卦象数。”

陈风扭头跟文玲说道：“我前几天看过一个失眠的病人，是我大学同学的媳妇的二姨，失眠好多年了，给她配了一组数，天天躺床上就默念，效果好极了。她下午过来，还要带两个邻居来。”

“那好啊！陈主任，你也给我配组数吧。”那病人着急道。

“就读64000·30吧。”陈风写下来交给病人，并告诉了她注意事项。

那病人走后，陈风给文玲讲了一些关于八卦象数的知识。

文玲问道：“老师，真有那么神奇吗？”

“对于容易受心理暗示的这类人应该有效。”陈风接着讲道，“人都会受到心理暗示，并且无时无刻不在受到心理暗示。心理暗示有强弱之分，但是心理暗示效果的好坏无法由人的显意识控制，也就是说不管你愿不愿意，不管你觉得这对你好不好，你都已经受到了心理暗示，这是人的一种本能。其实动物的各种行为的学习、对危险的躲避习惯等，也都是由于心理暗示的作用才得以实现。心理暗示分为他人暗示与自我暗示两种。但人们习惯用‘心理暗示’来表示‘他人暗示’，于是就出现了心理暗示与自我暗示并列的情况，其实，从术语上讲，这两个是包含关系，而不是并列关系……”

毕水敲门进来了，问道：“陈老师，周末去青岛的会能定下来吧？”

“差不多，哎，对了，提前跟李老师联系一下，就说我们想去拜访她，看她有没有时间？”

“哪个李老师？”

陈风把那本《八卦象数疗法》找了出来，递给毕水：“李老师在青岛成立了一个研究所，书上有地址和电话。”

“好的。”毕水转身出去了。

陈风继续给文玲讲道：“在临床中，心理暗示可以用来辅助治疗疾病，甚至单独用来治疗疾病。你看吧，在心理咨询中，咨询者常采用语言或非语言的手段，比如手势、表情、动作以及某种情景等，含蓄间接地对来访者的心理和行为施加影响，引导来访者顺从咨询者的意见，从而达到某种咨询目的，这就是心理暗示的使用。心理暗示的治疗效果有些时候是很惊人的，说是有一位妇女因丈夫突然因车祸中去世，精神上受到强烈的刺激，悲痛地双目失明。但经医生检查，眼睛并没有器质性病变，诊断为心理性失明，用了许多方法都没治好。后来进行催眠治疗，催眠师暗示她视力已经恢复，对她说：‘我数五个数，数到五时，你醒来就能看见东西了。’

催眠师于是慢慢地数一二三四五，果真数到五的时候，病人醒来，发现自己的视力已完全恢复。”

“老师，心理暗示和催眠有什么区别吗？”

“心理暗示呢，是用含蓄、间接的方式，对别人的心理和行为产生影响，它往往会使别人不自觉地按照一定的方式行动，或者不加批判地接受一定的意见或信念。心理暗示最为常见，方法也很多，冥想、瑜伽、气功、打坐等，都是心理暗示方法。我们每天都在接受并传达心理暗示，并无时无刻不在做自我暗示。而催眠呢，是心理暗示的方法之一，但它与心理暗示有着本质上的区别。催眠必须让人完全失去显意识，也就是将潜意识暴露出来。其实啊，这种方法早被用于各行各业，心理医生用来治病救人，广告商用来贩卖商品，江湖术士用来坑蒙拐骗。有本小说，名字叫《邪恶催眠师》，里面描述了一个神秘世界，还展示了催眠师之间正与邪的斗法，写得挺好玩的，抽空你可以看一看。”

“嗯，好的。”

“催眠很专业，咱们做不了。咱接着说心理暗示，心理暗示的效果在很大程度上取决于暗示者在被暗示者心目中的威信。这就要求心理暗示的实施者应具有较高的威望，要具有令人信服的人格力量。很典型的例子就是耶稣了，《圣经·新约》里面有耶稣让瞎子重见光明的记录，有让跛子立刻能走的记录，甚至有让死者复活的记录。如果真有耶稣这么个人，那他也应当是个心理学高手，擅长心理暗示。”

“刚才那个病人能信吗？”文玲心里有些没底。

陈风微微一笑:“‘信则灵，不信则不灵。’好多神医不都是这么说的吗？”

师徒俩正聊着，又来了第三个病人。这是一个小伙子，是陈晓强的高中同学，既往银屑病病史近20年。

陈风检查完，问道：“小伙子，干什么工作啊？”

“不好意思，没考上大学，自己干点小买卖，不如晓强有出息。”

“这没什么，‘三百六十行，行行出状元’嘛！哦，昨天我们刚见过面，在你们老家，都喝了不少。”

“他跟我说过了，说您中医医术很好，我想吃中药调一调。我奶奶、我爸爸也有这病，这病是不是遗传啊？”

“嗯，这病是遗传因素与环境因素等多种因素相互作用的多基因遗传病，一部分患者有家族性发病史，有的家族有明显的遗传倾向。这病病程长，很容易复发，饮酒、吸烟、某些药物和精神紧张等都是诱发因素。你平常是不是很累啊？休息也不好？”

“是，操心挺多的。”

“抽烟喝酒吗？”

“以前也抽也喝，都戒了，半年多了。”

“嗯，不错。你这情况吧，属于寻常型的，中医上属于内热津亏，我给你开个方子吧。”

陈风以黄连解毒汤合增液汤加减开好了方子，递给他，又道：“还得注意饮食方面，尽量少吃辣椒和海鲜。另外呢，不能着急，要睡好觉。钱再挣，也挣不完，一家人够吃够喝就行。去年我看过一个病人，属于关节病型的，情况比你重，但他很听话，几乎避免了所有的诱发因素，吃了一个月的中药以后，就很好了，到现在也没犯。”

“行，我听您的，谢谢陈老师。”

送走这病人，陈风跟文玲说道：“刚才咱们说过了，心理暗示分为他人暗示和自我暗示。对于他人暗示，也就是A对B施加的心理暗示，它主要是利用B对A的信任，允许A把某种观念含蓄地传递给自己，从而增进或改善自己的心理状态，调节其行为或生理机能，达到治疗或改变的目的；而对于自我暗示呢，是B自己对自己进行心理暗示。在他人暗示中，A的语言和行为十分重要，应当慎重使用，以免发生消极的心理暗示作用；另一方面，A必须引导B进入正确的自我暗示，消除那些使自己增加精神负担、不利于心身健康的自我暗示，培养积极、乐观的自我暗示，使之朝着符合治疗要求的方向发展。也就是说，只有他人暗示转化成自我暗示，A才能够影响B，否则的话，效果可能不大。”

“我感觉刚才那病人容易受暗示。”

“为稳妥起见，我先给他讲了一个成功的病例。”陈风看看表，快10点了，说道，“你把病历整理一下吧，我开会去了。”

陈风刚出门，差点与成哥撞了个满怀。

成哥笑道：“哎呀，陈主任，人家都说咱俩很亲，看来这不是假的。”

“本来就是真的。”陈风看到张总也来了，赶忙打招呼，“张总好！”

张总道：“陈主任好！又来麻烦你了，我最近老是这块儿疼。”张总指指心前区，很痛苦的模样。

陈风请他们坐下，然后问张总：“多长时间了？”

“十多天了。”

“怎么疼法？”

“抽抽着疼。”

“每次多长时间？”

“三五分钟。”

“每天几次？”

“不一定。”

“与劳累、着急有关系吗？”

“有。”

“吃过什么药吗？”

“疼起来就吃丹参滴丸。”

“管不管用？”

“管用。”

陈风跟文玲说道：“先给张总去做个心电图吧。”

“我在附近的诊所里做过，说是没啥事儿。”张总把心电图拿了出来。

陈风看了看，确实没啥事儿，就道：“你这情况，应该考虑住院了，详细检查一下。”

张总一摆手：“公司太忙，真的没时间，先查查吧。”

“健康重要还是工作重要？命重要还是钱重要？”陈风笑着问道。

张总一拱手：“老弟，求你了，还是先查查吧。”

陈风一看，也没脾气了，说道：“那就先做个冠脉CT吧，等结果出来，咱再好好聊聊。”

文玲帮着开单子，陈风提醒道：“别忘了开上倍他乐克。”然后跟他们告别，开会去了。

这次召开的是创建国家卫生城市调度会，由高院长主持，参加会议的还有其他院领导以及各职能科室的负责人。

高院长讲道：“上周，市委、市政府召开了全市创建国家卫生城市动员大会，安排部署了我市创建国家卫生城市的有关工作，动员全市上下迅速行动起来，统一思想，坚定信心，积极推进国家卫生城市创建工作。经院党委研究，决定结合我院实际情况，以创建国家卫生城市为契机，提升全院总体素质，实现医院环境、文化建设的双重提升。因此，要求全院上下要认清形势，坚定信心，抢抓机遇，攻坚破难，全力以赴地开展创建工作。我提三点具体要求：一要明确责任，当好主力军……二要把握重点，当好攻坚手……三要严格落实，当好排头兵……下面，我讲一下具体分工……”

高院长将“健康教育”部分分给了科教科，陈风仔细地记录下来。这一部分的分值为20分，分为四个内容：一是要求各级医院门诊和病区有固定的健康教育宣传栏和读报栏，宣传栏每月更换一次宣传内容，做到图文并茂，检查时查现场和所摄图片或底稿，缺一期扣两分；二是要求每年对全院医务人员进行不少于一次的健康教育专业培训，培训覆盖率达 98%，有完整的培训档案，检查时查资料和现场，未培训扣四分，无教材或资料不全扣两分；三是要求医院有可发放的健康教育宣传资料，检查时查看门诊大厅或病房是否有可发的宣传资料，若无则扣两分；四是要求住院病人及其陪护家属在询问调查中能解答出相关的卫生防病和康复知识，知识知晓率在 80% 以上，检查时现场抽查病人及陪护家属，一人不合格扣一分，最多扣三分。

开完会回到办公室，陈风立即召开了全科人员会议，将任务进一步分解，并明确了分工。

快中午时，文玲又过来了，问道："老师，您为什么要让张总做冠脉 CT 啊？"

陈风反问道："应该直接做造影？"

"我感觉是。"文玲的回答虽然不肯定，但她很善于思考问题，所以进步也很快。

陈风很欣赏她这种钻劲，就道："这个病人属于典型的心绞痛，应该没问题吧？"

文玲点头。

"那你说说，病人都需要做哪些检查？"

"动态心电图、运动平板、心脏超声、冠脉 CT、冠脉造影、冠脉内超声、核素心肌显像等。"

"嗯，说得不错，已经比较全了。这些方法当中啊，动态心电图和运动平板的作用已经很小了，不仅敏感性很差，而且定位欠准确；心脏超声不能反映冠脉的情况，只对了解心脏的结构，尤其瓣膜，以及收缩、舒张功能，还有室壁的动度有帮助；而冠脉内超声和核素心肌显像呢，很少开展。剩下的就是冠脉 CT 和冠脉造影了，这两个的区别在哪里呢？"还没等文玲回答，陈风接着说道："冠脉造影就是利用血管造影机，或者叫血管造影系统，咱们医院用的是 C 型臂，通过特制定型的心导管经皮穿刺进入股动脉或桡动脉，然后行至升主动脉根部，探寻左或右冠状动脉口插入，注入造影剂，使冠状动脉显影。这样呢，就可以清楚地将整个左或右冠状动脉的主干及其分支的血管腔显示出来，了解血管有无狭窄，对病变部位、范围、严重程度、血管壁的情况等可以做出明确诊断，以决定治疗方案，并且呢，还可以用来判断疗效。这是一种较为安全可靠的有创诊断技术，现已广泛应用于临床，被认为是诊断冠心病的"金标准"。但随着近年来冠脉内和 OCT，也就是光学干涉断层成像技术的逐步应用，发现部分在冠脉造影中显示正常的血管段也存在内膜增厚或斑块。不过呢，由于这两项检查的费用比较昂贵，操作也比较复杂，并不作为常规检查手段。”

“那冠脉 CT 呢？”文玲问道。

“冠脉 CT 是通过多排螺旋 CT 对冠脉进行扫描，从而了解冠脉的病变情况，属于无创伤的检查方法。最早是 4 排，后来又有了 8 排、16 排、32 排，目前临床上最先进的冠脉 CT 已经达到了 512 排。‘排’是指 CT 扫描机探测器的阵列数，一般排数越多，探测器宽度就越宽，一次扫描完成的宽度就越大。与冠脉造影相比，除了无创，冠脉 CT 对于测量冠脉钙化斑块负荷、了解冠脉管壁及冠脉外情况、检查先天性冠脉发育异常等也有优势。更重要的呢，它可以用于筛查。冠脉 CT 正常的人完全没有必要再做冠脉造影了，这在欧洲的心脏病学指南里已经得到了肯定。为什么这么肯定呢？你想啊，冠脉 CT 正常的管壁是很平滑、很干净，没有任何的伪差，三维成像也很顺利，看到这样的图像你绝不会有任何的怀疑，你可以放心大胆地接受。即使有一些技术上的缺陷，也非常容易识别，如错层，模糊等，但一般来说不会造成误诊。冠脉 CT 也有短处，在心率超过每分钟 70 次、心律不齐或心功能衰竭的时候，图像不够清晰，因此病人检查前，要开好倍他乐克备用。另外呢，冠脉 CT 图像的清晰和准确程度不如冠脉造影，因此对冠脉的细小分支不能充分显示，对冠脉支架内再狭窄的评估受到一定限制，对冠脉血流的动态观察也有欠缺。还有一个问题……”

“什么问题？”文玲轻声问道。

“冠脉 CT 的卫生经济学问题。对这个问题有不少专家曾经提出质疑，多数人认为，冠脉 CT 要用八十毫升的造影剂，冠脉造影也要用同样剂量的造影剂，而且发现了病变还要进一步做介入，因此呢，这部分人觉得先做 CT 再做造影属于多此一举，没必要。但很多人忽略了这样一个事实，有相当多的病人知道冠脉 CT 正常后就不再做造影了。从这一点看，冠脉 CT 是大大节省了费用。你说对不对？”

“嗯，确实这样。”

“张总的报告下午能出来吗？”

“能出来，大约 3 点，到时候我过去拿吧。”

“好的。”

文玲走后，陈风吃了两块煎饼，开始午休。

下午，张总的报告出来了，是心肌桥。

冠状动脉及其分支通常行走于心脏表面的心外膜下脂肪中或心外膜深

面，当一段冠脉被心肌所包绕，该段心肌称为心肌桥，该段冠脉称为壁冠状动脉。心肌桥是一种较常见的先天性解剖畸形，可能与冠心病的发病有关，也会引起心肌缺血。当心脏收缩时，被心肌桥覆盖的这段冠状动脉就会受到压迫，出现收缩期狭窄，而心脏舒张时冠状动脉压迫被解除，冠状动脉狭窄也被解除。冠状动脉的心肌内段，尤其左前降支的心肌内段，在收缩期可受到挤压，多在中年以后才出现心肌缺血的症状，冠状动脉造影时，可以发现壁冠状动脉管腔在心脏收缩期明显小于舒张期，轻者管径在收缩期为舒张期的60%–70%，重者在25%以下，甚至完全闭塞。

文玲问道："老师，张总的这种情况严重吗？"

"现在不严重，只是心肌桥，没有钙化，也没有明显的狭窄。冠脉CT诊断心肌桥是有优势的。在冠脉造影时，若发现冠脉收缩期狭窄或合并舒张期松弛延迟现象，也提示有心肌桥的存在，但冠脉造影只能检出那些对冠脉血流产生显著影响的心肌桥。心肌桥的检出，与它的长度、肌桥纤维的走行方向以及心肌桥与相关动脉间的组织都有关系。有些心肌桥由于它近端的冠脉几乎完全闭塞或动脉粥样硬化产生的固定性狭窄限制了冠脉的血流灌注而掩盖了收缩期的狭窄，或是由于血管痉挛的存在，造影就很难发现。"

"咋办呢？"

"主要是针对一些高危因素加以控制，比如戒烟、控制血压、加强锻炼等。一般来说，壁冠状动脉段本身不易发生动脉粥样硬化，但它的近端则容易发生，这是因为心肌桥近端管腔内的压力高于正常冠状动脉内的压力，甚至高于主动脉内的压力。"

"还用不用药？"

"主要看临床表现。心肌桥的临床表现与分型密切相关，可分为表浅型和纵深型。对于表浅型，因为心肌桥薄而短，对冠脉血流影响较小，多数可无心肌缺血症状及相应的心电图改变。对于纵深型，因为心肌桥厚而长，对冠脉血流影响大，可能会引起心绞痛，心电图上相应出现的ST–T改变；如果心肌桥并发冠脉粥样硬化继发血栓形成或斑块脱落，则会出现心肌梗死以及心电图的动态演变；当心肌桥合并快速型心律失常时，更易出现心肌缺血。在治疗方面，若是单纯出现心绞痛的话，可以用β–受体阻滞剂和钙拮抗剂，比如倍他乐克、维拉帕米和地尔硫卓等。要是药物治疗无效，可以考虑在壁冠状动脉内植入支架。另外呢，对于症状特别严重的，也可以选择手术治疗，有两种：一种是心肌桥切除术，适用于表浅型；另一种是冠状动脉搭桥术，适用于纵深型或合并动脉硬化性狭窄的病人。若是出现了急性心梗，怎么办呢？你来说说吧。”

文玲正要回答，雷姐推门进来了，手里拿着一盒子茶叶，说道：“陈科，人参花都有什么作用啊？这是一朋友前几天送给我的。”雷姐也在科教科，长陈风五六岁。

“哦，跟人参差不多，主要是补气。我再查一下吧。”

陈风打开了百度，念道：“人参花又名‘神草花’，是采撷名贵的人参含苞待放的蓓蕾，自然烘晒而成。人参花长至四年才开始开花，每棵人参花每年仅开一朵小花，每60斤人参仅能采得一两参花，真可谓是弥足珍贵，素有‘绿色黄金’之称。它是我国名贵药材之瑰宝，含有20种皂甙活性物质、17种氨基酸、11种微量元素、3种抗癌活性硒及粗蛋白等，用之冲泡而饮，苦中带甜、清爽可口、解渴、解毒、善于补气生津又不耗气。它在提神、降压、降糖、降血脂、抗癌、调理胃肠功能、缓解更年期症状等诸多方面的突出保健效果已得到世界许多权威机构的认定……”

“看来真是好东西啊！送你两朵尝尝。”她说着捏出两朵，放到了陈风的茶杯里。

“谢谢雷姐了！”

雷姐又道：“有几张论文报销的发票，你给签了吧。”

陈风签完字，端起茶杯喝了几口，赞道：“真是好茶啊！苦中带着一丝丝甜。”

“那是当然啊！不是好茶能给你尝吗？”

待雷姐走后，陈风似乎忘掉了他刚才提问的问题，继续给文玲讲道：“上海的葛均波院士提出了国际上通用的心肌桥诊断标准，就是‘半月现象’，那年他才35岁。德国一位很知名的专家称他是‘应用血管内超声检测心肌桥的先驱’，真是太厉害了！”

“这么年轻就能干出这么大的成绩，佩服！”文玲自言自语道，“我也快三十岁的人了。”

“我都四十多了，还一事无成呢，惭愧啊！”

“老师，您已经很棒了！”

“也就在咱们这个小圈子里，还算有点小出息，跟人家人民医院和中医院的同龄人没法比。但是，一个人不论智商高低，想干出一份成绩，成就一番事业，与勤奋都是密不可分的。葛院士几十年来一直保持着凌晨4点起床读书的习惯，咱们差远了。他还算是我的校友呢。”

“什么时候的校友？”

“他从青岛医学院毕业后，来省医科大学读的硕士，我是从这里读的

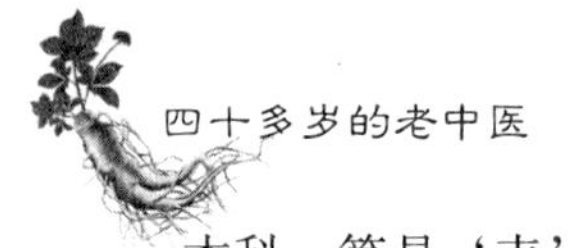

本科，算是‘表’校友吧。”

“呵呵，其实这就是校友了嘛！”

“他后来又去上海医科大学心内科攻读博士学位，读博期间被公派赴德国美因兹大学医学院留学，获得德国的博士学位，接着又进行了博士后研究。一路下来，马不停蹄啊！他到德国的第一年，就在《德国心脏病杂志》上发表了一篇关于腔内超声的论文，引起国际同行的重视，随后又发明了‘可视冠脉激光成形术’，用于治疗冠心病，取得很好的效果。其实他发现‘半月现象’也挺偶然的，关键是人家用心了。说是一个周末，他跟往常一样，去心内科实验室分析资料，一个心肌桥病人血管内超声图像上的半月形暗区引起了他的注意。他敏锐地意识到，这个半月形暗区并不是特例，他就立即找出了实验室里所有心肌桥病人的血管内超声图像，经过仔细研究，他发现每一个病人的超声图像上都存在相似的情况。在这之前，由于心肌桥造成的冠状动脉缺血和冠心病造成的心肌缺血在症状表现上非常相似，如何准确地辨别这两种疾病，却一直是个难题。葛院士的这个发现大大提高了心肌桥的诊断率，使它的检出率由不足5%提高到了95%以上，从此成了国际上通用的心肌桥诊断标准。平时我一再提醒你们要保留每一个病人的资料，并且要尽可能详细，道理就在这里。”

“哦。”文玲似有所悟。

“人家葛院士还有一个大优点，就是回国后并没有枕在功劳簿上睡大觉，而是撸起袖子攥紧拳头，接着大干快上啊！”

文玲笑出了声。

陈风掰着指头，如数家珍般地说道：“首先，他牵头完成了中山医院的第一例心脏移植手术，现已成为全国的典范；其次，手术属于上海市第一例的，有切割球囊技术、冠脉腔内照射技术和颈动脉支架植入术等；第三，属于国内第一例的，有带膜支架植入术、高频旋磨术、经皮主动脉瓣膜置换术和经皮二尖瓣修复术等；最后呢，他在国际上率先采用对吻引导钢丝技术，进一步提高了冠脉慢性完全闭塞病变，也就是CTO的开通成功率。并且啊，他还研制出了可降解的冠脉药物支架……”

门外传来重重的敲门声。文玲去开门，原来是成总和张总来了。

陈风笑问：“用劲这么大，是不是跟我有仇啊？”

“哪里，哪里，跟谁有仇也不敢跟医生有仇啊！”成总一笑，双眼眯成了缝，弥勒佛一般的大肚子也跟着微微发颤。

张总解释道：“我这不是着急嘛！陈主任快说说，我是不是判了死刑了？”

“是。”陈风严肃道。

张总心中猛地一沉，苦笑道：“真的？”

“真的。”陈风拍了拍他的肩头，笑道，“活不了五十年。”

“快给我说说，到底怎么回事儿？你就别卖关子了！”张总虽然还有些着急，但比刚才好多了，他从陈风的玩笑话里能听出来，没啥大事儿。

陈风指指天花板上的节能灯，问道：“看到节能灯了吧？”

“看到了。”

“电线呢？”

“在墙里面呢。”

“是暗线对吧？”

“是啊。”

“有些老房子里面，是不是还有明线？”

“是啊，就是在墙外面的那一种。”

“这就好解释了。”陈风笑道，“咱人的血管啊，就像这电线一样，有明线也有暗线。给心脏供血的血管呢，应该都是明线，在心脏的外面，但你呢，有一小段，是暗线，走在里面了，心脏收缩的时候就会受到挤压，从而出现心脏供血不足的情况。明白了吧？”

“为什么这样呢？”

“这不怨你，从小就这样，要怨就得怨你们家大爷大妈了。”

“那怎么办？需要开刀吗？”

“不用。别激动、别累着就行，控制好心率，可以吃点倍他乐克。”

“那我就放心了。”

成总道：“你就把心放肚子里吧！我就说嘛，好人好报。”

“我怎么觉着我不大像好人呢。”张总憨憨一笑。

成总道：“好好找一下啊，并不是一点优点也没有。今晚我们给你一个机会，让你好好当一回好人，怎么样？”

“没问题啊！陈老弟，你说，想吃什么？”

陈风推辞道：“改天吧，过两天我给你打电话。”

“哎，对了，我问你啊，小时候就有这毛病，为啥小时候没症状呢？”

成总抢答道：“这还用问吗？小时候电线好，现在电线老化了呗。”

陈风夸道：“成哥高，回答得太好了！问题就出在电线上，也就是血管上，需要按冠心病防治指南进行预防，包括戒烟、限酒、控盐等，抽时间给你来个专门的养生保健讲座吧。”

这时，陈风的画家朋友闫喜刚领着老母亲过来了，成总和张总于是告辞，

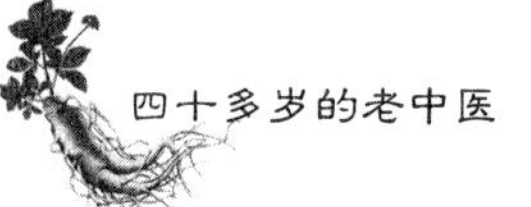

约好了过几天电话联系。

陈风说道："阿姨，您好啊！我记得您年前来过，是来看偏头痛的吧？"

"是，是。"

"现在没事了吧？"

"已经没事了，多亏了你。这次是腰上长了个东西，你再帮我看看。"老人家站起来，撩起了衣服。

陈风一看，在她右腰上方巴掌大小的区域里长了很多黄豆似的脓疱，密集分布，疱液较为浑浊，沉积在疱的底部，疱壁薄而松弛，好在还没有溃破，就道："这是脓疱疮，大疱型的。几天了？"

"三四天了。"

"一开始都是小的水泡，是吧？"

"是，长得很快，越来越大，也越来越多。"

"痒不痒？"

"痒。"

"忍着点，别挠它，挠破了更厉害。我给你开点药调调吧，很快就会好起来的，不用担心。"

老人家点头称是，陈风开始为她检查，随后以五味消毒饮加减开了处方，又对闫喜刚说道："喜刚哥啊，我再给阿姨开点新诺明，如果脓疱破了的话，就先用酒精消消毒，再把新诺明压成粉，撒上就行了。"

"好的，好的。这是什么原因引起来的啊？"

"感染，金黄色葡萄球菌感染，不过这病大多是长在孩子身上。"

陈风扭头冲向老人家，笑道："阿姨，这说明您还年轻啊！"

老人家很开心："呵呵，还年轻？都七十多了。"

"使劲活，活到一百多，到时候喜刚哥就成了全国有名的大画家了。"

"好，我盼着你们俩越来越出息。"

第十七章

“现在存在着两个极端，一是中医本身将某种疗法说得神乎其神，主观性太强，病人盲从甚至崇拜；二是某些西医或者媒体不调查，不研究，断然否定，给予抨击。这些都是不科学的，我们的态度应当是立足于实际情况，学一学，试一试，让疗效说话。通过咱们试用，对于失眠的病人，还是管用的嘛！”

老人的病看完后，闫喜刚看着陈风，略显犹豫，顿了顿，才说道：“老弟啊，还有个事得麻烦你。”

陈风道：“喜刚哥，你说，咱哥俩就不用这么客气了吧。”

“哦，是这样，昨天晚上跟咱泉畔区的谭书记一块吃饭，他提到睡不好觉三四年了，找了好多专家也没看好，我就推荐了你。我家老爷子的失眠不就是你给看好的嘛。”

陈风一听就明白了：“这还叫什么事儿啊？他能来就过来，不能来咱们就过去找他。”

闫喜刚笑道：“太好了！还是老弟爽快！我主要考虑着他也忙，你也忙，你们俩的时间不好凑。”

“现在就打电话吧，看他什么时候方便，咱过去，一定给领导服好务。”陈风表态道。

喜刚给谭书记拨通了电话，定在明天早上 8 点，在泉畔大厦见面。

“老弟，把你家的具体地址告诉我吧，明天早上我去接你。”

“不用不用。”陈风推辞道。

“那多不好意思啊。”

“我平常喜欢骑自行车活动活动，要不很容易变胖，你可别剥夺了我锻炼身体的大好机会哟！”

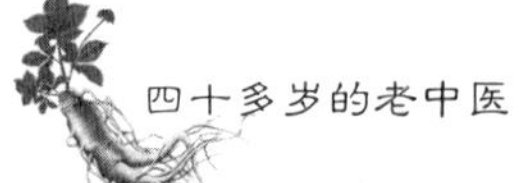

“那好吧，咱们明天早上见，我们走了。”

送走这娘俩，文玲道：“老师，我上网查到了李老师的一些资料，有人说那是伪科学，不可信。”

“哪个李老师？”陈风有点懵。

“就是上次您说的搞八卦象数疗法的那一个。”

“哦，我想起来了，我还想着周末去拜访她呢。”

文玲从网上查出了那篇来自“青岛小社区”的报道，发表时间是2011年的8月9日。

最近，我发现身边的亲戚朋友都在使用一种由青岛传来的‘八卦象数疗法’治病，该疗法将所有疾病都一一对应了一组数字，病人只要默念这些数字，就可以康复。我对他们指出该疗法是伪科学，但是他们却对其深信不疑。到底这所谓的“八卦象数疗法”有没有如此神奇呢？

……

这种“神奇疗法”，大到各类癌症、帕金森综合征，小到感冒发烧，各种疾病全部“药到病除”，而李某某为了证明疗效，还特意搜集了100多例成功治愈患者疑难杂症的案例，编成合集出版发行。

专家说法：没有临床检查，凭卦图怎么诊断

那么，这种被说得如此神奇的“八卦象数疗法”到底有没有科学依据呢？记者昨天下午，就此事咨询了南京市某某医院副主任医师胡某某，在了解了该疗法的相关介绍及“原理”后，胡医师一口断定：“‘八卦象数疗法’，纯粹是伪科学！”

胡医师告诉记者，诊断一项疾病需要通过临床表现和必要的检验检查来确定，仅凭一张八卦图和一串数字就下诊断结论，是没有科学依据的。而治疗疾病的方法需要符合医学科学理论，疗效的确定更需要经受随机、对照、可重复科学三原则的检验。

“对着一张八卦图就能确定病情，念几个数字就能治病，简直是太荒谬了。病人或许是无知或愚昧，施术者不是巫婆就是骗子。”胡医师表示。

卫生局科技局：该机构既未审批，也未登记

昨天下午，记者拨打了“青岛某某自然疗法研究所”官方网站上提供的电话，与该机构的工作人员取得了联系。记者称自己想报名参加“八卦象数疗法”的培训，询问在南京有没有相关的培训班，一名工作人员表示，该培训班目前只在青岛市开设。

记者又询问培训班的收费情况，工作人员告诉记者，“八卦象数疗法”培训班的函授初级班每人 1090 元，面授班每年两次，每次 1200 元，授课时间为每次 4 天。记者提出要和该疗法创始人李某某直接联系时，工作人员称，李老师比较忙，不方便提供联系方式。随后，当记者询问该机构是否有相关营业执照时，对方突然挂断了电话。

为了了解这家“青岛某某自然疗法研究所”是否在相关部门备案登记，记者联系了青岛市卫生局，经过卫生局医政处的查询后，一名工作人员表示：“青岛市卫生局并没有这家‘青岛某某自然疗法研究所’的备案登记。”工作人员告诉记者，由于这家机构出示的名称是“研究所”，按照相关规定，凡是注册研究所，必须到当地科技局进行审批，才能进行工商注册，并建议记者到青岛市科技局查询。

于是，记者又联系了青岛市科技局。青岛市科技局法规处的一位工作人员称，凡是注册研究所名称的机构，都必须经过该局技术审批，但他们并没有查到这家“青岛某某自然疗法研究所”相关的审批记录。记者在该“研究所”官网上看到，一则“声明”中写着：“2002 年青岛某某自然疗法研究所在青岛市工商局正式注册。”昨天下午 5 点，记者又试图与青岛市工商局取得联系，但没有联系上。

“神医大师”何以“前赴后继”

今年，风靡一时的“神医”张某某，在去年终于走下神坛，“绿豆可治百病”“喝酸奶将阻塞血管”等所谓的中医养生理论一一被拆穿。

无独有偶，今年 7 月 23 日央视《新闻调查》播出了题为“马某某神话”的报道。养生畅销书作家马某某宣称靠泥鳅、当归等攻克世界级绝症，被医学专家驳斥无科学依据并告知其存在危险。

“伪神医”养生成本低迎合市民“图省钱”心理

看病难、看病贵没有从根本上得到缓解，人们病急乱投医，便不得不求助甚至迷信马某某们，无论是张某某吹嘘“绿豆治百病”，还是马某某声称“生吃泥鳅百益无一害”，都有一个共性，看病成本低。看病要花费昂贵的医药费，既然通过“生吃泥鳅”就能实现健康，也就迎合了部分市民省钱的心理。

当下，食品行业处于扭曲和失信的困境，人们渴望回归自然，过上健康生活。社会“病”了，老百姓吃“药”，这就是“大师教母”现象产生的根源。“大师教母”并不可怕，可怕的是无处不在的狂热情绪，以及集体无意识的跟风行为。

关于民众科学素养，一个可以用来论证的论据是：在西方发达国家，政府和普通民众是非常重视养生学的，但是他们更注重生命的安全和健康，所以对于没有科学依据的养生理论是绝对不能接受的。

空白监管正是“伪神医”的庇护所

“养生神医”的前赴后继，已经足够说明中国养生领域的监管是何等苍白乏力。这也提醒管理部门，不能对“大师教母”的死灰复燃抱围观的态度，更不能坐视他们欺骗、坑害民众而不受任何约束，唯有加大对此类“大师教母”欺诈行为的打击力度，才能更好地维护群众生命健康安全。

陈风看完，摇摇头，然后说道：“这记者的某些观点有点武断了，‘没有调查就没有发言权’嘛！”

“直接就给全盘否定了。”文玲接道。

“人家李老师本身就是个针灸医生，八卦象数疗法可以当成是辅助疗法。所以说啊，很多事儿得辩证看。但是呢，也不排除，李老师在书中把这种疗法夸大了，给人一种百病皆治的错觉。”

“嗯，确实这样。”

“现在存在着两个极端，一是中医本身将某种疗法说得神乎其神，主观性太强，病人盲从甚至崇拜；二是某些西医或者媒体不调查，不研究，断然否定，给予抨击。这些都是不科学的，我们的态度应当是立足于实际情况，学一学，试一试，让疗效说话。通过咱们试用，对于失眠的病人，还是管用的嘛！”

“转移注意力了。”

“是啊。前几天咱们提到的心理暗示，按照暗示的方式分类，可以分为直接暗示和间接暗示。直接暗示是指咨询者以技巧性的语言或表情，给予来访者诱导，使求治者改变原有的病态感和不良态度，达到治疗目的；而间接暗示呢，是指借助于某种刺激或仪器的配合，使求治者处在某些特定的环境中，再结合施治者的言语态度进行暗示。这八卦象数疗法就可以看作是间接暗示的一种手段，在临床上用一用，又不花钱，何乐而不为呢？”

“嘿嘿，不用白不用。”文玲调皮地笑了笑。

第二天一早，闫喜刚和陈风几乎同时到达了泉畔大厦，党委办公室的梁主任早已在此恭候。

闫喜刚给他们相互介绍，然后一起上楼。谭书记的办公室在四层，宽敞明亮且干净整洁，办公桌的左上角摆放着袖珍版的国旗和党旗，给人一种无比庄重的感觉。

谭书记中等身材，偏瘦，热情地握住陈风的手，说道：“没想到陈主任这么年轻啊！将来更了不得啊！”

“哪里，哪里，谭书记抬爱了。”

“这次给你添麻烦了，辛苦你大老远地跑一趟。”谭书记客气道。

“应该的，应该的，谭书记心里装着咱泉畔区的老百姓，操心受累，我们一定要给您做好保健工作。”

两人客套一番，坐了下来，开始诊病。

谭书记五年前因为胆结石、胆囊炎做了胆囊切除手术，从那以后食欲不佳，一吃稍油腻的东西就会恶心，甚至呕吐。跟别人共同进餐时，他的前面总会摆上一个水碗，夹了菜需要放碗里涮一下再吃，起初很是尴尬，后来逐渐习惯了。大半年下来，他瘦了二十多斤。再后来，他入睡困难，并且经常三四点钟就醒，在床上翻来覆去的时光，像烙饼一样，难熬死了。

陈风仔细地给他检查完，解释道：“谭书记，您这情况啊，主要是由于胆囊切除，影响整个消化功能造成的，中医有个说法，叫‘胃不和则卧不安’；还有就是思虑过度，考虑事儿太多太细了，您能不能一离开这间办公室，就把所有工作上的事儿放在脑后？”

“很难，区委一大摊子事儿啊！”

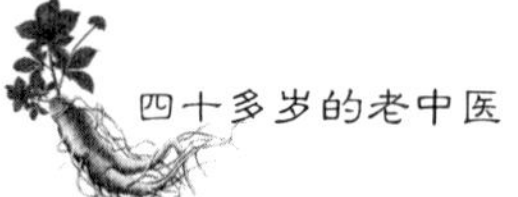

“那就十来件事儿，只留下一两件。这样总可以吧？”

“我尽量。”

陈风低下头开方子，是以宁心消痔方加减的，开完后递给了梁主任。

等他告辞出来，准备离开，梁主任说道：“来我办公室坐坐吧，过会儿娄区长还要过来，他胃不好。”

“好吧，去梁主任办公室认认门。”

其实梁主任的办公室就在谭书记隔壁，面积要小一些，不过也很整洁。

很快，娄区长过来了。他们打过招呼，陈风开始为他检查。他的舌苔黄而厚腻，脉象尺部独沉，并且掌面结肠区杂乱纹很多。陈风就问：“平时是不是经常打嗝、胀气，而且一不注意就会泻肚子？”

“是，一吃凉东西就不行，有时候还肚子疼。”

“还有腰酸的情况是不是？”

“偶尔有，不经常。”

“没大事儿，上热下寒，吃几服药调调吧，很快就会好起来。再就是要注意，辣椒、牛羊肉少吃，凉东西也要少吃，更不要喝冰镇的啤酒。”陈风以半夏泻心汤加减开了处方。

从泉畔大厦出来，闫喜刚热情相邀道：“老弟，这儿离我的画室很近，走，过去看看。”

“哦，不去了吧，还得回医院查房呢。”

“让别人帮着查查呗。”

“还是改天吧。”陈风再次推辞。

“对我们来说，天天有忙不完的画展；对你们来说，天天有看不完的病人。你说什么时候才是个头啊？难得一会儿闲，还是给自己放次假吧！走，上车。”

“生命不息，战斗不止啊！好吧，这次听你的了。”陈风不再推辞，上了车，然后给贾主任打电话请假。

打完电话，陈风随手通过百度搜到了闫喜刚的介绍。

闫喜刚，男，1972 年出生，毕业于天津南开大学东方艺术系。现为中国美术家协会会员，中国青联艺术委员会委员，省青年美术家协会副主席，省画院专业画家，市美术家协会理事，市政协委员。

作品《视角》入选“全国首届水墨人物画展”，并获省首届水墨人物画展一等奖；作品《峥嵘岁月》入选“第四届中国体育美展”；作品《强国之梦》《秋雨淅沥》入选第九届全国美展，并获省一等奖；作品《彝族风情》入选“2001 年新时代中国画展”，并获优秀奖；作品《三月三》入选“2001 年中国画大展”；作品《欣慰》入选“第五届中国体育美展”，并获省展一等奖；作品《秋霁》入选“建党 80 周年画展”，入选“21 世纪中国画澳大利亚展”并获优秀奖；作品《天界子民》参加“纪念毛主席《在延安文艺座谈会上的讲话》发表 60 周年”全国美展（省展区）并获金奖……

陈风惊叹不已，真是“三百六十行，行行出状元”啊！没想到喜刚哥年纪轻轻，竟然是硕果累累，他不由自主“嗯”了一声，并连连点头。

“怎么了？”闫喜刚问道。

陈风实话实说：“哦，正在看你的介绍，喜刚哥太厉害了，获过这么多大奖，著名画家啊！”

闫喜刚笑道：“好像没有‘著名’二字吧？”

“有，我给加的。”

“谢了，我理解为这是一种鼓励。”

车子七拐八拐，进了一个大院子。闫喜刚介绍道：“这里原本是家少年宫，国营的，经营不善，后来就转租了出去，五花八门干什么的都有，有教音乐的，有教舞蹈的，有教美术的，还有教跆拳道的。只要想学，这儿基本上都有。”

“这里挺热闹的，要是画画的话，能静下心来吗？”

“这世上哪有绝对安静的地方啊？心静就行！”

闫喜刚停下车，又道：“老弟，请下车，著名画家的‘著名画室’到了。”

陈风心道，我说哥们哎，你还真不谦虚，怎么顺杆爬呢？等下了车，陈风抬头一看，果然是“注名画室”。

闫喜刚锁好车门，来到画室门前，陈风就问：“喜刚哥啊，为啥叫这名字？挺别致的。”

喜刚哥打开门，笑道：“谁见了这名字都问，你是第九百九十九个了，先进屋吧，坐下来慢慢说。”

画室四方四正，大约三十几个平米，布置比较简陋。四面的墙上挂满了作品，下面还标注了名字和日期，一看都是学生们的作品。陈风道：“喜刚哥现在是桃李满天下啊！”

“混口饭吃呗，谁也不能免俗。”

“哎，这可不对喽！”陈风纠正道，“喜刚哥这是在培养下一代，在为祖国的美术事业做贡献呢！”

“呵呵，少奉承我。”

画室的西北角有一对藤椅，中间还摆放了一个玻璃茶几，两个人说笑着坐了下来。陈风问道：“该给我介绍介绍名字的来历了吧？”

“名，就是名字，没啥好说的。注，有三层意思：第一，是说记载、登记的意思，比如注册、注销；第二，是说赌博时所下的金钱财物，比如下注、赌注；第三，是说把精神或者力量集中在某一点上，比如注目、注意。画室最早出现在汉朝，是专门给尧、舜、禹、汤、桀、纣等古代的帝王们画像的地方，后来逐渐演变为画家的工作室。我给画室起这名呢，从字面意思看，就是登记一个名字而已，但它还有更深层次的意思，既然拿名字下了赌注，就要全神贯注，全力以赴，不鸣则已，一鸣惊人，让‘闫喜刚’这个名字彪炳史册。”

陈风拍掌道：“喜刚哥，你说得太好了！”

“老弟，别笑话我啊！哥知道，哥这话吹大了，哥不吹了啊，烧水去了。”

趁他去接水的功夫，陈风站起身来，继续浏览作品。在东南角，陈风看到一幅名叫《夏日清晨》的作品，画中隔着薄薄的纱帐，一位裸体少妇正侧卧而眠，神情安详、宁静，她的肌肤如凝脂一般白皙而又光滑，毛毯恰好盖住了隐秘部位。她还在梦中，还在幸福的梦中……

陈风正在欣赏，身后传来闫喜刚的声音：“喜欢吗？”

“喜欢，相当喜欢！太有意境了！”陈风照实回答。

“这是我画的，送你了。”

“多谢多谢！今天一来，收获颇丰啊！”

闫喜刚埋怨道：“一开始请你，还不想来呢。”

“我错了还不行吗？”

“没怪你，谈谈你对裸体艺术的看法吧。”

陈风摇摇头：“没看法，只是喜欢看。”

“你们当医生的不是经常见吗？”

“看病和欣赏艺术是两回事儿。妇科大夫看得多，外科大夫也不少见，我们干内科的偶尔见，还只是局部，尤其我们干心血管的，接触的大多是中老年人，哪有什么艺术可言，身体就是身体，器官就是器官嘛！”

“人家不都说，大夫是职业流氓吗？”

“这话太偏激，给人看病叫流氓，为什么给牛、给猪看病不叫流氓？给汽车、给摩托车看病不叫流氓？再说了，大夫很少主动找病人的，这叫‘医不叩门’，病人都是自己找上门来。”

“有道理。”

“其实裸体就是身体，只是没穿衣服而已，没什么可神秘的，还是回归自然、返璞归真的好。据说裸体艺术的发展也是一波三折、困难重重？”

“哼哼！何止是一波三折啊！”喜刚看水烧开了，起身为陈风泡好茶，说道，“1977 年，在甘肃酒泉挖掘出了东晋十六国时期绘有裸体女性画像的壁画墓，这是自中国文明史以来所发现的最早的最符合裸体人物绘画意义的作品了。明朝的唐伯虎也曾画过春宫图。近代咱们国家最早画裸体的是李叔同，但仅仅是记载，我们现在查考不到作品。20 世纪 20 年代有一件很轰动的事件，就是中国第一次模特风波。说的是 1914 年，刘海粟在上海美专开设人体模特写生课，那时在封建礼教思想极重的中国根本找不到模特，别说女的，就是男模特也找不到，人们认为在众目睽睽之下脱光衣服，那是对自己的侮辱，更有迷信者，认为让人画画会把自己的灵魂偷走。当时找到的第一个模特是一个 15 岁的小孩子，绰号叫‘和尚’，真实姓名不清楚，他是中国美术教育史上的模特第一人。但是要画人体素描光是画小孩子是不行的，因为看不出结构特征，后来就重金招募模特，结果来了 20 个男人，但一进画室，用刘海粟当年的话说‘无不咋舌而奔’，跑掉了 19 个，还剩一个连哄带骗总算是留住了。到了 1917 年，上海美专举办成绩展览会，有几个陈列室里陈列了人体习作素描，众人莫不惊骇。有一个校长，他是带着夫人和女儿一起来的，竟然破口大骂，说刘海粟是艺术的叛徒，是教育界的奸贼，还非要惩戒他不可。刘先生与封建卫道士的斗争一直持续了十多年，后来大军阀孙传芳也出面干预，他给刘海粟写信让他适合中国国情，但是，刘却没有给他这个面子，而是据理力争。孙传芳恼羞成怒，暗中通缉他……直到 20 世纪 90 年代，裸体艺术才有了更进一步的发展，逐渐进入大众的传播领域。”

“真是不容易啊！不过艺术就是艺术，总会拨云见日的。”

又聊了一会儿，陈风告辞，闫喜刚挽留道：“反正已经请假了，中午吃完饭再走呗。”

“不了，还没十点呢，这个点回去还能干点活。”

“这么惜时如金啊！你已经功成名就了，不用再拼命了，凑凑合合就行。”

“离‘注名’还差老远呢！”

“你这家伙！”闫喜刚见陈风执意要走，就没再继续挽留，“想走就走吧，不留你了，我去送你。”

“不用，挺近的，我自己溜达溜达吧。”

陈风离开画室，刚到院子门口，有人喊他：“这不是陈风嘛，这么巧！你怎么在这儿啊？”

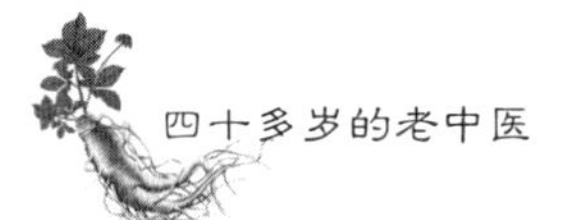

陈风抬头一看，是位女同志，40多岁，打扮得很时尚，戴着一副墨镜。他一下子没认出来是谁，愣愣地望了她一眼，礼貌性地点点头："你好！你好！"算是打过招呼了。

那女同志摘下墨镜，委屈道："你是不是不记得我了？"

"哟嗬，原来是赵二姐啊！你怎么在这儿？"

"你先说，你怎么在这儿？"

"我来找一朋友。"

赵二姐用怀疑的目光盯着他，问道："不会是女朋友吧。"

"曾经有过。"

"老实交代，谁？"

"现在成媳妇了。"

"哼！油嘴滑舌，不说实话是吧？小心我给弟妹告状。"赵二姐步步紧逼。

陈风也不依不饶："去吧，要是能让你弟妹把我甩了，奖金十万。"

"你气死我了！说，到底干吗来了？"

"我刚刚调到纪委，来调查你。"

"哎哟喂，陈主任啊，我算服了你了。"她主动交了实底，"我来是给孩子们上舞蹈课的，你呢？"

"哟，没想到你是舞蹈老师啊！"

"你看我这身材，一看就是舞蹈家。"她故意扭了扭身子。

"嗯，确实像。"陈风不想再跟她闹了，就道，"来看一朋友，注名画室的闫画家，现在回医院上班。"

"哦。"赵二姐点点头道，"哎，对了，你哪天有空？给我一闺蜜看看，她胃不好。"

"看她时间吧，提前给我打电话就行。"

"她是大老板，挺忙的，你能不能给个面子，出次诊。"

"没问题，下午吧。"

"好嘞，我四点去接你，可以吧。"

"欧了，我等你电话。"

陈风回到办公室，文玲正在录病历。陈风问道："咱管的病人都没事儿吧？"

"贾主任帮着查过了，给监护室的五床泵上了多巴胺。老师，多巴胺的用量为什么是每分钟每千克体重一微克呢？"

“病人是不是尿少了？”

“是，昨天尿量才400毫升，脸又肿起来了。”

“哦，这就对了。多巴胺的药理效应为剂量依赖性，小剂量时，每分钟每千克体重0.5到2微克，主要作用于多巴胺受体，使肾及肠系膜血管扩张，肾血流量及肾小球滤过率增加，尿量及钠排泄量增加；中等剂量时，每分钟每千克体重2到10微克，能直接激动β1受体，并间接促使去甲肾上腺素释放，对心肌产生正性应力作用，使心肌收缩力及心搏量增加；大剂量时，每分钟每千克体重10微克以上，主要激动α受体，导致周围血管阻力增加、肾血管收缩，肾血流量及尿量反而减少，由于心排血量及周围血管阻力增加，会引起收缩压及舒张压都增高。简单来说，多巴胺的作用就是小剂量利尿，中剂量强心，大剂量升压。明白了吧？”

“明白了。”

“这里有两份病历，录进去吧。”陈风掏出手机，把两份病历的照片调了出来，递给文玲。

“老师，给这个失眠的病人配八卦象数了吗？”

“没有，这位病人控制力、指挥力特强，很难受别人暗示，还是不用的好。”

“哦。”文玲开始录病历。

陈风又道：“这两个人，一个是书记，一个是区长，这是我看过的最高级别的领导了。”

“嗯，老师的知名度会越来越高。”文玲逢迎道。

“呵呵，但愿吧。”

文玲录完病历，离开了办公室。陈风打开QQ，有头像在闪，是孙编辑的：“热和有火不是一个概念吧？”

陈风思考了几分钟，回复道：“关于这个问题，目前有三种解释。一，在目前的一些中医药著作当中，常常有这样的一种说法，认为火和热都是同一种邪气，而在这两者之间，仅仅是一个程度的差异，认为‘热为火之渐，火为热之极’，即火大于热；二，火和热应该是同一种邪气，或者同一类的病理改变，所以说清热和泻火，从广义上来讲是相同的意思，泻火就是清热，清热和泻火没有轻重、强弱之分；三，从哲学的观点来说，火是本原，是一种存在，可以说是一种物质，由于有了火的存在，产生的热的一些征象，这才应该是两者之间最主要的区别。”

“您讲得很透彻！我懂了。”

“理论方面的东西，不必太较真。中医学是一门实践医学，老祖宗那时候还没有基因组学、代谢组学这一套，认识事物往往采用取象比类的方式。比如咱们刚才提到的，要是房间里面有火炉，生了火，那房间里的热度就会增高，热是火产生的，因此，老祖宗就会认为火是本源，热是由火产生的一种表象或是一种现象。还有一种说法，叫'湿为水之渐，水为湿之极'，分散的、无形的这个就是湿；湿慢慢集中起来，有形的就是水。比如说，我们发现一个房间里面地上是湿润的，我们不说它有水，我们说地是湿的；只有水积在那块，有形了，才说这个地上有水。"

"有意思。火和热也有这种关系，对吧？"

"不典型，当然不是绝对没有，但是这个说法似乎也很流行，主要是说火要重一些，热要轻一些。但实际上并没有这样分，比如我们说心热亢盛、心火亢盛，并没有认为心火亢盛的证候就一定比心热亢盛要重多少，实际上是等同的。"

"哦，我明白了。"

"取象比类在中药学中的运用也很广泛。比如说，由于花朵多生于植物的顶端，所以它的药用功能是多治头部疾病，故有'诸花皆升'之说；藤类植物，因其枝干运送水分营养的功能强大，所以能治疗肢体、关节的疾病；而骨、肉、脏器之类药品，能治疗人身体中与之相同或相近部位的虚损类疾病，所以被称之为'血肉有情之品'。怎么样，好玩吧？你会越来越喜欢中医的。"

"好玩，我已经近似痴迷了。哦，我最近用了二妙丸的方子治疗湿热，效果还不错，身体很轻盈，另外用生甘草绑在丰隆穴周围去痰湿，效果也很好。"

"可以继续用。"

"但是舌苔发黄，感觉有火。我读医书，说是二妙丸能祛一切湿热，是不是在二妙丸里再加点泻火的药呢？"

"里面有黄柏了。"

"哦，黄柏泻火，可以适当加量吗？"

"可以。"

"刚读完一本《零起点学中医》，写得不错。我觉得，只有把《中医基础理论》《中医诊断学》《中医内科学》《方剂学》和《中药学》都读完了，才算系统一些，是吧？"

"是啊！天道酬勤！"

"前些日子回家，给我妹妹看了看，觉得她阴虚火旺，心脾两虚，睡眠不好，给她开了知柏地黄丸和归脾丸，吃得不错，能睡着了，我觉得蛮有成就感的。"他还发来一个笑脸。

“呵呵！很好！”

“我对其他人说了跟你学中医，呵呵，周围的人都很支持，觉得这是个很好的事情。”

“绝对是好事啊！”

“陈老师，我已经看完了《中医基础理论》和《中医诊断学》。”

“很好！继续努力！”

“打算下一步看《中药学》，给点学习指导？”

“学中药，先背目录。”

“哦，好，先背目录，这个意见非常好！‘五脏皆有汗，不独心也。汗皆为虚。心虚则头汗、肝虚则脊汗、肾虚则囊汗、肺虚则胸汗、脾虚则手足汗。’这话说得有道理吧？我最近头汗多，心虚易惊，用点柏子养心丸看看？”

“可以的。”

“最近太忙，劳心劳力，一边加班看稿子，一边学中医。昨天一天把秦未伯的《中医入门》读完了。”

“很厉害啊！”

“我真的是特别喜欢学。遇上你，有了指导，推我一把，正是机缘巧合。”

“那就好，其实有很多自学成才的中医高手。”

“主要是自己觉得有趣，能读下去，能理解。兴趣是最好的老师，再加上你多指导，我觉得能学好。”

“肯定能学好！”

“我看你给我开的药方，里面有桂枝，桂枝应该可以温通心阳。”

“是，可以。”

“嗯，说明心是有阳虚的情况存在的。”

“是啊！”

“中医真要学好了，得用上几年，内容太丰富了，不是一朝一夕的事。”

“是的，‘熟读王叔和，不如临证多’嘛！”

“我看过这句话，就像你以前说过的，慢慢来吧。”

“是啊！”

“有空了我得多往你那里跑跑，学点实际的，呵呵。”

“好啊！欢迎！”

“在你的指导下，我先拿自己开刀吧。我按了自己的左寸脉，确实最近有些弱，应该就是心阳不足吧？”

“呵呵，学得不错啊！”

“我这还早着呢，买了一大堆书，光脉学的就买了两本，还有《思考中医》《圆运动》系列和《任之堂》系列，好多都没看呢。”

“就像你说的，并非一朝一夕之功，继续努力吧！祝福你！”

艳茹敲门进来，道：“老师，我又写了一篇文章，您抽空给看看呗。”

“哟，很能干啊！”陈风夸道。

“老师带得好。”

“哎，‘师傅领进门，修行在个人’嘛！主要还是看个人的智慧、悟性和勤奋，我也就是给你们敲敲边鼓。”

陈风打开优盘，看了起来：“嗯，题目不错，《从运气学说探讨乙未年慢性心力衰竭的诊治规律》，到年底前发表出来，正好就可以用得上了，为明年治疗心衰提供一些借鉴。”

“也不知道写得怎么样？”

“我先看看摘要吧……本文根据乙未年的运气变化，结合慢性心力衰竭的发病特点，探讨乙未年该病的中医诊治规律：初之气，风气主令，要预防诱发因素；二之气，燥气为主，可用甘寒药物滋心阴、抑心阳；三之气，湿火相和，可‘以甘缓之，以苦泻之’；四之气，气候反常，有小逆，要防病发；五之气，燥金主气，可辅以宣肺、润燥治疗；终之气，寒水主气，要注意防止寒邪。以上为乙未年运气规律，以期为慢性心衰的临床用药及养生提供思路。”

陈风读完摘要，说道：“嗯，思路很清晰，不错，抽时间我再看看全文。”

“谢谢老师。”

“再给你布置个题目吧？”

“老师，您说。”

“就‘诸花皆升、旋覆独降’讨论一下。”

“好的。”

艳茹刚要走，来了一个病人，是后勤科的周老师领过来的。周老师道：“陈主任，这是从我老家来的，想请您给看看。”

“哦，没问题，请坐吧。”陈风很客气地说道。

病人是位老年女性，特瘦，口干、唇干、眼干 10 多年了，伴有胃胀，有时胸闷、头晕、潮热、手脚麻木、周身乏力，舌质暗红，苔薄黄，脉沉细，胃镜显示糜烂出血性胃炎和幽门螺旋杆菌阳性。

陈风以宁心消痞方加减开了处方，然后对艳茹道：“好好看一下这位阿姨的手纹，看看有什么特征。”

艳茹仔细看完，道：“感情线延伸到食指、中指缝，智慧线中段有岛纹，颈椎区有杂乱纹，腰椎区有下划线……”

“没了？”

“没了。”

“这阿姨还有一个重要特征，过会儿可以拍下来。你看，在小鱼际有一条非健康线，在大鱼际还有一条很明显的线，这两条线组成了……”

艳茹抢道：“倒八字。”

“对了，倒八字提示消化道出血。”

“我怎么就看不出来呢？”艳茹自言自语道。

“还是看得少啊！手诊有两个境界，一是熟能生巧，二是静思渐悟。”

艳茹点点头，然后给病人拍下手纹照片。

第十八章

“B和C两种性格，有时很难分辨。”也不知怎了，陈风今天的话特多，“其实也很简单，比如说吧，你向一个B型性格的人踢一脚，他不仅表面上不会在意，也不会一肚子火；而C型性格的人是表面上不发火，但并不是真的把火灭了，而是故意把火掩盖起来，实际上火还在烧，就像农村那种不通风的柴火垛……”

待周老师领着病人走后，艳茹嘟囔道：“这个周老师真抠门啊，每次带病人来都不挂号，并且也不从医院里拿药。”

“无所谓的。”陈风坦然一笑。

“那咱不就给他们白忙活了吗？”

“说不定他是咱们的福星，能给咱们带来好运呢！”

“这是什么意思？”艳茹没听明白。

陈风没有回答，而是含蓄地问道：“听说过刘邦和樊哙的故事吗？”

“只知道一点点，老师给讲讲吧。”

陈风讲道：“刘邦是汉朝的开国皇帝，在他年轻不得志的时候，常常去好友樊哙那里吃狗肉，而且从不给钱。但只要他去吃，樊哙的生意就相当兴隆。长此以往，樊哙的心里就有些不平衡了，他向刘邦婉转地表达了对他白吃白喝的不满，于是刘邦就不去了。刘邦这一不去，樊哙的生意顿时就一落千丈，所以樊哙就又想起了刘邦，苦苦哀求刘邦过来白吃。说来也奇怪，这刘邦一来，樊哙的狗肉摊马上又变得火爆了起来。”

“哦，老师，我懂了。”

“你懂什么了？”

艳茹认真地想了想，答道：“有些人可能带不来财富，但会带来运气，所以不要轻易地拒绝，甚至排斥他们。”

“呵呵，有点意思啊，其实带来了运气，也就带来了财富。但是对于我们医生而言，一定要牢记孙思邈的劝诫，‘不得问其贵贱贫富’，要‘一心赴救’才行。”

“刘邦和樊哙好像是连襟吧？”

“是，樊哙娶了吕后的妹妹吕媭，他是刘邦建立汉朝的嫡系大功臣，功劳大着呢。”陈风稍顿，继续讲道，“他救过刘邦，是刘邦的心腹大将。在入关之后，他劝阻刘邦不要留恋秦宫，以免重蹈覆辙；在鸿门宴上，他以一番机智的言论进一步说服了项羽，并保护刘邦成功逃走；刘邦称帝后，各个异性王接连造反，樊哙被派去征讨这些叛臣，他俘虏了臧荼、活捉了韩信、打退了陈豨，后来又被派去讨伐卢绾……”

“功高盖世啊！”艳茹叹道。

“樊哙对刘邦忠心耿耿，但是刘邦在死之前依然不放心他，还下了杀令，真是人心叵测啊！”

艳茹附和道：“是啊。”

“不过这跟咱没关系，好好干咱的医生就是了。”

下午，赵二姐来接陈风。

陈风坐在副驾驶位上，羡慕道：“赵二姐，行啊，刚换的新车？”

“两个月了，感觉还凑合吧？”

“相当凑合。”陈风学着冯巩的语气说道。

“嗨，你学得挺像的，你也可以去说相声了。”

“谢谢夸奖！我是瞎学。”

“这相声好像是冯巩和朱军说的吧？”

“是，他们在 2005 年的春节晚会上说的，题目叫《谈笑人生》。”

“为啥记这么清楚？”

“那年我博士毕业。年三十，我们一家人吃年夜饭，刚看完这小品，我爸提议说，我博士毕业了，还不错，得再喝一杯。我就谦虚地说：‘还凑合吧。’我哥立马接了一句：‘相当凑合。’”

“哈哈！有意思！”

“因此，这事儿就记得特别清楚。”

“哦，原来如此。连续几年，冯巩在春晚上的出场台词都是‘观众朋友们，我想死你们了’，那次他刚想说就被朱军阻止了并让他说别的，冯巩憋了半天，来了一句：‘你们让我想死了’，哈哈。”

“对，你记得很准啊。”

“好像后来，又说到出书的事，说是搓澡的也出书了，擦鞋的也出书了，朱军就试探着问：‘这么说，我的书还凑合？’冯巩就答：‘相当凑合！’对吧？”

“赵二姐，我服你了，你真厉害！”

“别忙着夸我，还有呢？我专门研究过，这相声借用了《艺术人生》的节目样式，有序幕、有发展、有转折、有高潮还有尾声，从结构来看相当完整。有序幕，是指节目开始时由朱军介绍嘉宾冯巩出场，而冯巩出场首先声明今天要把朱军说哭而不是被朱军说哭；有发展，是指朱军为了打动冯巩，拿来了啤酒，还依次搬出了冯巩小时候做的木箱、捡煤球的小铁耙等，但冯巩不为所动，反而借助一张照片和朱军的母亲把朱军给说哭了，形成了第一个高潮；当冯巩暗自高兴的时候，转折出现了，朱军‘以其人之道还治其人之身’，同样借助照片和冯巩的母亲把冯巩也弄哭了，形成了第二个高潮；有尾声，是指到后面还搬出了蔡明扮演的冯巩母亲，末了还开了个玩笑，把上来主持下一个节目的周涛说成是冯巩的媳妇……”

“哟哟哟，还真厉害哎！”陈风惊叹道。

赵二姐自豪地笑笑：“没啥，这是我们的专业。”

“这里面还提到了综合实力的概念，说是跟潘长江比个大，跟陈佩斯比美发，跟帕瓦罗蒂比劈叉，跟美国总统比说普通话。”

“对，一定要拿自己的长处跟别人的短处比，在相声界我影视演得最好，在影视界我导演导得最棒，在导演界我编剧编得最巧，在编剧界我相声说得最逗，在中医界我写书写得最火，在小说界我中医看得最神……”

陈风制止了她：“打住，打住，笑话我是吧？”

“哈哈，逗你玩，别当真。你凭的是综合实力，属于真正的复合型人才。”

“嗯，这还差不多。哎，这车花了多少钱？”

“不到 15 万。怎么样？大气吧？”

“绝对大气，人更大气”

“你就使劲夸吧，我这人最大的优点就是能经得住各种各样、随时随地的表扬。”

两个人相谈甚欢，一路上笑声不断。

赵二姐将车开进一栋新建的小区，停在第二座楼前，道：“帅哥，下车吧，到了。”

“这是到家里来吗？不是说去公司吗？”

“这就是公司，人家齐总专门买了一楼的两户，打通了，当办公室。”

“哦，明白了。”

陈风跟着赵二姐走进公司，齐总等人热情地招呼他们坐了下来。

赵二姐一一为陈风介绍，“这是齐宏宇齐总，这是齐总家先生刘水源刘总，这是办公室的吴琼吴主任。”

陈风与他们一一握手，免不了寒暄几句。

齐总的公司主要经营消防器材，起初规模较小，这两年做大了，年营业额上亿。公司里装修得富丽堂皇，在橱柜里、窗台上摆放着很多奇石和珠宝，墙壁上挂满了名人字画。齐总40多岁，格外精神，打扮得珠光宝气，戴着金项链、金戒指，还有一串虎眼石的手链，尽显雍容华贵。

陈风不为所动，静心敛神，开始为齐总诊病。

齐总胃胀、嗳气、口中异味、便秘两年多了，并且口腔溃疡反复发作，伴有牙龈肿痛，腰膝酸软，舌暗红，苔黄腻，脉滑。陈风以宁心消痞方加减为她开了方子，劝道：“齐总可能是平时业务上的事儿太多了，需要加强锻炼了。”

“健身卡办了一张又一张，运动服添了一身又一身……”

赵二姐接言道：“决心也下了一次又一次，可就是不去。”

陈风道：“从现在开始吧。”

“好，从明天开始吧。”齐总似乎又下了决心。

刘总道：“陈主任，再给我看看吧。”

“好吧。”

陈风为他检查完，问道：“你家里人是不是有谁得过肿瘤？”

“我爸爸得胃癌去世的，三年了；我姑姑得乳腺癌去世的，就上个月。您怎么看出来的？”刘总很惊讶的样子。

“你双手上都有悉尼线。”陈风说着指给他看，齐总和赵二姐也凑了过来。陈风接着讲道：“悉尼线实际上是智慧线的变异，一直延伸到手掌的尺侧，因为在澳大利亚的悉尼市比较多见，所以就叫这名了。”

齐总问道：“这线有什么说法？”

“别打岔，听陈主任讲完。”刘总阻止了她。

“国外曾有报道认为它与白血病有关。国内也有学者观察到白血病和其他癌症患者中，有悉尼线的为数不少。家族三代内，如果有人患过癌症，后代的掌纹也可以反映出来，通常他们手上会出现悉尼线，不过只是称为高危对象。这样的孩子从小就应该引起重视，预防癌症，要从饮食和生活方面注意，尽量避免接触致癌的有毒物质，避免放射线的刺激，及时治疗所患的疾病，杜绝癌症发生。如果在悉尼线上存在岛纹，不管目前的感觉如何，都要高度重视。刘总的手上没有岛纹，放心就是了。”

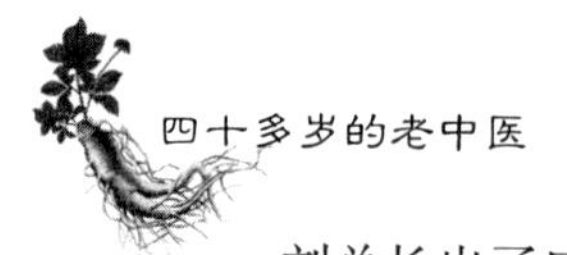

刘总长出了口气。

齐总提醒道："现在没有不等于将来没有，你可得注意了，烟酒都戒了吧。"

"瞧你这乌鸦嘴！"刘总小声道。

其实，在先天愚型的病人中，有悉尼线者也较多，而许多发育迟缓、学习不好、行为有些异常的孩子中，悉尼线也时常可见。

陈风又强调道："还要注意性格方面的问题，有这种线的人多是C型性格，还有一小部分人是A型性格。"

齐总着急问道："C型性格都有什么特点啊？"

"C型性格主要是指那种情绪受压抑的抑郁性格，有这么几个特点：一是过分压抑负面情绪，也就是说不善于表达或发泄焦虑、抑郁、绝望等情绪，尤其是经常竭力压制原本应该发泄的愤怒情绪；二是行为退缩，由于负性情绪不能及时宣泄，而导致一系列退缩表现，如屈从于权势，过分自我克制、回避矛盾、迁就、忍让、宽容、依赖、顺从等，为取悦他人或怕得罪人而放弃自己的爱好和需要；三是感觉无助、无望，经常无力应付生活的压力，感到绝望和孤立无援，往往表现出过分的克制、谨小慎微、没有信心等。"

齐总叹道："我们家老刘就是这种性格哎！"

"具有C型性格的人癌症发病率是正常人的三倍以上，所以刘总真得注意啦！要未雨绸缪、防微杜渐。"

"那怎么办？"刘总问道。

"办法有很多，听我一一道来。"陈风居然卖起了关子，"一是要学会疏泄排解，特别是对于那些严重的焦虑、抑郁、愤怒、不满等情绪，更要寻找合适的途径发泄，缓解情绪、平衡心理，绝不能一味地压抑、克制，折磨自己、为难自己；二是要学会转移心境，要有意识地培养锻炼自己从恶劣心境和无助无望状态中走出来的能力；三是要有独立的人格，人不能过分以自我为中心，但也不能没有独立的人格，为人处事绝不能以扼杀自己的独立人格为代价；四是要建立良好的人际关系网络，培植自己的社会支持系统，这样，人才会自信，才会和谐；五是要输出爱，爱自己、爱家人、爱同事、爱朋友，从爱中寻求人生乐趣……"

齐总埋怨道："听见了吧？要学会爱别人，尤其是爱家人，不能就知道捣鼓你那些花草和金鱼。"

陈风道："其实这也是很好的宣泄办法。宣泄办法分为两种：有损宣泄和无损宣泄。采取猛抽烟、喝闷酒、报复等行为，就属于于人于己皆无益处的有损宣泄。而无损宣泄呢，就包括很多种了，比如养花、养鱼都是。

另外还有两种呢，也很有效果。一是写告白书，找一张纸，把你所有的愤怒或不满写到纸上，然后烧掉，如果某个人特别惹你生气，你可以找来信纸，痛快淋漓地骂对方一番，然后装进信封里，但千万不要寄出去，而是把信锁在抽屉里，等将来气消了再撕掉；二是听听悲伤的音乐，负性情绪久居心中，若强求听一些欢快的音乐，终究只能是强颜欢笑，你不妨放上一段很悲惨的音乐，随着忧郁旋律的缓缓流淌，内心的不快就会随之倾泻而出，换得一身的轻松。对于女同志呢，还有两个好办法，那就是唠叨和号啕大哭，不用我多解释了吧？”

赵二姐有些嗤之以鼻：“哼，瞧不起我们女的。”

“哪里，哪里。”陈风赶忙辩解，“男女之间确实存在性格差异嘛。”

齐总问道：“是不是还有A型和B型啊？”

“有，这个过会儿再说，我先跟刘总说完。C型性格虽然可能是癌症的致病因素之一，但它必须通过各种神经内分泌、免疫系统的参与才能最终发挥作用。因此，有意识地根据自身的特点和喜好，选择适合自己的调节方式，不断改善性格，不断改变为人处事的方式和态度，就会在一定程度上调节神经内分泌和免疫功能，提高机体防御疾病的能力，从而降低或避免疾病的发生，还你一个健康的心态和体魄。刘总，这就放心了吧？”

“嗯，放心了。”刘总点点头。

陈风笑道：“咱再说A型性格，这种性格有如下特点：有雄心壮志，争强好胜；有过高的工作要求，经常不满足现有的成就；有闯劲，有强烈的进取心；情绪易波动、易急躁；节奏很快，经常匆匆忙忙；习惯紧张的工作，即使休息也难以松弛下来；常常同时进行多种思维与活动。”

齐总道：“我好像就这种性格哎！”

“有这种性格的人容易成功，也容易长病，以冠心病、高血压居多。”陈风进一步解释道。

“那怎么办呢？”齐总问道。

“解决办法存在于我们自己的思维之中。一个富有弹性思维的人，凡事不急不躁，比较容易应付生活中的各种困难和挫折，具有‘山高自有行人路，船到桥头自然直’的洒脱气概，能够化逆境为顺境、化挫折为动力、化不和为友情，为自己创造一个积极、有序、宽松、和谐的生存环境。具体说来，就是要在时间安排上预留回旋的余地，严格划清工作与休息的界限，培养业余爱好，增加生活情趣，经常参加体育活动等。”

“好吧，我试试。”齐总应道。

陈风摇摇头：“决心还不够大啊！”

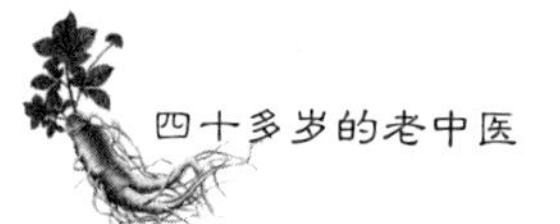

齐总爽朗地笑了笑，表态道："从明天起，我一定做到，不，从现在起，我一定做到。这样总可以了吧？"

"嗯，不错，好同志啊！"陈风赞道。

"再给说说B型呗。"赵二姐道。

陈风调侃道："今天已经说很多了，再说就要收学费了。"

齐总道："今晚好酒管够，讲吧。"

"开玩笑呢。我接着说了啊，B型性格是一种很好的性格，表现为以下几个特点：一是很少有时间上的紧迫感以及其他类似的不适感；二是认为没有必要表现或讨论自己的成就和业绩，除非环境要求如此；三是能够充分享受娱乐和休闲的时光，而不是不惜一切代价去表现自己的最佳水平；四是经常充分放松而不会感到愧疚。"

赵二姐自言自语道："我现在好像已经达到这种境界了。"

"敢情你以前不是啊？"齐总取笑道。

赵二姐答道："以前不是，以前经常生闷气。"

"B和C两种性格，有时很难分辨。"也不知怎了，陈风今天的话特别多，"其实也很简单，比如说吧，你向一个B型性格的人踢一脚，他不仅表面上不会在意，也不会一肚子火；而C型性格的人是表面上不发火，但并不是真的把火灭了，而是故意把火掩盖起来，实际上火还在烧，就像农村那种不通风的柴火垛……"

吴主任过来招呼道："饭菜准备好了，各位领导请入席吧。"

陈风抬头看了吴主任一眼，就道："吴主任，我看你血压控制得不好，坐吧，我也给你看看。"

吴主任很惊讶的神情："这您也知道？"

"嗯，中医讲究望闻问切，望排在了第一位，'望而知之谓之神'嘛！我那里有个学生专门在做多元望诊方面的课题，包括面诊、舌诊、眼诊等，你的高血压从面诊上就能看得出来。"

"你们真了不得，快给我看看吧。"吴主任坐在了陈风旁边。

陈风检查完，问道："是不是经常感觉头晕、两腿没劲？"

吴主任点头。

"还有心烦、睡眠不好的情况？"

"嗯，都有。"

陈风以眩晕1号方加减，为她开了方子，又道："平常要注意少吃盐，还要加强锻炼。"

"好的，谢谢陈主任。"

齐总和刘总几乎同时对陈风做了一个邀请的手势："请入席吧！"

陈风推辞道："你们吃吧，我晚上还有事儿。"

"这么不给面子啊！"赵二姐不满道。

"不是不给面子，我确实有事儿。"陈风再次强调。

赵二姐斜了陈风一眼："不会是去会小女朋友吧？"

陈风一笑："呵呵，还真让你猜着了，不过不是小女朋友，是一位老女朋友。"

"怎么回事儿？老实交代。"赵二姐不依不饶。

"我找了一位太极拳的老师，每周学一个晚上，从六点半开始，今天正好赶上了。"

赵二姐笑道："哦，原来是这么回事儿啊！说吧，学费多少？"

"怎么了？"陈风一愣。

"把学费交给我就行了。杨氏、陈氏，二十四式、七十四式，老架、新架，随你选，二姐我包了。"赵二姐拍着胸脯说道。

"真的？"陈风很惊奇。

"哈哈，我学舞蹈的出身，这太极拳小毛毛雨的啦！"赵二姐笑道。

"哦，原来如此。"

"快打电话吧。"赵二姐催促道。

"那好吧。"陈风请了假，与大伙一起入席。

吴主任在这不到半个小时的时间里，饭菜还整得挺丰盛。陈风暗道，这齐总挺有意思的，在居民楼里开公司，招揽业务和招待客人两不误，既能节约时间，又能节约成本，真是好办法啊！

第二天上午，艳茹又来到了陈风办公室，说道："老师，我查了很多资料，'诸花皆升，旋覆独降'这种说法不确切。"

"哦，为什么？"

"当时我们上学学《中药学》的时候，学到旋覆花，老师给我们讲到了这句话，感觉概括得太好了，把药物的作用一下子就给点明了，好像特别好理解。"

"为什么会有这么一个说法呢？"

"因为花总是开在植物的顶端，在顶端，就说这个药性是升的，中医讲究取象比类嘛！"

"旋覆花的头状花序呈伞房状排列，也是生在顶端，那为什么就说它是主降的呢？"

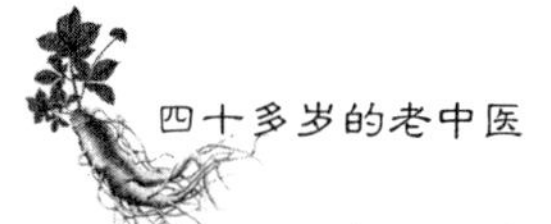

“那是因为它的药理作用比较独特，平降逆气。”

“还有其他花类药物是主降的吗？”

“有。清肝明目的密蒙花是主降的，泻水逐饮的芫花是主降的，降逆止呃的丁香花是主降的，下气润肺的款冬花是主降的，止咳平喘的洋金花是主降的，平抑肝阳的槐花是主降的。另外，清热解毒的金银花，活血化瘀的红花、月季花、凌霄花也不是升浮的。还有，疏散风热的菊花，即使具有升浮性能，本身还有清肝明目的沉降性能。所以说，中药中根本就不存在‘诸花皆升、旋覆独降’这样的规律。”

“很好！对于老祖宗总结的经验，我们往往奉为圭臬，认为放之四海而皆准，但事实未必如此。我们应该持什么态度呢？很显然，既不能直接赞同，也不能坚决反对。一方面，要对前人所总结的规律进行分析归纳，做出一个比较可靠的判断；另一方面呢，要通过实践加以检验。我们要看看事实究竟是个什么样子，再决定如何取舍。对于所有不正确的理论都应该坚决地抛弃掉，不要再去重复，以免贻误后人。”

“老师，我想写篇文章，题目就叫《花类药物的升降浮沉作用探析》。”

“嗯，很好啊！可以再写两篇，题目分别叫作《花类药物治疗心系疾病的文献整理》和《花类药物治疗心系疾病的计算机辅助分析》，应该不难吧？”

“应该不难，我试试吧。”

“另外啊，还有‘诸子皆降、蔓荆独升’和‘石类皆降、海浮独升’的说法，你也可以查一下。”

“好的，老师。”

“今天不忙，咱把升降浮沉理论简单复习一下吧。升降浮沉理论是中药药性理论的基本内容之一，是指每种中药作用于人体后对病势和病位所产生的趋向，也是四气五味理论的补充和发展。升指升提举陷，降指下降平逆，浮指上行发散，沉指下行泄利。

“各种疾病常表现出不同的病势，向上如呕吐、呃逆、喘息，向下如泻痢、崩漏、脱肛，向外如盗汗、自汗，向内如病邪内传等。在病位上则有在表如外感表证，在里如里实便秘，在上如目赤头痛，在下如腹水尿闭等。消除或改善这些病证的药物，相对来说需要分别具有升降或浮沉等作用趋向。一般来说，升浮药能上行向外，有升阳举陷、解散表邪、透发麻疹、托毒排脓、涌吐、开窍、散寒等作用，病变部位在上在表、病势下陷的宜用升浮药；沉降药能下行向里，有泻下通便、清热降火、利水消肿、重镇安神、潜阳熄风、消积导滞、降逆止呕、止呃、平喘、收敛固涩等作用，病变部位在下在里、病势上逆的宜用沉降药。

“药物的升降浮沉作用受四气五味、质地轻重、炮制方法、配伍应用等多种因素的影响。一般来说，凡味属辛甘，气属温热的药物大都为升浮药，如麻黄、桂枝、黄芪等，分别有发散风寒、升阳举陷等升浮作用；凡味属苦酸咸，气属寒凉的药物大都为沉降药，如大黄、芒硝、山楂等，分别有泻下通便、消积导滞等沉降作用。

“一般花、叶、枝、皮等质轻的药物大都为升浮药，如苏叶、金银花、桂枝、蝉衣等，分别有解表散邪、透发麻疹等升浮作用；凡种子、果实、介壳、矿石等质重的药物大都是沉降药，如葶苈子、枳实、牡蛎、代赭石等，分别有降气平喘、消积导滞、潜阳熄风等沉降作用。

“药物炮制后升降浮沉会发生变化，酒炒则升，姜炒则散，醋炒收敛，盐炒下行。如大黄泻热通便主治下焦热结便秘，若用酒炒，可治疗目赤肿痛之上焦热证。再如知母主清肺胃之火，盐炒知母则主泻下焦肾火。

“配伍的不同也可改变药物的升降浮沉作用，如升浮药在一批沉降药中合用也能随之下降，反之沉降药在一批升浮药中合用也能随之上升。

“此外，脏腑气机的升降出入与春夏秋冬四时之气也有关，即春夏宜加辛温升浮药，秋冬宜加酸苦沉降药，以顺应春升、夏浮、秋降、冬沉的时气特点，说明药物的升降浮沉特性还会在各种条件下发生相应的变化。

“药物升降浮沉的趋向，除了和药物的气、味、药用部分、质地轻重有关外，还与用药量的大小有关。同一味药，量轻可上达表，量重可下降走内。比如桑杏汤，也是治外感的良药，方中用量最大的也没超过二钱，轻者，轻如羽毛，飘荡而上，直达上焦，因势利导，驱邪于外；反之，若用量重，则沉而下降，引邪内陷或变生它证。

“还有少数药物的作用趋向表现为“双向性”，也就是说既能升浮，又能沉降，比如麻黄既能发汗解表，又能平喘利尿。这样一梳理，是不是感觉清晰多了？”

“嗯，回去我再多下点功夫。”

艳茹刚走，文玲过来了，问道：“老师，彭冲师兄让我问问您，他写的标书您看了没有？”

“他直接给我打电话不就是了吗？”陈风笑道。

“看您一直没上 QQ，他怕您忙，没好意思打扰您。”

“嗨，这家伙！”陈风打开标书，对文玲说道，“我看过了，你记一下，过会儿告诉他。”

“好的。”

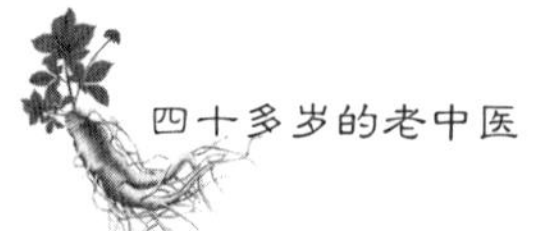

这时传来敲门声，是护理部的魏主任。

陈风笑道：“还这么客气，敲啥门啊？”

“怕你笑话我素质低。”

“你是高大上。”

“一听就知道《非诚勿扰》看多了。”

“说吧，啥指示？”

“可不敢指示，是请教，中医的英文简称是不是 TCM 啊？”

“是啊！”

“全称呢？”

“Traditional Chinese Medicine，我还是给你写写吧。”

文玲立马写了下来，递给魏主任。魏主任夸道：“你这学生，真地道啊！”

陈风看着魏主任，说道：“不夸夸我吗？”

“你也凑合，这么大年龄了，就不用很夸了，我走了。”

魏主任走后，文玲问道：“老师，高大上是什么意思？”

“高端大气上档次，简称高大上，《非诚勿扰》里面的流行语。”

“哦，是这样。”

“咱们接着说标书的事儿。彭冲写的这标书主要存在四个方面的问题：一是现有工作基础与标书题目的关联性太小了，好多论文和专利根本不沾边；二是研究内容过于简单，在没有字数限制的前提下，应尽量多写；三是研究方案不切实际，让病人连续吃一年的中药汤剂或免煎颗粒，这可能吗？四是没有统计指标和统计学方法，需要补充完整。”

“好嘞，我过会儿联系师兄。”

下午五点半左右，赵二姐打来电话：“该下班了吧？”

“啥事儿啊？我们这里六点下班。”

“看来你真是属老鼠的啊，撂爪就忘。”

“怎么了？”

“不是说好了今晚上教你学太极拳吗？我接你来了。怎么样？你面子够大吧？”

“哦，这事啊！我差点忘了，稍等一会儿。”

陈风下了楼，赶到大门口，又坐上了赵二姐的新车：“哎呀！这感觉真爽啊！”

“说这车吗？”

“综合感觉。老师接学生，还是坐新车，爽啊！爽极了！”

“哈哈，我刚从齐总那儿过来，他们两口子的综合感觉也不错。”

“那就好。哎，咱们去哪儿啊？”

“暂时保密，过会儿你就知道了。”

“那好吧，我正好睡会儿，有点困了。”

“中午是不是出去腐败了？”

“没有，中午没睡着。”

“有心事儿？”

“嗯，对了，真有心事。”

“是不是我对你太好了，有点受不了？”

“不是有点受不了，是想入非非了。”

“哈哈，你这小嘴巴还真不是一般的甜啊！”

“二班的，还是班长。”

“哈哈，不闹了，抓紧睡会儿吧，到了我叫你。”

陈风闭上眼睛，不再言语。过了十来分钟，他还没睡着就听到了赵二姐的叫声：“帅哥，醒醒了，到了。”

他们下了车，在赵二姐的引领下，上了四楼。

陈风道：“这房子面积挺大的啊！光客厅就得40多平米，是你自己家的吗？”

“是啊，怎么了？”

“看起来没人住啊！”

“老房子了。”

“为啥不租出去啊？”

“当教室用，周末有几个孩子过来学舞蹈。当然了，还可以来这里约个小会，是吧？”

陈风没接茬，说道：“赵老师，开始教吧。”

“好，稍等会儿，我去换一下衣服。”

等赵二姐再出来，一身舞者的打扮，披肩发也扎成了马尾辫：“陈同学，请集中精力了，先讲一下太极拳的基本知识。”

“好嘞。”陈风立正站好。

“太极拳的动作要领，共七个方面：一是虚领顶劲，头颈似向上提升，有上悬的意念，并保持正直，要松而不僵，可以转动，劲正直了，身体的重心就能保持稳定；二是含胸拔背、沉肩坠肘，是指胸、背、肩、肘的姿势，胸要含不能挺，背要拔不能驼，肩要沉不能耸，肘要坠不能抬，全身自然放松；三是手眼相应、以腰为轴、虚实分清，是指打拳时必须上下呼应，融为一体，要求动作出于意，发于腰，动于手，眼随手转，双下肢弓步和虚步分清而交替，练到腿上有劲，轻移慢放而没有声音；四是意体相随、随意用力，如果打拳时软绵绵的，打完一套拳身体不发热，不出汗，心率没有什么变化，这就失去了打拳的作用，正确理解应该是用意念引出肢体动作来，随意用力，劲虽使得很大，外表却看不出来，也就是要随着意而暗中用劲；五是意气相合、气沉丹田，就是用意与呼吸相配合，呼吸要用腹式呼吸，气沉丹田，一吸一呼正好与动作一开一合相配；六是动中求静、动静结合，就是肢体动而脑子静，思想要集中于打拳，所谓形动于外，心静于内；七是式式均匀、连绵不断，是指每一招每一式的动作要快慢均匀，并且各式之间连绵不断，全身各部位肌肉舒松协调而紧密衔接。陈同学，都记住了吗？”

陈风道：“能理解，只记住了一部分。”

“回去好好琢磨琢磨吧，这肯定需要一个过程。咱开始学动作？”

“好吧。”

“哎，你那皮鞋行不行啊？也不知道带双运动鞋。”

“没问题，软底的。”

“那好吧，先学预备式。身体自然直立，两脚分开，与肩同宽，脚尖向前；两臂自然下垂，两手放在大腿外侧；眼平视前方；两臂慢慢向前平举，两手高与肩平，与肩同宽，手心向下；上体保持正直，两腿屈膝下蹲……”

陈风打断了她，说道：“这些已经学过了。”

“哦，把这茬忘了，你学到哪儿了？”

“左右搂膝拗步。”

“来，先练一遍，我看看怎么样。”

“好嘞。”陈风有板有眼地练了一遍。

“学得不错啊！那就从手挥琵琶开始学吧。右脚跟进半步，上体后坐，身体重心转至右腿上，上体向右转，左脚略提起稍向前移，变成左虚步，脚跟着地，脚尖翘起，膝部微屈；同时左手由左下向上挑举，高与鼻尖平，掌心向右，臂微屈；右手收回放在左肘里侧，掌心向左；眼看左手食指。这一式比较简单，多练上几遍。”

陈风练了几遍，赵二姐认为差不多了，开始学左右倒卷肱。

“上体右转，右手翻掌经腹前由下向后上方划弧平举，臂微屈，左手随即翻掌向上；眼的视线随着向右转体先向右看，再转向前方看左手；右臂屈肘折向前，右手由耳侧向前推出，手心向前，左臂屈肘后撤，手心向上，撤至左肋外侧；同时左腿轻轻提起向后退一步，脚掌先着地，然后全脚慢慢踏实，身体重心移到左腿上，成右虚步，右脚随转体以脚掌为轴扭正；

眼看右手；上体微向左转，同时左手随转体向后上方划弧平举，手心向上，右手随即翻掌，掌心向上；眼随转体先向左看，再转向前方看右手……”赵二姐一边讲一边演练，额头渗出了细密的汗珠。

陈风过意不去，说道：“二姐，你先歇歇吧，我自己练会儿。”

“没事儿，我都习惯了，来，接着练。”

练了一个多小时以后，陈风停了下来，周身汗津津的，但感觉神清目明，从未有过的轻松。他叹道：“感觉真舒服啊！早点学就好了！”

“现在学也不晚，不论从什么时候开始学，都是你最年轻的时候。”

“哎哟喂，二姐很哲学啊！”

“哈哈，不仅舞跳得好，智商也是蛮高的嘛！”

“嗯，对。人呢，要想幸福，就得表扬与自我表扬相结合。”

“就是脸皮厚呗！”

“这叫心理素质好。”

“两个说法，其实一个意思。”赵二姐笑着甩甩头，马尾辫飘了起来，撩得人心痒痒的。

“我们上大学的时候学过太极拳，还是必修课呢，但没好好学，考完试就放一边了，真是可惜啊！”

“没啥可惜的，那时候不懂事，错过的好东西多了去了。得，你自己在这里感叹吧，我洗澡去了。”

“快去吧，过会儿我请你吃饭。”

“不去。”

“为什么？省城的大小饭店随便你点。”

“我怕胖，昨天晚上在齐总那儿就吃多了，老后悔了，要不这样……”她想了会儿，问道：“你肯定会按摩对不对？”

“我还是高级按摩师呢！有证。”

“那就过会儿给我做按摩吧。”

“没问题。”

第十九章

“有。一是根据运动强度，运动强度低，选健身型，运动强度大，选运动型，如果除了健身，偶尔也要进行强度大的锻炼，那就选运动型；二是根据锻炼时间，经常锻炼的人，应选用运动型手杖，不经常锻炼的人，若要参加强度较大的活动，也应选用运动型手杖；三是品味……”

赵二姐洗完澡出来，笑吟吟地望着陈风：“咱们开始吧？”

“好的，找把椅子坐下吧。”

“我想躺着，行吗？”

“也行。”

赵二姐走进卧室，趴在床上，陈风先用拿法为她放松肩部。

“好享受啊！你太棒了！”赵二姐赞道。

“那就好好享受吧。你可以闭上眼睛，深呼吸，让全身放松下来，想象你来到了一个世外桃源，尽情享受着微风的吹拂，静静聆听着流水的乐音，深深嗅着迷人的花香……”

“不行，我怕我睡着了。”

“想睡就睡吧。”

“趁我睡着了，你欺负我怎么办？”

“我是好人，保证不欺负你。”

“嘿嘿，看你也不像坏人。咱们接着说说太极拳的事儿吧。”

“好啊，说吧，我听着呢。”

“这太极拳啊，有很多好处：可以练身，太极拳要求上身中正，上下一条线，‘顶头悬，尾闾收’，也就是百会穴与会阴穴在一条直线上，这样不但可使气血上下疏通，而且能避免未老先衰；通过顺顶贯顶，脚底生根，会产生上下拉伸的意念，加之手眼相随，使颈椎左右摆动，前后摇转，能治疗颈椎病；太极拳特别注意腰部活动，要求‘以腰带脊’，通过腰背锻炼，能治疗腰疼背疼；动作变化时首先要意动，指挥眼神转向要去的方向，然后身法，手法，步法跟上去，做到意到，眼到，手到，脚到，达到‘形神合一’，这样的练法，有助于视力的改善和增强……也可以练脑，太极拳要求精神专一、全神贯注、意动身随、连绵不断、一气呵成，这些细微、复杂、独特的锻炼方法融合在练习过程当中，是对大脑很好的锻炼……还可以练气，这是最高境界了，随着有规律的深长的呼吸，内脏器官和外部肌肉会有节律地舒张和收缩，将蓄积在丹田中的气运送到全身，这个时候啊，末梢神经就会产生你们中医所说的‘气感’，也就是酸、麻、胀、热的感觉……”

陈风静静地听着，已经为她放松完了背部和腰部，开始放松双腿。

赵二姐突然问道：“是不是用上油油更舒服啊？”

“呵呵，那不叫油油，叫按摩乳。”

“不就是一个大名一个小名吗？”

“嗨，你这比喻挺好的。”

“你还没回答我呢，是不是更舒服啊？”

“那当然了。”

“下次用上油油，不，用上按摩乳吧。”

“那就得脱衣服了，你不怕我占你便宜啊？”

赵二姐叹口气：“我都半老徐娘了，没几个人稀罕了，你想占就占吧。”

“哟，挺大方啊！”

“是啊，咱俩谁跟谁啊？我的就是你的。”

“嗯，爽快。”

赵二姐抬起头，轻声问道：“哎，我问你啊，我这么一个大美女躺在你面前，你就一点不动心？”

陈风没有回答她的问题，而是问道：“听说过朱之文吗？”

“听说过啊！不就是那个农民歌手嘛。他家境贫寒，打小喜欢唱歌，嗓门大，声音亮，有磁性。2011 年在综艺频道《我是大明星》选秀比赛海选时，他穿着破旧的军大衣，戴着破旧的线帽，演唱《滚滚长江东逝水》技惊四座、轰动全场、一举成名，人称‘大衣哥’。2012 年还上了春晚，演唱了《我要回家》。怎么了？怎么突然想起这个问题来了？”

“在一次《综艺满天星》的节目现场，张敏健让他跟媳妇说几句话，你知道他怎么说的吗？”

“说什么了？”

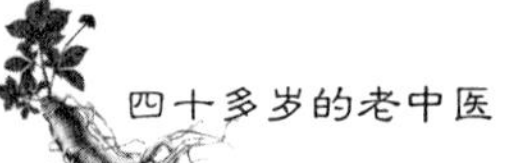

“他说啊：‘你在家照顾好鸡，照顾好鸭，照顾好羊，照顾好孩子，别让他上河里捞鱼。虽然我出名了，但你不要想着我出轨。’于是乎，他对媳妇的告白‘出名不出轨’这句话不胫而走，感动了很多人。”

“你到底什么意思啊！我还没听明白。”

“如果把他这句话当成上联的话，我可以对一下联。”

“下联是什么啊？”

“多情不滥情。”

“哼！网上说了，做女人一定要受得起敷衍，忍得住欺骗，忘得了诺言，宁愿相信这世上有鬼，也不能相信男人那张破嘴。”赵二姐不满道。

“呵呵，这话有点片面了。在这个世界上，可以信赖的男人还是有的。”

“你是吗？”

“你觉着呢？”

“那你为什么多情？”

“一是天生有基因，二是好女人太多。”

“我算好女人吗？”

“嗯。”

“那你爱我吗？”

陈风沉默了一会儿：“一个男人一旦认为某个女人值得自己去爱，他就会默默去做一些事情。不能近前去爱，就远远地爱；不能直白地爱，就悄悄地爱；不能陪在身边，就暗地里祝福；不能自由地爱，就鼓励她、支持她、理解她。”

赵二姐不再言语，泪水滑落下来，打湿了枕头。

周五下午，陈风和毕水乘上了开往青岛的列车。毕水说道：“咱这一次去开心脑同治的会，都是程远药业赞助，不会出什么事儿吧？”

“怎么了？”

“还不是因为‘九不准’吗？三令五申的。”

去年年底，国家卫生计生委、国家中医药管理局制定了《加强医疗卫生行风建设“九不准”》。“九不准”包括：一、不准将医疗卫生人员个人收入与药品和医学检查收入挂钩；二、不准开单提成；三、不准违规收费；四、不准违规接受社会捐赠资助；五、不准参与推销活动和违规发布医疗广告；六、不准为商业目的统方；七、不准违规私自采购使用医药产品；八、不准收受回扣；九、不准收受患者“红包”。

卫计委要求，地方各级卫生计生行政部门、各级各类医疗卫生机构要组织广大医疗卫生人员认真学习讨论，深刻认识“九不准”的重要意义和明确要求。通过编辑学习手册、开展集中培训、举行知识测试等多种形式，迅速传达到所有医疗卫生机构和医疗卫生人员，在全行业掀起学习贯彻“九不准”的热潮，学习教育覆盖面要达到100%。要强化对“九不准”贯彻执行情况的宣传，曝光典型案例，抓好警示教育，努力使遵守和执行“九不准”成为医疗卫生机构和医疗卫生人员的自觉行为。

同时要求，地方各级卫生计生行政部门要加强与公安、检察和地方纪检监察等执纪执法机关的协调配合，重点查处顶风违纪的行为和情节严重、影响恶劣的案件。凡是违反“九不准”的行为，要依法依纪严肃处理，决不姑息迁就。对违反“九不准”的医疗卫生人员，由所在单位给予批评教育、取消当年评优评职资格或低聘、缓聘、解职待聘、解聘；情节严重的，由有关卫生计生行政部门依法给予其责令暂停执业活动或者吊销执业证书等处罚。涉嫌犯罪的，移送司法机关依法处理。对吊销执业证书的医疗卫生人员，国家卫生计生委一律在全系统通报，并向社会公布。对责令暂停执业活动的医疗卫生人员，由省级卫生计生行政部门在本省（区、市）范围内进行通报。

陈风答道：“咱这是参加学术会议，应该没事的。”

“那就行。”

“咱们医院也专门召开了整治工作动员会，副科以上的管理人员和科主任、护士长都参加了。穆书记全文传达了国家和省里的文件，并对‘九不准’的具体内容进行了逐条解读，并做了全面部署，要求全院职工要认清形势，高度重视，切实做到学习教育覆盖面达100%。后来，省局的江局长来过咱们医院，专门进行了督导检查。这次的动静很大，一定要提高警惕。”

“老师，你觉得这事儿真能杜绝吗？”

“很难，要想杜绝，得从源头上抓起，还得多环节联动。你看吧，首先，是同类品种批得太多的问题，多了，就会竞争；第二，是药价虚高的问题，虚高了，利润空间就大了，就为竞争提供了条件；第三，是厂家促销的问题，聘了那么多医药代表，天天挖空了心思与大夫凑近乎，给些小恩小惠；第四呢，才是大夫的问题，本身收入就低，需要买车买房、养家糊口，即使收入不低，面对金钱的诱惑，一次、两次行，日子长了，谁能扛得住？”

“这些问题，难道上面那些领导们看不到吗？”

“应该能看到，但很难解决，因为会牵扯到方方面面的利益，有物价、有药监，还有卫计委，等等，这么多部门，怎么协调？牵一发而动全身啊！”

“确实是。”

“其实一个好的中医大夫，如果放在了管理部门，同样也是一个高手。”

“怎么讲？”

“首先要有整体观念，也就是大局观；然后呢，辨证论治呗。”

“呵呵。”毕水笑了起来。

“如果头痛医头，脚痛医脚，那肯定就是一个庸医了。”

“唉！这年头啊，庸医太多了，平庸的领导也太多了。”

“我算一个吗？”陈风笑问。

毕水铿锵有力地回答道：“您不是，您绝对英明！”

“呵呵，哄我开心呗。”

晚上，程远药业的一位袁经理约着陈风几个人去海边吃海鲜。

青岛刚刚下过一场雨，天气骤然冷了起来，并且海风很大，他们只得选择室内。

到青岛出差，一定要品尝当地的风味美食，吃海鲜当然是必不可少的，否则，那就是一大憾事。

按照价格，青岛的海鲜可分为大海鲜和小海鲜。前者包括海参、鲍鱼、鱼翅等，但这些高级美味并不能算什么青岛特色，毕竟在内陆城市也是多如牛毛；后者包括海螺、扇贝、鱿鱼、墨鱼、章鱼等，不仅价格便宜，且鲜美程度也绝不逊于海参、鲍鱼，因此是到了青岛吃海鲜的首选。

袁经理一边张罗着点菜，一边介绍道：“吃海鲜，要新鲜，一定要品尝海鲜的原味与鲜美，所以海鲜最好的吃法便是清蒸或用清水煮，然后稍微加点盐就可以了。吃的时候再蘸点醋或是姜汁，既能调味，又能消毒，还能预防拉肚子。”

大家都表示赞同，就点新鲜的。

袁经理又道：“今天天太冷了，啤酒就免了吧。”

大家一听：“好啊！”集体通过。

袁经理介绍道：“说起这啤酒啊，尤其是喝散啤酒，可是青岛人的特权，青岛的夏天总是和啤酒连在一起。每当夜幕降临，那些个穿着背心、拖鞋的男人，手里拎着新鲜的啤酒匆匆往家里赶，家里的女人也许早已为他炒好了一盘辣蛤蜊当下酒菜呢。要是赶上女人心情好，说不定也会陪上一杯。青岛人称呼买散啤酒为‘打啤酒’，最初是用热水瓶，不知从猴年马月，发明了用塑胶袋打啤酒，一下子风靡全城。不喝的时候，还可以随便往门把手上一挂；想喝的时候，轻轻捏住袋底，倒入碗里就行。那真叫一个爽啊！”

陈风问道：“袁经理老家哪里的？”

“临沂的。我准备找个青岛妹子，当一辈子青岛男人。”

“好啊！青岛男人有福啊！”

袁经理冲着刚进门的服务员埋怨道：“又跑哪儿去了？我们还没点完菜呢。”

“不好意思，大哥，我负责两桌。”

“哦。”袁经理开玩笑道，“看来你们服务员不够用啊！把我招来吧。”

“大哥真风趣！”服务员谦恭地笑了笑。

袁经理等大伙点完了菜，又道：“服务员，拿四瓶百年栈桥过来。”

“好嘞，大哥您稍等。”

有人问：“百年栈桥是什么？”

袁经理解释道：“一种很好的保健饮料，可以活血化瘀、壮胆提神。”

“不会是白酒吧？”有人猜测道。

等服务员将百年栈桥拿了过来，大伙一看，果然是白酒。有人抗议道：“不是说好了不喝酒的吗？”

“咱刚才说的是不喝啤酒啊！”袁经理眼神中透出一丝狡黠，“吃海鲜，喝啤酒，容易得痛风。陈主任，对吧？”

“嗯，有道理。”陈风点点头，“但是吃海鲜，喝白酒，容易血压高。我看过一篇报道，说是青岛市属于高血压病高发地区，男性患病率为40%多，女性患病率为35%；市南区15岁以上高血压患病率最高，超过50%，其次为李沧区，接近50%。”

袁经理不服气：“有这么高吗？为什么？”

陈风解释道：“这跟现在的生活方式有很大关系。青岛人喜欢吃海鲜、喜欢喝酒。海鲜本身含有盐，山东人又爱吃咸，导致钠摄入过量，从而引发高血压；同时，喝酒的时候会引起血管收缩，加速动脉粥样硬化，增加高血压的发病率，在这方面，白酒的危害比啤酒更大；如果再喜欢抽烟，尼古丁进入体内会损伤血管，而血压增高与血管受损也有关系。”

袁经理甩甩头，还是不服气的样子：“我们青岛人平均身高是咱山东最高的，再者说了，青岛妹子的水灵又是其他城市能比得了的吗？这些都是喝酒、吃海鲜的功劳啊！”袁经理俨然把自己当成一个青岛人。

陈风接言道：“不是还有一句话吗？‘酒是粮食精，越喝越年轻’。”

“对对对！”袁经理附和道。

陈风又道：“酒和海鲜的作用到底是好是坏，需要实践，需要检验，对吧？来来来，大伙都倒上，别辜负了人家袁经理的一片盛情。”陈风说完拿起酒瓶，准备给大伙一一倒酒，毕水赶忙接了过去。

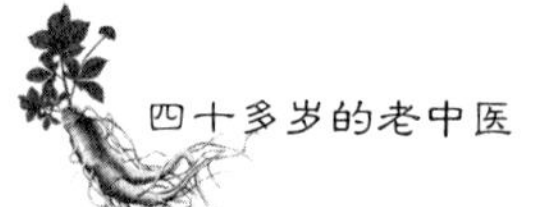

酒过三巡，菜过五味，大伙的脸面大都粉若桃花，话也不知不觉间多了起来。陈风问袁经理："我刚才看了你们的宣传册，你们的企业文化挺有意思的啊！还有'听党的话'这种说法？"

袁经理打开了话匣子："我们卓老板为什么能把企业干这么大？用他老人家自己的话说，就是因为听党的话，他一辈子都听党的话，关键的时候有三次。第一次，是大学毕业，他响应党的号召，自愿报名去了位于中苏交界的新疆阿勒泰，并动员他的妻子，也是他的大学同学，共同支边，在茫茫的荒漠戈壁，一干就是18年呢。18年后，他调回老家，第二次听了党的话，毫不犹豫地交出了县团级干部的位子，去一家医院做了一名普通大夫。经过多年的研究，他发明了'药气针'，用来治疗中风，那效果可不是一般的好啊！后来，他又提出了'心脑同治'理论，研制出了心脑通胶囊。卓老板很善于观察，善于思考，他就发现啊，树木虽然结实吧，虫子能钻洞，地面虽然坚硬，蚯蚓能疏通。这些现象搁一般人那儿，很正常啊！在他那儿，就不一样了，这现象给了他灵感。他觉得啊，重用虫类药物，有可能是清除血栓，改善人体供血不足，攻克中风、冠心病的一条独特有效的途径。于是他就开始研究，在家里建了试验室和试制厂。他冒着生命危险，遍尝了蝎子等多种有毒的虫类药物。他甚至在自己的卧室，盖起了一个三平米的蝎子饲养室，养的蝎子最多时达一万多只！有一次，他儿子都被蝎子蜇伤了……"

陈风感叹道："卓董事长真是执着啊！"

"还有第三次听党的话，就是下海创办企业。企业刚创建那时候，艰苦得很啊！自身还没有经济来源，冬天没有暖气，夏天没有空调，大家伙都是怀着一腔创业的热血，也不知道什么是苦什么是累，只要一声令下，从董事长、总经理到车间里的工人，扛包拎箱，推车卸货，个个不含糊，一个能顶俩。"

"呵呵，佩服。"陈风提议道，"来，走一个，为卓董事长干杯。"

袁经理继续道："还有啊，我们卓老板和他妻子早在'文革'期间，就怀着对毛主席的敬仰之情，开始大量收藏毛主席像章。后来，他的儿子受这种'红色收藏'的影响，也开始收藏毛主席像章。截止到2002年，他们累计收藏像章的数量突破了36万枚，被《人民画报》誉为'毛泽东像章收藏天下第一人'，还被'吉尼斯'认定为'收集毛主席像章数量之最'。就在这一年，他们在老家修建了第一座'毛主席像章馆'。等到了2010年，他们收藏的毛主席像章已达到了120多万枚，了不起吧！"

"太了不起了！再走一个。"

"在2011年'七一'前夕,为歌颂党的领导,他们又在咱山东建了一座'毛主席像章馆',为建党九十周年献上了一份特殊的礼物。"袁经理说这话时,特别激动。

陈风受到感动,与他又走了一杯。

酒宴结束,回到宾馆,陈风和毕水都很兴奋。

毕水道:"这袁经理酒量真大啊!最后忽悠着我喝了大半杯,我都晕乎了!"

"呵呵,我早就晕乎了。"

"喝多了真难受啊!"

"但是当时喝的时候,感觉很爽啊!这就叫喝时是英雄,酒后变狗熊。"

"哈哈,我去洗把脸了。"毕水转身去了盥洗室。

等他出来,陈风道:"袁经理他们这一帮干销售、跑业务的,少喝不行啊!酒量就是胆量,酒瓶就是水平,只有喝成哥们了,感情到位了,事儿才好办。咱们不也一样吗?要是能和教育厅、科技厅、卫生厅的领导们喝成哥们,课题的事儿、职称的事儿,就不用发愁了。"

"也是这个理。不过,天天喝不得把身体喝坏了吗?"

"所以说,要学会取舍啊!"

陈风翻看着《会议论文汇编》,读道:"心脑血管疾病是中老年人的常见病、多发病,也是一类严重危害人类健康的疾病。随着中国正在逐步进入老龄化社会,心脑血管疾病的发病率已经呈现显著升高的趋势。因此,心脑血管疾病的预防和治疗成为医疗卫生工作的重点之一。但是,由于疾病的重点靶器官(心脏、脑)特有的功能不同,临床治疗学发展成为以专科(心病科、脑病科)为主,而一个专科很难联系到心、脑同防同治。为此,根据心脑血管疾病在生理病理上的紧密相关,相互影响,并充分领悟中医'异病同治'的理论,我们提出'心脑同治'的概念,在此基础上,创制了心脑通胶囊等'心脑同治'的中药新药。'心脑同治'概念的提出,为探索心脑血管疾病的新的治疗策略、提高临床疗效起到了积极促进作用……卓老板还真是厉害,不仅提出了'心脑同治'理论,而且还做了这么多理论探讨和临床研究,现在已经在医药界获得了广泛的关注和认可。人家还创建了心脑同治网,成立了多个国家级和省级的专业委员会,不服不行啊!"

"人家钱多啊!"

"钱多也是人家自己挣得啊!没偷没抢,对吧?"

"50多岁开始创业,20年,干到这种程度,真是不简单啊!"

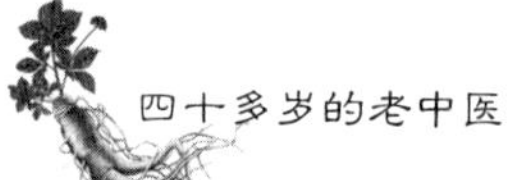

“呵呵，咱也学着点吧！不过，这理论吧，也没太多新意，老祖宗早就说过五脏相关、脏腑相关嘛！卓老板只是给具体化了而已。”

“邓铁涛邓老还提出了心脾相关呢！”

“其实咱的经验方里面，宁心消痞方就是心胃同治的方子，宁心解郁方就是心肝同治的方子，宁心润便方就是心和大肠同治的方子，是吧？”

“哎，对啊！”

“我还想再拟定几个方子，比如宁心益肾方、宁心利肺方、宁心健脑方、宁心疏胆方等，把宁心系列方进一步完善起来。”

“好啊，可以把实验研究和临床研究都做一下。”

“还包括文献研究和理论研究。”

“还是老师总结得全面。”

“又哄我开心是吧？”

“哈哈哈哈，都开心。”

“不是我全面，是人家卓老板总结得全面。”陈风指着那篇论文道，“目前的理论研究主要集中在心脑相通、心脑同病、心脑共络等几个方面，重点从心脑的生理、病理角度进行了关联，并以络脉加以联系，虽然在心脑血管疾病的防治方面具有很好的指导意义，并广泛被临床所认可，但中医对心脑血管疾病的认识，在理论的层次上，还有很多丰富的内容，如气机升降、内伤积损、痰浊、火毒等理论的认识，同样指导着临床应用，对于提高临床疗效具有重要意义。因此，脑心同治在理论的层次上有待于进一步深入研究，以丰富‘心脑同治’的理论内涵，从而扩充‘心脑同治’的治疗法则，更好地指导临床。另外啊，他还提到方药研制有待于多样化，疾病的选择范围应进一步扩大，机制研究需进一步深化。确实不错！看到了吧，这就是差距。差距就是方向，差距就是动力。”

“嗯，我觉着老师也很适合干宣传，总结很到位，还很有鼓动性。”毕水不失时机又奉承了陈风一把。

“我就是宣传队，我就是播种机。”

“这话听着怎么这么耳熟呢？”

“毛主席说的嘛！长征是宣言书，它向全世界宣告，红军是英雄好汉，帝国主义者和他们的走狗蒋介石等辈则是完全无用的，长征宣告了帝国主义和蒋介石围追堵截的破产；长征又是宣传队，它向十一个省内大约两万万人民宣布，只有红军的道路，才是解放他们的道路；长征又是播种机，它在十一个省内散布了许多种子，发芽、长叶、开花、结果，将来都会有所收获。”

“嗯，老师您就是宣传队，经常向我们宣传科研的重要性。”

“呵呵，我还是播种机呢，把科研思路的种子也撒给你们了，就盼着开花结果了，你们可得抓点紧啊！”

“一定一定。”

第二天上午，陈风和毕水一直在会场认真听课。

下午3点多钟，他们俩从会场出来，从门口拦了辆出租车，直奔香港东路78号的建设花园而去。

他们俩下了车，走到小区门口。陈风四处张望，心想应该会有牌子吧，但没找见。毕水则直接去了传达室，问道：“大爷，跟您打听个事儿，去自然疗法研究所怎么走？”

大爷探出头，问道：“你说哪里？”

毕水重复了一遍。

大爷摇摇头：“没听说过，你找错地方了吧？”

毕水翻出手机中的照片，又对照了一下门牌号和小区名字，自言自语道：“没错，就是这儿啊？”

大爷道：“这里是一区，还有二区、三区，你们再往前找找看吧。”

“好嘞，谢谢大爷。”二人朝前走去。

陈风道：“书上不是也提供电话了吗？打打试试。”

毕水又翻出照片，上面提供了两个电话，打过去很长时间，都没人接听。

二区、三区都问过了，没有谁知道这个研究所。

陈风有些失望，问毕水：“事先没联系过吗？”

“忘了。”毕水尴尬地笑笑。

“凡事儿‘预则立，不预则废’啊！”陈风没再埋怨毕水，而是说道，“前面就是大海了，走吧，去海边转转。”

“跟您同学定的是几点啊？”

“哦，不急，咱们六点前过去就行，他在诊所里等我们。”

俩人一边闲聊，一边溜达着到了海边。站在岸边，放眼望去，远处飞来一群海鸥，似乎带来海洋深处轻柔的问候。海风扑面而来，无休无止地摇曳着脚下的轻涛细浪。

这里的空气无比清新，陈风深吸了几口，说道：“凉爽清透的海风吹在身上，此起彼伏的潮声不绝于耳……这感觉，好极了！”

“嗯，但附近这些居民不见得有这种感觉。”毕水提出了反对意见。

“哎呀！住在海边，如果不知道充分享受，那真是一种资源浪费啊！

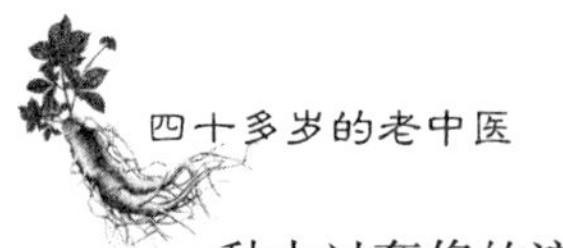

一种太过奢侈的浪费！”

“高考完那一年，我第一次来青岛，第一次看到海，特别兴奋。那是一个中午，太阳特别毒，一片烫眼的亮白，一片无边无际的水域。我那时只有一个冲动，想飞，真的！”

“嗯，御风而翔，我也有过。”

“老师，你看这大海，不管岸上多么嘈杂、喧闹，它都以亘古不变的旋律耐心地倾听，微笑着承受。”

“是啊！它还特别博大、包容，知道海洋大学的校训吗？”

“不知道。”

“我也是现学现卖啊！前两天益清的老师让每个同学讲一所大学的概况，她就是选的海洋大学。”

“哦，老师，你给讲讲呗。”

“海洋大学的校训，八个字，‘海纳百川，取则行远’。‘海纳百川’，好理解，海之大，能容纳一切河流之水，形容气度、胸怀之广。寓意海大培养的学生应该虚怀若谷，应该有大海般的胸襟；海大校园应该百花齐放，百家争鸣，能容纳各种各样的学术思想；同时呢，海大能容纳各路精英，既包括大师级人才，也包括各种怪才，以及他们的言行和成果。”

陈风稍顿了顿，毕水接道：“我想起来了，林则徐写过一副对联，‘海纳百川，有容乃大；壁立千仞，无欲则刚’。”

“对。大海因为有了宽广的度量才可以容纳成百上千条的河流；高山因为没有钩心斗角的凡世杂欲才能够如此挺拔。做人、做学问应该这样，当领导、搞管理也应该这样。”

“嗯，您再说说后四个字。”

“后四个字不是很好理解。‘取’是遵循的意思，‘则’是规则的意思，‘取则’就是指遵循规则、遵循客观规律，‘行远’就是走得远嘛！但不能说得这么直白，可以翻译为海大人一方面遵循客观规律或者学术规律，一方面脚踏实地，身体力行，朝着既定而远大的目标奋勇前进。这里面蕴含着海大人志存高远、探索不已、勇攀高峰的精神和追求。”

“呵呵！我记得还有一句话，‘世界上最宽阔的东西是海洋，比海洋更宽阔的是天空，比天空更宽阔的是人的胸怀！’”

“对，这是法国作家雨果的名言。”

两个人正聊得火热，只见一群男男女女从身边疾驰而过。陈风发现了其中的异常，就问毕水：“哎，你看，他们拄着手杖干什么呀？”

“哦，这是专业的行走杖。”

“专业的行走杖？”陈风还真是第一次见这玩意儿。

“这东西在北京很流行，好多人都在用，我曾经听过一次讲座。”

“哦，说来听听。”

“先说怎么区分专业行走杖和非专业行走杖吧。使用专业的行走杖，既能使健身效果达到最大化，还能保障使用者的安全，避免受伤。判断专业行走杖主要看三点。一是握柄和腕带，专业行走杖的握柄比较细，连接腕带的腔口呈Y字型，腕带是一种异型结构，非常结实，即使手杖压断了，腕带也不会断。当腕带和握柄连接时，是左右分开的，便于完成技术动作，还能吸收地面对手腕的震动，而非专业手杖的腕带只是一个简单的环，上下重叠。二是杆体，专业行走杖采用的是玻璃纤维或碳纤维合成物制成，在保证有足够支撑力的前提下，可以弯曲，可以弹直，这种杆体很轻，便于操控，行走舒适，而非专业手杖选用的是铝合金等材料，有一种硬邦邦的感觉。三是杖尖和杖尖护套，专业行走杖的杖尖和护套大小配套，护套不易被杖尖刺穿，护套是小靴子形状，硬度适中，便于减震并不易磨损，而非专业手杖的杖尖较长，护套的材质较硬，形状也简单，吸收地面震动的能力差，在硬路面行走时会产生‘嗒嗒’声，并且防滑能力也差。”

“哟，你很专业啊！”

“呵呵，还有呢！”

“接着说。”

“专业行走杖呢，可分为健身型手杖和运动型手杖。健身型手杖杆体是用玻璃纤维或碳纤维合成物制成的，强度比运动型手杖稍差，但用于一般地行走、登山、做操已经完全够用了。年纪较大，不做剧烈运动，或腰腿不好，以康复锻炼为主的人，可以选用这一种。健身型手杖并不是质量不好，只是根据使用需要而设计的。运动型手杖呢，杆体全部由碳纤维合成物制成，重量轻，承重力大，设计也更人性化，具备健身、运动双重功能，可以完成手杖的俯卧撑、手杖后倒推起等力量练习，还可以完成跑步下山那样的大强度运动。”

“他们的区别还很大吗？”

“主要还是看用途，健身型手杖只能用于健身，运动型手杖既可以用于运动，也可以用于健身。”

“贵不贵？”

“差的一二百，好的八九百。”

“哦，不算贵啊！抽空咱也去买一套。像我这种情况，买套健身型的就可以了吧？”

“最好还是运动型的。”

“为什么呀？”

“呵呵，因为你体重超了嘛！”

“哦，是吗？”

“嗯，若体重超过九十公斤，从安全考虑，还是建议购买运动型手杖，因为体重过大，对手杖压力也大。另外呢，若身高超过一米八，也建议购买运动型手杖，因为身材过高，使用的手杖要长，同样材质，手杖越长，承重就越差。”

“你了解不少啊！”

“巧了，正赶点上了。”

“还有其他的选择标准吗？”

“有。一是根据运动强度，运动强度低，选健身型，运动强度大，选运动型，如果除了健身，偶尔也要进行强度大的锻炼，那就选运动型；二是根据锻炼时间，经常锻炼的人，应选用运动型手杖，不经常锻炼的人，若要参加强度较大的活动，也应选用运动型手杖；三是品味……”

“还跟品味有关系？”

“有啊！追求高品位的消费者，无论健身还是运动，都可以选购运动型手杖。运动型手杖的碳指数可高达800，有的还超过了800。”

“什么是碳指数？”

“碳指数是一个综合指标，主要反映手杖的重量、弹性、水平承重力和纵向承重力，其中手杖的纵向承重力是最主要的指标。碳指数越高，手杖承重越大、越结实。”

“嗯，今天跟你学了好多东西，晚上多喝几杯啊！”

“哪里，哪里，我是瞎猫碰上死耗子了。现在市面上最好的牌子是芬兰的艾塞尔，有很多规格，到时候可以仔细挑挑。”

“嗯，好的。咱不光是给别人看病，教别人怎么健身，咱也得从自己做起，做健身的排头兵。”

“我们得向您学习，您都开始练太极拳了，我们还没这种意识呢！”

“你们还年轻啊！没啥不舒服的。我这年龄不行了，不能说是老，但身体开始走下坡路了，稍微忙活点，就有头晕、头沉的感觉。”

“这怨我，给您保健得不好，以后得经常给您推拿推拿。”

“这都老毛病了，也没啥，平时注意点就行了。我总结了个‘三多三少’，就是多锻炼，少吃饭；多开心，少操心；多干事，少说事。有很多事儿是咱管不了的，不如不管。”

“单位有些事儿确实挺复杂的，有时候真不知道该怎么处理。”

“来事不怕事儿，没事不惹事儿；单位的事儿别耽误，自己的事儿要干好。”

“嗯，很精辟啊！”

“还得尽量少说话，不是有这么一个故事吗？说是有位局长大人，大清早去上班，裤子的拉链竟然没有拉上，他迈着四方步走进了办公大楼。门口的保安是第一个看到的，这个农村来的小伙子反应有些迟钝，还没想清楚该不该跟局长说一声，局长就已经上了楼梯。局长在二楼碰到了团委的女书记，年轻的女书记拿了份材料正要让局长签字，一见局长的裤子，忙装作是偶遇的样子，说了声局长早，就一转身匆匆地离开了。局长继续上楼，在三楼遇到了人事科长，人事科长见了局长一脸堆笑，给局长让路，但没言语，因为他知道局长护短，谁提意见谁倒霉。局长上了四楼，在楼道里办公室主任和纪检主任正在聊天，一见局长大开着裤链上来了，两人都吓了一跳，但却都不动声色地和往常一样向局长问好。局长过去了，办公室主任就说：‘你是纪检办主任！领导裆部有了问题应该你过问！’纪检办主任不服，说：‘你胡扯，这不是作风问题，这是领导裤子的质量问题，属于生活起居方面的事，该由你来说！’局长继续上楼，又碰到了好多好多人，并且主持召开了一个大会，一上午，接近四个小时，没有谁提醒他。直到他的司机来接他，目瞪口呆地指着他的裤链，局长低头一看，也不吭声，把拉链拉上了。第二天这个司机就被调出了小车队，他委屈得快要哭了，办公室主任就劝他说：‘你早上开车送局长来的时候，谁让你没看见？’”

“挺有意思的，我好像听过这个故事。”

“嗯，老故事了。有些时候，有些话到底该说不该说，确实很难把握，那就只好见机行事了，对吧？”

“还是少说为妙吧！”

第二十章

“那个时候就有一个好条件，老板宽松嘛！在这种情况下不用你爬格子，不像有的人，一天到晚爬格子，累死累活的，值得吗？老板讲了，你小子就把我整舒服就行，整舒服了我就有机会到处游山玩水。后来老板就说，干脆你就直接当我的贴身秘书算了，实际上说白了就是贴身保健。”

他们继续往前走，看到路边有家小货摊。陈风提议道：“走，过去看看，淘点宝贝。”

小货摊上摆满了精致的贝壳，毕水问道：“这贝壳怎么卖的？”

摊主是位中年妇女，她面前有三个摊位，笑呵呵地答道：“这一堆一块钱一个，这一堆三块钱一个，这一堆五块钱一个，随便挑啊！”

毕水问陈风：“陈老师，您是从什么时候开始喜欢这些小玩意儿的？”

“我一直很喜欢啊！这些小玩意儿都很漂亮，随便往桌子上、床头上或是橱子里一摆，多好玩啊！看到它们，能给人带来好心情。”

“嗯，咱多买点。”

“对了，还可以放在办公室的鱼缸里呢。”

“那就相当于天天生活在大海边了。”

“呵呵，但没有海风，也没有海浪。”

他们挑完贝壳，陈风对那位中年妇女说道：“好了，给算算吧，总共多少钱？”

那位中年妇女笑道：“不要钱。”

“不要钱？”陈风和毕水都愣了，天下哪有这样的好事儿？

那位中年妇女很认真地点点头：“真不要钱。”

“为什么呀？不会是你们家今天搞慈善吧？”陈风问道。

“哎哟，我说陈主任啊，你真是贵人多忘事啊！”

陈风想了半天也没想起她是谁来，就纳闷说道：“可能是我忘了吧。”

“年前俺家老头子找你看过病，是后勤上的周师傅介绍过去的。”

“哦。”陈风似有所悟地点点头，“现在怎么样了？”

“没事了，能吃能睡能干活，跟好人一样了，多亏了你！多谢了！你们再多挑几个吧！想感谢你们还没机会呢！”

“呵呵，多不好意思啊！”陈风笑道。

“陈主任，你们就别客气了，多挑点吧！”

“这些就够了，多谢了！”

他们告别中年妇女，继续往前走。因为这位病人家属的感激，陈风心里多了一分自豪感和成就感，对毕水说道：“你们于老师老是批评我，说我生活在病人和家属们的感谢之中，一听到这些感谢的话，我就会心花怒放，不知道好歹……”

“呵呵。”

“其实我挺喜欢医生这个职业的，职业和事业一致，是一件相当幸福的事儿。还有一件相当幸福的事儿，那就是爱情和婚姻一致。”

“嗯，我们都实现了。”

“今天咱没碰上李老师，挺遗憾的，但碰上了这位病人家属，给弥补了。所以说啊，凡事得随缘，碰上好事了可以高兴点，若是碰上坏事了不要太难过，上帝都安排好了，一切都是最好的安排。”

“一切都是最好的安排？好像是本书的名字吧？”

“一个书名，但两个作者。第一个作者是辉姑娘，这个人长年干艺人经纪，与那些当红的明星接触多了，在娱乐圈子里混久了，就训练出了百毒不侵的强大心理素质，她说这本书是一粒速效救心丸，每当她自己感觉活不下去了，吃一粒，就能救命。她的自我介绍才好玩呢，说是出过书，写过歌词，拿过几个文学小奖，摇摇晃晃，以梦为生。”

“‘摇摇晃晃’，这说法好，我也是摇摇晃晃，但成就稀松啊。”

“别着急嘛！除了有梦想，还得要实干。人家辉姑娘还有一句话，说是只要还有手中这支笔，那么所经历的一切，都不过是在体验生活。你看，人家多从容、多淡定啊！”

“另一个人是谁？”

“加措活佛。这本书是他的第一部作品，以人生、情感、信念等为主题，教我们如何看待生命中的困惑与迷茫，能够源源不断地给人补充正能量。”

“老师，您怎么看过这么书啊！”

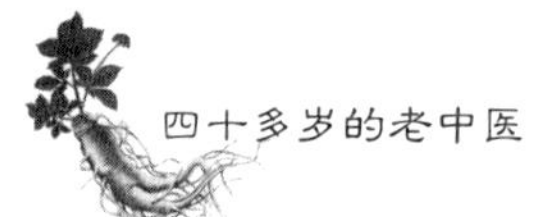

“喜欢呗，我打小就喜欢看书，尤其是在夜深人静的时候捧本书看，那真是种享受。看书多了，知识面就宽了，对待同一个问题就会从不同的层面、不同的角度去思考、去分析，就不会偏执，就不会钻牛角尖，并且很多时候都会从好的一面去想、去办，一切都是最好的安排嘛！”

“呵呵。”毕水笑了笑，看老师讲得一时兴起，不便插言。

“哎，我又想起来一个故事。说是有一个国王，他很宠爱他的宰相，这个宰相的口头禅就是‘一切都是最好的安排’。国王很喜欢出游，而且经常带着这个宰相。有一天他们出去打猎，国王打中了一头狮子，兴冲冲地跑了过去，谁知道狮子并没有死，看到国王走近，突然奋起袭击国王，在侍卫的救护下，国王活了下来，但是受了伤，而且小拇指被咬断了。国王很伤心，可是宰相还是说‘一切都是最好的安排’，国王很愤怒，于是把他关了起来。过了一个月，国王的伤好了，他又想出去玩了，往常他会带着宰相，可是这次，他准备自己一个人出去。没想到，在一片树林子里，他被一群野人给逮住了。原来这是一伙古老部落的人，他们有个习俗，要在月圆之夜抓一个人祭天，国王就很不幸地成了他们的猎物。对于这个细皮嫩肉的祭品，野人们很开心，相信老天一定会满意这份礼物的，下个月肯定会保佑他们抓到更多猎物。但就在他们把国王推上祭坛的时候，有人发现国王没有小拇指。献给老天的礼物怎么能有残缺呢？所以他们就把国王放了。回到皇宫中，国王下令把宰相请了过来。国王对宰相就说了，我今天才领略到‘一切都是最好的安排’这句话的意义，不过，爱卿啊，我因为小拇指没了逃过一劫，你却因此受了一个月的牢狱之灾，这要怎么说呢？宰相笑了笑，就说，陛下啊，如果我不是在狱中，按照往日的惯例，肯定要陪着您出行，野人们发现您无法作为祭品的时候，那他们不就是会拿我祭神了吗？臣还要谢谢陛下的救命之恩啊！”

“这个故事跟塞翁失马有些像。”

“但给人的启发似乎不一样，一提起塞翁失马，就让人联想到焉知非福。”

陈风看看表，又道：“快五点半了，走，打车去吧。”

在东南齿科门口，他们下了出租车。毕水盯着招牌，自言自语道：“东南齿科。”

陈风解释道：“我同学叫董楠，和我一个宿舍的，排行老五，给诊所起这名字应该是取的谐音吧。”

“哦，这店面够大的啊！”

他们走了进去，说明来意。导医小姐热情地招呼他们坐下，并倒上茶水，让他们稍微一等，说是董主任还有一个病人，正忙着呢。

沙发侧面是个大鱼缸，水很清，缸底铺满了沙石和贝壳，还漂着一些水草。里面有两条银龙鱼、一条清道夫，余下的几条都是红珍珠，它们自由地、和谐地生活在一起。陈风一边欣赏，一边说道："从八卦上来讲，这个店名起得也很有学问。"

"怎么讲？"

"东南方位属于后天八卦里的巽卦，一阴爻潜入二阳爻之下，表示一阴深入二阳刚之下，有一种深入地向下、向内发展的趋势。巽卦的正象为风，风是无孔不入的，所以巽卦往往表示一种飘动而有渗透性的事物，只要有间隙，不论多小，它都能在里面存在、远行，并能载运各种能量。风呢，还代表上天之号令，将能量带给地上的一切事物，地上的事物只有得到能量才能生存、发展。另外啊，巽者，顺也，有舟得水之象。这里有两种说法，一种是'一叶孤舟落沙滩，有蒿无水进退难，时逢大雨江湖溢，不用费力任往返'；一种是'孤舟得水离沙滩，出外行人早还家，是非口舌皆无碍，婚姻合伙更不差'。什么意思呢？就是说不用怎么费劲，不用怎么辛苦，婚姻也有了，生意也发了，而且不会招惹什么是是非非……"

"还真是好卦哎！"

"我这同学就挺有福气的，大学一毕业就轻轻松松地分到了青岛一家三甲医院的口腔科。我们大学毕业那时候，国家已经不管分配了，没关系只能回老家。我为了留在省城，当时联系了一家企业医院，要不是去读研究生，我说不定现在还是一名厂医呢。"

"是金子总会发光的，看你现在，都晃眼。"

"你这家伙，是奉承我啊？还是损我？"

"借我一百个胆也不敢啊！"

"后来，我这同学遇到了他现在的媳妇，一家洋酒企业的青岛总代理商，老有钱了。结婚不久，她资助我同学开了这家口腔诊所。十几年下来，这诊所发展到现在的这种规模，在青岛是数一数二的。"

"看来这卦象挺准啊！老师，后天八卦跟先天八卦有啥区别啊？"

"先天八卦，又叫伏羲八卦，主要讲阴阳对峙，把八卦代表的天、地、风、雷、山、泽、水、火八类物象分为四组。乾、坤两卦对峙，称为天地定位；震、巽两卦对峙，称为雷风相搏；艮、兑两卦相对，称为山泽通气；坎、离两卦相对，称为水火不相射。其中呢，乾、震、坎、艮为四阳卦，坤、巽、离、兑为四阴卦。先天八卦所遵循的阴阳卦象，如果用太极图来表现就更直接了：白鱼粗则黑鱼细，黑鱼粗则白鱼细，黑白之和为定值，以多胜少论性质。估计当时啊，在宇宙本身，阴阳二气还没有结合为具体的万物，所以就以量的多寡来表示彼消此长。但是呢，现实世界内部发生的变化并不总是按照固定的规律循环往复，而是一种质变与量变的混杂，是规律与非规律的交织，是必然与偶然的碰撞，只靠先天八卦并不能演示出一切变化。对于具体的事物本身，其阴阳属性并非都是按照阴多还是阳多而定，有时候恰恰相反，'阳卦多阴，阴卦多阳'，是以少胜多的。老子有句名言，'万物负阴而抱阳，冲气以为和'，也说明了这个道理。于是呢，就有了后天八卦的出现。后天八卦是由先天八卦演变出来的，又称为文王八卦，相传是周朝的圣君周文王所创……"

董楠出来了，送走一位金发碧眼的少女后，赶忙过来跟陈风、毕水一一握手："欢迎欢迎！这位小帅哥就是毕水吧？"

"是我，认识董老师很高兴！"毕水说道。

"别走了，留下来吧！我负责给你介绍个青岛妹子，将来生个孩子就叫碧水蓝天。"

毕水笑笑："谢谢您的美意！不过只能等下辈子了，这辈子是没有机会了。"

"哦，原来是名花有主了。"

董楠拍了拍陈风的肩头："哎呀，八弟，想死五哥了，听说你今天要来，激动得我昨天都失眠了。"

陈风夸张地笑道："你才失眠一天啊，我都一周了。"

"哈哈。"董楠豪爽一笑，"我给两位领导介绍介绍诊所的情况……"

陈风打断他："什么领导啊？"

"两位专家。"董楠及时纠正道。

"去去去，你少来这些虚头巴脑的吧！"陈风笑道。

"看来怎么称呼也不行啊！那我就直奔主题吧！"董楠讪笑了几声，随即严肃起来，"我们东南齿科啊，创办于1999年，是一所现代化的口腔医疗机构，是能够提供专科口腔保健和私人牙医顾问的高端私立牙科诊所，不仅环境优美、交通便利，而且管理规范、设备一流，更重要的是技术精湛、服务优质，不断引进国外先进的经营理念，在青岛率先开展了"无痛治牙"技术，并且较早提出了'个性化美齿'，深受业界推崇。对每位医生的资质要求极其严格，并以国际标准来对医生进行定期培训与考核。所使用的材料都是目前国际上的知名品牌，绝对可以保证质量。比如说吧，对于种植牙，选用的是来自德国、法国、瑞典、韩国的顶尖种植体，客人完全可以放心；对于烤瓷牙，选用的是目前口腔界流行的无金属内冠烤瓷牙，看不到修复体，可以尽情绽放笑容；对于托槽，选用的是更轻更薄的陶瓷托槽，可以享受‘隐形正畸’的乐趣。对于消毒严格规范，消毒设备是采用的意大利尤尔达高波消毒炉全套设施，可以杜绝一切交叉感染。尊重客人隐私，是最早以独立封闭的诊室来接待每位客人的齿科诊所，此举深受客人欢迎。对于外籍客人，可以提供英语和韩语服务……”

陈风插言道：“哎，刚才那位金发女郎哪个国家的啊？”

“俄罗斯的。”

“你们用什么交流？”

“英语。”

“应该是老病号吧？”陈风故意加重了语气。

“确切地说，是我的忠粉。”

“哼！你就吹吧！真没想到啊，你这从上大学就有的‘优点’能够一直保持到现在。”

“八弟，这哪能叫吹呢？实事求是嘛。”

毕水不言语，任凭他们哥俩瞎掰。

董楠又道：“走，我领你们参观参观，希望多提……好了好了，还是不说客套话了吧！免得你又损我。”

“这就对了嘛。”陈风笑道。

董楠边走边介绍道：“这是韩国的全景X光机，扫描定位精确、真实，诊断科学、直观，能够满足种植和正畸的需要……这是日本的种植机，能够实现超精密的加工……这是美国的冷光美白机，能够快速渗透到牙齿的表面……我们还开发了电子病历，把每位客人的信息整理归档，由专人负责管理，确保顾客信息的保密性和安全性。”

听着董楠的介绍，陈风和毕水啧啧称赞，不断唏嘘。

在宣传栏前，陈风浏览着照片，叹道：“五哥这些年参加了很多国内、国际的学术会议啊！”

“学习和交流是必需的嘛！我每年都要参加很多次国内外高水准的学术交流，接受顶级牙医的悉心培训与指导，与他们保持着密切联系。”

“都去过哪些国家啊？”

“韩国、日本、美国都去过了。只有持续不断地学习交流，才能始终走在口腔医学发展的前列啊！那边是参会的照片，这边是跟重要人士的合影。”董楠指着照片介绍道，“你看这一张，这是美国美中企业家商会的孙会长，2010年过来参观，随行的有两位牙医，给予我们很高的评价，他们还观看了这里的种植病例，也是交口称赞啊！再看这一张，是美国夏威夷华人联谊会的张会长，在这里接受了美学修复治疗，对治疗效果相当满意。”董楠换下白大褂，说道：“酒店就在附近，我们溜达过去吧！”

“好啊！”陈风把新出的书拿了出来，“送你本书，留店里吧。”

“哟，你写的？我得拿着，先睹为快。”董楠翻看着，又问，“里面写我了吗？当时咱哥俩睡上下铺，多亲密啊！是吧？”

“是，里面有你。”

“哪一段？帮我找找。”

“在序里面，刚开始学针灸那时候，你发烧了，我给你点刺放血。”

“哦，那时候都不敢让你扎，就我支持你嘛！”

“是啊！你的大恩大德我没齿难忘啊！”

“哈哈，要不是当年我的鼎力支持，哪有你今天的巨大成就啊！今晚得多喝几杯。”

“别胳肢我了，你现在的成就才叫巨大。”

“咱俩就别相互吹捧了！到底有几把刷子，都清楚得很呢！”

“吹捧还是会发挥很大作用的，可以给人信心，给人动力，给人幸福，给人满足感。吹捧和自我吹捧相结合，或者文雅点，说成是表扬和自我表扬相结合，是构建和谐家庭、和谐单位最有效的方法。”

“多年不见，八弟水平提高很多啊！这深度！这高度！不一般啊！”董楠跷起大拇指。

“哎，五哥，你创业这么多年，肯定有很多有趣的故事和独特的感受，你也可以写本书啊！”

“有这想法，不过一直没有动笔。”

陈风思考了几分钟，说道：“五哥，题目我帮你想好了，就叫《优牙一生》，牙是牙齿的牙，意思是说，优秀的牙科医生，要做一辈子，怎么样？”

“嗯，这题目不错，我再琢磨琢磨。”

“还可以加个副标题哎，《一位口腔医生的创业传奇》，封面上再配上你的工作照，到时候来的客人就不只是俄罗斯的了，美国的、法国的、德国的、韩国的、日本的，等等，让你应接不暇。”

“哎呀，我还真没想过会有那么一天啊！”

“一定要想，有梦想才有动力。”

酒店属于典型的人民公社风格，迎面一张巨幅图片，图片上一位身着军装的女同志高呼：“同志们，开饭啦！”大门两边一副对联，上联是“公社食堂强饭菜做得香”，下联是“吃着心如意生产斗志扬”。环顾院子一圈，墙上挂着玉米、南瓜等农作物的仿制品，还有一些农具，比如木锹、木叉等。

这里包间的名字，更有意思，什么大舅家、二姨家、三姑家、四叔家，等等，让人有一种走亲戚的感觉。

他们走进预定好的小包间，开始点菜、要酒。

很快酒菜上来了，他们开怀畅饮。不到一个钟头，一箱啤酒喝光了，齐刷刷在墙角摆了一溜。

董楠喝红了脸，吹嘘道：“在青岛街头林立的口腔诊所当中，可以称得上是‘元老级’诊所的，恐怕当属‘东南齿科’了；在种植牙、牙齿美容等方面，可以称得上技术独到和经验丰富的，恐怕当属我老董了。老董我二十年如一日，潜心研究、用心服务，凭借高超的专业技术，在业界赢得了今天的声誉，不容易啊！在 2011 年举办的‘德国 VITA 全瓷美学修复大赛’上，我是山东省唯一一个进入全国前十五强的牙医，并且获得过网络评比第四的好成绩。”

陈风也喝高了：“要说不容易，我比你更不容易。你好歹不说没换专业，自始至终都是口腔，我才真是深一脚浅一脚，磕磕绊绊，坎坎坷坷，好不容易又杀回了医学界，我这一路打拼，走的都不是路，是苦难。”

“是悲壮。”董楠说完打了一个饱嗝。

陈风附和道：“对，是悲壮。”

此时的毕水还算清醒，他没喝多少酒，今晚的主要工作是倒茶满酒了。

董楠又道：“牙医的从业队伍越来越庞大，但真正从事牙齿美容的医生很少。十年前，当大部分牙医还是以金属基底的烤瓷牙为主要手段的时候，我就已经认识到了金属烤瓷冠的缺点，开始引导客人做全瓷修复，现在全瓷修复已经成为行业美学修复的首选。尽管全瓷冠的美学效果比较理想，但由于过多磨除健康的牙体组织，又成为一大隐忧，远期效果很难确定，因此呢，我又把眼光放在了微创美学修复方面，开始侧重于少磨牙或不磨牙的瓷贴面技术。在国外，这瓷贴面技术是牙齿美学修复方面的主流，截止到现在啊，我们已经做过一千多例了，全部成功。牛吧？”

“牛，你不该姓董，就该姓牛，叫牛楠，这名字多响亮啊！连诊所名字也改了，叫‘牛腩齿科’，到你这儿整完牙，吃牛腩不费劲了，吃嘛嘛香，多好！”

“哈哈哈哈，这创意好极了！八弟，够聪明！”

“嗯，快赶上你了，还差那么一点点。”

“我不满足于仅仅做好牙齿，还着眼于全面解决牙齿和牙龈美学的和谐统一，在做好牙齿的前提下，如果能再处理好牙龈的形态、高度和丰满度，牙齿、牙龈甚至嘴唇会更加完美。前些年，有位北京的客人专程来找我，根据他的职业特点、长相、体型、面型和肤色等多方面因素，我为他选择了全瓷修复和个性化美齿，本来很满意了，但我发现，从颜色形态、邻接关系和咬合方面来看，其中两颗牙齿如果再做一点点修整，会更完美。一开始把这想法告诉他的时候，他半信半疑，但还是听从我的建议。后来效果好极了，那是相当完美啊！我们有个口号：不断超越客人的期待。这哥们后来移民美国，每年都会从大洋彼岸发来他真诚的祝福。”

陈风插言道：“我想听听你和俄罗斯女郎的故事。”

“没问题，先把这杯干了，听我慢慢讲来。”

他们一起喝光了杯中酒，毕水赶紧又给满上了。

董楠讲道：“我 2002 年考取了全科医生证书，因此呢，许多客人都能得到超值的服务。六年前，我们诊所来了一位需要镶牙的客人，无意中跟我提到最近胃不舒服，人也瘦了好几斤，我一听不好，怀疑胃里长了东西，就建议他暂停牙科治疗，先去医院做个钡餐，我还帮着他联系好了医院。一检查发现是胃癌早期，由于发现及时，手术也及时，客人到现在还挺好的，一切正常……”

“哎哎，扯远了啊！我们想听俄罗斯女郎的故事。”

“别着急嘛！俄罗斯女郎马上就要出场了。看你这点出息，我有点瞧不起。”

“没出息就没出息吧！反正也不是一天两天了！”

“这客人是搞对外贸易的，长年往返于青岛和俄罗斯之间。两年前，他一个生意伙伴的女儿来海洋大学留学，寄宿在他家里，由他全权照管，这女孩就是那个俄罗斯女郎……”

陈风长出一口气：“哦，总算出场了。”

“前几天，这客人又来看牙，女孩子本来是陪着来玩的。给这客人看完，我就微笑着对女孩说，你这一口的四环素牙是不是需要处理一下啊？将来找工作，可不能输在牙齿上啊。”董楠说这话时，露出长者般关切的神情，“女孩很吃惊，也很怀疑，后来我给她重点介绍了‘个性化美齿’的理念、方法和效果，她相信了，也接受了。”

董楠不再言语，又干了一杯。

陈风也跟着喝了，就问：“怎么不讲了？”

“没了。”

“没了？”

“真没了。”

“我们正听得起劲呢！怎么就没了？你不会再编编吗？”

“如果将来出书，我就编个续集出来。”

第二天一早，陈风和毕水坐上了返程的动车。

陈风揉着惺忪的睡眼，问毕水：“我们昨天喝了多少？”

“两箱。”

“哎呀！喝太多了！后来我都忘了怎么回去的了。”

“老同学见面格外亲啊！不过，昨晚上你没怎么说话，主要是听你同学说了。这可不像你的风格哦！”

陈风笑笑：“平时我很能说吗？”

“呵呵，有时候滔滔不绝、出口成章，有时候缄默不言、惜字如金。”

“我这同学很健谈，讲故事很少重样的，并且特幽默。上大学那时候，我们俩在一起，我基本上都是当听众。”

“我看你们俩关系挺铁的。”

“那能差得了吗？他是睡在我下铺的兄弟。”

“嗯，是啊！”

“他这些年干得很好，肯定挣了很多钱，但也有遗憾，评不了职称，当不了导师。你看他的简介，上面写的是主任医生，有点不伦不类，是吧？”

“呵呵，我也注意到了。”

“人就这样，不管你选择哪条路，都是有得有失。”

陈风电话响了，是黄兵。他打开接听键，只听黄兵吼道：“在哪里腐败呢？”

“我腐败？哪有你腐败啊！天天两三场，场场七八两；夜夜当新郎，遍地丈母娘。”

“哈哈，老弟你这是变着法子夸我呢！”

“呸！我见过脸皮厚的，但没见过脸皮像你这么厚的。”

“看看看，你又在变着法子夸我。”

“我在动车上呢，听不清楚，有事快说。”

“哦，几点到？”

“十一点半。”

“好嘞，我去接你。”

“什么事儿？”

“说是想你了，你可能不大信。”

“我算服了你了，你能不能快点说正事儿啊？”

“北京来了位大师，介绍你见见？”

“好吧，车站见。”

“别急，别急，那个站啊？”

“老站。”

陈风和毕水到了出站口，没见着黄兵。陈风拨通了他的电话：“老兄你是不是还没到啊？看来心不诚啊！”

“到了，心也特别诚。从电梯上广场，右拐，有条小胡同，我就在口上等着呢。”

“好吧。”

他们俩快到小胡同口时，看见黄兵正向这边招手呢。一上车，黄兵递给每人一瓶矿泉水，道：“两位辛苦了！”

“黄总辛苦！”陈风笑笑道，“你说的大师是干什么的？”

“正骨的，也治疑难杂症。”

“哦，多大年龄？”

“和咱差不多，四十多岁吧。给好多大人物、大明星看过病，听说挺神的，治一个好一个。”

“你们怎么认识的？”

“公安局一哥们介绍的，给他妈看过腰椎间盘突出，很管用。”

“哦。”陈风一时来了兴趣，心想我颈椎不好，可以试一下。

“我想让你看看真假，如果是真的，可以跟他合作一把。”

“怎么个合作法？”

“别急，看看再说嘛！”

陈风在一家宾馆里见到了大师。大师姓程，短发，偏瘦，很精干的样子。黄兵做过介绍之后，大家坐在沙发上闲聊了起来。

程大师跷着二郎腿侃侃而谈：“我的治疗体系主要是这样的，有一个西医的基础，人体解剖等，看一些有关西医的理论还是比较容易去接受。那么传统的中医呢，因为我这个人，要说师傅可能一大堆。客观来讲，传统中医很难治好现代疾病。因为病在变化，你传统的经方不可能治好现代人的病。偶尔能蒙上一批，也属于正常，对吧？说简单点，现在纯粹的寒证不可能有，纯粹的热证也很少，主要是寒热交错，复杂啊，对吧？这就是现代病。你左手拿着麻辣烫，右手吃着冰淇淋，这个东西呢，上边热下边寒，里边热外边寒，你要到那些医院里边去看，这边切完脉，那边键盘一敲，一个小经方就出来了。能不能治好，这只能靠概率……”

陈风听着听着，感觉他的思维有些飘逸。

“……体制决定了不是医生本身不求上进，而是他根本出不去，他不可能出去跟踪随访，医院规定他必须几分钟看完，时间长了那点棱角都给磨完了。你再有才，除非你是不想在这个体制中混，对吧？在体制中混你要有学历，有文凭，有职称。对我们野的来讲，不要这些东西，要靠啥？靠别人认可你，没办法啊！我们给哪个老板服务好点，老板很开心，接着就把手续给办了。整个公司里，就我不知道合同是怎么签的，剩下就是闲着，就是漫山遍野转悠……”

“看您这么逍遥自在，什么都看得开。”陈风附和道。

“那个时候就有一个好条件，老板宽松嘛！在这种情况下不用你爬格子，不像有的人，一天到晚爬格子，累死累活的，值得吗？老板讲了，你小子就把我整舒服就行，整舒服了我就有机会去到处游山玩水。后来老板就说，干脆你就直接当我的贴身秘书算了，实际上说白了就是贴身保健。”

陈风试探着问道：“你这老板干到什么领导？”

“呵呵呵呵，这些都是过去的事了，不重要了。”程大师把这问题给敷衍了过去，“所以后来这些老板们进京，作为跟班，我也就进京了呗……医学界都明白，保健系统是两块，一块是明的，是组织安排的，一派是野的，就是私人的、单线的关系。你想吧，总书记的爹怎么可能用总理的保健医啊，不可能，对吧？公的私的都不可能，你来一批人要换一批，这东西里边很复杂。我 50 岁的人了，我一想也就算了，反正我们都退了，随叫还是随到，关系在那摆着嘛！对吧？山不转水转，原来是医道官途，现在就是回归自然吧，图个清心自在，做个乡村野夫，东游西逛吧。”

“这样确实也不错。”这是黄兵的声音。

程大师喝了几口水，润润嗓子，继续讲道：“有个老母亲，腿疼、膝盖疼，我说你去拍个片子吧，拍颈椎、胸椎、腰椎加上骶髂关节，再加上膝盖就 OK 了，在首都拍这个片子，也无非就是两三百块钱，而在你们这里头，超级贵，要一千多块钱。反正我也不在体制内混，有些东西反正每个地方都不一样，我不知道怎么回事。”

陈风解释道：“如果拍 X 光片，需要两三百块钱；做 CT 的话，需要千把块钱；若是核磁共振，那就更贵了。”

程大师“哦”了一声，不置可否地接着讲道：“你腰椎有问题，现在的医院就只拍腰，那不可能，从颈椎到腰椎不可能都好，因为它有代偿性的问题。人体是整体的，骨头也是一样，那你整个脊柱 27 节骨头来讲，你这点角度变了，其他角度就形成代偿，所以必须是关联性的。片子拿来一看，就清清楚楚，你腰椎里面三、四节向前突出，四、五节向后，整个平移，半脱位。这种情况，一般的医院中100个骨科医生有99个治不了，不知道如何下手，因为他没那么多时间去练。我把她的腰、她的脊柱扒拉扒拉，松开了，立马好了，不疼了。我有时候处理这种情况，就好像跟玩一样。现代医学和传统中医谁也解释不清是把哪段神经拉上去了，但是拿这套理论呢，对于现代疑难杂症的解决，通过内调外治，和咱们传统中医的东西一结合，再加上现代的一些生物免疫，三位一体，神得很。像昨天，医科大学的一个博士后，也是博士生导师，搞免疫学的，我跟他聊天，就说现在乳腺癌、白血病的治疗，用这套理论，传统中药，免疫调节，再把这脊柱一扒拉，可以讲是百分之百治愈率……”

陈风耐心听着，渐渐开始产生怀疑。

第二十一章

与其他公司的产品相比，汉精公司推出的远程心电监护系统不仅可以动态采集12导联的心电数据，还可以通过Wi－Fi无线通信和3G信号两种传输方式对心电数据进行实时传输，不论病人在哪里，他的心电数据都会在监护中心的屏幕上“走动”，成为一道道流动着的风景线。

程大师继续卖弄：“而这脊柱神经学，这套理论学说呢，他说是他们在欧洲、在非洲、在整个人类的基础上研究出来的。我说咱们老祖宗留下来的东西很多，这套理论五千年前就有啊，诸证皆由气血滞留。现在满大街拉筋的，那全都是巫医啊。把骨头一调，80岁老太太也可以手扶地，就是这么自然、这么简单。但是呢，整个中国的医学，吹的牛就是你要拉筋。拉什么筋？你正着骨头才能拉筋，你骨头不正，你拉筋，就会造成挫伤。所以说这东西是商业目的，是炒作，后边完全是个团队，对吧？”

他忽然又转换了话题：“北京某一家三甲医院的院长，神经理论学都懂，就讲得很好，但是最后开中药，说是附子不能内服只能外敷。就这种人也能当医生，就这种人还能当医院院长，号称是专家、五一劳动奖章获得者？实际上这就是时代造就的一批人才，他也是人才？”

“这院长可能不怎么懂中医。”毕水插了一句。

程大师仍然不置可否：“省城呢，离首都比较近，我有一帮哥们在这。一哥们介绍来了一位五十来岁的老大姐，她当时就是洗衣服之后，坐不起来了，腿麻，在私人医院看过，在省中医院也治过。后来做的小针刀，一个月花了27万，家都花空了，结果还是连下地都下不了了。我跟那哥们，二十多年的朋友了，他原来一直在首都，是跟太子党混的，圈中人，都很熟。后来正好我在这，就让我帮她看看，看完了也就二十分钟，我说你下地去吧，她说不行我站不起来，她老伴扶着她，我说你不用扶，我就往她脚上轻轻一踢，自然就站住了。我说，你走，好了，回家吧，没事了，但是你啊，要持续一个疗程，才能彻底，因为你有增生的地方，得通过特殊的手法，把增生的骨刺啊、骨坠啊弄酥了，气血一循环自动就吸收回去了，就没事了，还用手术吗？那小针刀一扎，是不疼了，那是把神经根直接切断了，说不定哪天就眼歪嘴斜了……"

陈风感觉这哥们说话有些离谱，但没表现出来。

"……美国人，从 1859 年这套学说成立，一直到 1968 年，才作为第三级医学由国家立法，走入正常的社保体系。而我们国家，体制中没有。我有个资料，美国很有名的一个终身教授，姓丁，他是华人，日本、韩国的正骨技术都是他传播的，也包括台湾。但是到了大陆呢，他当时托了各种关系，商人们也想包装他，都没戏。后来又找到我了，我说你走官方不可能。这样的医院体制，美国都花了几十年，中国你想打破，不可能。否则，体制就乱套了，整个产业链也会被打破，另外社保也赔不起。你这东西来说都有毛病，都去调理，那你，又重新搞那么多学校，又要上设备，培养医师，社保费报销，那中国人，农民多啊，10 亿人民，9 亿是农民，你这来讲，看社保便宜都去调脊柱去，那国家就整空了，所以说没办法。现在照旧是医院里边的这种医生，真正掌握这门科学的，凤毛麟角。就有一些爱好者呢，他是疯子级的，他不管有钱没钱，就喜欢钻研，这样的人会有一些，但是呢，他又不能成为体系，他可能懂外科，但不懂内科。现在来讲，会正骨的都玩慢中医了，明明两次、三次能治好，偏要给你治三五个月，先按摩、理疗，再针灸，你骨头都偏了，你针灸能扎出个鬼啊？除非说是半错位的时候，你通过一刺激，形成新的平衡用张力把它拉回来，这是有限的，你已经都老化了，用咱们现代医学的说法来讲，你已经退行性病变了，这种情况下来说，你说针灸能拉过来吗？不可能。实际上来讲呢，就是要大家认可，慢慢耗。其实，你必须要把骨头正过来，骨头一正，问题就解决了，人就舒服了……"

这时陈风电话响了起来，是梁主任的。陈风稍稍一惊，应该是有关谭书记病情的，第一次给大领导看病，不会有什么闪失吧？

陈风站起身来，走到窗边，接通了电话："梁主任，您好啊！"

"陈主任，你好！明天上午有时间吗？来给谭书记调调方子吧。"

"好的。"陈风没有多问，就一口应承了下来。

他重新坐了回去，程大师还在高谈阔论："……这就造就了一些东西，这些东西呢，我也不可能去冒天下之大不韪，通过官方渠道去搞这些事。

现在来讲，谁也不敢拍这个板，卫生部部长他也不敢，大家都在耗磨时间，除非是人大例会讨论的时候造成声势。所以在医院里边，要想通过脊柱神经学来进行诊断和治疗不知道要多少年，根本不可能，现在就只能在民间。甚至作为辅助诊疗也是不大可能的，你用这种手法治病，那你就可能会打破现有的体制，搞得医院里边乱套。你这边用这种手法，那边是手术方法，必然会形成矛盾。所以说我昨天跟黄总也在聊，我说我是想到了这些问题，但是，不是说不可以做。老百姓都有从众心理，还是相信医院的，医院可以当作是一个平台。使用手法时，注意力要超级集中，跟病人之间要是做不到心人合一，可能就要出问题。像我们这种老手，都几十年了，而好多人带着徒弟，学上三五个月甚至三五年，有的时候咔吧一下，病人一叫唤，气血一倒涌，可能就不行了。所以说为什么这么多年我带不着徒弟，因为慎重啊！就像咱们说的有医德的，有一定基本功的，有内、外科知识的这样的人，你去培养，也得一步步来。但是这门学科其实又不难，很简单。”

毕水问道：“我可以跟着程老师学学吗？”

程大师好像没有听到，陈风趁机问道：“程老师一个月能来这边几天？”

“大家坐一块都是朋友。我现在呢，首都算是个根据地，媳妇啊，父母啊，岳父岳母啊，都在那边。过去的一些老领导呢，大多也在那边。当然他们呢，也有一些思路，我也会和政府去联系，你比如说像搞一些养生基地。养生基地建起来了，他们肯定要带我去，因为目前呢，他们还不相信别人，这是我自己独创的一套体系。这个来讲，肯定会有特定的时间，一年中可能会分季节定点，你不可能大夏天往广东跑，梅雨季节啊，这都是最不好的地方，反而北方好。只要没有风沙，北方是最好的。分季节，这是一个方面。剩下的来讲呢，因为省城离首都最近，现在动车也很方便。这边我一些哥们就有些想法，当然这想法来说是可以探讨的，一定的季节内可以定期。”

陈风接道：“这个事啊，我是这么想的，您看行不行？给我一个您的个人简历，还有您这套理论和手法的大体框架，回头我跟我们高院长汇报一下。咱们可以初步达成合作意向，准备建个什么科室，比如说吧，可以叫镇痛科，或者脊椎治疗科。再一个，看给你这个疗法起个什么名，咱们得包装包装，比如说叫程氏什么什么疗法。还有呢，是不是可以批两间房子出来，当个诊室，我和毕水都跟着你学，总结总结你的经验，说不定还可以出本书……”

“我这里正好有本书，你可以看一下。”程大师去卧室拿书去了。

黄兵问陈风：“可以单独收费吗？”

“这肯定不行，违反医院财务规定，如果分成就可以。”陈风答道。

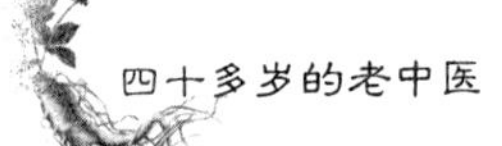

程大师很快回来了，他把书递给陈风。陈风翻了翻，问道：“我可以带走吗？”

“就这一本了，你去复印一下吧。”

“这活我来干。”毕水把书接了过去。

黄兵凑到近前，对程大师说道：“程大师，我颈椎一直不好，给我看看呗。”

陈风颈椎也不好，本来也想找程大师看看的，但这会儿他突然没有了兴致，他感觉程大师是个大忽悠。

程大师慢慢腾腾地站了起来，从卧室搬出来一把椅子，对黄兵说道：“来，坐下吧，反着坐，双手扶住椅背。”

黄兵坐了下来，程大师开始为他检查背部，慢悠悠说道：“你是第六、第七颈椎和第一、第二胸椎粘连，好多年了。”

黄兵不是学医的，大概没怎么听懂，只是含含糊糊地点点头。

程大师又让黄兵伸出舌头来：“你看你这湿热，多么严重，以后少喝酒、少抽烟。”

“跑业务，很难啊！”黄兵说道。

程大师接下来给黄兵号脉，趁黄兵没有防备，他一拳砸在了黄兵的大椎穴处，只听黄兵“啊呀”一声，程大师笑道：“这一拳就好一半了。来来来，把头放松，靠在我的怀里，放松、放松……”

黄兵按着程大师的吩咐，逐渐放松。

程大师右手托住着黄兵的左下巴，左手按在黄兵的右颞部，他突然发力，只听“咔嚓”一声，紧接着又是黄兵一声尖叫，程大师将黄兵扶了起来，说道：“好了，活动一下试试。”

黄兵晃了几下颈椎，就道：“确实轻快些了。”

“明天会更轻快。光这一手，我练了三年。”程大师自豪道。

毕水接道：“佩服，佩服，以后跟程老师好好学习。”

程大师又道：“我再给你开个方子调理调理吧。”他拿出纸和笔，开始开方。

滑石 30g（先煎）　玄参 15g　生内金 10g　生山药 30g
白术 12g　茯苓 30g　泽泻 10g　党参 15g
陈皮 30g　白茅根 30g　怀牛膝 30g　寄生 30g
水煎服 7 剂
每日 1 剂，分 2 次服

陈风看他开完，除了煎服方法有些欠规范以外，这方子开得倒也中规中矩。

程大师没有停下来，在另一张纸上继续开方。

增健 4 支／日
灵芝宝　6 粒／日
怡瑞 6 粒／日
海豹油　4 粒／日
钙 4 粒／日
连服 3 个月

最后，他还写上了一个公司名字、一个卡号和自己的名字，冲黄兵说道："去这公司的零售店就行，记着啊，一定要连用三个月。"

陈风暗道，他这是在替公司卖保健品拿回扣啊！

黄兵答应着接过方子，说道："谢谢程老师了，走，咱们去吃饭吧。"

陈风试探着问道："程老师，您的执业范围是中医，还是西医啊？"

"什么执业范围？"

"就是医师证上注册的执业范围啊？"

程大师一听这话，似乎有些厌烦，但那种表情稍现即逝，他笑道："早就说过了，我是野路子嘛！不在你们体制内。"

"哦。"陈风还不算完，准备打破砂锅问到底，"那程老师有没有按摩师或是康复师的证？"

程大师一摊手："都没有，纯野路子嘛！"

"我明白了，我知道该怎么跟高院长汇报了。"陈风说了一句似乎十分肯定但又模棱两可的话，让黄兵琢磨了很久。

吃过午饭，在回家路上，陈风接到了邱英华的电话，他有点兴奋，就问："老同学，怎么想起我来了？"

"天天都想。"

"哟哟哟，别介啊！我心脏不大好，有点承受不起。"

"好了好了，别闹了，跟你说正事。"

陈风立马严肃了起来："你说。"

"我妈肚子上长了一个很大的瘤子，医生说不是好东西，怎么办？"

"老人家多大年龄了？"

“83岁。”

“现在都有什么感觉？”

“不愿意吃饭，身上没劲，大便有时带血。”

“疼吗？”

“有时候疼，有时候不疼。”

“哦，去做个腹部CT吧，再做个肠镜。”

“如果查出来是癌症，会怎样？”

“如果没转移的话，可以考虑手术，然后化疗、放疗；如果转移了的话，直接化疗就行了。”

陈风沉默了一会儿，又道：“不过，从年龄考虑，手术不一定能承受得了，并且化疗副作用也很大。”

“家里人也不想折腾她了，还有其他办法吗？”

“可以吃点中药，要不吃点膏方吧，不用煎，省事，口感也好。”

“那你给推荐个专家呗。”

“这儿有现成的。”

“谁啊？”

“我呗。我妈查出肺癌来，四年了，到现在还挺好的。”

“那太好了！你能来一趟吗？”

“没问题，我安排好时间给你去电话，就明后天吧。”

“好的，我等你电话。”

陈风回到家，益清正在做作业：“老爸回来了。”

“嗯，回来了，给你带了好东西。”陈风拿出贝壳，递给了她。

“呀！太漂亮了！谢谢老爸！”

“不用客气，咱俩谁跟谁啊？关系杠杠的。”

“嗯，老爸，再给我讲讲这个化学题吧，我一看见这种题就犯晕。”

“没问题，当年我化学学得最好了。”陈风接过试卷，看了看，是一道选择题，需要选出错误的选项。

已知断裂1mol共价键所需要吸收的能量分别为H—H键：436 kJ；I—I键：153 kJ；H—I键：299 kJ。下列对反应H_2（g）＋I_2（g）=2HI（g）的判断中，错误的是（）

A．该反应是放出能量的反应

B．该反应是吸收能量的反应

C．该反应是氧化还原反应

D. I2 与 H2 具有的总能量大于生成的 HI 具有的总能量

陈风琢磨了一会儿，讲道："这种题型，一般来说，需要逐一排除，但也有一些技巧。咱们来看，这个题是考查氧化还原反应的，要根据键能的计算来判断吸热反应和放热反应。来，先算一下，断裂一个 mol 的 H—H 键和一个 mol 的 I—I 键吸收的总能量为 436 KJ 加 153 KJ，等于 589 KJ，生成两个 mol 的 H—I 键放出的能量为 299 KJ 乘以 2，等于 598 KJ，598 KJ 大于 589 KJ，所以氢和碘反应生成碘化氢的反应是放出能量的反应，A 对，D 也对，根据反应式可以看出这个反应是氧化还原反应，C 也对，因此这个题的正确答案是 B。听明白了吗？"

"听明白了，刚才你说的，有啥技巧？"

"有，A 和 B 是完全对立的，因此，正确答案只能从这两个里面选，C 和 D 不用看，这不就省时间了嘛。"

"哦，老爸高明。"

"能为陈小姐服务，我很荣幸。"

于虹插言道："为我服务呢？"

"也很荣幸。"陈风嘴上像抹了蜜一般。

"帮我看看这篇稿子吧，明天我要上电视。"

"是吗？媳妇要一举成名了？到底是怎么回事儿？"

于虹解释道："我们联系了一家电视台，想在那里做做广告，宣传一下我们学院和我们最近开发的高考在线网，这样不就好招生了嘛。"

"哦，原来这么回事儿啊！"

"电视台的于主任居然认识你，你说巧不巧？"

"怎么回事儿？"

"她爸是你的病号。"

"这世界太小了！"

"这于主任很场面，直接给我们免费了。老公啊，你太有面子！"

"就是脸大呗，呵呵。"

"她们明天就过来录节目，你快帮我看看稿子吧。"

"没问题，拿来吧。"

陈风接过稿子看了起来，边看边点头，"嗯，设计得不错，挺有创意的。"

"别光说好，关键是挑毛病，帮着改，尤其是我要说的这一段。"

"我琢磨琢磨。"

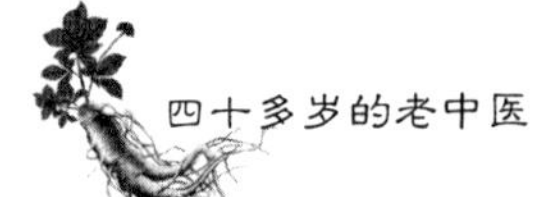

工程大学是一所应用型大学，特别重视学生实践能力的培养，这一点在我们信息工程学院做得尤为突出。我们学院现有计算机应用技术、网络技术、软件技术和物联网技术四个专业，按照学校相关要求，为培养学生的实践能力，推出了一系列新的举措，构建“项目实战平台”就是其中一项。

今年由老师和学生共同开发的“高考在线”这个网站是项目实战平台中的一个典型案例。在建设过程中，大一学生负责基础数据的搜集，大二学生负责数据库的建立和完善，大三学生负责项目总体规划设计和代码调试。

这个网站建设由老师适时指导，学生具体实施，切实锻炼了在校生的实践能力。现在该网站已全部完成，并顺利上线，高考学生可方便查询到要报考的学校和专业，受到了他们的一致好评。

陈风看着稿子琢磨了几分钟，然后道：“有三点意见，望于院长笑纳。”

“去去去，别装蒜，快说吧。”

“第一，第一段，最好由解说员来说，换成第三人称的说法，别人夸比自己夸效果会更好；第二，在倒数第二行，把‘高考学生可方便查询到要报考的学校和专业’改成‘高考学生轻轻一点就可查询到要报考的学校和专业’，这样更形象一些；第三，最后再加上一句话，要体现出深度和高度来，‘后期，我们还要就项目实战平台的构建模式、保障措施、效果评价及推广应用等方面做出更大的努力。’”

“嗯，老公厉害！就这么定了。晚上我给你做好吃的，等着啊。”

“好嘞！”陈风打开电视，悠闲地看了起来。

第二天一大早，陈风又来到了谭书记的办公室，发现他的气色好转了许多，就问：“谭书记，感觉怎么样了？”

“前四付没感觉，从第五天，睡觉好多了。别看你年轻，还真是很有水平啊！”

“呵呵，谭书记过奖了。现在吃饭怎么样？”

“也好多了，但不敢多吃，也不敢吃油腻的。”

“嗯，以后也得这样注意才行。”陈风给他检查完，调了方子，又道，“好多了，继续吃几付，巩固巩固。”

“好嘞，多谢了！”

陈风本想告辞，没想到谭书记又问道：“哎，陈主任，这胆囊都有什么作用啊？”

看谭书记的神情，今天似乎不是太忙，陈风就给他耐心地讲了起来：“胆囊主要有四个功能：一是储存胆汁，在人饥饿的时候，胆汁储存在胆囊内，当消化需要的时候，再由胆囊排出，所以胆囊又被称为“胆汁仓库”；二是浓缩胆汁，胆汁一开始是金黄色的、碱性的，其中含有的很多水分和电解质，由胆囊黏膜吸收返回到血液之后，留下的就是胆汁中的有效成分了，这时候呢，颜色变成棕黄色或墨绿色，呈弱酸性；三是分泌黏液，胆囊黏膜每天能分泌大约 20 毫升稠厚的黏液，又来保护黏膜，不受浓缩胆汁的侵蚀和溶解；四是排空功能，进食大约三五分钟后，食物经十二指肠，刺激十二指肠黏膜，产生一种激素，叫缩胆囊素，引起胆囊收缩，将胆囊内的胆汁立即排入十二指肠，来帮助脂肪的消化和吸收，在排出胆汁同时，也将胆道内的细菌与胆汁一起排出体外，一般来说，进食脂肪半小时以后，胆囊就全排空了。”

“胆囊切除以后，胆量就变小了，有这说法吗？”

“呵呵，‘胆量’指的是一种勇气，不怕凶暴、不怕危险的精神，是一种心理活动，而每一项心理活动呢，又都是一个由许多神经组织参与的复杂的功能系统。至今还没看到关于胆囊参与神经组织活动的资料，胆囊只是一个贮存与浓缩胆汁的器官，不存在切除了胆囊以后胆量就会变小的物质基础和必然联系。这点您不用担心。”

“那我怎么感觉胆量没以前大了呢？”

“那是因为您思维更加缜密了。”陈风不失时机地奉承了谭书记一句。

“哎呀！真没想到，这胆囊切除了以后会留下这么多毛病。”

“你这还算轻的呢！”

“哦，说来听听。”谭书记对这话题很感兴趣的样子。

“胆囊切除应用于临床，已经有一百多年的历史了，总体来说对身体的影响并不是很大，否则的话，这手术早就废除了。但是呢，切除一个身体本应该有的器官，对身体肯定不会一点影响也没有，多多少少还是有一些的。肝细胞每天大约分泌约 800 到 1200 毫升的胆汁，进入胆囊后浓缩 30 倍，存起来备用。如果胆囊被切除掉了，胆汁分泌了、排出了但是无处可存，不管人体是不是需要，胆汁只好持续不断地排入肠道。咱们人类是集中进餐的哺乳类动物，在进餐时需要大量高浓度的胆汁帮助消化，但此时体内没有‘富余的胆汁’，因此就会影响食物的消化和吸收，特别是影响脂肪的消化吸收，这造成的结果呢，就是诱发脂肪泻和脂溶性维生素的缺乏，出现消化不良、腹胀、腹泻、消瘦、面黄等症状。像您，就是这种情况。”

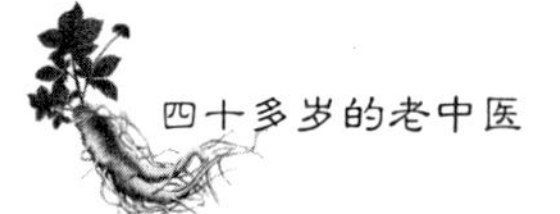

“还有其他的症状吗？”

“反流性胃炎、食道炎、胆囊切除术后综合征、胆总管结石的发生率会增高，结肠癌的发生率也可能升高。”

“哦，这些我倒是没有，年前刚查过体。”

“嗯，刚才不是说了吗？你属于比较轻的。”

“胆囊切除术后综合征是个什么情况？”

“这个概念比较模糊，也叫胆囊摘除后遗症，是由于胆囊切除后所出现的与胆系病变有关的临床症候群。一般来讲，胆囊切除后有不到三分之一的病人可出现一过性症状，但很快就会消失……”

“都有什么症状？”

“右上腹隐痛或是钝痛，有压迫感，伴有食欲不振，恶心、腹胀；重的可能会出现寒战、高热和黄疸。”

“我有，就是这儿疼啊。”谭书记指了指自己的右上腹。

“大约多长时间了？”

谭书记想了想：“得有一个多月，问当时做手术的专家，说是没事，就没管它，后来慢慢不疼了。”

“哦，你就属于那三分之一里面的了。”

又跟谭书记聊了一会儿，陈风告辞出来，跟着梁主任去了他办公室。

梁主任笑道：“明天晚上没安排吧？咱们聚聚？”

“不用了吧，我现在就怕去酒店吃饭，一去了就容易吃多，控制不住。”

“咱们都少吃，以喝酒为主。”

“呵呵，那更不行了，我不但一吃就多，而且一喝就多，老是喝高了，第二天倒醉，至少得难受一天。”陈风略带苦涩地摇摇头。

“除了喝酒，还有正事呢。”

“还有什么事？”

“我家你嫂子最近不太舒服，请你给看看。”

“哦，那好吧。”

陈风答应了下来，突然想起娄区长的事情，就问道：“哎，对了，娄区长在吗？”

“哦，他去下边乡镇里检查去了，早上七点半就走了。”

“我想问问他情况怎么样了。”

“我给他打个电话吧。”梁主任说着拨通了他的电话，“娄区长，您现在方便吗？陈主任在我旁边，他想问问您现在的情况。”

征得娄区长同意后，梁主任将电话递给了陈风：“娄区长请你接电话。”

陈风说道："娄区长，您好！现在情况怎么样了？"

"胃里舒服多了。"

"还泻肚子吗？"

"没泻肚子，我吃东西注意了。"

"那就好，还腰酸吗？"

"也没事了，但有时候感觉烧心。"

"药是饭前吃的还是饭后吃的？"

"饭前。"

"哦，改成饭后就行了，抽时间我再给你调调方，巩固一下吧。"

"好的，多谢陈主任。"

陈风放下电话，与梁主任告别。

梁主任很客气，一直送到大门口。

陈风回到医院，有几个病人在等他。

第一个病人是个青年女性，30 多岁，阵发性心慌 3 个多月了。心慌发作起来伴有全身乏力、四肢发凉、出汗的情况，并且有濒死感。陈风为她做完检查，考虑是阵发性的心动过速，但具体属于什么性质的，还不好确定，在这种情况下需要做动态心电图或者远程心电监护。

陈风用心悸 1 号方加减开了方子，对她说道："你这情况，需要戴上一个盒子，监护一下，一直戴着，直到再次犯病。"

"大概多长时间？"

"说不准，如果不犯病，抓不住，那就还是不知道什么原因造成的。"

"哦，去哪里戴？"

"我帮你联系一下。"

陈风说着拨通了姚威的电话："现在在哪里呢？"

"老师，我在监护中心呢。"

"有没有空盒子？"

"有。"

"过会儿有个病人过去，怀疑是阵发性的心动过速，需要多带几天，想着给她一块备用电池。"

"好的，老师，您放心吧。"

陈风放下电话，对病人说道："去吧，去病房楼六楼，下来电梯，往右一拐就是，上面有牌子，写着'远程心电监护中心'，找一个姚大夫，男的，二十五六岁，又高又壮。"

那病人稍一迟疑，问道："那盒子大不大？"

"怎么了？"

"我是老师，得讲课，怕不好看。"

"没事的，盒子放在一个很小的背包里面，背身上就行，一般人看不出来。万一有人问，你就说是装着美元呢，怕丢。"

"嘻嘻，那我就放心了，多谢了。"

近年来，远程心电监护技术蓬勃发展。这是一种网络技术和心电分析技术嫁接而成的新的网络医疗技术，可以实现心电图的连续记录、异常报警和远程传输，为病人争取黄金救助时间，避免或减少急性心血管事件的发生。

与其他公司的产品相比，汉精公司推出的远程心电监护系统不仅可以动态采集12导联的心电数据，还可以通过Wi－Fi无线通信和3G信号两种传输方式对心电数据进行实时传输，不论病人在哪里，他的心电数据都会在监护中心的屏幕上"走动"，成为一道道流动着的风景线。

去年5月，汉精公司与陈风所在医院合作成立了12导联实时远程心电监护中心。鉴于陈风在博士后期间就是做的这方面的研究，于是高院长委派他负责技术把关，姚威负责具体事务。

姚威是陈风的第一届研究生，毕业后留在了心内科。别看他年龄不大，对待工作很投入，也很细致，开业伊始，就制定了岗位职责以及场所管理、专家聘用、档案管理、设备管理、安全管理、卫生管理和人员奖惩等制度，不仅装订成册，而且悬挂上墙，受到医院和公司领导的一致好评，而他呢，只是憨厚地一笑。

第二个病人是位70岁左右的阿姨，双手湿疹，一年多了，患处皮肤增厚、粗糙、色素沉着，自觉瘙痒明显。陈风为她检查完，问道："阿姨，你是不是经常有打嗝、胀气的情况啊？"

"有，经常有。"

"你舌苔很厚很腻，说明体内的湿气很重，以后吃饭要注意了，一定要清淡，我给你开个方子调调吧。"

陈风以平胃散加减开完方子，又道："这个药啊，煎三遍，前两遍是喝的，第三遍是泡手的，记住了吗？"

老人家点点头。

陈风似乎不放心，特别嘱咐道："另外啊，还要注意两个问题。一是少吃辣椒、少喝浓茶；二是刷碗、洗衣服的时候要戴手套，一定别接触洗涤精、洗衣粉那些东西。都记住了？"

老人家又是点了点头，刚要转身出去，黄兵进来了："老陈啊，给我们朱总看看，痛风好多年了。"

"稍等，还有一个病人，朱总请坐。"陈风说着将这位老人家送出门去。老人家很感动，想主动跟陈风握握手，但又缩了回去，说道："还是别握手了吧，我怕传染你。"

"阿姨，没关系的，这病不传染，不用怕。阿姨慢走啊！"

阿姨挥挥手，转身离去。

这时文玲走了过来，问道："老师，还去查房吗？"

"这还有两个病人，看完了马上过去。"

第三个病人是位 40 多岁的女性，频发的室性早搏，经常心慌，有五六年了。陈风仔细地看完她的动态心电图报告，又给她做了检查，说道："这室早确实不少，还有间位的。"

"啥是间位？"

陈风解释道："哦，我是跟这学生说的，都是医学术语。"

"给我也讲讲吧，我想听听。"

"那好吧。咱人的心脏啊，有四个腔，上面两个是心房，下面两个是心室。在正常情况下，右心房里面的窦房结领着整个心脏跳，但你心室里面有'捣乱分子'了，它要先跳，就出现了室性早搏。"搏"，就是跳的意思，"早搏"，就是早跳的意思，这样说好明白吗？"

"那间位是啥？"

"是室性早搏的一种特殊形式。"陈风指着动态心电图，说道，"你看，这儿，它出现在两个正常搏动中间的位置，因此叫间位性早搏，又叫插入性早搏。"

"哦，挺危险的是吧？"

"这个病啊，在临床上非常常见，各种心脏病病人会出现，甚至健康的人也会有。并且呢，这个病的临床症状有很大的差异性，有的没症状，轻的感觉心慌，重的可能会出现晕厥或者黑蒙。"

"这也太可怕了吧！"

"呵呵，但你没事儿。"

"为什么？"

"这个病分两种情况：一是良性室性早搏，是指经过各种检查都找不到心脏病证据的那一种；二是有预后意义的室性早搏，是指在器质性心脏病基础上出现的那一种。你是前面那一种。"

"哦。"那病人悬着的心放了下来。

“但你思想负担太重，睡眠也不好。”

“这你也知道？”

“‘三百六十行，行行出状元。’干我们这一行，必须得有孙悟空的火眼金睛才行，你的脉象和手纹‘出卖’了你。”

“怪不得呢，那该怎么办啊？”

“不用吃西药了，吃点中成药吧，百乐眠就行，每天三次，每次四粒。另外就是少操心，多锻炼，好吧？”

“好的，多谢陈主任了。”

“不用客气，让沈大夫给你开药就行了。”

第二十二章

“好得差不多了，明天就要去上学了，没事的，让她自己过来就行。”英华走到座机旁边，给晓玉打电话。晓玉似乎不想过来，只听英华劝道：“你不是文言文学得不怎么好吗？正好你黄叔叔和陈叔叔都在这儿，过来吧，正好问问他们，想着把作业带过来呀！”

陈风接下来给朱总看病。朱总尿酸增高十多年，痛风反复发作七八次了，这一次是刚从青岛回来犯的，两侧的脚面都肿了起来，并且疼痛难忍。

陈风问道：“吃海鲜喝啤酒了吧？”

“嗯，没控制住。”

黄兵绘声绘色地说道：“哥们几个坐海边，吃着海鲜，喝上扎啤，小海风那么一吹，多爽啊！谁能控制得住？”

“是啊！但是，爽要付出代价啊！”陈风笑道。

黄兵心存疑问：“你也刚从青岛回来，你也吃海鲜喝啤酒了，你怎么就没事呢？”

“盼着我也得痛风？你说你什么人哎！我怎么会有你这样的同学？”

朱总笑道：“看来你们关系不一般啊！”

黄兵伸出两个指头：“哈哈，我们都是二班的，朱总真是神机妙算啊！”

“不闹了，不闹了，我得好好给朱总看病。”

陈风开始为朱总检查，然后说道：“我前几天刚淘来一个秘方，里面有三七、大黄、红花、牛膝等药，专门治痛风的，效果非常好。”

“那太好了，给我试试吧。”

“最近查过尿酸吗？”

“查过，好像是457。”

“化验单带了吗？我看看。”

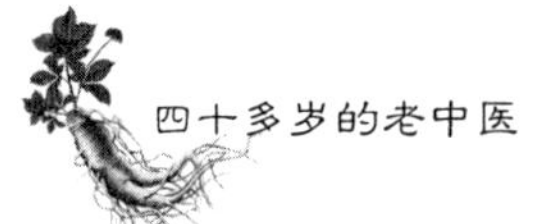

“带了，在这儿。”

陈风看完化验单，说道：“尿酸确实太高了，应该控制在360以下，最好到300。以后吃饭可得注意了，除了海鲜、啤酒以外，豆制品尽量别吃。”

“好吧，我尽量，可很多酒场推不掉，并且有些时候是主动请人家。”

“呵呵，看你决心了。我可以给你写份病历，再开份诊断证明，一上酒桌，就先摆上，主动声明心很诚，但身体不大行，望大家谅解。”

“这是好办法哎！”

“应该管用，试试吧。”

“好的，我试试。”

“现在吃什么西药了吗？”

“吃了，别嘌呤醇和苯溴马隆。”

“嗯，都继续吃，另外啊，你尿液的PH酸碱度是5.6，需要加上小苏打，一天三次，一次两片，这个药可以碱化尿液，有利于尿酸盐结晶的溶解和排出。还有啊，一定要多喝水。”

“好的，我都记住了。”

陈风不再言语，专心开方子。等他把方子开完，文玲那边也把病历和诊断证明都弄好了，一并交给朱总。

黄兵邀请道：“中午我定个地方，再喝点？”

“好吧，你下午没啥要紧的事儿吧？”

“怎么了？”

“陪我回趟老家。”

“干吗？”

“去邱英华家里一趟。”

“会你老相好啊？”

“看你说的什么话？还会不会说人话？张开嘴就没下巴，朱总好好管管他。”

“哈哈，我是鸟叔说鸟语，好多年不说人话了。”

“哪有你这丑八怪一样的鸟叔？”

“这叫特色，明白不？”

送走朱总和黄兵，陈风和文玲一起去病房。

在路上，陈风问道：“去年发布的《高尿酸血症和痛风治疗中国专家共识》看过没有？”

文玲摇摇头，“没有，这应该属于内分泌科或者风湿免疫科吧？”

“应该看看，这高尿酸血症不仅与痛风密切相关，而且还是糖尿病、代谢综合征、高脂血症、慢性肾病、心血管疾病和脑卒中的独立危险因素。对咱们心内科来说，血中的尿酸水平可以作为预测心血管及全因死亡的指标，是预测心血管事件发生的独立危险因素。有一项荟萃分析显示，在校正了年龄、性别、高血压、糖尿病、吸烟等因素后，高尿酸血症患者的冠心病总体发生风险为1.09，死亡风险为1.16。与正常血尿酸相比，血尿酸每增加60个单位，冠心病死亡的风险就会增加12%，这种情况在女性病人中更明显。”

“为什么呀？”

“可能与缺血再灌注导致再次狭窄的风险增加有关。另外啊，高尿酸水平还是心衰、缺血性卒中发生和死亡的独立危险因素。”

“嗯，下午我查一下。”

“你可以做个调查，尿酸正常的一组，高尿酸血症的一组，痛风的一组，看看这三组的中医证候、体质类型和辨证分型有哪些差别，这不就可以写成一篇很好的论文吗？”

“对啊！我先设计个调查表出来。”

“可以再分细一点，总体分三组以后，高血压病的、高脂血症的、冠心病的、心衰的也分三组……”

正碰上机关二支部的华书记，她对陈风说道：“陈科，明天下午两点半，四楼小会议室中层会。”

“好的，谢谢书记。”

陈风查完房，接近12点了，他匆匆赶往酒店。

黄兵递过菜单：“我点了四个菜了，你再来俩？”

“就咱俩？朱总呢？”

“公司有事，他先回去了。”

“都病成这个样子了，还不休息休息，真是敬业啊！”

黄兵淡然一笑：“还不都是让钱闹的，为钱忙，为名忙，为情忙，真不知道要忙到什么时候啊！”

“哟呵，这么阳光的大男孩，今天怎么多愁善感起来了？早上出门的时候，好像太阳没从西边出来啊！”

“哎，一言难尽啊！”

“小吴惹你了？”

“不是她，是家里老大，他妈要求给儿子增加抚养费。”

“你是大款，还在乎这个？反正是给儿子的，又没给外人，花钱买个

省心呗！”

“谁挣钱容易啊！我已经给很多了啊！”

“人家知道你挣得多，要按比例来。”

“呵呵，没你这么劝人的。”

开始上菜了，他们都没喝酒，边吃边聊。

黄兵问道：“昨天不方便问你，你觉得程大师的事儿有谱吗？”

“很没谱。”

“说说理由。”

“今天感觉颈椎轻快些了吗？”

“好像不明显。”

“程大师可能有点小本事，也治好过一些病人，但他根本没有医师证，甚至连按摩师的证和康复师的证也没有，更别说职称了，怎么跟院长汇报？一开口就会被呲出来。”

“我听朋友说他挺神的。”

“可以变通一下，去健康会所问题不大。”

“哎，对了，前几天碰到一哥们，开诊所的，干不下去了，想转让，我接过来怎么样？”

“可以啊，但你有精力管吗？”

“我先接过来，可以让小吴生完孩子以后管着。”

“嗯，这主意不错。”

黄兵举起茶杯：“来，走一个，到时候你可得帮我啊！”

“呵呵，看你出多少钱吧。”

“看看看，你也变得这么俗气了，亏你还是我亲同学。”黄兵奚落道。

“开玩笑呢，看你表现吧。”

“为了你和英华旧梦重温，我今天绝对好好表现，当好司机，打好掩护，这不，为了开好车，我滴酒不沾，呵呵，表现还可以吧？”

“扯犊子，什么旧梦重温？哪来的旧梦？”

“不承认是吧？有一次同学聚会，你喝得跟死猪一样，人家英华在宾馆里照顾了你整整一个晚上。说没有旧梦，鬼才信！”

“我都像猪一样死掉了，能有啥事儿？纯属你陷害忠良！”

“你就嘴硬吧！有同学第二天看见英华的眼睛都哭肿了。”

“那是喝酒喝得呗，有啥大惊小怪的。”

“还有人看见她走路不对劲。”

陈风有些愤然：“你就编吧，越编越离谱。”

“我没编啊，你都不知道当时同学们多么嫉妒你！”

“也包括你吧？”

“这叫反陷害，我当年可是个单纯地小伙！”

陈风不再搭理他，拨通了英华的电话：“英华，我们马上开始走，大约两个小时到。”

“我们？还有谁？”

“黄兵。”

“哦，好的，我提前去村口接你们。”

陈风放下电话，只听黄兵“嘿嘿”一笑，嘲笑道：“特激动，是吧？”

“我说黄兵啊，你这老没正经的劲儿，啥时候能改改啊？”

“改啥？挺招人喜欢的嘛！”

“自恋，绝对自恋。”随后陈风又改口道，“不，是自恋狂，绝对的自恋狂。听说过中国足球的故事吧？”

“中国足球的故事多了去了，谁知道哪一个？”

“自封为世界杯无冕之王的故事。”

“没听说过，说来听听，我看你能整出什么幺蛾子来。”

“有网友吐槽：中国队自封为世界杯的无冕之王！理由如下：一，纵观世界杯历史，中国队仅输过三次；二，巴西在世界杯的赛场上只战胜过中国队一次；三，即使德国、西班牙、阿根廷、荷兰等的传统强队，也从没有在世界杯的舞台上战胜过中国队；四，2002 年之后，中国队在世界杯比赛上的不败纪录已经延续了整整十二年。”

“无耻，太无耻了！”

“你不觉得这也是一种自恋吗？跟你有点像？”

“你们都同样无耻，以后别提我是你同学，我丢不起这人。”

“反正已经丢这么些年了，继续丢着吧。吃饱了没？走人。”

“走了，走了，大中午的，光吃你气就吃饱了。”

“这是减肥的好法子哎！”

两人上了车，黄兵发动引擎，奔泰安而去。

陈风将副驾驶座放平，对黄兵说道：“我先睡会儿了，你要累了就喊我，我替你。”

“就两个小时的路，我一个人没问题，你放心睡吧，做个好梦。”

陈风眯着双眼，并没有入睡，他努力回忆当年那个夜晚，但记忆十分模糊。在他印象中，好像是在 1995 年的年底，他参加高中同学组织的毕业五周年聚会，他当时研究生刚读了半年，正是意气风发之际，同学们都很

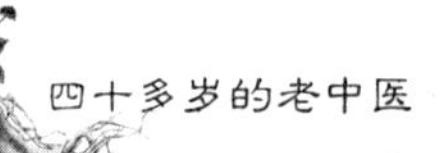

羡慕他，说他是同学里面最有出息的了。他没经得住忽悠，左一杯右一杯，不多一会儿，就烂醉如泥。第二天早上醒来的时候，他记得当时宾馆里只有自己一个人，头痛得特别厉害。他起床喝了几口水，继续睡觉，直到傍晚，才骑车回家。当然啦，回家以后，他自然免不了挨上一顿埋怨。

同学聚会时，有钱有势、混得春风得意的那些男同学们巴不得天天开同学会，在精神上压倒其他男同学，在肉体上征服女同学，将学生时期的意淫变成现实；而比较落魄的那些同学则害怕在同学会上见面，精神上受到摧残不说，还要作为春风得意的那帮同学们炫耀财势的一个道具，心里也许还有个小小的奢望，那就是希望混得好的同学能帮上自己一把，其实大多数时候这只是幻想。

还有人给同学聚会总结了一个顺口溜：心眼多的钻被窝，心眼少的在唠嗑，不多不少在乱摸，一个心眼在唱歌，缺心眼的往死里喝。

陈风觉得，在高中同学里面，他不算有钱有势，也不算比较落魄，他只是在学业上稍占优势而已；并且，那个晚上，他只是一时高兴，喝醉了而已。

在迷迷糊糊之中，陈风听到了黄兵的喊声："老陈啊，醒醒吧，到了。"

陈风揉揉双眼，问道："到哪儿了？"

"到村口了，前面穿蓝衣服的那个人好像是英华。"

"嗯，应该是她。"

"旧梦重温的感觉怎么样啊？"

"梦里面全是你张牙舞爪的样子，怪吓人的。"

"看来你这做梦的质量不咋地啊！"

"有你在，能好得了吗？"

"你这鸟人！我辛辛苦苦开了一路车，没有功劳也有那么一点点苦劳吧，哪有你这么损人的？"

"没损你，实话实说啊。"

"哼，懒得理你。"黄兵在英华面前停下车。

英华憔悴的脸上露出一丝微笑，跟他们俩打过招呼，上了车。

在英华的指引下，黄兵在一个小胡同口停下了车。因为小胡同太窄了，车子根本开不进去。

黄兵打开后备厢，拿出两盒茶叶，交给英华，道："这是我和陈风的一点心意，别嫌少啊！"

"都是老同学，还这么客气。"英华接了过去，领着他们一直朝里走。

陈风心道，黄兵这小子不愧是跑业务出身，做事儿真是周到，比自己强多了。

一直走到胡同尽头，英华才道："到了，就这家。"

陈风有些纳闷："上次来好像不是这儿吧？"

"上次是我家，这次是娘家，一个村的。"英华赶忙解释。

陈风轻轻"哦"了一声。

黄兵此时，不免又有些嫉妒，感情人家两个人经常来往啊，自己这次过来，只是充当了司机和电灯泡的角色。

英华的父母、兄嫂都在家，非常热情地招呼他们坐下。

陈风直入主题，询问起英华母亲的病情："大娘啊，现在都有哪些不得劲的？您给我说一下吧。"

"这儿疼。"老人指指自己的右腹部。

"多长时间了？"

"一个多月了。"

"经常疼吗？"

"有时候疼，有时候不疼。"

"还有其他不得劲的地方吗？"

"不想吃东西，身上没劲。"

"哦，找张床躺下吧，我给您查查。"

英华母亲进里屋躺了下来，陈风又让她解开裤带，蜷起双腿。陈风在她右腹中部摸到一个肿块，鸡蛋大小，质硬，可移动，就问："这个肿块长了多长时间了？您知道吗？"

"得有一年多了。"

"当时查没查？"

"不疼，我没说。"

"好了，起来吧。"等英华母亲回到客厅，陈风又为她做了舌诊和脉诊，然后以宁心消痞方加减开了处方。

英华父亲问道："怎么样？"

"不好说，但目前看来问题不大，吃吃药吧，应该会很快好起来的。"因为英华事先嘱咐过了，不要跟两位老人讲明实情，陈风只能含糊地做了回答。

这时英华走过来岔开话题："爸，你血压一直高，让陈风也给你看看吧。"

"好啊。"英华父亲高兴地点点头。

邱大爷既往高血压病史 30 多年了，现在服用的降压药是非洛地平，血压控制在 150/90 mmHg 左右，经常头痛、口干，有时憋气，睡眠较差，双

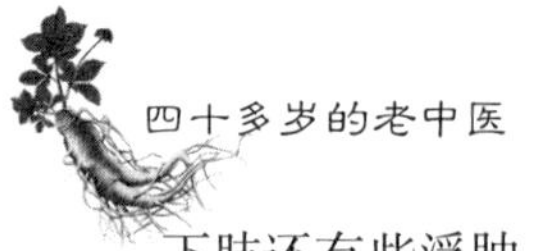

下肢还有些浮肿。

陈风问完情况，又做了检查，以头痛 1 号方加减开了处方。

这时英华母亲问道："小陈啊，你说我这病，还能活多长时间啊？"

"您今年才 83 吧？"

英华母亲点点头："是啊。"

"您使劲活，我们一块儿好好孝敬您，争取活到一百多吧，我还想着多吃几次您烙的葱油饼呢。您烙的葱油饼，那叫一个香啊！"陈风竖起大拇指，露出有些夸张的神情。

英华母亲开心地笑了："我把面都和好了，你等着啊，我马上去烙，这次让你吃得饱饱的。"

陈风很感动，点点头，接受了英华母亲的好意："好，我们等着，吃不饱就不走。"

英华母亲乐呵呵地去忙活了。

英华说道："来一趟不能白来，再给我哥也看看吧，肾结石，查出来得有半年多了。"

"哦，行啊。"

陈风扭头转向她哥，问道："B 超单子还能找到吗？"

"不知道放哪儿了。"

陈风委婉地批评道："这么重要的东西啊，以后得跟存折放在一块儿。"

"好好好，以后我就知道了。"他憨厚地笑了笑。

为他检查时，陈风重点观察了他的手纹，在右侧生命线中下三分之一处的肾区有一个米字纹，并且摸起来有高低不平的颗粒。陈风问道："是不是在右侧？"

"是。"

"现在没感觉，对吧？"

"嗯，没啥感觉。"

"平常喝水多不多？"

"有时候出去干活，大半天不喝一口水。"

"呵呵，怪不得呢，喝水太少了，以后再出门的话，带个大水杯。"

"这样太麻烦了吧？"

"不能嫌麻烦，这样对身体有好处啊！天天吃饭，一天还得吃三顿，不也很麻烦嘛，对吧？"

"好，听你的。"

"像你这种情况，也不用专门喝中药了，去药店买点鸡内金吧，就是鸡肫最里面那一层，买回来用擀面杖压成粉，泡水喝，每天喝上两勺子吧。”

“多大的勺子？”

“平常用的小勺子就行，可不是舀汤用的大勺子啊。”陈风解释道。

“知道了，要买多少啊？”

“先买一斤吧。”

陈风扭头问英华：“你是不是最近睡觉不好啊？”

“这，你也看得出来？”英华有些吃惊。

“呵呵，干什么吆喝什么。”

“可能最近太累了。”英华伸出左手，“也给我看看吧。”

“嗯，好吧。”陈风号完脉，又看了舌象，“最近确实太累了，是不是感觉这一块儿胀满不适？”陈风指了指右上腹的位置。

“嗯，是。”

“这还是肝脏的事儿，你要好好调养才行。”

“嗯，老是忘了这茬儿。”英华的眼角似乎湿润了起来。

“我再给你调调方吧。”陈风打开手机，调出上次给英华开的方子，略加调整。

英华接过方子，转过身，去了厨房。

陈风感觉英华有些异样，但不知道是为什么。好在英华哥和黄兵都没在意，陈风趁机端起茶杯，喝了几口，英华哥马上又给续上了。

不多久，英华端来了葱油饼，还有几个小菜。

英华哥打开了白酒，招呼大伙入席。

英华父亲对英华道：“华子啊，你别忙活了，快给晓玉把饭送过去吧。”

“我打电话让她过来吧。”

“她脚崴了，走路疼，还是你送过去吧。”

“好得差不多了，明天就要去上学了，没事的，让她自己过来就行。”英华走到座机旁边，给晓玉打电话。晓玉似乎不想过来，只听英华劝道：“你不是文言文学得不怎么好吗？正好你黄叔叔和陈叔叔都在这儿，过来吧，正好问问他们，想着把作业带过来呀！”

因为吃完饭还要赶回去，黄兵和陈风都没喝酒。

正吃着，晓玉过来了，还真带来了她的作业。这孩子很懂礼貌，跟众人一一打过招呼。

陈风发现她进门时左脚有些不利落，就问：“晓玉，脚崴几天了？”

“四天了。”

“过会儿我给你揉揉，明天就能去上学了。”

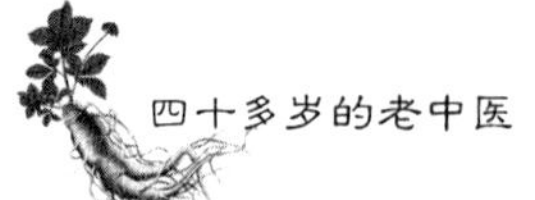

“那太好了！”晓玉很开心地问道，“咱先做完作业好吗？”

陈风笑道：“作业的事儿，就问你黄叔叔吧，他语文好。”

“别瞎扯了，我是复读生，哪能跟你比？”黄兵推辞道。

“我是瞎蒙的，第一年就考上了，你那叫大器晚成。”

“都四十好几了，还没成器呢！你就别谦虚了，人家晓玉这朵祖国的花骨朵还等着你栽培呢！你就快点吧！”

英华阻拦道：“先吃饭，吃完饭再学。”

“那可不行，咱不能耽误了祖国的花骨朵，要不吃饭不踏实。”陈风笑道。

黄兵道：“这就对了嘛！给老人看病很重要，给孩子辅导功课也很重要，吃饭不重要，饿一顿没事儿，正好减减肥。”

“呵呵，恭敬不如从命。”陈风接过作业本，是一篇文言文。

马文升，字负图，貌瑰奇多力。登景泰二年进士，授御史。历按山西、湖广，风裁甚著。成化初，召为南京大理卿……

1. 对下列句子中加粗词的解释，不正确的一项是（　）

A. 登景泰二年进士　　登：升职。 B. 录功进左副都御史　　录：记载。

C. 振巩昌、临洮饥民　　振：救济。 D. 勒石纪之而还　　勒：铭刻。

……

陈风看完，给晓玉讲道：“这文言文啊，主要考察两个方面：一是对历史知识的掌握程度，二是快速阅读能力、综合判断能力和翻译水平。平时你做这类题的时候，是先通读全文呢还是先看试题？”

“先读全文。”

“这种习惯比较耽误时间，我喜欢先看题，再从文章里面找答案，有些试题甚至不用读文章，直接就能得出答案。”

“不会吧？”晓玉半信半疑。

“咱们看这第一题，先看A，‘登景泰二年进士’中的‘登’字什么意思？如果你了解古代的科举制度，这个题就很容易答对。在古代啊，应考者一般被称为‘赶考者’，他们必须要跨过四大步，极少数人才能到达顶峰，也就是考取‘状元’。第一步要经过县州级的考试，这级考试叫‘童试’，考中者被称为秀才；第二步要经过省级的考试，这级考试也叫‘乡试’，考中者称举人；第三步要经过国家级的考试，这级考试叫‘会试’，考中者称贡士；第四步要经过皇上亲自监考，这级考试叫‘殿试’，考中者为进士，前三名为鼎甲三元，其中啊，考中第一名的称‘状元’，考中第二名的称‘榜眼’，考中第三名的称‘探花’，其他进士呢，则称为‘进士出身’或者是‘同进士出身’。秀才只是一种身份；举人有当官的资格了，但不一定能当上；到了进士这一级呢，就是全国统一分配的官员了；状元、探花和榜眼更厉害，直接留在皇上身边当官。现在明白了吧？”

“明白了，这里的‘登’字是考取或考中的意思，A 错了，直接选 A，其他的都不用看了。”

“聪明！”陈风由衷地夸了晓玉一句，“这个马文升啊，也特别聪明，能考上进士，绝不是一般人物。他一生战功赫赫，德高望重，先后辅佐过五个皇帝，人称‘五朝元老马文升’。”

“陈叔叔也是这么厉害的大人物。”

“我照人家差远了。”

陈风没想到晓玉会夸自己，不禁有些得意，接着问道：“怎么样？这就节省时间了吧？”

“是。”

“咱再接着看第二题……”

就在他们两个专心学习的时候，英华虽然在招呼一桌子人吃饭，但双眼的余光不时从这里划过。

陈风耐心地为晓玉讲完两篇文言文，总结道：“慢慢来，别急，一方面要注意知识的积累，一方面要注意做题的技巧。用不了多长时间，这块‘硬骨头’就会被你啃掉，叔叔相信你！”

“谢谢叔叔，我会的。”

“我再给你看看脚吧，来，把鞋子脱下来。”

晓玉有些扭捏地说道：“有点臭啊。”

“没关系。”陈风笑笑，“我们干医生的，不怕臭，也不怕脏。听说过孙思邈吗？”

“听说过，大医学家。”

“对，他是唐朝人，他写的《备急千金要方》第一卷里，有一篇文章叫《大医精诚》，重点论述了医德，每个学医的人，尤其是学中医的人，都要熟读并且背诵。这里面有一句话，‘其有患疮痍下痢，臭秽不可瞻视，人所恶见者，但发惭愧、凄怜、忧恤之意，不得起一念蒂芥之心，是吾之志也。’什么意思呢？翻译过来就是说，如果有病人得了疮疡、泻痢，又脏又臭，不堪入目，别人都不愿看，医生只能表现出同情、怜悯和关心，不能产生

一点点不高兴的念头，这就是我的志向啊！”

“呵呵，还有比这更脏更臭的吗？”晓玉指指自己的脚。

“有啊，尿，从尿的气味就可以诊断出许多病来。”

“是吗？”

“正常的新鲜的尿液具有一种特殊的微弱的芳香气味。如果出现氨水味，说明尿在体内已经被分解了，是膀胱炎或者尿潴留的表现；如果出现腐败的腥臭味，说明有泌尿道的细菌感染，并且化脓了；如果出现烂苹果味，多见于糖尿病酸中毒或是饥饿的时候，这种尿液会引诱蚂蚁汇聚；如果出现粪臭味，提示有膀胱结肠瘘，粪便从瘘管里混进了尿中；如果吃了大蒜、葱或者洋葱，尿中也可能会带有这些物质的特殊气味。”

“哦，学医这么好玩啊！”

“你今年就可以报考医学院啊！”

“嗯，我再好好想想。”她似乎还有些犹豫。

“哪儿疼？给我指指。”

晓玉指了指左脚的内踝下方。

“当时肿了吗？”

“嗯。”

“现在还疼不疼？”

“有点疼，不过好多了。”

“你这是伤着内侧副韧带了，以后可得注意了，下楼的时候得注意，跑步的时候得注意，路不平的时候得注意，走夜路的时候也得注意。”

“嗯。”

晓玉乖巧的模样惹得陈风心生怜爱。他让晓玉在沙发上坐好，左脚下垫了一个马扎。他用左手固定住晓玉左脚的远端，使踝关节保持中立位，右手在内踝下方轻轻揉摩，力度逐渐加重，大约三分钟；接下来，他用右手拇指点压晓玉左侧的风市、足三里、太溪、昆仑、丘墟、绝骨、解溪和太冲穴，每穴点压约半分钟；然后，陈风左手扶着左脚踝部，右手扶着左脚远端，先按顺时针方向旋转了五圈，又按逆时针方向旋转了五圈；最后，陈风将晓玉的踝关节背伸加压，反复操作了五遍。

陈风说道：“站起来走走试一下吧。”

晓玉很听话地站起来，试了试，随后欢呼道：“真的不疼了，谢谢叔叔。”

英华招呼陈风道：“快过来，接着吃点吧。”

“好嘞。”

陈风洗过手，接着吃饭。他吃完一块葱油饼，冲英华母亲说道：“大娘啊，还是当年的味道，好香啊！”

“嗯，以后常来，葱油饼管够。”英华母亲乐呵呵地说道。

“会的，我们会常来看望您二老的。”

黄兵和陈风离开英华家的时候，天已经黑了。刚启动车子时，黄兵打开了远光灯，等上了大路，有了路灯，他才换成近光灯。

黄兵神神秘秘地说道：“我发现一个秘密哎！”

陈风不接话，静待下文。

“你不想知道吗？”黄兵有些沉不住气了。

陈风笑道：“狗嘴里还能吐出象牙来？”

“我看晓玉这孩子挺像你的。”

“她怎么会像我呢？”陈风有些纳闷。

“她那鼻子、嘴唇像你，这么说吧，整个下半边脸都像。”

陈风这时才回过味来，苦笑道：“你这玩笑开得有点大了吧？”

“没开玩笑，我说的是真的。”

“好像马克·吐温讲过这样的故事吧！”

“什么故事？”

“说是有个人参加纽约州长的竞选，没想到被他的政敌恶搞，在报纸上污蔑他是酒疯子、贿赂犯、讹诈犯等，后来呢，那些政敌们又教唆了九个刚刚学走路的不同肤色的小孩子，冲到竞选台上，抱住这个竞选者的大腿叫‘爸爸’，最后，这位竞选者实在没辙了，退出了选举。你是不是也想恶搞我一回啊？你说你这是安的什么心啊？”

“我冤枉，我只是实话实说而已。”

陈风不再搭理黄兵，低头玩起了手机。他打开 QQ，有条信息，是“一个中医爱好者”发来的：“陈老师您好！我一个好朋友的母亲患类风湿，非常痛苦，目前已经坐轮椅了，不知道您有没有类似的治疗经验？”

“有，可以给她开方子调一下。”

“这种病挺难治的吧？如果暂时没办法来山东，在家有什么自己保健的办法？比如刮痧、艾灸之类？”

“发一下症状、年龄，还有面、舌和双手的照片吧。我看一下再说。”

“好的，谢谢您了，我请朋友马上加您。”

“好的。”

“陈老师，再咨询一下，这两年我的左脚大拇指外侧大约一平方厘米的地方有麻木的趋势，可能是身体哪里出问题了呢？”

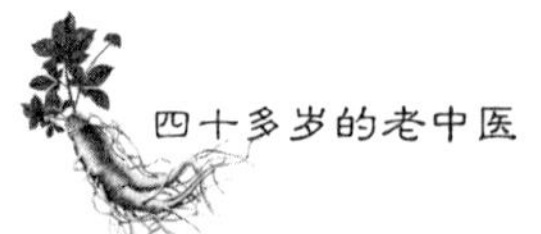

“可能是气滞血瘀的原因，坚持泡泡脚吧。”

“哦，好的，谢谢陈老师。”

很快，那好友“盼望”加了过来，随后发来四张照片：“陈老师您好！照片您先看看。”

“盼望”发来的两张手的照片居然是手背的照片，陈风一看，好笑，但又无语。他仔细研究了一下另外两张照片，以宁心通痹方加减开了处方给“盼望”发了过去，其中制附子用到60克。他又留言道：“给老人家开了个方子，先用上一周吧，制附子要先煎1小时。”

“好的，我妈之前吃的方子要给您看一下吗？”

“好的。”

“盼望”发过来两张方子，陈风看了看，是以柴胡加龙骨牡蛎汤合栀子厚朴汤加减的。

陈风还没来得及回复，“盼望”的信息又来了：“这两方吃过之后，都疼痛加重了。我自己以为，妈妈的病是寒气内阻、阳气虚弱，必须要大剂量的温阳药物才能起效果，您以为呢？”

“我们的观点是一致的。”

“所以，我看您开的黄芪和附子的剂量都很大，觉得会有效果。”

“嗯，把这7剂吃完了再看看。”

“另外您觉得，我们自己有什么可以做的吗？比如刮痧、拔罐、艾灸，来疏通一下经络、缓解疼痛？”

“可以的，这些都有帮助。”

“好的，像我妈这种情况，您觉得首要需要疏通哪条经络？”

“肝、脾、肾三经。”

“好的，谢谢您了。等吃完药，再来跟您反馈病情。”

“好的。”

第二天上午，陈风刚进办公室，“盼望”又发来了信息：“陈老师，请教一下，您开的方子是否是黄芪桂枝五物汤加减？”

陈风心道，这同志也懂中医啊！他接着回了信息：“是用我的经验方宁心通痹方加减的。”

“哦，但是有个问题，刚才去药房抓药，那里的坐堂医生不肯抄方，说是肉桂和附子超量了。”

“求求他呗。”

“要不，我再去另外一家药房试试吧。”

“也行。”

大约十几分钟之后，“盼望”的信息又来了：“终于开出来药啦！同仁堂的药剂师和坐堂医生看了好几遍，最后勉强同意了，还一直说药量太大了。”

“开出来就好。”

“肉桂用后下吗？”

“不用。”

“好的，是饭后还是饭前服用？”

“饭后一小时。”

“好的，谢谢！”他附赠了一张拱手致谢的图片。

陈风关掉 QQ，换上白大褂，准备去病房。这时，华书记领着一位老年妇女过来，她道：“陈科，给我婆婆看看吧？”

“哦，请坐！大姨怎么了？”

“妈，你自己说吧。”华书记喊得很亲。

老人家道：“气不够喘的。”

“多长时间了？”

“一个多月了。”

陈风开始为她检查，并且边查边问：“是不是平时胃不好啊？”

“是。”

“吃饭不好？打嗝？肚子胀？有时候吐酸水？”

老人家一一点头。

“睡觉也不好，是吧？”

“是。”

陈风正要开方，后勤科的周老师敲门进来了：“什么时候有时间？”

“怎么了？”

“我一个大侄子，发烧，住在人民医院，一个多星期了，没查出什么原因来，一直都烧，想请你过去看看。”

陈风有些犹豫：“那些西医们可是不怎么信中医啊。”

“咱偷偷看，偷偷吃，总行了吧？”

“那好吧，过会儿我查完房给你去电话。”

“好嘞。”周老师转身出去了。

陈风以胸痹 2 号方加减开了处方，交给华书记，又嘱咐老人家道：“大姨啊，以后少操心，多锻炼，记住了没？”

老人道：“我操心不多啊！”

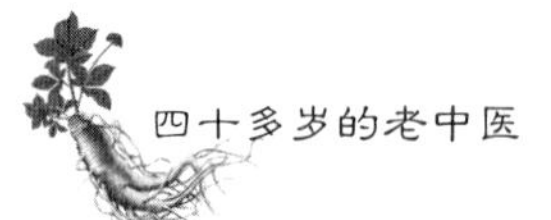

华书记接言道："是操心不多，但还得少点，咱就按陈科说的办，以后多出来锻炼，我陪你。"

华书记领着婆婆离开，没几步，她又回头补充道："下午的会，可别忘了啊！"

"我没忘，记着呢，放心吧。"陈风望着她们的背影，心中慨然，多好的一对婆媳啊！

陈风查完房出来时，喊上了毕水，一块走到停车场，与周老师会合。

陈风所在的医院离人民医院并不远，也就十来分钟的车程。在周老师的带领下，他们一起来到风湿免疫科的病房。这种偷偷摸摸的会诊，是不敢惊动管床医生的，更不用说翻看病历了。

病人目光漠然地躺在床上，面色发红，眼睑稍有浮肿。陈风注意到，他身上盖了两层棉被。

陈风跟家属了解了一下发病情况，又问病人："现在感觉怎么样？"

病人看着陈风，张张嘴，但没有回答。

陈风换了一种问法："现在还有什么不舒服的吗？"

"没劲，渴，冷，浑身疼。"病人有气无力地答道。

烧了一周多了，能有劲嘛！陈风不再多问，直接为他检查起来。舌质是暗红的，舌苔是薄白的；双侧脉象是细弱的，尺部尤为明显；双手、双脚微热，但没有汗液。

毕水以为陈风检查完毕，拿出签字笔和处方签，准备记录。没想到陈风掀开被子，又撩起病人上衣，在腹部检查了起来。

陈风暗道：又一个阳虚发热啊！他毫不犹豫，以补中益气汤加减口述了处方，其中制附子用了 45 克，肉桂用了 30 克。考虑到病人三天没解大便了，陈风又加了酒大黄 20 克以活血通便。

毕水开完方子，用手机拍了下来，然后交给了家属。

临出门时，陈风重点交代了家属三件事情：一是制附子要先煎一个小时；二是喝药后要喝上热水或热粥，并且再加层被子，一定要发出汗来；三是发热可能会暂时加重，这属于正常现象。